Un millón de soles

Alfaguara es un sello editorial del Grupo Santillana

www. alfaguara.com

Argentina
Av. Leandro N. Alem, 720
C 1001 AAP Buenos Aires
Tel. (54 114) 119 50 00
Fax (54 114) 912 74 40

Bolivia
Avda. Arce, 2333
La Paz
Tel. (591 2) 44 11 22
Fax (591 2) 44 22 08

Chile
Aníbal Ariztía, 1444
Providencia
Santiago de Chile
Tel. (56 2) 384 30 00
Fax (56 2) 384 30 60

Colombia
Calle 80, 10-23
Bogotá
Tel. (57 1) 635 12 00
Fax (57 1) 236 93 82

Costa Rica
La Uruca
Del Edificio de Aviación Civil 200 m al Oeste
San José de Costa Rica
Tel. (506) 220 42 42 y 220 47 70
Fax (506) 220 13 20

Ecuador
Avda. Eloy Alfaro, 33-3470 y Avda. 6 de
Diciembre
Quito
Tel. (593 2) 244 66 56 y 244 21 54
Fax (593 2) 244 87 91

El Salvador
Siemens, 51
Zona Industrial Santa Elena
Antiguo Cuscatlan - La Libertad
Tel. (503) 2 505 89 y 2 289 89 20
Fax (503) 2 278 60 66

España
Torrelaguna, 60
28043 Madrid
Tel. (34 91) 744 90 60
Fax (34 91) 744 92 24

Estados Unidos
2105 N.W. 86th Avenue
Doral, F.L. 33122
Tel. (1 305) 591 95 22 y 591 22 32
Fax (1 305) 591 91 45

Guatemala
7ª Avda. 11-11
Zona 9
Guatemala C.A.
Tel. (502) 24 29 43 00
Fax (502) 24 29 43 43

Honduras
Colonia Tepeyac Contigua a Banco Cuscatlan
Boulevard Juan Pablo, frente al Templo
Adventista 7º Día, Casa 1626
Tegucigalpa
Tel. (504) 239 98 84

México
Avda. Universidad, 767
Colonia del Valle
03100 México D.F.
Tel. (52 5) 554 20 75 30
Fax (52 5) 556 01 10 67

Panamá
Avda. Juan Pablo II, nº15. Apartado Postal
863199, zona 7. Urbanización Industrial
La Locería - Ciudad de Panamá
Tel. (507) 260 09 45

Paraguay
Avda. Venezuela, 276,
entre Mariscal López y España
Asunción
Tel./fax (595 21) 213 294 y 214 983

Perú
Avda. Primavera 2160
Santiago de Surco
Lima 33
Tel. (51 1) 313 4000
Fax. (51 1) 313 4001

Puerto Rico
Avda. Roosevelt, 1506
Guaynabo 00968
Puerto Rico
Tel. (1 787) 781 98 00
Fax (1 787) 782 61 49

República Dominicana
Juan Sánchez Ramírez, 9
Gazcue
Santo Domingo R.D.
Tel. (1809) 682 13 82 y 221 08 70
Fax (1809) 689 10 22

Uruguay
Constitución, 1889
11800 Montevideo
Tel. (598 2) 402 73 42 y 402 72 71
Fax (598 2) 401 51 86

Venezuela
Avda. Rómulo Gallegos
Edificio Zulia, 1º - Sector Monte Cristo
Boleita Norte
Caracas
Tel. (58 212) 235 30 33
Fax (58 212) 239 10 51

ALFAGUARA

Un millón de soles

Jorge Eduardo Benavides

ALFAGUARA

UN MILLÓN DE SOLES

© 2007, Jorge Eduardo Benavides
© De esta edición:
2007, Santillana S. A.
Av. Primavera 2160, Santiago de Surco, Lima, Perú
Teléfono 313 4000
Telefax 313 4001

ISBN: 978-9972-232-95-4
Hecho el depósito legal en la Biblioteca Nacional del Perú Nº 2007-09869
Registro de Proyecto Editorial Nº 31501400700408
Primera edición: octubre 2007
Tiraje: 3000 ejemplares

Diseño: Proyecto de Enric Satué
Cubierta: Camila Bustamante / DDC Fábrica de ideas
Corrección: Daniel Soria

Impreso en el Perú - Printed in Peru
Metrocolor S. A.
Los Gorriones 350, Lima 9 - Perú

A mis tíos, Martha y Alfredo Benavides.
Arequipeños de pro.

*César: guárdate de Bruto, ten cuidado con
Casio, no te acerques a Casca, no apartes tus ojos de
Cinna, no te fíes de Trebonio, observa bien a Metelo
Címber, Decio Bruto no te quiere, has ofendido a
Cayo Ligario.*

WILLIAM SHAKESPEARE
(Julio César: **acto segundo, escena III***)*

*The best lack all convictions, while the worst
are full of passionate intensity.*

W. B. YEATS
The second coming

Primera parte

I

«SUDAREMOS, SUDAREMOS, SUDAREMOS»: la frase le salta inopinadamente, de vez en cuando, en medio del frenético ritmo que no lo ha abandonado desde hace cuatro días, tiñéndole el rostro de rojo, obligándolo a suspender lo que está haciendo en ese momento, avasallado de humillación. El general Carranza se lo ha preguntado en algún momento, ¿sucede algo, Juan? Y él hace un gesto con la mano, nada, Benito, nada, y continúa despachando con quien en ese momento se encuentre, pero ahí sigue la frase, como un maldito mal presagio, un nubarrón repentino en su futuro centelleante de obligaciones para con la patria: sudaremos, sudaremos, sudaremos, carajo, qué imbécil. Quizá a eso se debe el permanente mal humor que lo tiene empantanado en una ciénaga de blasfemias, piensa levantándose con sigilo para no despertar a Amparo, que duerme tranquilamente. Ya deben ser cerca de las cinco, calcula y atisba por entre las cortinas: el parque solitario, mustio, emboscado por la neblina, los dos coches patrulleros estacionados en la puerta, el murmullo de la conversación de los policías militares, qué ganas de fumar, maldición.

Sudaremos, sudaremos, qué imbécil, carajo. El reloj de la sala ha dejado caer otra gota de tiempo, lenta, pesada, que sugiere como un batir de aguas que inunda la casa, y el general se revuelve incómodo, maldiciendo en voz baja, acezando como un buey por el cansancio, por el insomnio que no lo abandona pese a que el doctor Ezquenazi ha dicho que no es nada, un poco de relax, mi general, y él lo fulminó con un pestañeo, se quitó de mala manera la goma de medir la presión, cómo iba a tener relax, carajo doctor, masculló frente a los perplejos ojos azules del médico, cómo iba a conseguir tranquilidad si desde hace tres días apenas ha dormido unas horas, ha comido sin saber qué se llevaba a la boca, ha recibido en audiencia a cien, doscientas personas, ha tenido que despachar con Benito Carranza, con el general Cáceres Somocurcio, con el almirante Saura, con el comandante Carlin, con el coronel Figueroa, ha tenido que lidiar desde el principio para que los marinos y los aviadores participen y respalden al Gobierno de la Nación, al Gobierno del pueblo, al Gobierno mío, carajo: ha tenido que bregar con gente cuyo nombre apenas recuerda y que se acercó a Palacio desde que él tomara el poder, y en algún momento ha sido asaltado por un sentimiento de burla, ha sentido que no era él quien había tomado Palacio, sino ese enjambre de gente que de pronto encuentra en salitas de espera, en salones solemnes, en el despacho contiguo al suyo. Carajo, si apenas ha tenido tiempo de familiarizarse con ese Palacio de arañas deslumbrantes y tapizones granates, de caminarlo de arriba a abajo sin desorientarse, incómodo porque se siente observado y todo ha sido tan rápido que apenas han conseguido un par de secretarias que andan tan extraviadas como él. De pronto, en algún momento del día, el general Velasco se ha sentido perdido, embarullado y acechado: sácame de una vez a toda esta gente de aquí, Benito, le dijo ayer mismo al general Carranza mientras avanzaban apresuradamente hacia su despacho y dos civiles se acercaron a saludarlo, casi se le tiran encima, mi general, el placer de estrecharle la mano, le dijo uno de ellos adelantándose, bajito, calvo, de un bigote cuidado con relamido esmero. El primer ministro, al darse cuenta del gesto de sorpresa del general Velasco, interpuso su mano de labrador entre él y el senador

De la Puente y el senador Ramiro Ganoza, mi general, dijo
haciendo un discreto movimiento como para contener o
presentar a los otros: los señores han pedido audiencia con
usted y están aquí desde las once, escuchó la voz de una de
las secretarias a sus espaldas y Velasco gruñó algo, estrechó
las manos, un momento, por favor, caballeros, dijo con la
voz exasperada, alzó una mano inapelable y entró a su despacho seguido del general Carranza, como un paquidermo
adormecido, con una tranquilidad y una pachorra que es
sólo apariencia, simulación, estrategia: Juan, tranquilízate,
vamos a organizar todo esto, pero tienes que comprender,
tú mismo... sí, dijo Velasco encendiendo un Chalán, ya lo
sabía, Benito, caracoles, que no amolara más, cholo, y se
sentó frente a una ruma de documentos, sudaremos, sudaremos, sudaremos, qué imbecilidad, en todos los periódicos, malditos gacetilleros: sí, de acuerdo, ya sabía que él
mismo había decidido aceptar casi todas las peticiones de
audiencia que habían hecho repiquetear exasperadamente
los teléfonos de Palacio, mientras unos operarios instala-
ban otros aparatos más porque los que tenían eran insufi-
cientes, había exigido el general Carranza desde el primer
momento en que llegó a la Casa de Pizarro, y Velasco le
dio una palmada en el hombro, lo miró con sus ojillos diminutos y maliciosos, que le pongan además línea directa
con el general Carranza, su mano derecha, carajo, el único
en el que podía confiar plenamente, cholo, le dijo casi al
oído cuando se encontraron en las instalaciones del Centro
de Instrucción Militar de Chorrillos, a la una de la mañana
del 3 de octubre, y junto con el coronel Blacker y el coronel
Martínez del Campo esperaron tensamente que sonara el
teléfono. En la División Blindada del Rímac, a sólo dos
kilómetros de Palacio de Gobierno, el general Arrisueño
por fin marcó el número convenido: «General Velasco, nos
ponemos en marcha». En aquel momento se abrazaron,

todavía habitantes de esa redoma tibia de intimidad que pronto se desbarataría, casi desde que a cinco minutos para las seis de la tarde del mismo 3 de octubre descendiera del helicóptero que lo dejó en el parque de Palacio, junto a su equipo de Gobierno.

De la calle le llegaba un rumor de ensueño, de repiqueteo de botellas de leche, de tráfico sosegado y luces aún dormidas. Ya serían las cinco y media de la mañana, aventuró.

Es UN RUMOR sordo, al principio apenas audible, que a medida que se acerca va haciendo vibrar las paredes de los edificios y poniendo en marcha un concierto de perros que ladran enloquecidos, que despierta a la vecindad, como la lenta furia de un animal apocalíptico que se acerca y a su paso obliga a encender luces, a correr a los balcones, a fisgar por las ventanas, el corazón bombeando exhausto, ¿qué ocurre?, y hay quien piensa que es un terremoto, el flagelo ancestral de los limeños, algunas mujeres se persignan, otros rezan de rodillas, Señor, aplaca tu ira, pero desde el final del viejo jirón Trujillo, la calle colonial y vetusta que conduce al puente de Palacio de Gobierno, emerge el hocico fosco de un tanque, lento, siniestro, implacable, y luego otro, y otro más, hasta treinta, y después versátiles carros blindados color verde petróleo, con cachacos en las escotillas abiertas y fusiles en la mano, soldaditos que desde allí se saben observados por el estupefacto gentío, ¡golpe!, ¡los militares van a sacar a Belaunde!, y empiezan a repicar frenéticos los teléfonos de la ciudad, una relampagueante red de llamadas, de comentarios, los milicos han tomado el poder, escóndete hasta que todo se aclare, de precauciones, de miedos, comentarios y consejos, mejor ni asomarse por ahí.

El reloj de la cercana estación ferroviaria de Desamparados ha señalado las dos de la madrugada y en ese momento las puertas de Palacio se han abierto desde dentro. Ya hay allí una veintena de policías de investigación discretamente ocultos, a la espera de recibir instrucciones del coronel Figueroa, que va en el primero de los tanques, el corazón embravecido a tal punto que casi no puede escuchar lo que le explica el general Arrisueño desde la División Blindada, a través del *walkie talkie*, sólo mirar ese puente mohoso, diseñado por Eiffel, que conecta el viejo barrio colonial con Palacio de Gobierno: coronel, explica entre crepitares estáticos Arrisueño desde su base en el Rímac, ya está cercada la Casa de Gobierno en un kilómetro a la redonda, todo seguía tal como lo habían previsto. Los militares también han tomado los tres canales de televisión, Radio Nacional, Radio Victoria y el Ministerio del Interior. La prefectura, la sede del partido aprista y la Universidad Villarreal están bajo control, no ha habido ninguna complicación, explica el general Arrisueño llamando nuevamente por teléfono al Centro de Instrucción Militar de Chorrillos porque sabe que Velasco querrá información puntual, está reunido allí con su plana mayor, a la espera de lo que ahora empieza a ocurrir en Palacio, cuando el tanque 233 termina de cruzar ese puente de piedra cuya extensión no es mayor que la de un bostezo, da la vuelta al edificio gris y se enfrenta a las rejas de la entrada principal: ¡Que abrieran en nombre del Comando Conjunto de las Fuerzas Armadas!, exigió con letras de bronce el coronel Figueroa, absolutamente seguro de la trascendencia de sus palabras, y nadie opone resistencia. Rauda, fugaz como un mal sueño, una veintena de *rangers* ha ingresado en Palacio de Gobierno por la puerta posterior y ahora toman posiciones, se adhieren a muros y cornisas, se agazapan entre setos y escaleras, buscan rellanos y columnas: ya están dentro. El coronel Figueroa, al mando de cuatro oficiales, cruza un pasillo largo y silencioso que huele vagamente a humedad, a blando. Agitados, en silencio, como autómatas, suben por unas escalinatas, recorren otro pasillo más corto que se abre en dos direcciones, por aquí, vacilan un instante y uno de ellos se lleva una mano a la pistola, vamos, murmura Figueroa con una voz pastosa, daría lo que sea por un buche de agua, abre violentamente una puerta y allí tropieza con el presidente Belaunde Terry. Por un momento tarda en entender que todo es cierto y no una representación teatral, como le parece al principio: lo encuentra acompañado por su hija y su secretaria, parecen estar esperándolo, hay un gesto de desprecio mayestático en el rostro del presidente que cubre con toda la largura de su brazo a ambas mujeres. «Está usted arrestado por orden de las Fuerzas Armadas del Perú», dice Figueroa avanzando unos pasos, escuchando embrujado sus propias palabras, y el presidente camina resueltamente hacia él, pero se detiene a medio metro del militar, que se identificara, so miserable, ahora mismo, ruge y se vuelve como un tigre hacia los demás oficiales que han quedado desconcertados tres pasos detrás del coronel, son ustedes unas ratas traidoras, están insultando el digno uniforme que llevan, y acerca temerariamente su pecho a una de las pistolas que le apuntan, maricones de porquería, ¿necesitaban tantas armas para enfrentarse a un hombre desprotegido y dos mujeres? Disparen, pues, so carajos. El grupo retrocede unos pasos, hay un instante de confusión en que Carito, la hija del presidente, chilla y quiere correr hacia su padre, pero Violeta Correa, la secretaria de Belaunde, la contiene. En ese mismo momento —como si todo no fuera más que una impecable coreografía largamente ensayada— el coronel Figueroa grita ¡agárrenlo!, y se produce un torbellino de manos y cuerpos, el presidente patea y trata de golpear fallidamente a un oficial, rasguña a otro con el que tropieza, siente que tiran de su chompa, que alguien lo acogota hasta casi hacerle perder la conciencia, sí, ya es 3 de octubre: a estas horas su hermano Francisco debe estar festejando, feliz, su cumpleaños, piensa incongruentemente y siente una pena inmensa por él, por sí mismo, por el Perú, sumergido en una negrura atroz de donde repentinamente sale a flote, da trompazos contra piernas y estómagos, farfulla enloquecido, de aquí lo sacaban muerto, jadea con una voz llena de espasmos, muerto, malditos, descubre de pronto su rodilla encendida por el fuego de una patada, golpea un abdomen pero es en vano, alguien le ha doblado el brazo hasta hacerlo aullar, lo levantan casi en vilo, recorren nuevamente el pasillo sin escuchar los gritos de las mujeres, malnacidos, traidores, milicos de mierda, mientras se alejan con el presidente y salen al frío de la noche, lo meten de cualquier manera en una furgoneta, al fin puede escuchar el presidente la voz cortante como una navaja de uno de los oficiales que tiene un rasguño en la mejilla y lo mira con rencor: rápido, al aeropuerto, todo en orden, mi general, llama aún jadeante el coronel Figueroa y al otro lado, entre chisporroteos y ruidos estáticos, escucha la voz del general Arrisueño, entendido, todo estaba bajo control, y se apresura a llamar a Velasco, mi general, Palacio de Gobierno ha caído, no ha habido bajas, en estos momentos Belaunde va camino al Aeropuerto Jorge Chávez, dice con la voz más neutra y marcial que puede, siente el pecho inflamado de emoción, el Comando Revolucionario de las Fuerzas Armadas tiene el poder, agrega y escucha la voz solemne del general Velasco, «bien hecho, mi general, ¡viva el Perú!».

SUDAREMOS, SUDAREMOS, SUDAREMOS: la frase lo golpea una y otra vez, busca la cajetilla de chalanes, enciende uno y aspira con ansia. Sí, debían ser ya las cinco de la mañana, resopla resignadamente mirando hacia la cama donde duerme su mujer. El general Velasco decide caminar hacia el baño, a emprender su meticuloso aseo. Por un momento está tentado de llamar a Benito Carranza a su casa, pero se contiene, esperará a estar en Palacio, hoy tenían la segunda reunión con el flamante consejo de ministros, era necesario atajar las revueltas que desde el 3 de octubre por la mañana habían sacudido Lima y algunas otras en provincias, explicó el primer ministro durante la cita inicial allí en Palacio, hubo incluso un chiquillo muerto en la confusión de un tiroteo, agregó dejando algunos papeles sobre el improvisado despacho del presidente; era preciso poner rápidamente a su favor a la prensa y ganarse la confianza de los políticos, ya Belaunde estaba en Argentina, nadie ha tomado expreso partido por él, informó el coronel Antón Del Valle. El embajador Taylor Belcher quería entrevistarse con mi general, dijo el coronel Martínez del Campo, carajo con los gringos, que esperaran su turno, como todo el mundo, ladró Velasco y Carranza lo miró inexpresivamente: Mejor no empezamos a pelearnos con los gringos, Juan, vamos a cumplir nuestro tercer día de gobierno, ya deberíamos tener algunas cosas definidas, sobre todo con respecto a la International Petroleum: el caballo de batalla, piensa Velasco. El coronel Antón Del Valle había carraspeado ensimismadamente, entrelazando los pulgares, él estaba de acuerdo, dijo finalmente, expropiemos la International Petroleum. El coronel Blacker también estaba de acuerdo, por supuesto, era una cuestión de soberanía nacional. El coronel Ravines sonrió, miró lentamente a todos, consciente de que esperaban sus palabras:

Contaban con su respaldo, caballeros, recuperemos para los peruanos lo que es de los peruanos.

Ahora habría que saber qué dicen en la Armada, piensa Velasco mientras termina de afeitarse, se da pequeños golpecitos con una toalla, se observa de frente y luego escora el rostro como para comprenderse mejor, los ojos velados por el recuerdo: Esperamos contar con los marinos, había dicho el general Carranza ayer durante la reunión con los coroneles, él ya había hablado con el almirante Saura, dijo mirando uno a uno a los hombres que formaban el equipo de Velasco: Esta noche el general presidente despacha con el almirante. Y así había sido, Velasco: esa misma noche el almirante Aníbal Saura, viejo amigo suyo y delegado por la Marina ante la Junta de Gobierno, dijo que sí, que el Proceso Revolucionario que se había puesto en marcha el pasado 3 de octubre contaba con el pleno respaldo de la institución que él representaba, mi general, y él pensó: Sudaremos, sudaremos, sudaremos, qué animalada, Velasco, carajo, no se podía quitar la maldita frase de la cabeza, está bien, almirante, contamos con ustedes y vamos a poner en marcha una verdadera Revolución social, caracho, como nunca antes ha ocurrido en el Perú.

Así las cosas, después de aceptar una política de hechos consumados, sería difícil que la Marina retrocediera frente a la primera y drástica acción del nuevo gobierno: la toma de aquellos yacimientos petrolíferos. Hoy a mediodía, en la segunda junta del gabinete, lo soltamos, Juan: La International Petroleum Company, compañía asentada en el norte del país desde hace más de cincuenta años, pasa indefectiblemente a manos peruanas.

El general Velasco se frotó enérgicamente la cara con colonia, la misma que usa desde hace veinte años, se acomodó el nudo de la corbata, quitó unas invisibles

motas de polvo del uniforme y por último se cuadró con
virilidad castrense frente a su propia imagen: a las siete en
punto quería estar en Palacio. A mediodía tendrían una
decisión clara. Y por la noche a consultas con su equipo
más cercano. Que se jodan los gringos, pensó, iba a ser un
gol de media cancha. Pero luego, otra vez, le vino la tonta
frase que sacaron al día siguiente de su entrada a Palacio
en todos los periódicos: «Sudaremos, sudaremos, sudaremos». Qué bruto, carajo, qué frase más infeliz.

El doctor Tamariz se quitó con cautela los lentes y los
observó antes de limpiarlos delicadamente con un pañuelo impoluto. En fin, general, suspiró volviendo a colocarse las gafas, creo que esta Revolución necesita algunas
estrategias de acercamiento al pueblo. El general Carranza parecía aletargado, parpadeando apenas sin dejar
de mirar a Tamariz. Habían barajado verse en L'aperitif
33, pero a último momento el primer ministro prefirió
las frías instalaciones del Centro de Instrucción Militar
de Chorrillos, el Cimp, a doce kilómetros del centro de
Lima, y que a esas horas de la noche parecía sumido en
una nostalgia de bruma e irrealidad. El general Carranza
le había enviado un coche para que lo trajera al Cimp y
luego lo llevara de vuelta a casa.

Durante el trayecto, el doctor Tamariz había ido
viendo las calles desiertas, humedecidas por una garúa
extemporánea que hacía brillar como una gema temible
el asfalto por donde circulaban pocos automóviles. En la
cartera de cuero llevaba unos papeles pulcramente mecanografiados donde exponía la propuesta que quería hacerle al general Carranza, recién nombrado primer ministro. Después de todo, se conocían ya desde hacía muchos

años y aunque nunca se estableció entre ellos una verdadera amistad, Carranza quería contar con él. El general, grande y lento, con unas manos ásperas de labrador y esa expresión abotargada, como de rumiante, lo había recibido cordialmente en aquel salón de austeridad castrense, pase usted, doctorcito, tanto tiempo, donde ya llevaban casi una hora de conversación.

Estaba bien, doctor, admitió al fin el ministro Carranza, él también creía que se necesitaba un vínculo con los civiles, para vencer la desconfianza de la gente y de paso organizar mejor nuestro Comité de Asesores del Presidente, el Coap. No hacía falta que le recordara el rechazo que ha generado la toma del poder, fíjese, dice abúlicamente Carranza y entrecierra los ojos como si recitara de memoria, contando con sus dedos cortos y gruesos: En Arequipa se han producido desórdenes callejeros, en el Cuzco hubo un enfrentamiento entre la Guardia Civil y dos mil estudiantes y aquí en Lima el cardenal Landázuri se ha pronunciado contra la actitud del Ejército en la Universidad Católica; el alcalde de Lima, Bedoya Reyes, habla de un delito cometido contra la Constitución, se decepciona profundamente el general y continúa con su lamento: el Partido Aprista ha repudiado el golpe y exige la puesta en libertad de los detenidos. ¿Cuántos eran los detenidos?, se interesa el doctor Tamariz, y el general Carranza cierra los ojos, parece hacer un cálculo, más o menos trescientos. Pero fíjese, doctor, se obstina el ministro y vuelve a mostrar sus dedos, a contar las decepciones, los agravios: La Federación de Periodistas rechaza el golpe, el Colegio de Abogados exige convocar elecciones en el plazo de seis meses, casi todos los medios y hasta la Unión Odriísta, ¡nada menos!, pide el restablecimiento del cauce democrático. Así dicen, carajo, explica Carranza y su voz suena agria, indigesta, como si la democracia en nuestro país no hubiera sido toda la vida una estafa, un simple decorado para que mamen los señorones de siempre. La cuestión, se apura a decir el doctor Tamariz, es que en el Perú somos proclives... perdóneme la franqueza, general, pero los peruanos deseamos un golpe de Estado sólo hasta que por fin lo tenemos. Después lloramos por la democracia, agregó antes de beber un sorbo de agua. Lloramos por una democracia para la que, desgraciadamente, no estamos preparados. Eso ha ocurrido siempre, de manera que lo mejor que podrían hacer es intentar por todos los medios ganarse a los más escépticos. Los demás caerán por su propio peso. Hay que aguantar, general, estos primeros momentos, y dar una imagen monolítica del Régimen. El doctor Tamariz se acomoda con delicadeza el nudo impoluto de su corbata de seda, como si tanto esfuerzo al hablar lo hubiera desarreglado.

El primer ministro lo miró un momento en silencio, luego suspiró, abatido: Aquí, en confianza, dijo incorporándose de la pequeña silla donde atonelaba su corpachón de buey, el general Velasco se empieza a encontrar con muchas opiniones contradictorias, en algunos casos por un franco afán protagónico y en otros por el consejo de gente que, aunque con la mejor de las intenciones, no tiene idea cabal de lo que dice. Ya sabía el doctor Tamariz que los recientes pases a retiro y los obvios ascensos de los coroneles que estuvieron involucrados con Velasco desde el principio han dejado una polvareda levantisca en el propio seno de la institución... El general Carranza se incorpora pesadamente y pasea por el saloncito con las manos cruzadas tras la espalda, cabizbajo. Luego se volvió al doctor Tamariz, casi desafiante: Yo necesito un hombre de mi confianza junto al presidente, para qué nos vamos a engañar, pues, doctor, y alza las manos, menea la cabeza. Por favor, no vaya a pensar nada equivocado, sólo se trata de no perder el hilo de lo que ocurre en Palacio, de que haya una orientación clara en nuestra política, sobre todo ahora que se ha destapado la caja de los truenos con la vaina de la Internacional Petroleum, ya sabe. Hay que elaborar una política eficaz, murmuró el doctor Tamariz sacando su lapicero y tomando nota. Una política eficaz, eso es, afirmó Carranza dirigiéndose hacia la ventana: allá al fondo brillaban con intensidad unos reflectores y bajo su luz cenital, de vez en cuando se vislumbraba el paso raudo de un jeep, el itinerario autista del soldadito de guardia. Y lo mismo ocurre con la prensa, continuó con voz dolida el general, porque nos estamos granjeando enemigos gratuitamente, caracho, ni siquiera hemos podido hacer nada, o mejor dicho, sí, claro que habían podido, ¿o acaso la firme decisión de tomar los yacimientos petrolíferos de La Brea y Pariñas, arrebatárselos a los gringos de la Internacional Petroleum y devolverlos a manos peruanas no era una medida patriótica y eficaz? Y bastante arriesgada, claro, dijo el doctor Tamariz cruzando sus flacas piernas, estirando un poquito la raya del pantalón, mirando finalmente al militar. Pero debemos rentabilizarla, general, necesitamos lavar la cara del Régimen para que no se entorpezca su labor. Si me permite, yo había pensado en algunas personas para que colaboren conmigo… y naturalmente con usted, créame: Entiendo perfectamente su celo para con el presidente. ¿Entonces acepta?, el general adelantó su barbilla hacia el civil y el doctor Tamariz movió lentamente la cabeza, aceptaba con gusto colaborar con el nuevo Régimen, general, porque estaba de acuerdo con ellos en que el Perú necesitaba un cambio radical. Pero debía insistir en la planificación de una estrategia clara para encarar los muchos problemas con los que se enfrentaría el Gobierno desde este momento, dijo el doctor Tamariz con una voz suave y didáctica, desde la prensa hasta el propio pueblo, era necesario crear un vínculo entre los trabajadores y el poder, entre los empresarios y el poder, entre los medios de comunicación y el poder. El doctor Tamariz estaba seguro de que iban a encontrar a los hombres adecuados para tal efecto. Por lo pronto, el Gobierno requería un jefe de prensa, y él estaba pensando en Eleazar Calderón, de *El Comercio*. Seguro que aceptará colaborar con un proyecto de doctrina decididamente peruana y humanista, agrega el doctor y la frase parece agradarle al general Carranza, porque la murmura, la vuelve a pronunciar dándole otros matices, una doctrina peruana y humanista, y mira con renovado interés a Tamariz. ¿Le gusta el chifa, doctorcito?, echa un vistazo a su reloj, ¿sí?, entonces vamos al Lung Fung, que además quiero presentarle a algunos miembros del Gobierno que estarán encantados de escuchar sus propuestas.

DESDE LA VENTANA de la suite contempló la avenida La Colmena casi desierta, atravesada por los últimos noctámbulos que exprimían la juerga en el cercano Mocambo, en el Tabaris o en el más inquietante Costa Azurra, dispuestos seguramente a seguir en las *boîtes* de la Plaza San Martín, donde discretos emolienteros, arrastrando sus carretillas humeantes, aguardaban a los bohemios rezagados que buscan taxi y algo caliente qué llevarse al estómago antes de disolverse en la bruma de la madrugada. Leticia dormía con una placidez y un abandono envidiable, quizá la champaña tuviera algo de culpa, porque prácticamente se había bebido la botella entera, él apenas se sirvió una copita para brindar, sólo para brindar, le había advertido momentos antes dándole un beso fugaz en la mejilla. ¿Por fin le iba a confesar cómo era que se permitía estos lujos de pachá? Esta suite no podía costar menos de mil quinientos soles la noche, calculó ella, buscando nuevamente los labios del doctor que retiraba ligeramente el rostro, ¿por fin le iba a decir a qué se debía aquella invitación después de tanto tiempo de tenerla olvidada?, y movía sus hombros como si lo invitara a bailar.

Enfundado en un batín con las iniciales del hotel, frente al ventanal de su habitación, el doctor Tamariz mecía su copa de coñac con tibio cariño, cavilando si instalarse definitivamente en el Hotel Crillón, igual que el magnate de la pesca Luis Banchero Rossi, que vivía allí, apenas una planta más arriba. Se lo había cruzado hacía unas horas cuando entraba al vestíbulo acompañado de Leticia, ninguno de los dos supo escapar al magnetismo de aquel hombre que con menos de cuarenta años manejaba la primera fortuna del país y una de las más grandes de Latinoamérica, un perfecto *self made man*. Fue Leticia quien le dio un golpecito en el hombro, que mirara quién estaba allí. Banchero ni siquiera había reparado en su presencia, y por un instante el doctor Tamariz, que tenía ya grandes proyectos para sí mismo y para el país, casi tuvo lástima de aquel hombre, se sintió también repentinamente magnánimo, apretó el brazo de Leticia y murmuró algo acerca de la fragilidad humana.

Banchero, corpulento y desmañado como un oso, dirigió su mirada de fauno a Leticia, mientras atravesaba el alfombrado pasillo del hotel rodeado por sus guardaespaldas, saludando distraídamente aquí y allá, y el doctor Tamariz se volvió apreciativo para admirar el perfil de Leticia, su elegancia natural, en fin, se felicitó a sí mismo por su elección. En realidad, aquello era algo que siempre había tenido claro y ayer por la mañana cuando la llamó para invitarla a cenar en el lujoso Grill Room del hotel, supo que ella se tragaría los reproches y el rencor por el ingrato olvido, que no sería capaz de resistirse a una invitación así, el lujo y el derroche la obnubilaban, invalidando su carácter más bien pragmático y racional. Por eso mismo, Tamariz había dejado caer como al descuido la posibilidad de una propuesta interesante y muy significativa económicamente para ambos. Fue el único momento en que vio peligrar su plan, porque Leticia, sorpresivamente, le dijo con una voz de hielo que ya no se dedicaba a esos menesteres, que si era para eso mejor no la llamara más. El doctor rió suavemente, como si ella hubiera dicho una bobada deliciosa, que no fuera sonsa, claro que sabía que ella ya no se dedicaba a aquellos asuntos, mintió: él siempre la había valorado por inteligente, por pragmática y también por razones más íntimas, eran distintos negocios de los que quería hablarle pero en fin, si no quería tampoco había necesidad de hablar de nada, sólo le rogaba que le aceptara la invitación a cenar. «Por los viejos buenos tiempos», añadió mordiéndose el labio.

Nada más sentarse a una de las mesas del espléndido comedor bañado por la luz de una araña deslumbrante, ella, los ojos arrebatados por un entusiasmo conmovedor, había insistido en ir después a bailar al Embassy, por ejemplo, o mejor aún, al Tívoli, para celebrar el reencuentro, para celebrar que después de tanto tiempo se hubiera acordado de ella, so ingrato, pero Tamariz meneó la cabeza, esta noche no, había dicho cortando como con una navaja el entusiasmo de la mujer: Esta noche tengo que trabajar. ¿Trabajar a las ocho de la noche?, preguntó Leticia mientras el *maître* tomaba los pedidos, y Tamariz extendió negligentemente su servilleta sobre las piernas, tenía que hacer algunas llamadas, querida, le dijo más conciliador, buscando su mano sobre la mesa, pero si quería más bien podían pedir una suite para esa noche,

¿qué tal?, ¿acaso no era una estupenda idea? Así le contaría con calma sus proyectos.

Todavía extendieron un poco la sobremesa, ganados por una voluptuosidad deliciosa, y al subir a la suite el doctor Tamariz encargó que les llevaran también una botella de Veuve Clicquot: Salucito, dijo ella e hicieron tintinear las copas, Leticia se descalzó y empezó a tararear una canción en francés, quiso sacarlo a bailar, vamos, hombre, que no fuera tan aguado, pero el doctor Tamariz ya estaba al teléfono, el rostro nuevamente inexpresivo, el mismo rostro de su primer adiós, pensó ella bebiendo un largo trago de champaña, viéndolo revisar su agenda meticulosamente y haciendo sus llamadas: a un tal Heriberto Guevara, primero, después al primer ministro, nada menos, y finalmente a la redacción de *El Comercio*, donde pidió con Eleazar Calderón. Luego se sentó un momento a esperar, agitando la mano cuando Leticia encendió un cigarrillo y se paró a su lado, ¿y qué llamadas eran esas tan importantes que no podían esperar a una hora decente para hacerse?, dijo, y en su voz el doctor Tamariz creyó atisbar un latido de rencor y enfado. Pero luego Leticia se sirvió otra copa de champaña y se fue a la cama, un poco achispada ya…

El doctor Tamariz removió ligeramente su copa de coñac y observó a la mujer que dormía sin sobresaltos, uno de sus hombros desnudos, constelado de pecas, todavía rotundo y apetecible como una fruta. Se dirigió a ella y la acarició con delicadeza, casi con ternura. Estaba seguro de que aceptaría, de que al principio haría un pequeño escándalo, simplemente para guardar las formas, tal vez lloraría un poco y hablaría del amor que siempre había sentido por él. Pero al fin y al cabo, Leticia no era ninguna tonta y aceptaría volver a lo de siempre, a lo suyo. Terminó de un sorbo su coñac y se acostó cuidadosamente en la cama.

Lo HABÍAN HECHO, Carranzita, al fin lo habían hecho, gruñó Velasco agazapado en la penumbra de aquel despacho, encendiendo el cigarrillo con la punta del que ahora aplastaba en el cenicero. Se había retirado el general Cáceres Somocurcio, ya no quedaban más que ellos dos en Palacio y sobre la mesa oval flotaba un estropicio de ceniceros y algunos papeles arrugados, las sillas en desorden desde que se fueron los ministros.

El general Carranza estiró mucho las piernas y removió lentamente su whisky antes de darle un sorbo largo, abrasador, mientras oía como a lo lejos las frases de Velasco, viéndolo caminar despacio en torno a la mesa, tocando con suavidad la textura de la madera brillante, y de inmediato recordó la piel de aquella chiquilla, las curvas apenas apuntadas tras su delantal, sus ojos tímidos cuando se encontraron con los de él: Como quien contempla los restos de un campo de batalla, dijo Velasco y eso había sido, en realidad, pensó Carranza, bebiendo otro sorbo más de whisky, una verdadera batalla conseguir poner a todos de acuerdo sobre cómo se llevaría a cabo la expropiación de los yacimientos petrolíferos, habló Velasco desde una esquina de la mesa, pero el ministro sólo tenía cabeza para esas manos diminutas que habían dispuesto los cubiertos frente a él, su aroma como un laberinto de rosas, estos gringos pendejos, afirmó Velasco, no se saldrán con la suya, sus cabellos como de seda cruda, estos miserables imperialistas, su perfil de niña bonita, ¡caterva de ladrones! Sólo el primer ministro se había quedado en silencio, pensativo, realmente febril, ensoñando: manos pequeñas, cabello largo, ojitos negros y casi líquidos, cuando el presidente fue enterándose de la laboriosa convalidación legal necesaria para quitarle a la International Petroleum Company la explotación de esos yacimientos que detentaban desde hacía más de cincuenta años y que ningún gobierno hasta entonces había sabido encarar con verdadero interés patrio, dijo el recién ascendido general Blacker engolando la voz, cuando pidió la palabra. El comandante Carlin consideró que una maniobra rápida y decidida por parte del Gobierno granjearía el favor popular, pero habría que ver cómo respondía el Gobierno norteamericano, objetó Arrisueño, el ministro de Economía, y se volvió hacia su asesor, ¿con arreglo a la legislación internacional, aquello traería muchos problemas?, consultó en voz baja. Además, dijo el flamante general Martínez del Campo, que hasta ese momento había permanecido callado, era una cuestión de soberanía nacional, todo el mundo esperaba que el Gobierno hiciera algo para recuperar los yacimientos de La Brea y Pariñas. Totalmente de acuerdo, mi querido amigo, pero no será tan fácil, afirmó el general Ravines desde un rincón, y eso fue suficiente para que de nuevo estallaran las voces, las consultas frenéticas: durante casi cuatro horas y media los ministros habían hablado, lanzado proclamas nacionalistas, habían planteado la fórmula más indicada, leído documentos, mientras que un pequeño ejército de asesores les ofrecían datos, papeles cuyas copias xerográficas los demás revisaban, objetaban en medio de una nube de humo y legajos.

En algún momento de aquella reunión, el general Velasco se incorporó de su asiento, los ojos llameantes, mareado ya de cifras y leyes, dio otro puñetazo en la mesa, los asesores se sobresaltaron, ¡qué carajo!, no podía ser que las propias leyes peruanas ampararan a los gringos, y el recién nombrado general Antón Del Valle dijo que no era exactamente así, Juan, pero no podían saltarse a la torera la legislación y ¡al cuerno con la legislación!, bufó Velasco apoyando ambas manos en el escritorio, como si estuviera a punto de lanzarse al cuello de quien lo contradijera, vamos a arrebatarles los yacimientos, y si es necesario cambiamos las leyes para recuperar lo que es nuestro. La cuestión es, dijo el general Cáceres Somocurcio estudiándose con atención las manos, que debemos encarar el Proceso con mucha cautela: que el Gobierno pague la expropiación, de acuerdo, pero descontaremos esta de los adeudos que todavía tiene la International Petroleum con el Perú. Un edecán tocó la puerta en ese momento, con permiso, mi general, dijo, les traían el café y los tragos, y entonces nuevamente hubo murmullos, cigarrillos encendidos, Velasco hizo un gesto, que pasara nomás, que estos hombres necesitan un descanso si no se me mueren aquí y qué me hago yo sin ministros, y todos soltaron la carcajada, se sirvieron café y pisco, algunos un whisky, otros, como el general Del Valle, un café solo y agua mineral.

El general Carranza se sirvió generosamente un chorro de whisky que salpicó entre las piedras de hielo y se incorporó de su butacón llevándose el vaso entre las manos como un objeto litúrgico. Fue al ventanal desde donde se veía la estación ferroviaria de Desamparados, el exiguo discurrir del río lodoso, bebió un largo sorbo. No creía Juan, le dijo a Velasco, que debían precipitarse en este asunto, más bien debían tenerlo claro, se oyó decir confusa, enojosamente el primer ministro, porque en realidad estaba pensando en los ojos de aquella chiquilla: la había visto fugazmente cuando el doctor Tamariz lo invitó a la comida de la otra noche en su casa, un grupo de íntimos, le había explicado, unos amigos que quiero que conozca, y la gran sorpresa cuando apareció la chiquilla, ¿quince, dieciséis años?, con un delantal y un uniforme negro, basto, que dejaba entrever sus curvas, y el general Carranza sintió un ahogo, el corazón desbaratado, incapaz ya de concentrarse en lo que le decía melifluamente aquella mujer, Leticia, la querida o amiga o quién sabía qué del doctor Tamariz, incapaz de atender la cháchara indigesta del decano Sánchez Idíaquez, la cuidada sintaxis del sociólogo Heriberto Guevara cada vez que se dirigía a él con adulación, y los comentarios pueriles de las mujeres de ambos que parloteaban incansables: se le iban los ojos detrás de aquella hermosura al general, pidió un whisky y luego otro cuando pasaron al saloncito a tomar café y regresó aquella chiquilla, se agachó frente al anaquel de las bebidas y el general tuvo como un mareo cuando entrevió ligeramente el muslamen fresco y tibio, no hollado aún seguramente, bebió goloso su trago y se encontró con los ojos del doctor Tamariz, adivinó bruscamente que había estado siendo objeto de observación, el doctor levantó su copita de Fernet Branca hacia él, salud, le dijo y él también levantó su vaso, intentando por todos los medios no mirar más a la chiquilla, pero cuando el doctor Tamariz se volvió a la niña, paternal, aquiescente, una mano en su hombro, Gaby, ya podía retirarse a descansar, mamita, un vacío helado y oscuro le aquietó el corazón, ¿se sentía bien, Benito?, carraspeó Velasco y él se volvió hacia el presidente, sí, nomás un poco cansado, dijo con una sonrisa esfumada. Ya los ministros y sus asesores tomaban nuevamente asiento...

Pero Velasco, al acabar aquella reunión, todavía quiso que Carranza se quedara un poco más, lo retuvo de un brazo, acompañó personalmente a los ministros hacia los autos oficiales que esperaban en el patio de atrás, uno a uno fueron partiendo, sólo Cáceres Somocurcio hizo el amago de quedarse, Velasco le estrechó la mano, le dio una palmadita amistosa, que partiera nomás, Lolo, y quería esos informes sobre el convenio con la Unión Soviética el lunes mismo, dijo, luego se volvió a Carranza y ambos pasaron nuevamente a Palacio, le preocupaba esta vaina de La Brea y Pariñas, confesó ya de vuelta Velasco, quizá tenía razón Benito en decir que fueran con cautela, pero qué carajo, se empinchó nuevamente el general, vamos a buscar la mejor fórmula para que no nos hagan cholitos pues, ¿no creía?, dijo, y sin transición, ¿un trago más? Entraron nuevamente al despacho del consejo, Velasco sirvió dos whiskys copiosos y paseó alrededor de la mesa, al fin lo habían hecho, Carranzita, gruñó feliz desde una esquina de la mesa, pero el primer ministro apenas lo escuchaba ya, pensando que tenía fiebre, que desde aquel momento en casa de Tamariz apenas había podido dormir: Carranza se quedó hasta el final de la velada, aferrado a la idea de que aquella chiquilla, Gaby, volviera a aparecer, ya se habían ido los Sánchez Idíaquez, al cabo de un rato también se retiraron Guevara y su señora, de manera que no le quedó más remedio al general que mirar su reloj, bueno, señores, siendo la hora avanzada...

Leticia se volvió de pronto hacia él cuando este se incorporaba del sofá, una sonrisa traviesa en los labios, como si de pronto se le hubiera ocurrido una idea genial: ¡Cómo que ya se va!, ¿no se va a tomar otro whisquicito, general?, y hubo una complicidad, un retintín libertino en la voz de la mujer que aceleró el corazón del primer ministro, claro que sí, dijo jovialmente Tamariz antes de que Carranza contestara, que el general se quedara a tomar un whisky más, que todavía es temprano. El doctor Tamariz sirvió los whiskys con desenfado y justo cuando iba a beber un sorbo su rostro se arrugó de contrariedad, pidió un momento, por favor, como si de pronto se hubiera acordado de algo impostergable, y él quedó súbitamente a solas con Leticia, algo se olió Carranza, porque no terminaban de centrar la charla, como si sus palabras fueran una lenta maniobra de atraque y fondeo hasta que creyó entender lo que veladamente parecía sugerir aquella mujer cuando mencionó como de paso a la chiquilla. Sin embargo, el general la miró con desconfianza, gruñó que ya era tarde, temió haber entendido mal. Pensó, en fin, que no era posible, claro, era sólo un equívoco: Cholo, dijo Velasco sacándolo a flote de su ensueño, necesitamos lo mejorcito del país para que nos asesore, sobre todo ahora que haremos los primeros cambios en el gabinete. El doctor Tamariz había sido un acierto, la verdad, lo mismo que traer al Flaco Calderón como jefe de prensa.

LA TELE ZUMBABA con las noticias que leía Martínez Morosini, y él apenas le prestaba atención, con el estómago gruñéndole de hambre: desde la cocin, donde siseaba el hornillo a querosene, su mujer le estaba terminando el picante de cuy, porque era viernes y tocaba picante de cuy y sopa menestrón de primero. De sólo pensarlo se le hacía agua la boca a Gualberto Tumi, cuarenta y dos años, casado y con dos hijos, sí señor, tembló su voz, y como sólo había desayunado una taza de té y un pan con mantequilla a las siete de la mañana, a esas horas —serían las dos ya— no podía más de hambre. Durante toda la mañana con Meléndez y Corpancho, mientras hablaba de la posición que el sindicato debía tomar con respecto al Gobierno Militar, a Tumi se le iba la cabeza hacia el humeante plato que lo esperaría en casa, ¿ya estaba listo, chola?, protestó acomodándose frente a las imágenes de la tele que de vez en cuando se salpicaban de rayas y nieve, distorsionando el rostro ojiclaro de Martínez Morosini, los saltos eufóricos de Perico León después de aquel golazo contra Argentina en el Estadio Nacional, el semblante adusto de un general que hablaba sin que él, Gualberto Tumi, se enterara de mucho.

La de esta mañana había sido una reunión soporífera y llena de esos planteamientos burocráticos que tanto le gustaban a Corpancho, para quien siempre resultaba fácil encontrar lo que él llamaba con su dicción serrana defectos de forma, y que podían referirse a una firma que faltaba en el libro de actas (la última vez porque el delegado Rosas había salido por una Inca Kola y no volvía) o mínimos vicios que Corpancho encontraba una y otra vez, exasperadamente, y que dilataban las reuniones sindicales de manera absurda. ¿Para eso lo habían elegido delegado de zona? ¿Para discutir eternamente cuestiones de forma y no de fondo? ¿Para eso el desvelo, las charlas, los seminarios, el siempre andar en la cuerda floja con respecto a los compañeros de trabajo, los líos de la textil, el enemistarse con el señor Canessa, dueño de la fábrica, tan amable el italiano y que ahora ni le devolvía el saludo? Nada de eso, carajo, aquello era actividad subversiva, escuchó la voz del militar llena de asco y Tumi tembló de pies a cabeza: Él no había aceptado tal representación sindical para perder así el tiempo, camaradas, dijo la última vez y lo acusaron de irresponsable, de inmaduro, de poco menos que revisionista, ¿acaso no sabía que la perfección de la forma era absolutamente necesaria para encauzar los contenidos y llevar a buen puerto todas las decisiones? Corpancho lo miró de arriba a abajo, los demás delegados apenas si abrieron la boca y él, Gualberto Tumi, sintió una horrible pereza de contestar, adormecido como estaba en aquella oficinita cercana al jirón Quilca donde se reunían últimamente. Tampoco era un tipo peleador, debía reconocerlo, y prefirió aceptar el natural liderazgo de Corpancho y el fuego de su minuciosa búsqueda de defectos formales, hasta encontrar mejor momento y plantarle cara, explicar que ellos estaban para servir a los trabajadores, no para perder el tiempo miserablemente en reuniones por las que recibían un viático del sindicato y que ellos se apresuraban en gastar, nada más salir de aquellas atosigantes reuniones, en unas cervecitas bien heladas. Tumi no, Tumi hubiera querido, carajo, tomarse esos pomos con los compañeros, pero siempre buscaba una excusa para irse pronto porque, la verdad, dinero apenas si tenían y esos viáticos —una propina, en realidad— venían de perlas para la casa, no se trataba, pues señor, de ser sicario de nadie, simplemente el sueldo no alcanzaba para nada y ahora que el Edwin se había puesto malito, pasu machu, las medicinas costaban un dineral, pensó nuevamente atormentado, incapaz de escuchar las palabras que brotaban de la boca del periodista en la tele hasta que su mujer apareció limpiándose las manos en el delantal, el semblante fruncido, ¿estaba escuchando lo que decían en la tele, oye?, y lo miraba con los ojos redondos, incrédula, hasta que él, Gualberto Tumi, casado, dos hijos, obrero textil, con domicilio en jirón Zepita 425, sintió una sacudida que le hizo incorporarse de la silla, sí, era una lista de nombres, de subversivos que atentaban contra la Revolución de las Fuerzas Armadas del Perú, y entre ellos estaba el suyo, ahí, bien clarito lo habían dicho, lo estaba repitiendo, y Gualberto Tumi se quedó mudo, no tenía nada que decir, mi capitán, murmuró sintiendo el primer cachetadón del militar, que le hizo pitar un oído. Ay, Diosito, sollozó su mujer viendo la tele y le dio un manotazo, en qué miéchica te has metido, so burro, y otro manotón que hizo gruñir y luego ladrar a Ringo, los pelos del lomo erizados, tanto que te dije que no te metieras en líos, que no anduvieras con los del sindicato, y se echó a llorar en su hombro, a estrujarlo sin que Gualberto Tumi, con estudios primarios y natural de Antabamba, departamento de Apurímac, fuera capaz de moverse: Piensa, Tumi, piensa, creyó decirse en alto, tendría que salir de inmediato de la casa, buscar dónde refugiarse, esconderse hasta que todo se aclarara, hasta que se pudiera demostrar que él nunca había sido contrarrevolucionario, mi capitán, y que lo único que querían era presionar a las empresas, nunca, pues, al Gobierno, para que sus condiciones fueran mejores, ¿o acaso ése no era el mensaje del presidente?, ¿acaso la Revolución no era para los pobres? Para los pobres sí, pero no para los comunistas subversivos como tú, chuchatumadre, y le dieron otra bofetada, una patada en la espinilla que literalmente le hizo ver estrellas, carajo, dónde puedes ir, Tumi, pensó a mil por hora, ya cogiendo su casaca, contando inútilmente los cuatro reales que llevaba en el bolsillo mientras Ringo seguía ladrando, ¿a dónde iba a ir?, preguntó la mujer con los ojos enrojecidos de miedo, la barbilla temblequeándole, ¿a dónde, pues, se iba a esconder? Y Gualberto Tumi, vecino de Lima y padre de dos hijos, delegado sindical en la empresa Textiles Lombardía, pensó en su hermana, aunque era muy arriesgado, cállate, carajo, Ringo, gritó con furia porque los ladridos frenéticos del perro lo aturdían, pese a que ahora se dirigía a la calle de donde brotó el horrible frenazo de un carro, ¡ya vinieron!, y le subió desde el estómago una arcada, se le desmadejaron las piernas, Tumi, por la ventanita de la cocina y de allí a la otra calle, sonaron los golpes en la puerta y Ringo erizaba más el lomo, se encogía entre las piernas de su amo que sintió la meada tibiecita del perro, ¿del perro o tuya, maricón?, y otro golpe, esta vez con el puño cerrado, en pleno estómago: de dos trancos alcanzó la cocina, tiró al suelo el picante de cuy y sintió una pena tremenda pensando que la comida no se tira, Tumi, el picante de cuy en el suelo, Tumi, casi sin respiración alcanzó a meterse por el ventanuco aquél por donde apenas cabía, pero ya las voces estaban en su casa, dentro mismo, en aquel avión a cuyo interior lo arrojaron sin miramientos, sin decirle ni siquiera adónde lo mandaban, no tenía ni un real, no tenía ni pasaporte, gritó temblando, carajo, escuchó los chillidos de su mujer, los ladridos del perro que enmudecieron repentinamente después de un golpe seco, justo antes de que unas manos vigorosas lo agarraran de una pierna, te fregaste, subversivo.

II

LA CASA NO era realmente muy grande pero estaba estupendamente distribuida, dijo ella en voz alta, recuperando su timbre normal, donde sin embargo humeaba el rescoldo de la emoción. Tenía dos salones espaciosos, contiguos y seguramente muy iluminados, de no ser por la perpetua neblina que envolvía ese sector de Magdalena, muy cerca ya de San Isidro. De hecho, observó Leticia recorriendo con placer aquellos suelos de parqué algo desgastado y noble, las paredes mostraban tenues vestigios de humedad, manchas y escaras, sobre todo en los rincones. «Eso se arregla», escuchó la voz de Tamariz a sus espaldas y casi pudo imaginar cómo se encogía negligentemente de hombros. «Eso se arregla»: así de fácil resultaba todo últimamente, como si para él sólo pronunciar aquellas dos palabras bastara para esfumar cualquier sombra o desgracia. Leticia pasó una mano por la textura algo blanda de la pared amarilla, atisbó en el cuartito de baño junto a las escaleras crujientes, jaló de la cadena con divertida puerilidad, miró la cocina bien equipada y grande, de muebles blancos y austeros, como de convento. De la casa vecina llegaba un arrullo de palomas y el trino desazonado de algunas cuculíes. Luego, como una chiquilla, subió a toda prisa a la segunda planta, donde encontró otro baño, más espacioso que el de abajo, con una tina inmensa, y tres habitaciones, una de ellas mayor que las otras y con un balconcito mustio que se abría sin petulancia hacia el mar. El mar: en su quietud verdosa latía como un corazón violento, y el fragor de las olas rompiendo allá abajo le llegaba desde un rumor atufado de algas y viscosidades marinas.

De todas formas, lo que más le gustaba de aquella casa era el jardín, amplio, casi protegido por la sombra de dos árboles que crecían al otro lado del muro, en la acera. Un jardín propicio para rosas y claveles, para hortensias y geranios, se adivinó fugazmente, imaginándose en una dimensión mucho más casera y primorosa, quizá más cercana a lo que alguna vez quiso, pensó súbitamente encapotada. Porque, al fin y al cabo, no había nada más lejos en su vida que aquella existencia de jardín y siestas, de nimiedades y asuntos hogareños, aunque esta casa pareciera propicia para ello. Tanto habías soñado con una casa para entregarte a los deleites secretos de lo doméstico, Leticia, y ahora que la tenías debías renunciar a ellos.

Tamariz la había llamado hacía una hora y después de darle muy formalmente los buenos días la apremió a que se pidiera un taxi, le dictó una dirección donde la esperaba en veinte minutos, querida, tenía una sorpresa para ella. Su voz siempre parecía desprovista de color, si acaso la modulación exacta para fingir por cortesía la supuesta emoción que alguien experimenta al decir «tengo una sorpresa para ti». De manera que apenas duchada y con los cabellos aún húmedos, los ojos levemente hinchados por el sueño, se apeó del taxi en aquella fría esquina de Magdalena donde fumaba, envuelto en una gabardina gris marengo, muy elegante, el doctor Tamariz. Antes de llegar a él advirtió su colonia, pertinaz y un punto densa, como un atardecer invernal. Le dio un beso en la mejilla, fingió más curiosidad de la que sentía y se dejó conducir mansamente, sin palabras, hasta aquella casa esquinada y amarilla, de balcones diminutos y geranios mustios, que parecía una embarcación enfrentando el mar.

Lo adivinó de inmediato. En realidad, la idea te llegó desde el fondo mismo del corazón, Leticia, como si todo este tiempo en que habías vuelto a salir con él, desde aquella noche en el Crillón, hubiera estado esperando para emerger. «Es tuya», escuchó o creyó escuchar antes de que Tamariz abriera la boca, y por un instante turbulento y raudo no supo si darse media vuelta y acabar para siempre, de una vez por todas, con aquella relación —¿pero era realmente una relación, Leticia?— o aceptar con todas sus consecuencias lo que vendría, porque él le puso unos papeles en la mano, «estas son las escrituras», dijo por si Leticia no creyera que fuera cierta tanta dicha, por si aún albergase alguna duda respecto de su generosidad sin mácula. «Es tuya», insistió o dijo por primera vez Tamariz, volviendo su rostro de pájaro hacia ella. Luego se quitó los lentes y los limpió con pulcritud menestral en un pañuelo de hilo, ahora sin mirarla, entregado a su minúscula labor, como dándole tiempo a ella para que hablara, para que pudiera aclarar el revolú de ideas que seguramente pugnaban dentro de sí, para que dijera algo, o simplemente era que se encontraba ya desentendido de la estupefacción con que Leticia parecía haber recibido aquella noticia, navegando ensimismado y solitario en sus pensamientos, alejado por completo de ella, incluso de la cortés alegría fingida con que la recibió, la casa era suya, ¿suya realmente? Sí, estas eran las escrituras, ¿veía?: la casa que nunca tuvo es amarilla y grande, coqueta como una vieja dama, algo solemne y esquinada, como si no supiera bien qué posición tomar, y en sus balcones pequeños habían muerto algunas matas de geranios, pero no es difícil hacerlos crecer aquí, lo único malo es la humedad, se dijo mientras avanzaba, ahora con la llave en la mano, siguiendo a Tamariz. Caminaron hasta la entrada, chirrió la verja herrumbrosa que alguna vez fuera verde, siguieron

por el sendero de gravilla, alcanzaron el porche, entraron
finalmente a aquella casa impregnada de humedad, vacía,
algo marchita, como suelen verse las casas sin muebles,
las casas que han sido habitadas alguna vez y algo de ese
calor humano persiste, igual que la humedad y el moho,
apenas una presencia mínima pero al mismo tiempo intensa, como un recuerdo o una nostalgia, la casa amarilla
y esquinada.

ROLANDO FONSECA SE detuvo frente a un quiosco, pidió
Última Hora, La Prensa y que le diera también *La Olla*,
le dijo al hombre que atendía apático. La avenida Wilson
estaba saturada de viandantes, microbuses vetustos que
hacían sonar sus bocinas, infinidad de volkswagens particulares, «últimamente todo el mundo tenía un carrito,
Colorado, gracias a esa vaina del Pandero Volkswagen,
todo el mundo se podía comprar un auto. Todo el mundo menos tú y yo, por supuesto», le había dicho Argüelles
cacareando feliz, pocos días después del golpe del 3 de
octubre, mientras veían formarse esas espontáneas e ineficaces protestas contra los militares: los autos de pronto se contagiaban a bocinazos y a la velocidad del rayo
se producía una estridencia sin furia, más bien llena de
sonrisas bobaliconas y todo volvía a quedar nuevamente en calma en cuanto cambiaba un semáforo o aparecía
un coche patrullero. Pero hacía tiempo que ya nadie se
acordaba de protestar, y el que se atrevía acababa deportado, en una acción tan rutinaria que apenas si llamaba la
atención de la gente, pues a menudo se trataba de periodistillas, maestros revoltosos o sindicalistas segundones,
pobres diablos como ese tal Tumi —uno de los primeros
en ser deportados, evocó Fonseca— o el concejal Pedraza,

y que por si fuera poco no alcanzaban ni siquiera la efímera notoriedad de una prensa cada vez más consecuente con la Revolución y sus euforias nacionalistas, qué carajo, el Perú entero estuvo todo este tiempo más pendiente de las eliminatorias del Mundial de México o del poto de Gladys Arista en la tele, que de lo que hacían los milicos. Y ahora igual.

El periodista divisó cerca un lustrabotas y se acercó, maestro, una lustradita al toquefá, que estoy apurado, y el hombre sacó rápidamente betún y escobillas, acomodó un pie de Fonseca que se dejó hacer blandamente, mirando de reojo sus zapatos viejos, mientras hojeaba los periódicos, sin concentrarse del todo en su lectura, más bien pensando en que el calzonazos de Argüelles tenía razón, ellos también eran unos pobres diablos. El Flaco Calderón no había dudado en dejar sin contemplaciones *El Comercio*, donde los Miró Quesada lo habían tratado como a un hijo desde que llegó de Trujillo, para irse como jefe de la Oficina Central de Información de Palacio de Gobierno, le dijo a Marta mientras almorzaban allí nomás, cerquita de la redacción de *Semana*, una tarde que ella salió pronto del banco. Marta lo miró entre dos bocados, no dijo nada, dejó que siguiera hablando, que Fonseca le explicara cómo había asistido con curiosidad a aquel cambio de trayectoria en la carrera de Calderón, sus lentas pero venenosas embestidas al viejo periódico conservador donde hasta hacía poco había editorializado, los cada vez más notorios bandazos hacia esa izquierda confusa y plagada de populismo belicoso que el Gobierno Militar izaba como bandera del nuevo Régimen, sus nacionalizaciones, sus organigramas castrenses, su universo de siglas patrioteras: Petroperú, Hierroperú, Centromín Perú... Pero ahora el Flaco empezaba a estar bastante bien situado, resopló Fonseca bebiendo un sorbo de agua de cebada, algo enojosamente tibia encontró la bebida el periodista, miró a los demás comensales con las cabezas casi sumergidas en sus platos de tallarines rojos, el localcito barato donde Marta, maquillada, bien vestida, parecía tan ajena, mordisqueando apenas un trocito de pan, mirándolo con una sonrisa limpia, como si entendiera todo, no te preocupes, mi gordo, verás que las cosas mejoran, le había dicho dándole un beso casi de hermana, algo gordita ella también, pecosa y bien guapa, tenía que regresar a la oficina, sino el viejo Martínez me mata, amor, y él se quedó todavía un momento, tomando el café, combatiendo el sopor de siesta que le entrecerraba los ojos, pensando en que Argüelles ya estaría en la redacción, infatigable, sonriente. ¿Cómo se podía ser tan, pero tan huevón?, pensó Fonseca sinceramente intrigado, casi amargo con su jefe y esa especie de bienaventuranza obstinada con la que parecía encarar cualquier acontecimiento. A la hora que fuera, Fonseca encontraba a Argüelles en la redacción, revisando textos, componiendo una página, dándole vueltas a un titular, siempre sonriendo, más que feliz, realmente convencido de que la vida era algo fantástico. Pero ya se sabe: para huevones, los bomberos. A él, en cambio, le demolía tener que coger el colectivo y soportar los humores de los extraños que se apelotonaban en el carro durante el larguísimo trayecto que había desde Barranco hasta el centro de Lima, engullir las empanaditas rancias de todos los días, mirar sus zapatos viejos, y aunque últimamente las cosas habían mejorado un poquito —el sueldo de Marta también—, Fonseca asistía con un inconfesable desasosiego al rumbo que había tomado su vida en los últimos años: *Semana* vegetaba entre frivolidades y temas supuestamente de fondo, incapaz de salir de su mediocridad, siempre asfixiada por deudas y letras protestadas, y él tenía la sensación de que jamás nada habría de cambiar en la revistita de pacotilla y en cuya redacción se afanaba ocho y hasta diez horas diarias, aporreando su máquina de escribir con más eficacia y pulcritud que una secretaria, redactando notas sociales, reportajes, entrevistas, editoriales solemnes o ácidos, sintiendo cómo su talento se desvanecía por el sumidero de la rutina donde sin embargo Argüelles chapoteaba feliz. No obstante, desde el golpe del general Velasco, Fonseca había intuido que las cosas podían cambiar. Era cierto que ahora la prensa estaba inundada de noticias que tenían que ver con la Revolución, como si no existiera otro tema, ni siquiera en Sociales, donde las páginas habían ido cediendo espacio a las minucias y frivolidades de los generales golpistas, a la coquetería algo gazmoña de sus mujeres, a los cocktails y recepciones en las embajadas de Cuba, Yugoslavia o la Unión Soviética, ahora que Estados Unidos era el enemigo declarado; ni en Deportes, desde que el Gobierno Revolucionario de las Fuerzas Armadas, como pomposa y burocráticamente se autodenominaba, había tomado el control del IPD. Pero también era cierto que se respiraba un cierto clima de optimismo en la ciudadanía, sobre todo desde que se hizo noticia la expropiación de los yacimientos petrolíferos de La Brea y Pariñas, luego de cincuenta años de manejo gringo. Aquello había sido apoteósico, con jaranas callejeras, la gente en los balcones haciendo ondear banderitas rojiblancas, cantando aquí y allá la polquita «Perú Campeón», que se había escrito para la selección de fútbol y que el optimismo grandilocuente de los aduladores del Gobierno había encauzado hacia la Revolución; y programas especiales en la tele, canciones conmemorativas y hasta obritas de teatro, amén de un sinfín de desfiles cívicos militares en los colegios y los institutos de toda laya que colapsaban festivamente las principales calles de la ciudad. De pronto todos eran velasquistas y ya resultaba difícil enfrentarse a aquel hombre y su revolución, que empezaba a ser comparado con Fidel Castro, nada menos, al igual que sus ministros parecían recién desembarcados de un rejuvenecido *Granma,* y eran saludados como héroes, vitoreados por la gente, acaparando portadas de revistas, sobre todo el ministro de Pesquería, el general Ravines, algo así como la estrella del nuevo gobierno: elegante, sociable, atlético y culto, Ravines encarnaba para los simpatizantes de la Revolución el perfil del nuevo militar peruano. Era cierto que junto a él también coexistían otros milicos más obtusos, cachacos ásperos de voz tronante y rudas germanías, de verbo mínimo y capaces de cometer burradas épicas como la de hace unos días, cuando, harto de tantas preguntas irresolubles, el general Figueroa, ministro de Agricultura, había exclamado impotente en una rueda de prensa que no tenía respuesta para todo, carajo, ¡él no era el homo sapiens! Nadie osó reírse, por supuesto, pero sin embargo la anécdota había cruzado vertiginosa de un extremo a otro la ciudad. Quizá por ello mismo, para evitar metidas de pata, para sacudirse un poco la caspa castrense, los ministros habían contratado un minucioso enjambre de asesores y consejeros que zumbaba día y noche en torno de ellos, dando una sensación de bonanza y eficacia que lejos de levantar resquemores parecía entusiasmar a todo el mundo, como si anticipasen el arribo inminente de la prosperidad, como si con sólo acercarse a ellos algo de todo ese bienestar se impregnara... mientras tanto, Fonseca iba siendo alcanzado por la enrarecida sensación de estar desperdiciando su momento, de estar perdiendo el tren de sus oportunidades: algo de aquella Revolución tenía que ser también para él, ¿no?

Que pusiera el otro pie, míster, dijo el lustrabotas mostrando el zapato espejeante, y Fonseca obedeció sin dejar de mirar la cabeza de pelos trinchudos de aquel cholito, los vertiginosos movimientos de su mano en torno a los zapatos, como un ronroneo más en medio de la aglomeración de la plaza: le robaría otra horita a la chamba, pensó encendiendo su quinto cigarrillo del día, y le haría una visita a Calderón, a ver cómo iban las cosas para el Flaco.

AL GENERAL RAVINES el frío de la madrugada, la humedad que en su casa siempre lo enferma y lo pone de mal humor, le resulta estimulante cuando salta a correr, mañana tras mañana, bordeando el malecón de Miraflores. A esa hora apenas hay criadas que salen a comprar el pan, algunos madrugadores que calientan sus autosal ralentí. Desde el mar le llega ese tufo reconcentrado y marino que de joven siempre detestó y que los años han convertido en una lenta marea de nostalgia, de ese tiempo ya lejano en que bajaba a la playa con su cuerda de amigos: un mar gris e invernal, turbio y como cargado de oscuros presentimientos cuyas olas él rompía de enérgicas brazadas, sintiendo miles de agujas clavándose en su cuerpo estremecido por ese primer y violento contacto, por la exultante alegría de enfrentarse con los elementos y vencerlos. En el fondo, ese sigue siendo el desafío desde que fue nombrado ministro de Pesquería: enfrentarse al océano, aquel mismo océano que guarda riquezas marinas incalculables, capaces de darle de comer al Perú entero, y por ello, mientras trota con paso juvenil por la senda que corre a la orilla de los acantilados, experimenta una curiosa sensación de ser el guardián de aquel monstruo mitológico que él dominará poco a poco.

Metódico, preciso, con rigor implacable, el general recorre los dos kilómetros de ida y los dos de vuelta que lo llevan desde su casa hasta un poco más allá del faro, aunque últimamente ha sentido el esfuerzo como una advertencia de los años, el pinchazo en el costado que le obliga a apretar los dientes y a endurecer el paso, como en sus tiempos de cadete, incapaz de admitir la vejación de su edad, las pantorrillas duras como pistones, el abdomen aún liso. Nada más volver a casa, se ducha rápidamente y cuando sale del baño, vigorizado y agradecido por el olor de la colonia y el perfecto afeitado, ya la empleada le tiene el desayuno listo. Laura apenas murmura unas palabras desde la tibieza de las sábanas y él observa con cierta frialdad —más bien imparcialidad— cómo el tiempo ha empezado a causar estragos en las formas de su mujer, a enquistarse en esas blandas redondeces del cuerpo donde antes él hallaba con gozo sólo firmeza y suavidad. Es una morbidez que apunta el declive, los años juntos, las tres hijas que ha tenido con él. En ellas, en Laurita, Marina y Victoria, Ravines cree adivinar como ráfagas de su mujer, esa tonta y alegre feminidad que le desconcierta a veces y que le obliga muy en contra suya a participar en tertulias y juegos nimios, a acceder a chácharas rosadas: la dulce cotidianidad de los sábados y los domingos, de los escasos almuerzos que comparte con su familia y que registra sin disimulo el hecho de vivir rodeado de hembras.

Acaba su café leyendo el periódico y rara vez se permite más que mordisquear una tostada y beber, ya con la guerrera puesta, el jugo de toronja, amargo, vigoroso, estimulante. Sube al auto que lo espera en la puerta y se sumerge en los documentos que prefiere llevar bien leídos antes de entregarse a su trabajo: casi siempre mira de soslayo la última esquina de su calle, desde donde observa la casa arbolada, el carro patrullero recortado contra el horizonte marino, pensando que cuando regrese del ministerio apenas reconocerá el barrio anochecido, las parejitas etéreas que pasean por el malecón, la calidez adormecida de su casa: probablemente Laura ya esté dormida y Marina o Laurita se encuentren aún despiertas, estudiando (Victoria no, Victoria es aún muy chica y siempre se duerme antes). Le darán un beso antes de volver a sus cosas y él comerá algo en la cocina, quizá pruebe una copa de vino, pero nada más: Estás cansado, Gato, se dice mientras se desviste en silencio en la habitación, sorprendido de hablarse solo y al mismo tiempo aliviado de hacerlo. Últimamente el trabajo le absorbe diez, doce, catorce horas diarias y pese a que el ministro ha decidido seguir con la rutina de sus cuatro kilómetros de carrera diaria, cada vez le cuesta más cumplir con esta obligación personal. Cae en la cama y se duerme pesadamente, sin sueño alguno, apenas unas horas, reflexiona, cuando abre los ojos justo a tiempo para evitar que suene el despertador y pone los pies en el frío suelo de las cinco de la mañana. A más tardar a las ocho y media ya está en su despacho, mirando por los ventanales esa ciudad que ama y odia con intermitencia, obstinadamente, y ya no sabe muy bien por qué, únicamente que los fines de semana nada le gusta más que largarse a su casita de playa e invitar a unos amigos a tomar unos tragos y a olvidarse de la ciudad, del ministerio, de ese absurdo curso de quechua que Velasco se ha empeñado en que lleven todos, en fin, allí en la casita de Punta Hermosa se olvidaba de todo.

Ahora, tras las lunas pavonadas del carro ve pasar retazos de la ciudad que se despereza, el lento tráfico miraflorino, la avenida Arequipa donde algunos autos circulan como despreocupados y sin prisa alguna. Este no ha sido un buen año para la pesca y pese a ello el presidente lo ha confirmado en el cargo. Ha sido en realidad uno de los pocos que se mantiene en un gabinete donde todos penden de un hilo, de los humores y las bravatas del presidente: ¿a santo de qué, por Dios, poner la pistola sobre la mesa del consejo? Un mal año para la pesca, sí, señor, y muchos problemas con el empresario Banchero Rossi, que se cree el amo y señor de los mares peruanos, pero Ravines desconfía de los informes que le han brindado los técnicos de la Marina. El otro sábado, en el almuerzo que ofreció Velasco al nuevo gabinete en su casa de Chaclacayo, se lo soltó al almirante Aníbal Saura, nuevo ministro de Marina, en un aparte que hicieron —ambos saturados por el humo pestilente de los cigarrillos, ya en la sobremesa— y el almirante lo miró de reojo, se sacudió una mota de polvo invisible en la manga de la camisa y le dijo algo bruscamente que aquello era imposible, Gato, su gente estaba perfectamente capacitada y cualquier estudio técnico que le entregaran era más que fiable. Ravines se arrepintió en el acto, no había sido muy diplomático habérselo dicho así, a bocajarro. Aníbal Saura era de los nuevos ministros y su designación había levantado ampollas en algunos sectores de la propia Marina, porque a nadie se le ocultaba la vieja amistad con Velasco. Nada, nada, le dijo queriendo quitarle hierro a sus frases, me estoy volviendo un neurótico con tanto trabajo. El almirante no dijo nada y se limitó a mirarlo sin ninguna expresión. Antes de que él pudiera decir más, sintió la mano fría y vigorosa, el presidente le tomaba del brazo, hacía lo propio con el marino. Conversaron de nada durante unos minutos, el general presidente se alejó hacia otro grupo y ellos, después de un rato en silencio, contemplando el atardecer serrano de aquella zona de Chaclacayo, volvieron a la salita donde Arias Silvela, Zegarra, Villacorta, Carranza y los otros ministros se entregaban con un deleite sin límites a escuchar unas anécdotas que contaba el presidente, con el pitillo humeante en los labios, pese a las continuas reprimendas de su mujer...

Mientras el carro oficial se abría paso en la densidad metálica del tráfico que cogían ya llegando al ministerio, Ravines pensó que tal vez era verdad, que tanto trabajo te estaba enajenando, Gato. Pero si esos informes eran ciertos, la anchoveta había desaparecido del mar y no podría cumplir la meta de exportación que habían estimado para este año. Un pequeño cataclismo para su minucioso proyecto de exportaciones.

EN ESE MOMENTO se acercó una de las chicas, ¿no venía?, se decepcionó con un ronroneo, abrazándolo con fuerza, como si Eleazar Calderón hubiese considerado la posibilidad de escapar. Luego la chica miró con desparpajo a Fonseca, que le sonrió, y ella abrió los ojos, hizo un mohín, ¿también era periodista?, preguntó abrazada a Calderón, vamos, hombre, que no fuera aguafiestas, insistió sin esperar la respuesta del Colorado, que bebió otro sorbo de whisky, sí, Eleazar, dijo, vamos mejor adentro y no hablamos más de política si tenemos chicas hermosas aquí, agregó envalentonado por el trago y también por la coca que le acababa de ofrecer Calderón, claro que sí, iban, dijo este a la chica conduciéndola suavemente hacia el saloncito donde alguien había dejado una luz tenue que descubría siluetas bailando una canción de Manzanero. Fonseca parpadeó un poco tratando de ver mejor en el salón repentinamente oscurecido, se dirigió a la mesa donde había una botella de whisky y se sirvió otro trago. La pichicata le dejaba la garganta como una lija, quería un buen sorbo de whisky, pensó acercándose al sofá donde un hombre fumaba mirando a las parejas, quieto como un animal al acecho, pensó Fonseca ya con su trago en la mano.

No le había costado trabajo encontrar el edificio donde ahora vivía Eleazar Calderón, por este barrio había mataperreado de chico con sus primos, pero desde que su familia se mudó a Barranco, apenas si había vuelto a pisar aquella zona de San Isidro; se veía que Calderón estaba muy bien trabajando con Velasco, aquel departamento tenía que costar un chupo de plata, pensó mientras subía por el ascensor. Al llegar al octavo piso, la música lo guió hasta la puerta. El saxo de Fausto Papetti sonaba cadencioso en el tocadiscos, como un dolor tenue, una lenta embriaguez, pensó Fonseca saludando a Eleazar Calderón, que lo recibió muy informalmente, los brazos abiertos, algo extravagante también, enfundado en una bata de seda roja y con un dragón bufando en su espalda, qué tal, Fonseca, saludó este haciéndose a un lado para que el periodista pasara. El departamento era amplio y seguramente luminoso, a través de la ventana del salón se adivinaba el boscaje anochecido que se mecía en torno al club de golf de San Isidro, y era probable que desde la terracita se tendría una espléndida vista hasta la avenida Pezet. Fonseca entregó la botella de ron que había comprado antes de salir de la redacción de *Semana*, felicitaciones, cholo, dijo y caminó hacia la salita desde donde le llegaban voces, risas, y de ahí también provenía la música, habría una decena escasa de personas: en unos pufs vio a dos chicas de pestañas inmensas, con minifaldas floreadas, anchos cinturones blancos y muslos generosos. Tere y Amanda, presentó Eleazar y ellas qué tal, sonrieron, se acomodaron mejor en el asiento, soltaron una risita, en el sofá otras dos, muertas de risa, Raquel y Katy, hola, hola, y este es un gran amigo, dijo Calderón cuando Fonseca se acercó a uno de los hombres que charlaba animadamente haciendo un corro junto a los ventanales, mucho gusto, dijo él, y estrechó una mano color canela y de dedos cortos y calientes, mayor Montesinos, a sus órdenes, luego fue presentado a los demás, el decano Sánchez Idíaquez, el sociólogo Heriberto Guevara, el empresario Pepe Quesada, Elio Marín, el artista plástico de mayor talento en el Perú, el mayor Alfaro, adjunto del primer ministro Carranza… todos buenos amigos míos, extendió un brazo generoso y jovial Calderón, que han venido a festejar muchas cosas. Salud, dijo y en ese momento Fonseca se dio cuenta de que todos tenían una copa en la mano, de manera que se acercó a la mesa donde había bocaditos y botellas, una cubitera de hielo, y se sirvió un whisky con un chorrito de agua mineral, salud, sonrió y los demás levantaron sus copas, por la International Petroleum, que ya es nuestra, carajo, dijo exultante Calderón y todos los demás rieron, alguien protestó, que quitara esa vaina de gringos, cholo, que pusiera una marinera o algo de música peruana y las chicas se alisaron las minifaldas, protestaron, aj, dijo una, ahora por favor que no vinieran con cholerías, además Fausto Papetti no es gringo, es italiano, y algunos celebraron la respuesta, otros insistieron en cambiar la música, finalmente Pepe Quesada dijo que okey, música peruana, pero de la nueva ola, y se decidió y puso un disco de Los Doltons, ¿era cierto que se separaban?, esto sí que era música, los Bolarte eran unos magos, sacó a bailar a una de las chicas, a Katy o a Raquel, una de las que estaban en el sofá, y otro más se animó, mientras Calderón observaba complacido como un joven patricio, fumando con elegante negligencia sus cigarrillos extra largos, en fin, dijo volviéndose a Fonseca como si recién lo descubriera, me alegra que hayas venido a mi fiesta, Colorado, sabes que esto es muy importante para mí. Fonseca miró su whisky donde apenas quedaban unos hielos, claro que sí, hombre, y se alegraba de veras… ¿cómo había quedado con la gente de *El Comercio*? Calderón se encogió de hombros, estiró un poco las mangas de su bata de seda, él hubiera querido terminar mejor, pero con esa gente era imposible. Esa gente le había dado uno de los mejores trabajos de periodista que podían desearse en el Perú, celebró la ocurrencia Fonseca con un cloqueo alegre que le hizo estremecer la barriga, pero ya Calderón había agitado sus mangas en un gesto hierático, un desdén de emperador, esos son unos reaccionarios, rabió, y él se empezaba a sentir incómodo entre tanta podredumbre oligárquica. Con Velasco estaba bien, el general era un trome, tenía una lucidez y un magnetismo que él no había conocido en nadie, palabra, Colorado, dijo bebiendo un sorbo de su copa, entrecerrando los ojos como para acercarse mejor a esa imagen intensa del general presidente, ese hombre era un líder nato, justo lo que el Perú necesita, y Fonseca lo miró perplejo, con una media sonrisa que pugnaba por momentos en convertirse en carcajada y por momentos esfumarse en un gesto de asombro, ¿hablaba en serio? A él no le había parecido tan así como decía el Flaco, más bien un milico bastante común pero nada de eso, mi querido Rolando, objetó Calderón caminando hacia el ventanal y haciendo que Fonseca lo siguiera: alguien había puesto a todo volumen «*My eyes adored you*» de Frankie Valli, hasta allí llegaban las risas, las voces; nada de eso, insistió Calderón formando meticulosamente unas rayas de coca sobre una mesita, el general Velasco es un verdadero estadista, recuerda lo que te digo, aconsejó aspirando con fruición e invitando a Fonseca, era un hombre comprometido con el futuro del país y con una capacidad de trabajo inusual, portentosa. Era listo como una loba, se rodeaba de un buen equipo y además había hecho lo que ningún gobierno hasta el momento se había atrevido, arrebatarles a los gringos La Brea y Pariñas, el petróleo peruano para los peruanos. Ya, dijo Fonseca sin evitar un gesto escéptico, resoplando un poco, pero ahora resulta que después de todo este tiempo desde que se anunció la expropiación, en lugar de cobrar

690 millones de dólares, el Gobierno hasta el momento viene pagando cinco millones de la deuda que tenía la Internacional Petroleum con bancos norteamericanos. Calderón apenas lo miró, pasándose un dedo por la nariz, los ojos ligeramente enrojecidos. Cojudeces, hermano, le dijo rumbo a la sala donde algunos se animaban a bailar.

Ahora, de pie y nuevamente en el salón, Fonseca iba acostumbrándose poco a poco a la penumbra donde evolucionaban las parejas convertidas apenas en siluetas temblorosas. Terminó su trago y el hombre que estaba sentado, observando, se volvió hacia él, ¿unos tiros?, ofreció con amabilidad, haciendo un espacio a su lado, junto a la mesita de cristal donde disponía la coca. Este Calderón y sus fiestas, dijo el hombre como disculpando una travesura, debe gastarse un dineral en putas, pero eso sí: siempre tenía pichicata de la buena. ¿Putas?, preguntó Fonseca aspirando una raya que le aceleró el corazón con un vértigo como de lujuria. Claro, ¿qué creía?, dijo el hombre cuyo rostro Fonseca no distinguía a causa de la oscuridad. ¿Sánchez Idíaquez? ¿Guevara?, Fonseca no podía ver quién era el que hablaba. Aquellas chicas eran putas pero de las caras, continuó diciendo la sombra, de las que lo hacen sin roche, sin escándalo. Carajo con Eleazar, silbó despacito Fonseca, tenía que ganar harto billete para pagarse esos caprichos. Además, burrero como era, seguro que no había dejado de ir al hipódromo ni un sólo domingo. Claro que no, ya ve que trabajar para el Gobierno da su buen billete, mi querido amigo. Aunque, la verdad, agregó el hombre, yo prefiero ganarme mis polvos y no estar pagando por ellos. En ese momento alguien, quizá el propio Calderón, encendió la luz, cambió la música y, recién entonces, Fonseca pudo ver quién le hablaba: los dedos gruesos y color canela limpiaban la nariz, aquellos ojos ligeramente miopes y como de reptil se volvían hacia él: a Fonseca en cambio le gustaba la timba, ¿verdad? Él tenía un grupito de amigos con los que jugaba los viernes, el decano Sánchez Idíaquez, el propio Guevara a veces. Buen ambiente, buenas apuestas, si quería, un día de estos quedaban, propuso el mayor Montesinos.

AJUSTÓ LA CORBATA y se miró en el espejo estudiando su semblante severo, los ojos pequeños y achinados que lo observaban como ajenos a él mismo. Repasó unos mínimos cabellos que escapaban de su perfecto peinado, movió el bigotito que empezaba a ponerse gris, como buscando acomodarlo mejor en su rostro marcial, ese rostro que recién ahora comenzaba a considerar familiar, después de verlo en tantas y tantas fotografías de los periódicos y revistas. Sus nietos eran los primeros en alborotar cuando lo veían en la tele, las veces en que estando en casa emitían en diferido su más reciente mensaje a la nación, la invocación a todos los peruanos para que recuerden su responsabilidad con la patria, los anuncios del duro batallar contra el imperialismo, contra la injusticia que lo había llevado a impulsar reformas audaces y completamente novedosas en el mundo. La propia prensa empezaba a especular acerca de la magnitud de tales propósitos, el mundo entero observaba con asombro a esa nación tercermundista que se enfrentaba sin complejos a las dos superpotencias, Velasco, y que de tu mano avanzaba hacia un futuro más justo y solidario.

Encendió un Chalán, le dio unas pitadas y convulsionó a causa de un ataque frenético de tos que lo hizo maldecir turbiamente, pero luego levantó sus ojos fieros clavándolos en su propia imagen, como llamándose la atención, Velasco, por ese súbito acceso de debilidad.

Quizá era cierto que en los últimos tiempos había incrementado su ración de cigarrillos, pero los asuntos de la patria lo ponían en tal estado de ebullición que lo menos que podía hacer era encender un cigarrillo y escuchar el crepitar rumoroso del delicado papel, la pequeña e intensa combustión que le llenaba los pulmones de humo y aplacaba su ansiedad. Como ahora mismo, por ejemplo, cuando iba a anunciar la composición de su nuevo gabinete: es el *stress*, le dijo el doctor *Esquenazi* y él se quedó mirándolo, ¿qué demonios era aquella palabreja, doctor?, arrugó la frente y el doctor sonrió suavemente, *stress* o ansiedad, mi general, provocado por esos estados de zozobra y agitación continua... pero él espantó aquella repentina explicación terapéutica con una mano, ¿veía, Benito?, le dijo al primer ministro, que en ese momento entraba a su despacho, hasta el doctor *Esquenazi*, peruano de tres generaciones, utiliza esos términos gringos para referirse a la ansiedad. El doctor *Esquenazi* palideció de pronto, quiso sonreír, le tembló un poco la barbilla, pero felizmente Velasco estaba de buen humor. Ay, carajo, gruñó, vamos a limpiar también nuestro diccionario: nada de palabrejas en inglés, si tenemos un castellano riquísimo y otros idiomas patrios. Se quedó un momento como al acecho, sin dejar de mirar al médico, lleno de ferocidad engañosamente contenida, como un tigre a punto de dar un zarpazo. ¿Cómo se dice *ansiedad* en quechua, doctor?, preguntó al fin y nuevamente le bajaron los colores al doctor *Esquenazi*, caramba, mi general, qué cosas, él no sabía, la verdad. ¡*Tinka!*, sonrió con socarronería Velasco, no lo olvide doctorcito: nada de *stress* ni huevadas: *tinka*. Vamos a curar la *tinka* peruana a como dé lugar, le palmeó familiarmente el hombro...

Y eso era clave, Velasco: vamos a sacudirnos de tantos años de imperialismo, vamos a demostrarle al mundo lo que podemos hacer con nuestra patria: sin complejos y de tú a tú, como le dijo a Allende la vez que visitó Lima, hay que tratar a todos de frente, Chicho, sin servilismo alguno, carajo, y brindaron con pisco peruano y luego con pisco chileno, por el destino de Chile y del Perú, dijeron, por el destino de Latinoamérica, y chocaron sus copas, igual que harás ahora mismo, Velasco, con tus nuevos ministros, con los viejos ministros que se quedan con el Gobierno y que no tienen intenciones de moverte el piso: los pocos leales, carajo, porque últimamente esto parece un nido de víboras, Benito, le dijo al primer ministro, y hay que vigilar para que a nadie se le crucen por la mente ideas descabelladas. Hay que conducir el Proceso con mano firme, puta madre, y para eso es necesario contar con gente leal, gente que no se achique ni se tuerza a la primera oportunidad: para eso estaba el Gato Ravines, para eso el almirante Aníbal Saura, para eso el Zambo Arias Silvela, para eso también Blacker Hurtado, Cáceres Somocurcio y algunos otros. Pocos pero fieles, Velasco, capaces de entender lo que quieres, lo que sabes que es necesario para la patria. Con este renovado gabinete emprendería nuevos retos, entre ellos el de hacer obligatorio el uso del quechua en las escuelas, que se convierta en nuestra lengua oficial. Ya había mandado a los ministros a que hicieran un curso acelerado de quechua, les costó dios y su ayuda conseguir profesores, pero si no lo hablaban ellos, ¿cómo carajo iban a pedirle al pueblo que lo hablara? Con este nuevo gabinete, diseñado entre él y Benito Carranza, emprenderían grandes reformas para los años siguientes: generar una verdadera industria nacional, restringir al máximo la importación, proyectar la participación del Perú en los grandes foros internacionales: lo había anunciado el viernes último en su mensaje en cadena para toda la nación y ya los nuevos ministros tenían bien aprendido lo que la patria demandaba de ellos. Luego de la toma de posesión, se tomarían sus tragos, estrecharían lazos, incluso con el huevas tristes del almirante Garrido, el único cargo que le aceptó propusieran los marinos y que él derivó a Vivienda. Apagó el cigarrillo, bebió un sorbo de pisco y salió hacia el Salón Potenciano Choquehuanca, donde en breve comenzaría la ceremonia de juramentación de cargos.

ESTABA TUMBADO DE espaldas en la cama, aún con el cigarrillo en los labios, el cuerpo desnudo y algo tenso mientras Ofelia se encaramaba sobre él, le ponía ambas manos en el pecho, le daba un suave masaje. El general Zegarra sintió los muslos tibios envolver los suyos como dos pinzas de cangrejo, sentarse finalmente encima. Así, con su mujer a horcajadas, podía cerrar los ojos e imaginar sus pechos como peras, el cabello largo cubriéndole el rostro, sus mínimos gemidos, ¿reales, falsos, Zegarra?, casi como una gimnasia su empecinamiento en parecer excitada. El general se volteó bruscamente, sintió que Ofelia perdía el equilibrio, no seas bruto, dijo con su acento levemente selvático, casi me has hecho caer, oye, y luego soltó una risita, mirándolo ahora a los ojos, otra vez complaciente. ¿Quieres mejor así?, dijo con voz insinuante, bajando una mano hacia su entrepierna. Zegarra cerró los ojos y al mismo tiempo le dio una calada al cigarrillo, luego se volvió hacia el cenicero repleto de colillas y lo apagó. Volvió a mirar a su mujer y se concentró en la mano que subía y bajaba, sí, así, dijo con la voz desbaratada, ¿sintiendo ya el deseo, Zegarra?, y ella aceleró el ritmo de sus movimientos, volvió a gemir cerrando los ojos, levantando la cabeza algo teatralmente, pero el general era incapaz de concentrarse. De pronto soltó un pequeño rugido, carajo, me haces daño y le dio un golpe en el brazo, nada fuerte, pero ella aulló con sorpresa, amor, no seas tosco, oye. Zegarra sintió desfallecer su deseo, un súbito aburrimiento, también una exasperación por ello. Carranza le había llamado esta mañana, aló, Turco, y le explicó que debían verse esa misma tarde, sí, hombre, que hay que hablar de algunos asuntos importantes.

El general Zegarra se incorporó en la cama, ajeno por completo a las caricias ¿aburridas, apáticas, mentirosas, Zegarra?, de Ofelia, que le preguntaba a dónde iba, cholito, ¿otra vez la iba a dejar solita? Y se apoyaba en su espalda, le buscaba los ojos, de pronto un gesto de fastidio al entender que su marido apenas le hacía caso: el jodido de Carranza, con sus llamadas intempestivas, con sus reuniones súbitas, desde que fue designado jefe del Coap y el propio Velasco le encomendó —les encomendó, en realidad— sin ambages que se volvieran sus ojos y oídos, sus perros guardianes, en realidad, pensó Zegarra durante aquella reunión en Palacio, convocados de manera perentoria por el general presidente. Desde entonces, Zegarra, no has pegado ojo: el Servicio de Inteligencia del Ejército parecía orbitar lejano a la ebullición palaciega de los ministros y tú acariciabas la idea —esa tarde huracanada por los rumores del cambio del gabinete y las inminentes designaciones presidenciales— de que te tocara un ministerio: nada de eso, carajo, ser designado director del Servicio de Inteligencia del Ejército lo hizo maldecir con encono, apretando las mandíbulas hasta que sintió el rostro rígido durante el cocktail infinito con el que Velasco agasajaba a sus nuevos ministros, a los nuevos nombramientos. «Mírate, Zegarra, pareces un sirvientito», se dijo arteramente nada más llegar al cocktail en Palacio y encontrarse con el estirado, el pitucón de mierda del almirante Saura vestido de gala, nombrado ministro de Marina simplemente porque era amigo de Velasco, y pese a que la propia Armada se opuso al nombramiento; con el almirante Garrido en Vivienda y el animal de Óscar Peñaloza en Exteriores; con Ravines en Pesquería, el Gato Ravines y su porte de militar inglés, de hombre entregado al Ejército, sobre todo porque ser junto a Blacker Hurtado en Interior uno de los pocos que seguía en el nuevo gabinete era todo un voto de confianza; hasta el Zambo Arias Silvela, Zegarra, hasta el Zambo, ese miserable, carajo, había sido nombrado ministro de Comercio: todos inflados como pavos reales mientras la orquesta atacaba con celo una polca y Velasco, el rostro congestionado, el cigarrillo apestoso en la mano, daba vueltas entre sus ministros, piropeaba con su enjundia de granadero a las mujeres.

Durante las larguísimas y bostezables horas del cocktail tuvo que contener la bilis de saberse arrinconado en el fondo de las necesidades palaciegas, de perro guardián de los ministros, de los designios arbitrarios de Velasco, que se acercó de pronto a ponerle una zarpa encima, ¿qué tal, Turco?, los ojos incandescentes de whisky, el aliento fétido a nicotina, y tú apretaste más las mandíbulas, Zegarra, endureciste el abdomen, se oyó decir con su voz más neutra, castrense, firme, que muy bien, general, era un gran honor servirlo desde este puesto de mierda, desde este humilladero militar bueno para morir entre legajos y burocracia, este puestito de fantasía logística e interés combatiente de pacotilla: pero en realidad no dijiste nada, Zegarra, apenas murmuraste gaseosas fórmulas de agradecimiento y honor mientras la orquesta remontaba con denuedo un vals criollo y el presidente seguía con ojos aviesos el discurrir de las hembras de gala bajo la luz de los candelabros, qué tales lomos, ¿eh Turco?, aún se permitió decir el presidente ya del todo desatendido de Zegarra.

Sin embargo, cuando Velasco los llamó al poco tiempo a despachar en Palacio —a Zegarra y a Carranza—, de golpe el Turco sorprendió en los ojos intensos y ariscos del general presidente la decisión implacable de saber todo lo que ocurría en su entorno, señores, les dijo con la mandíbula desafiante y ligeramente temblona, los dedos amarillentos que revoloteaban frente al rostro imperturbable y soporífero de Carranza, de vez en cuando frente a los ojos del propio Zegarra. Durante hora y tres cuartos, Velasco explicó casi con brutalidad lo que quería de ellos —también estaban el jefe de prensa, un civil de apellido Calderón que tomaba notas con diligencia de escolar, y el asesor del ministro Carranza, un abogado con rostro de ave y ademanes melindrosos—: Carta abierta, general, le dijo a Zegarra aferrándose a su brazo con un vigor melodramático cuando la reunión finalizó, carta abierta: el Proceso Revolucionario estaba en manos de ellos y había que vigilar sin descanso posibles flaquezas. Entiéndase con Benito Carranza, que él le explicará mejor cómo va a funcionar esta vaina. Benito Carranza había sido durante mucho tiempo el director de Inteligencia del Ejército y pese a su aparente estado larval, a su pesadez indigesta y a ese sopor que parecía entumecer de agobio todos sus gestos, sus palabras, su manera de moverse, resultó ser quien más sabía de todo lo que pasaba y dejaba de pasar no sólo en el Ejército sino fuera de él. Esa noche, en el bar del Bolívar a donde fue a encontrarse con Ofelia, el general Zegarra entendió que Inteligencia del Ejército era mucho más de lo que había sido hasta entonces, y lo primero que hizo fue cavilar un momento sobre alguna acción inmediata, algo que Velasco agradeciera. Cuando leyó la carta de renuncia que publicaba en *El Comercio* aquel concejal de la municipalidad de Miraflores, lo tuvo más claro, aquello era lo que necesitaba en ese momento para probar la efectividad de sus decisiones: Pedraza es hijo de dirigente aprista y conspirador, le dijo al general Velasco, esa renuncia suya es un insulto al Régimen: Y es que Inteligencia del Ejército era el poder, cholita, le explicó entonces a su mujer cuando la vio llegar, lambiscona, con los labios pintados de un rojo intenso, parece una puta, Zegarra, ¿por qué te casaste con ella, Zegarra?, ¿te mereces esto o algo mejor?, y sintió su perfume un punto dulzón, hola, amor, y se sentaba a su lado para pedir un whisquicito al mozo: mucho más importante de lo que puedas creer, insistió mientras tomaban asiento en el comedor espléndido y casi solitario, pero lamentablemente todo quedaba en estricto secreto, de ello dependía la seguridad del Régimen y en buena cuenta del país, aleccionó el general Zegarra y Ofelia abría mucho los ojos, por supuesto, dijo acariciándole un brazo, supongo que más adelante te harán ministro, amor, eres lo mejorcito del Ejército, amor, pero los labios del general se convirtieron de pronto en dos finísimas líneas despectivas: te casaste porque era la hija del general Aspíllaga, Zegarra, nada más que por eso. ¿No estabas escuchando, cojuda? Esto es cien veces más importante que cualquier ministerio, y Ofelia retiró la mano, pestañeó sintiendo un incendio en las mejillas, seguro el mozo había escuchado que la llamaban cojuda, se le aguaron los ojos, advirtió la pirotecnia de encono encendida en los ojos de Zegarra, que disculpara, amor, que no se amargara así, dijo ella y Zegarra se llevó un bocado de *entrecôte* a la boca pero le costaba masticar, chasqueó los dedos, que le trajeran un agua mineral, dijo al mozo, al instante, mi general, se recordó en la última reunión con Velasco y ese maldito tono servil que no podía evitar con el presidente, a qué tanto formalismo, a qué tanto respeto, carajo, si en cualquier momento esto de ser ministro se acaba, le había dicho casi jovialmente el general Cáceres Somocurcio, aunque no había usado esas palabras, el Chancho era demasiado hábil para meter la pata con una frase así, mientras subía trabajosamente a su auto y él, Zegarra, se dirigía al suyo, no, no había usado esas palabras exactas, pero algo de eso quedó revoloteando en el aire, de manera que no seas servil, Zegarra, lo que usted diga, mi general, sí, mi general, mientras que los otros de tú y vos con Velasco, pero no se decidía el general Zegarra, caracho: Demora usted más que una madre, le dijo al mozo cuando llegó con la botella de agua y este enrojeció como si le hubieran encendido una bombilla por dentro, balbuceó unas disculpas y sirvió el agua temblando, ¿y a ti, qué carajo te ocurre?, se dirigió a Ofelia que nada, nada, come tranquilo, amor, dijo bajando los ojos y mírala, Zegarra, por mucha ropa que le compres, a esta no la puedes llevar a los cocktails, si es una cholita tan poca cosa...

¿HACÍA CUÁNTO QUE no veía a Bermúdez? Porque, sin duda alguna, era aquel hombre del auto azul que iba detrás del suyo y que aparecía en su retrovisor o en el espejo lateral de tanto en tanto. A Bermúdez lo conocía desde hacía muchos años, cuando él apenas era un chibolo: fue buen amigo de su padre y su más encarnizado y fiel adversario jugando al ajedrez. Cuántas veces Pedraza lo había visto, mínimo y óseo, sentado a la mesita que daba al jardín minúsculo, el bigotito a lo Pedro Infante, los zapatos siempre lustradísimos, un gesto pensativo frente a un alfil o una torre que no se decidía a mover, enzarzado en aquella pugna deportiva que sostenía con su padre todos los viernes.

Casi siempre llegaba cuando él estaba terminando de comer y le ponía una mano tímida, llena de calidez, en la nuca, ¿cómo estaba, Pepito? Y él sonreía tontamente conmovido por la suavidad de ese señor que le ponía una diestra tibia mientras comía. Luego se sentaba con su padre, colocando el tablero de ajedrez o simplemente acercándose a una partida inconclusa y allí se quedaban, absortos, en silencio. Al cabo de unas horas su madre llegaba hasta ellos en un silencio casi reverencial por aquel juego tan serio, les servía café humeante y unos pasteles y él, Bermúdez, encendía su cigarrillo número mil, agradecía casi con una reverencia, con una lenta amabilidad de caballero melancólico y más bien consciente de aquella fragilidad que el día del velorio le hizo musitar, casi para sí mismo, que quién hubiera dicho, Pepito, que tu padre se iba a ir antes que yo de este mundo. Fue Bermúdez quien le mostró lo que había sido su padre: desde su silencio admirativo, desde esa pacífica devoción con que lo trataba de usted siendo aproximadamente de la misma edad, desde su lejanía brusca cuando la muerte de éste, como si no hubiera querido entrometerse en el dolor que dejó a Pedraza y a su madre aquella pérdida. Porque desde esa noche, desde el velorio de su padre, José Carlos Pedraza no había vuelto a ver a Bermúdez. De cuando en cuando su imagen casi en sepia parecía asomarse por una esquina de los recuerdos, su mano áspera y tibia en la nuca cuando él comía, ¿cómo estás, Pepito? Y de inmediato pensaba en su padre, en su militancia aprista, en las veces que estuvo en la cárcel, en su vida casi clandestina. Sobre todo pensaba en él en los últimos tiempos, desde que Pedraza se enfrentó a la tesitura de apoyar o no al Gobierno Militar que tomó el poder. ¿Qué hubiera dicho su padre de aquel golpe encabezado por el general Velasco? Aprista convencido y orgulloso, se había salvado por los pelos de aquella terrible matanza del treinta y uno en Chan Chan, acusado de la muerte de unos oficiales en el cuartel O'Donovan, pero él, Pedraza, siempre creyó la versión de su viejo: las dictaduras son todas iguales, hijo, y el amigo Bermúdez asentía en un silencio más bien devoto y más allá de toda duda: no hay una sola dictadura que se salve, ni siquiera la del barbudo ese, Fidel Castro. Fue lo primero que pensó cuando el golpe de Velasco, esa tarde que llegó a su despacho de concejal en Miraflores pensando que ya habrían cerrado la alcaldía, pero no ocurrió nada de eso y los primeros días le llovieron críticas a aquel Gobierno Militar. Pero luego, viendo cómo habían actuado aquellos milicos, fue estremecido por una agitada confusión: ¿Y si aquellos militares eran distintos? ¿Y si se trataba de una verdadera, honesta revolución? ¿O quizá sólo eran otros militarotes brutales y ávidos de poder? Pero el ministro del Interior, Pedro Blacker Hurtado, o el ministro de Pesquería, Ravines, no parecían así… Pedraza hubiera querido encontrar a Bermúdez para preguntarle, para saber qué hubiera dicho su padre, qué pensaba él que diría su padre. Él, que fue el único amigo que le conoció al viejo. Sin embargo, dejó que pasaran y pasaran los meses sin tomar ninguna decisión, arrastrado por una pereza que iba minándole el ánimo y dejándole un malestar inubicable, un mal sabor en la boca. Y un buen día, después de pensarlo mucho, Pedraza resolvió sus dudas.

Dos días después de renunciar y escribir aquella carta explicando sus motivos, se encontró en el retrovisor de su carro el frontal de un Dogde azul que venía siguiéndolo por toda la Javier Prado. Sintió cierto alivio al entender que aquellas cuarenta y ocho horas había vivido en una inexplicable zozobra esperando que aquello ocurriera. Nada más llegar a casa, le dio un beso a su mujer y sin decir palabra se acercó al teléfono. Temblaba un poco cuando discó el número de su amigo, el abogado laboralista Eduardo Roca, ¿aló, compadre? A que no adivinaba quién lo había venido siguiendo, dijo cuando por fin este contestó. El mismo Pedraza se decepcionó al oír su propia voz, más bien cenicienta y no jovial y despreocupada como hubiera querido. Su mujer se había acercado en silencio y lo miraba hablar por teléfono con los ojos muy abiertos, los brazos cruzados fuertemente en el regazo. Sí, exacto, contestó Pedraza a la bocina del teléfono, poniéndose un cigarrillo en la boca y haciéndole gestos a su mujer de que le alcanzase unos fósforos, flaca. Seguro ahorita mismo tocan a la puerta, agregó, y se alarmó al pensar que tenía la misma expresión de su mujer, quien había vuelto en silencio con una cajita de fósforos en la mano: de acuerdo, dijo casi como un autómata en el teléfono, entendido, te espero e intentaré demorarlos hasta que llegues: Pediré que me dejen al menos terminar de comer. Luego colgó y encendió el cigarrillo, ¿ya estaba el almuerzo?, preguntó fúnebremente el economista y concejal Juan Carlos Pedraza, de treinta y dos años, natural de Arequipa, casado con doña Paula Castro, sin hijos. Su mujer corrió a la ventana y vio el Dodge azul, grande, algo oxidado, allí abajo, ¿lo buscaban?, preguntó por fin, con una voz demasiado chillona, como a punto de lanzar un grito, ¿qué había hecho?, ¿quiénes eran esos hombres?, y corrió hacia donde su marido, que se sentó a la mesa destapando la olla donde humeaba la sopa, que le sirviera ya, dijo de pronto, rápido, flaca, lo buscaban de la prefectura y él tenía que conseguir demorarlos hasta que viniera Eduardo... y en ese momento sonó la puerta, no el timbre. Pedraza se llevaba una cucharada de caldo a la boca cuando escuchó la voz familiar, mínima, apacible, del comisario Bermúdez.

III

Bienvenidos, dijo Leticia abriendo la puerta y también unos ojos verdes, llenos de picardía. Sánchez Idíaquez esbozó una sonrisa inmensa, que le achinó el rostro, qué guapa estaba hoy Leticita, dijo, y ella frunció la nariz como ante un mal olor, cogió el abrigo del decano, que no usara ese diminutivo horrible con su nombre, por favor, y sonrió a Heriberto Guevara, que hizo el amago de darle un beso en el envés de la mano, más que un beso un mordisco le daría, admitió, y ella cogió el sombrero que ocultaba la prematura calvicie del sociólogo, pasaron finalmente al pequeño salón y caminaron detrás de las caderas de Leticia que por aquí, por favor, los fue guiando hasta un salón donde tenía dispuesta una mesa redonda con paño verde, un minibar rodante con botellas de whisky etiqueta negra, ron cubano y nacional, vodka ruso y ginebra inglesa, gaseosas y una cubitera. «Que no les falte nada», le había dicho severamente Tamariz esta mañana, poniendo en el velador un fajo de billetes mientras el chofer lo esperaba ya con el motor encendido, yo llegaré seguramente un poco más tarde, escuchó ella aún adormilada, sintiendo el beso leve que él le dejó en la mejilla, su rápida caricia casi paternal, no, no les faltará nada, pero tú no tardes mucho que eran unos pesados, dijo Leticia, al primero que se quiera propasar le planto una bofetada, le advirtió antes de escuchar su risa, nadie se iba a querer propasar con ella, rió el doctor saliendo de la habitación, que no lo esperara para almorzar y luego Leticia escuchó la puerta de calle, el saludo animoso de Canchaque, buenos días, doctor, el carro arrancando, miró la hora: las nueve de la noche y no llegaba, suspiró Guevara aceptando el segundo whisky que le ofreció Leticia, rozando como al descuido sus manos, qué barbaridad con el doctorcito, yo jamás dejaría una mujer tan guapa sola en medio de tantos hombres, y el mayor Montesinos, que había llegado recién junto con el mayor Alfaro, levantó sus ojos miopes hacia ella y sonrió con malicia ante el comentario del sociólogo.

«Es repulsiva su forma de mirar», le confesaría horas después Leticia a Tamariz, arrebujada contra él en la cama, observando su perfil de pájaro iluminado por la luz de la luna, atenta a su respiración sincopada. Ella podía soportar las bromas toscas de Sánchez Idíaquez, sus esfuerzos ímprobos de galantería cerril, el tímido ataque de Alfarito cuando la piropeaba, la melindrosa atención de Guevara, más peligroso, quizá, ¿más peligroso?, preguntó Tamariz y ella pudo adivinar su sonrisa, le dio un codazo, quería decir que era menos obvio que el decano, sonso, pero con Montesinos sentía un escalofrío, una repelencia y un miedo o un asco, dijo sin saber qué palabra elegir, frotándose ambos brazos como si de pronto sintiera frío, ¿por qué le caía tan mal aquel cachaco?, Leticia no sabía exactamente qué era lo que le disgustaba tanto del mayor, pero haciendo un esfuerzo le sostuvo la mirada con frialdad, sin ocultar el rictus de desagrado que esculpió en su boca, ¿otro trago, mayor?, le preguntó y este alargó su copa, un chorro de gin con Bingo Club, Leticia, era muy amable, y su voz sonó como un ronroneo, como una burla también, de manera que ella alcanzó el vaso, esquivó la mano de Montesinos que buscaba sus dedos y se fue a la cocina, aunque las bebidas estaban allí en el salón, precisamente. Apoyada contra el fregadero encendió un cigarrillo y le dio dos chupadas intensas antes de desmenuzarlo bajo el chorro del caño, justo en el momento en que escuchaba la puerta, por fin, y eras tú, no sé qué hubiera hecho más rato con el mayorcito ese, le dijo a Tamariz volviéndose contra el magro cuerpo del doctor, no le gustaba nada aquel cachaco, y el doctor emitió un largo suspiro, pues tendría que aguantarlo, querida, porque ese hombre le resultaría utilísimo, lo mismo que los otros. Con ellos pensaba formar el Coap y Montesinos sería el enlace con el ministro Blacker, en Interior. ¿Y qué era eso del Coap?, preguntó Leticia, ya del todo desvelada. El comité de asesores del presidente, explicó Tamariz con una voz muy suave, casi adormilada, el órgano que se encargará de que las órdenes de Velasco no sufran interferencias en el camino, que nadie distorsione las directrices del Gobierno, y que se tutele, digámoslo así, las propias decisiones del presidente. ¿Van a tutelar las decisiones de Velasco?, Leticia se incorporó a medias en la cama, con una voz divertida, algo escandalizada también, pero si ese hombre no se dejaba manejar por nadie. El general era un poco difícil a simple vista, admitió Tamariz y detuvo con firmeza el gesto de Leticia cuando la adivinó buscando los cigarrillos que había dejado en el velador, eso era cierto, pero precisamente para ello estaba el Coap, para que la Revolución no sufriera ningún menoscabo por culpa de arrebatos temperamentales. El general Carranza estaba completamente de acuerdo con el nuevo diseño del Coap, y esos hombres que habían venido a jugar una partida de cartas formaban el futuro comité. Ya, dijo Leticia mirando hacia el cielo raso, pero ninguno de ellos parecía precisamente una lumbrera... Escuchó entonces que el doctor Tamariz reía muy quedamente, mejor te duermes, querida, mañana tenían que madrugar para ir al almuerzo que ofrecía Carranza en su casa de Chacarilla. «Lumbreras», murmuró todavía y volvió a reír, muy bajito.

CUANDO ENTRÓ EN la sala de reuniones, los ministros se levantaron confusamente, de pronto las voces se convirtieron en susurros, mientras él avanzaba casi sin mirarlos hasta ocupar finalmente la cabecera desde donde dejó bruscamente su pistola. Todavía leyó un rato los papeles que le había preparado el general Benito Carranza, carraspeó, se acomodó los lentes. Recién entonces pareció percatarse de la presencia de los demás. «Aquí va a arder Troya», dijo entre dientes el general Zegarra, y en su tono ligeramente despectivo y ácido, el general Blacker creyó atisbar un punto de ironía y desenfado, como si realmente le importaran un comino las furias homéricas de Velasco. Señores, dijo este quitándose de un manotazo los lentes como si le molestaran, la diestra temblándole un poco cuando reordenó los papeles, antes que nada vamos a hablar de un puntito que conviene aclarar. «Un puntito, un asuntito», susurró el Turco Zegarra al oído de Blacker Hurtado, «cuando dice eso ya sabemos lo que nos espera». Velasco se agitó en su butaca, buscó el vaso a su diestra, el general Del Valle se apresuró a servirle un poco de agua para que se aclarara la garganta y carraspeara, para trabucar al cabo de unos larguísimos segundos que estaban haciendo el ridículo ante el mundo, señores, y su voz pareció desfallecer de asco. De inmediato se levantó como una polvareda de murmullos en la sala, pero el presidente volvió a alzar una mano conminatoria, era cierto, lo de la expropiación estaba haciendo agua y la prensa seguía jodiendo con el asunto, no se podía tapar el sol con un dedo, y empezó a leer en voz alta, aquí tenía los informes: nos hemos embrollado tanto en objetar el hábeas corpus interpuesto por la IPC que los gringos han aprovechado esa confusión para hacer sus maletas y largarse, ¿cómo era posible, carajo, que cuando llegaron nuestros interventores todas las cuentas de la empresa norteamericana estuvieran vacías, que en sus oficinas no encontráramos ni pisapapeles? ¡Ni pisapapeles, señores!, dice Velasco y saca un pañuelo que frota acongojado en su incipiente calva, continúa hablando: y mientras tanto nosotros hemos pagado casi veinte millones de dólares de sus deudas, señores, de las deudas de la IPC con los bancos norteamericanos, para que la expropiación se hiciera de acuerdo a ley, y su voz vuelve a desfallecer, toma otro sorbo de agua, era una locura, dice, y se lleva una mano a la cabeza con furia, por un momento el ministro Blacker teme que Velasco se vaya a arrancar los pelos, se sobresalta un poco, continúa escuchando: ¿Cómo era posible que ellos, el Gobierno, asumieran el control de la refinería y que, para no interrumpir el abastecimiento de gasolina, acudieran a la red de distribución de la propia IPC? Resultado: Los gringos han estado vendiendo nuestra gasolina sin producirla. Nuestra gasolina, carajo, y se da dos golpes que activan el diapasón de su pecho. Nos han tratado como a cholitos, carajo, se congestiona Velasco, tiene que beber otro sorbo de agua porque parece a punto de explotar, resuella al borde de un ataque. Y lo peor, como seguramente ya saben, es que el asunto se ha destapado malamente. El general Carranza aprovechó la pausa del presidente para hablar: Ayer todos ustedes deben haber visto la entrevista televisada que le hicieron a José María de la Jara y Olaechea, el secretario de Acción Popular, todos deben haber escuchado lo que dijo, y Ravines murmura al oído de Blacker cuando este pregunta furtivamente si había visto aquella entrevista, Turco, que él no pudo verla, «sí, la vi: dijo que no íbamos a poder cobrar los 690 millones de dólares, que más bien se trataba de una cortina de humo para ocultar la sangría de millones que hemos pagado hasta el momento», y ambos se vuelven atentos, graves, cuando el presidente ruge que ese traidor y el periodista que lo entrevistó, ese tal Montelongo, se me marchan ya mismo del país, por insidiosos, por traidores a la patria, y fulmina a los generales y a los asesores que están quietos como estatuas, esto de la maldita libertad de prensa también tendría que acabar, los mira a todos uno por uno, menos al general Arrisueño, el ministro de Economía, y el general Blacker sabe perfectamente que cuando Velasco decide no mirar a uno de sus ministros es porque este tiene los días contados, ni siquiera lo ha dejado hablar cuando Arrisueño ha querido explicarse, señor presidente, si me permite, el semblante demudado, su rostro ceniciento, un momentito, Arrisueño, déjeme terminar, ha dicho insistiendo en no mirarlo, porque esos 690 millones de dólares se van a cobrar como sea, ¿verdad?, continuó hablando el presidente, no iban a quedar como unos imbéciles ante el pueblo peruano ni ante la comunidad internacional, ¿verdad?, de manera que ahorita se me ponen todos a trabajar duro para ver cómo salían de este maldito enredo, dice Velasco y hace un gesto tajante con la mano, dando por terminada la reunión, un gesto que sobresalta al general Blacker, que está pensando en Anita, en la pelea que han tenido nada más ayer por la mañana, y es que era imposible esa chiquilla, le confiesa al mayor Montesinos cuando regresa a su despacho, ¿qué tal, cómo había ido todo?, se interesa sinceramente el mayor al ver el semblante abatido del ministro Blacker, la papada flácida y temblona, muy mal, dice, Velasco está caliente y es casi seguro que van a rodar cabezas, para empezar la de Arrisueño, ¿el ministro de Economía? Sí, va a ser el ascenso más breve de la historia, dice el general Blacker aceptando el whisky que le sirve Montesinos, pero no sólo va a rodar la suya, el general Ravines me ha contado algunas cosas, ya sabía Montesinos que Ravines tenía mucha influencia con Velasco, lo mismo que el general Benito Carranza, agrega el mayor Montesinos, están por encima incluso del general Del Valle, el jefe del Estado Mayor, desde que formaron ese Coap, ese comité de asesores del presidente. Y ahora el mayor Montesinos tenía entendido que ellos iban a asesorar la nueva ley de comunidades industriales, por eso están en tratos con los yugoslavos, ¿verdad? El general Blacker apenas lo escucha, a su cabeza vienen imágenes, vuelve a recordar el portazo de Anita cuando después de discutir salió a la calle y no volvió sino hasta las doce de la noche, no quiso comer nada, se metió en su cuarto y puso la música a todo volumen, como si él no existiera, recordó abatido, grisáceo, mientras escuchaba apenas la voz del mayor Montesinos, él tenía la seguridad de que mantendrían en Interior al general Blacker, dijo con cierta alegría, después de todo, el general era de los que estaban mejor preparados en el Gobierno, y luego, ¿pero no era sólo por eso por lo que estaba preocupado, verdad? Y Blacker lo miró un segundo, sonrió pensativo, no, mayor, es por mi hija, estamos últimamente de mal en peor. Ah, caramba, dijo el mayor Montesinos rascándose la frente, lo sentía mucho, mi general, esos problemas familiares son siempre fregados, pero si quería hablar, con toda libertad, ya sabía que podía confiar en él.

—Al viejo se le cae la baba por la hija —afirmó Montesinos estudiando sus cartas antes de poner un par de billetes sobre la mesa.

—Y la chiquilla no hace más que darle dolores de cabeza —afirmó el mayor Alfaro antes de cambiar dos cartas—. Qué mala racha llevo hoy, puta madre.

QUE LLAMARAN INMEDIATAMENTE a Federico Argüelles, dice el ministro de Pesquería cerrando cuidadosamente el ejemplar de *Semana* que acaba de leer. No espera a que le abran la puerta del auto y baja con movimientos enérgicos, devuelve el saludo marcial de quienes se cruzan a su paso, sube por el ascensor y saluda a su secretaria con esa orden perentoria, que lo ubiquen de inmediato, Carmen, y ponme con el coronel Rojas, agrega ya en su despacho acomodando con diligencia los papeles que ha sacado de su maletín de cuero. Su cafecito, general, dice la chica poniendo una taza en la mesa, ahora mismo lo comunico.

Huele intensamente a Yardley el general Ravines, tiene las manos asépticas e inmaculadas de un cirujano, sus movimientos son reposados y al mismo tiempo parecen contener secretamente un vigor enorme. La bruma matinal apenas permite ver el perfil somnoliento de la ciudad, el tenue contorno de los edificios que despuntan como una irrealidad malva en el horizonte. El ministro de Pesquería termina de beber su café sin azúcar de dos sorbos y deja la taza aún humeante junto a los demás periódicos y revistas que acaba de traerle a su despacho el capitán Arriaga. Escucha los rumores que poco a poco se van volviendo más intensos a medida que se hace de día y el ministerio comienza su hormigueante actividad. Ravines vuelve a colocarse los lentes y lee despacio, con una ligera ofuscación, el titular: «Las irregularidades de Pescaperú». Es la segunda vez que lee la escueta noticia, a dos columnas, que aparece en una página interior de *Semana*, pero todavía se resiste a creerlo, a asumir que este tipo de acusaciones se hagan en el ámbito de mi ministerio, deletrea con furia frente al coronel Rojas, que ha tardado apenas media hora en llegar y que se encuentra todavía envarado, casi en posición de firmes, frente a Ravines, furioso porque el director de *Semana* no se encuentra, general, le ha dicho su secretaria hace un momento, parece que el señor Argüelles se hallaba de viaje: ¿De viaje? ¿Dónde había ido y quién era entonces el responsable de esta noticia? Y da dos, tres palmazos en la mesa.

Ravines se lleva las manos a los lentes de lectura, los acomoda, ¿qué tipo de prensa era ésta, caramba?, ¿estos periodistillas estaban o no estaban con la Revolución?, se enardece el coronel Rojas y el ministro ataja el exabrupto de su subalterno clavándole la mirada grisácea y helada, que no siguiera por allí, Rojas, primero quería escuchar su versión, claro está, pero si los de *Semana* se han tirado a fondo deben haber descubierto algo. El coronel Rojas empalidece, con el debido respeto, mi general, da unos pasos pero lo detiene nuevamente la mirada del general que cruza las brazos y los apoya en el escritorio, que se sentara, hombre, que no estuviera de pie todo el rato, dice al fin el ministro ofreciendo asiento y el coronel murmura vagos agradecimientos, se sienta resoplando, dándose cuenta del cambio de tono que ha empleado su superior, más conciliador y amable, al fin y al cabo eran viejos conocidos, Rojas, dice Ravines, no creía faltar a la verdad si se lo decía así, a bocajarro, pero en este asunto debían ir con pies de plomo, el propio general Carranza le ha hecho saber que Velasco anda amargo, caracho, porque últimamente no sólo hay manifestaciones y problemas sindicales, ya sea en el agro o en la industria, caracho, sino también pequeños asuntos incómodos: denuncias por mala gestión, prevaricación y sobornos, dice el ministro y observa que el coronel Rojas se remueve inquieto en su asiento, mordiéndose el labio, colorado como si fuera a estallar, seguro muerto de ganas por encender un cigarrillo, pero se contiene porque sabe que el ministro de Pesquería no fuma ni tolera que lo hagan en su presencia, incluso dicen que hizo un ostentoso gesto de fastidio cuando el propio Velasco, hace un par de meses, encendió un cigarrillo durante una reunión con su plana mayor, «¿qué pasa, gato?», dicen que le dijo el presidente con una sonrisa a medio camino entre la incredulidad y el embarazo, «¿te molesta el humo?». «La verdad es que sí, mi general», dicen que contestó Ravines sin pestañear.

El general Ravines se incorpora de su asiento y camina hacia la ventana, los brazos cruzados severamente tras la espalda, la cuestión es averiguar qué saben esos periodistas, y si no hay nada les pegaban su cafeteada, una carta desmintiendo todo, punto por punto. Lo importante era además no dar una imagen de intolerancia, ya bastante tenían con las deportaciones que de tanto en tanto ordenaba Velasco, la del concejalito ese de Miraflores, el tal Pedraza, había sido un atropello, hombre. El coronel Rojas se vuelve hacia su superior, eso había pensando él mismo, mi general, porque nada de lo que decían era cierto, que si la distribución de lenguado se desvía a particulares para su comercialización fuera de los cauces oficiales, que si hay una estafa millonaria... él le aseguraba que nada de eso era cierto, podían mirar sus libros cuando quisieran, las cuentas estaban más claras que el agua, mi general, absolutamente nada es cierto.

—Entonces, ¿se publicará? —Montesinos extiende un dossier que Fonseca revisa apresuradamente.

—¿Tú me garantizas que esto es cierto punto por punto? Porque si es así lo sacamos la próxima semana —Fonseca apaga el cigarrillo en el cenicero que Montesinos ha puesto delante de él, agita el dossier con contundencia.

—Cierto punto por punto, pero ¿por qué la próxima semana? —Montesinos estira una mano hasta el cenicero y vuelca una banderita que tiene como pisapapeles, ay caricho, la vuelve a colocar en su sitio, apaga el cigarrillo y echa el humo por la nariz— ¿Por qué no mañana mismo?

—Argüelles parte a Cuba el viernes y yo me hago cargo de la revista... si por él fuera, esto no sale.

El general Ravines frunce el ceño, ¿en Cuba? ¿Y qué hacía ese señor en Cuba?, el ministro se vuelve hacia su secretaria, ¿entonces quién es el responsable? Que lo pusieran con ese periodista ahora mismo, dice una vez que ha despedido a Rojas, que le preparara esa carta, coronel, y nos citamos con Argüelles o con quien sea para que dieran su versión de los hechos, a ver qué pruebas tenían estos carijos, dice acercándose nuevamente a su escritorio y el coronel Rojas se incorpora de un salto, sí, señor, dice, ahora mismo preparaba esa carta y quedaba a sus órdenes, insiste, pero el general Ravines apenas lo mira y él sale del despacho pidiendo permiso para retirarse. Al cabo llama por el interfono la secretaria, general, quien estaba encargado en ausencia del señor Argüelles es el señor Fonseca. Ravines arquea una ceja, ¿el Colorado? ¿El Colorado Rolando Fonseca?

DESDE QUE LLEGÓ al Círculo Militar, donde se daba la fiesta de la hija de Velasco, Montesinos no había podido sustraerse ni un minuto a la contemplación de aquella belleza, ¿veinte años? No más de veintidós, en todo caso, y esa piel nueva, que se adivinaba suavísima al tacto, como la promesa de un estremecimiento. Desde ese instante no había hecho otra cosa que seguirla, espiarla, observarla rodeada por aquella cohorte de niñitos, de hijitos de papá, de mequetrefes llenos de acné, de jovenzuelos que no podían disimular que se les caía la baba por tu hija, Gringo, le dio dos palmadas en la espalda el general Cáceres Somocurcio al ministro Blacker cuando los generales hicieron un aparte y dejaron que la orquesta iniciara los primeros acordes de un ritmo a gogó que supo surtir el efecto de animar a los más jóvenes a bailar, ¿y usted, mayor, no baila?, preguntó algo achispado y divertido el ministro Blacker a su adjunto, que bebía muy formalmente entre los generales, como si un reflujo de abulia lo hubiera remolcado hasta allí. Montesinos alzó su copa, de momento no bailaba, general, dijo muy rígido, mirando las piernas largas, las mejillas encendidas, el moño elegante que descubría una nuca hermosa de vello rubio y casi transparente a contraluz, aunque se animaría en cualquier momento, que lo tuviera por seguro. Eso estaba bien, mayor, dijo el ministro Blacker buscando al camarero para dejar su copa vacía y pedir que le sirvieran un poco más de combustible, sonrió al mozo, y tenía la nariz algo enrojecida, los ojos acuosos a la hora de mirar a su hija, a que no era una preciosidad, ¿verdad, mayor?, sacó pecho el viejo general cuando su hija, en brazos de un jovencillo de nuez demasiado grande y ojos soñadores, pasó cerca de la mesa larga donde su padre bebía con otros militares y el mayor Montesinos claro que era una chiquilla muy hermosa, general, ¿cómo le había dicho que se llamaba? El general Blacker miró confundido a su adjunto, caramba, mayor, no me diga que no se la he presentado, qué barbaridad, era un viejo despistado, se amonestó el general Blacker aplaudiendo al igual que los demás aquella pieza que terminaba. A Blacker le caía bien el mayor Montesinos: era educado, correcto, de una antigua aunque algo modesta familia arequipeña, muy servicial y tremendamente efectivo, de manera que resultaba difícil no verlo a veces con un cariño más bien paternal. Por eso mismo se sentía enojosamente en falta cuando cometía aquellas distracciones con él. ¡Anita!, llamó a su hija y ésta, que conversaba dos mesas más allá, hizo un mínimo gesto de fastidio que su padre no vio o no quiso ver, pero que no pasó desapercibido para el mayor. Luego se incorporó y se acercó a la mesa de su padre, una espléndida figura, sí, señor, anotó Montesinos, y también que la chica tenía unos hermosos ojos color cerveza. ¿Sí?, dijo ella como en guardia, empeñada además en ignorar al hombre que bebía un whisky al lado de su padre. Este era su adjunto, el mayor Montesinos, dijo el viejo general y el mayor sacó pecho, hizo una ligera inclinación de cabeza que Anita encontró levemente anacrónica, luego la miró a los ojos y sonrió con aplomo, ¿le permitía esta pieza?, dijo ofreciendo resueltamente una mano color canela y de dedos cortos. Anita Blacker miró por un segundo a su padre, que sonreía como entre brumas y continuaba bebiendo su whisky. En realidad apenas pudo reaccionar porque la orquesta ahora acometía una bossa nova y ella no encontró manera de negarse, la mano del mayor seguía extendida, su gesto estático, los ojos algo miopes fijos en los suyos y como desprovistos de emoción, o más bien como si custodiara con celo sus emociones: encantada, se escuchó balbucear antes de sentir las manos firmes del mayor llevándola con delicadeza, pero al mismo tiempo con rotundidad, hacia la pista de baile, unas manos de hombre, pensó confusamente Anita Blacker, sintiéndolas ceñir su talle, y supo además que estaba roja, que desde su mesa la miraban con algo de burla, o con rencor, sobre todo Quique Martínez del Campo, que se había apuntado a sus mismas clases en la universidad. Estudiaba en la San Martín de Porres, ¿verdad?, preguntó de pronto el mayor Montesinos sorprendiéndola un poco porque fue como si hubiera estado leyendo sus pensamientos. Sí, así era, dijo ella secamente, pero luego se arrepintió porque aquel pobre mayor no tenía la culpa de la relación que ella mantenía con su padre.

El mayor la llevaba con cautela, sin la huachafería romanticona de sus otras parejas de baile, sin pegarle el rostro a la cara, sin juntar demasiado su cuerpo, como había temido en un principio, siguiendo muy bien el ritmo de aquellos sonidos tan cálidos y ella tuvo que relajarse un poco porque seguramente el mayor sólo quería ser correcto y cordial con la hija de su jefe, pensó con un ligerísimo asomo de enfado o desencanto, pero estaba bien que fuera así, caramba, y se dejaba llevar por los pasos algo milimétricos del militar, marcados a conciencia, como si no existiera en aquella pista de baile nadie más que ellos, ellos y la orquesta que lánguidamente arrullaba con sus saxos temblorosos, bailaba bien, eso estaba claro, y como ella apenas le contestó displicentemente a su pregunta, se había encerrado en un mutismo reconcentrado u ofendido o quizá indiferente, y que Anita no supo cómo remontar. Por fin acabó la pieza y el mayor aplaudió como todos, le dio las gracias y la acompañó hasta su mesa, cosa que Anita agradeció en silencio, pues así no tenía que acercarse nuevamente a donde su padre. Tuvo que admitir que se sintió bien, acaso más adulta, al acercarse a su mesa del brazo del mayor, ¿no se quedaba a acompañarlos?, propuso casi sin pensarlo. Viviana Iriarte lo miraba descocadamente, siempre tan loca, y Marta y María Fe Villacorta lo mismo, claro que sí, dijo Quique Martínez del Campo incorporándose levemente, muy educado, que se quedara con los jóvenes y no con los cochos, dijo y todos rieron, el mayor también, con mucho gusto, dijo, no fueran a creer que tenía intenciones de apolillarse toda la noche, agregó con una picardía juvenil que cogió a contrapié a Anita Blacker. El mayor pidió permiso para sentarse con una solemnidad teatral que hizo sonreír a las chicas pero inesperadamente no se acomodó al lado de Anita, sino entre Viviana y Marta, que le hicieron espacio sonriendo disforzadas. La hija del general Blacker lo miró durante un segundo muy largo, se sentó finalmente frente a Quique y María Fe, y siguió conversando con ellos, comentando lo bien que había quedado la fiesta de Amparito Velasco, ya se había ido su papá, ¿no? Sí, parece que andan frenéticos en el Gobierno con el asunto ese de La Brea y Pariñas, me dijo mi papá que los gringos de la Internacional Petroleum habían blindado muchos contratos, que estaba resultando imposible la expropiación. ¿El mayor sabía algo?, Anita no pudo evitar que su voz suavecita y algo ceceante tuviera cierta dosis de malignidad. No, señorita, dijo este levantándose y ofreciendo la mano, su mano canela y de dedos cortos, como hacía un momento lo había hecho con ella, a una derretida Viviana Iriarte: él no sabía nada, y además esta noche mejor no hablaban de trabajo porque entonces sí que se iba a apolillar, y todos rieron. Ella también, claro.

DESDE EL FONDO del local proviene un metralleo furioso de cinco o seis máquinas de escribir, la cantinela zumbona de la radio que escupe eslóganes publicitarios, tonadas nacionales, boleros de letra desesperada que nadie en la redacción parece atender y que Federico Argüelles de vez en cuando escucha con un relente inexplicable de nostalgia, de vacilante confusión ante su pasado. Por eso, por momentos se distrae y luego vuelve a la charla con Proaño, que le muestra las dos cuartillas mecanografiadas. A Argüelles le cruje el estómago y por un segundo piensa interrumpir la verborrea de Proaño, bajito, casposo, con su eterna chalina en torno al cuello y su saco brillante como ala de mosca, que no deja de explicarle por qué deberían incluir aquella nota en el especial que sacarán sobre el

próximo aniversario de la Revolución, al general Velasco
le gustará, dijo finalmente Proaño acomodándose unos
cabellos ensopados que la Glostora no puede domesti-
car y Argüelles bufó incómodo, ¿dónde estaba Rolando?,
dice con su voz seca, de asmático, llevándose una mano
al chaleco de donde hace colgar un relojito anacrónico.
Proaño pestañea confundido, ¿perdón?, y Argüelles se
arrepiente como si hubiera sido muy brusco, pero insiste
en que estaba muy bien la iniciativa, Proaño, pero ellos
no escribían para que el general Velasco estuviera o no
contento, ellos escribían para decir la verdad, sólo la verdad, y levanta un índice pedagógico. Y ahora, por favor,
que buscara al señor Fonseca, si era tan amable, y estuvo
a punto de decir que le llamara también a Juliancito, pero
un resto absurdo de pudor lo contuvo, ya se encargaría un
sánguche más tarde.

     Proaño hizo una especie de venia y dijo que claro,
que entendía el celo del señor director, por supuesto, pero
él creía, en fin, tenía razón, como siempre tenía razón, señor Argüelles, lo que ocurría es que él, como el resto de los
compañeros de la casa, se había dejado ganar por el entusiasmo de este nuevo aniversario de la Revolución: pero
al ver la expresión somnolienta del director su voz se va
convirtiendo en un riachuelo de frases sin sentido hasta
que bruscamente se apaga unos segundos y luego vuelve a
sonar con ímpetu: ahora mismo buscaba a don Rolando,
dice, pero el director se envara en su asiento que cruje y
rechina, mire, no, allí estaba, y hace un gesto con la mano
llamando a Fonseca, que sube por las escaleras, camina hacia la dirección con unos papeles bajo el brazo, llega por fin
al minúsculo despacho, eso era todo, Proaño, ¿verdad?, y
este mira de soslayo a Fonseca, cómo estaba, don Rolando,
le dice y Fonseca, mucho más joven que él, gordo, colorado, con una corbata chillona bailoteándole hasta la curva

de la barriga, le da una palmada displicente, qué tal Proañito, ¿ya le tenía el cuadro de comisiones hecho?, ¿ah, no? Pues vaya, hombre, que lo necesitaban para hoy, que no esperara a que le dijeran todo, caramba, y que quería que le ubicara a Villaverde o a Ortiz, ¿dónde se había metido ese par? Finalmente, cuando Proaño ha salido a las carreras del despacho, Fonseca se derrumba frente a Argüelles, que se apresura a ofrecer inútilmente el asiento.

—Rolando —resolló al cabo de un momento dedicado a acomodar unos papeles en el escritorio, vaciando un cajón y luego volviendo a llenarlo, como si estuviera ganando tiempo, pero al fin levanta sus ojos celestes, de una dulzura infantil, y sonríe fugazmente—. Esta mañana me ha llamado el general Ravines. A casa me ha llamado, caracho.

Fonseca se acomoda mejor en el asiento y observa a Argüelles con desarmante parsimonia: la cabellera grisácea; los ojillos claros y apenas inquisitivos, el saquito de corduroy que con las justas cierra en el abdomen; las manos temblorosas, rematadas en dedos rechonchos y manchados de nicotina.

—…y me ha dado una buena raspa por esto —dijo mostrando la revista que tiembla enojosamente en sus manos.

Fonseca mira el ejemplar y luego al director, vuelve a mirar la revista y finalmente resopla, a él también lo había llamado el general, señor Argüelles, pero entendía que ya estaba todo solucionado. Además, dijo balanceándose en su sillón, creía que el deber de *Semana* era decir la verdad. Porque si no era así, francamente no veía qué estaba haciendo en este momento. Hay una nota algo chillona en la voz de Fonseca, un desasosiego cargado de indignación que obliga a Argüelles a mostrar ambas manos como en señal de paz y a cerrar los ojos antes de hablar.

—Rolando… Rolando —dijo el director una vez que Fonseca parece apaciguado—. Claro que nuestro deber es decir la verdad y enfrentarnos a lo que sea por defender este Proceso Revolucionario, por eso mismo te llamé a mi lado cuando me encargaron la dirección de esta revista…

—Usted mismo, señor Argüelles, si me permite, ha depositado su confianza en mí…

—Por supuesto, mi querido amigo, por supuesto —Argüelles se revuelve incómodo en su butaca, que rechina y protesta—. Lo que ocurre es que esto —y da dos palmadas en el periódico que ha recuperado de las manos de Fonseca— es demasiado serio como para sacarlo así como así. Creo que has debido esperar a que regresara de Cuba.

—No lo entiendo, señor Argüelles. Con todo el respeto que usted me merece, tengo que decirle que la decisión había que tomarla sobre la marcha. Lamentablemente usted no estaba y yo sí. Quiero decir que usted mismo dejó la dirección en mis manos.

—Totalmente de acuerdo, Rolando, no te hagas mala sangre. Lo único que te digo… en fin, lo único que lamento es que esto haya ocurrido justo cuando yo no estaba.

Fonseca levanta apenas los hombros, él lo lamentaba mucho más, que le creyera, señor Argüelles, pero las cosas sucedieron así. El general lo había llamado hecho una furia, claro, y él tuvo que presentarse en su despacho. ¿Había ido personalmente a hablar con el general Ravines?, dice Argüelles abriendo mucho los ojos: Sí, allí estaba también el coronel Rojas, el director de Pescaperú, que lo quería matar, por supuesto, pero él quiso dejar las cosas claras, mi general, dijo entrando al despacho cómodo, bien tapizado, silencioso, de Ravines que llama a su secretaria, Carmen, por favor, que les trajera unos cafés, que aquí iban a conversar con el señor Fonseca un buen rato, dice con una jovialidad donde asoma un punto de ironía, y Fonseca sintió unas ganas urgentes de fumar, le rogaba que le dejaran explicar un momento, pero Ravines, que se ha movido hacia el ventanal, parece no escucharlo y el coronel Rojas, de bigote prieto y fatigadas bolsas bajo los ojos, lo mira largo rato, entregado a un desprecio minucioso que le curva los labios en una mueca de asco, cómo era posible que se permitieran estos infundios, estos vejámenes contra su labor, pero se detuvo cuando entró la secretaria, permiso, y dejó una bandejita de alpaca sobre el escritorio. Luego se retiró en silencio. Ravines volvió a tomar asiento y bebió un sorbo de café, señaló con la barbilla el fólder que Fonseca parecía defender contra su regazo, coronel Rojas, por favor, dijo, iban a escuchar lo que tenía que decir el señor Fonseca, era una lástima que no estuviera Federico Argüelles, pero tenía entendido que Fonseca era el adjunto de dirección, ¿verdad? Así es, mi general, dijo Fonseca, la voz más firme pese a la papada de iguana que temblaba al hablar, el señor Argüelles se encontraba de viaje. Él se limitó a consultar sus fuentes, de toda credibilidad además, agregó antes de que Rojas lo interrumpiera, y sólo lamentaba que la imagen del coronel saliera comprometida… El coronel se levantó, volcando un poco de café sobre sus pantalones bien planchados, cómo podía decir eso, carajo, quién se había creído que era, y el ministro Ravines alzó la voz por primera vez, una voz helada y amenazante, coronel, le rogaba que en su despacho le concediera el privilegio de los carajos a él, y que dejara hablar al señor Fonseca de una vez. Fonseca se sumergió en los papeles que extrajo del fólder y luego los miró un momento antes de ponerlos, uno por uno, en la mesa del ministro de Pesquería. El coronel Rojas se clavó en su asiento y cruzó las piernas buscando los ojos de Fonseca, que continuaba sacando papeles, algunos de ellos con el membrete de Pescaperú, mientras va explicando, con una voz didáctica y suave la función de Pescaperú, quién era el mayor Altamirano, quién el señor Lerner, quiénes se encargaban de la contabilidad, qué pasaba con el equipo administrativo de la empresa, aquí había unas copias de cuatro albaranes y otras tantas guías de remisión, si el general tenía la bondad de mirarlos encontrará el consignatario, el nombre de la motonave, *Princesa Mariana,* el muelle de descarga, el 7B y la bodega 2, en fin, haciendo las cuentas se percatarán de que las cifras de carga y descarga no coinciden con las reseñados en este otro documento con la firma del señor Lerner y del mayor Altamirano, naturalmente sin la firma del coronel Rojas, porque él no dudaba de la honorabilidad del coronel, faltaría más, pero estos documentos probaban que, en fin, habían ciertas irregularidades en el manejo administrativo… ¿irregularidades? La voz de Ravines vuelve a sonar irónica, ríe muy suavemente, ¿irregularidades dice, señor Fonseca? Más bien parece una denuncia de estafa en toda forma, y coge los papeles, los albaranes que Fonseca ha colocado sobre la mesa del ministro, señor, aquí están todos los documentos que incriminan al mayor Altamirano y dos gerentes, Richard González y Miguel Ángel Lerner, que han estado cometiendo peculado y estafa, en fin, que parte del aceite y el pescado fino que llegaba al puerto era desviado a camiones particulares con más que probables fines de enriquecimiento ilícito.

—Pero no se dice nada de eso aquí —Argüelles vuelve a blandir el ejemplar de *Semana,* se restriega los ojos, busca con una mano temblona el paquete arrugado de cigarrillos negros y extrae uno que Fonseca se apresura a encender.

—No, claro que no. Porque yo sabía que el ministro Ravines iba a querer averiguar la verdad y tampoco se trataba de hacer daño al Régimen, ¿verdad?

—Cierto —admite Argüelles con una voz apagada, reseca —. Muy cierto, Rolando, pero yo debía haber sido informado… esta mañana, cuando me llamó el ministro yo no sabía nada, caramba, y soy el director de la revista… ¿Qué puede pensar el ministro? Que estoy en las nubes, que no me entero de nada.

Fonseca estrujó el paquete de cigarrillos y pensó que daría cualquier cosa por fumar en ese momento, mientras observaba la cabeza gris del ministro Ravines, su concentrada lectura de los papeles que él ha entregado: bajo la luz del flexo que ha encendido y que arranca destellos de sus lentes tipo Truman, parece un investigador aplicado en el silencio de una biblioteca, un médico que lee con minucia la analítica de un paciente. Observa de reojo al coronel Rojas, que está sentado a su derecha y en su mejilla, blanda y bien afeitada, detecta una minúscula gota de sudor que desciende sin que el coronel parezca darse cuenta: está muy tieso, con las piernas cruzadas y las manos apoyadas en ambas rodillas, los ojos hundidos y una venita que late en su frente. Al cabo de una eternidad en la que Fonseca ha creído escuchar el bombeo de su corazón, el ministro de Pesquería ha levantado sus ojos grises, helados, marciales, severísimos cuando dice que esto era bastante grave. Fonseca no se atreve a girar la cabeza cuando escucha como un graznido y entiende que es el coronel Rojas que lucha entre decir algo y hundirse más en su asiento: da lástima verlo así, demolido por esos papeles que él no ve, que aún están entre las manos blancas y de uñas bien cortadas del general Ravines, que insiste en que será menester una investigación a fondo y que, por ahora, se levanta y parece mucho más alto de lo que en realidad es, le rogaba al señor Fonseca que no se publicara nada más de este triste asunto. El coronel Rojas tiene un color ceniciento e increíblemente parece haber envejecido una veintena de años sentado en la butaca de cuero, como un monigote al que se le hubiera acabado la cuerda, parece no estar presente, mira al vacío mientras el ministro camina de un extremo a otro del despacho con las manos en la espalda, él a su vez entendía que la responsabilidad de la prensa era precisamente esa, denunciar las irregularidades, por emplear un término que había usado el propio Fonseca, que se daban en el seno mismo de la Revolución. Fonseca mueve gravemente la cabeza, lucha con el deseo imperioso de sacar un mentolado y llenarse los pulmones con el humo frío del tabaco, escucha al ministro que sólo pedía un poco de tiempo para aclarar esta situación y llegar al fondo de la misma, porque estaba claro que ambos pertenecían al mismo bando, ¿verdad? Fonseca se apresura a mover vigorosamente la cabeza, tiembla la papada, afirma que sólo su deber lo había llevado hasta allí, como podía entender el general y también el coronel Rojas, no era otra su intención que la de cumplir... claro, claro, corta el ministro atajando sus palabras con una mano y Fonseca se calla por ensalmo, claro que sí, el señor Argüelles era todo un caballero y desde el principio se había entregado con devoción y verdadero celo a dirigir *Semana*, ¿eso dijo?, se interesó Argüelles, y por supuesto el señor Fonseca, como su adjunto... claro que había hecho bien, era lo correcto, no cabe duda, pero ahora, insistía el ministro, debía pedirle que no agitara más estas aguas, al menos hasta que se aclarara todo, Rolando, tiene todita la razón el general Ravines, suspira el director de *Semana*.

—Porque el general sabe que esto está ocurriendo en todos los ámbitos, y que desde que el Gobierno se ha metido con Banchero Rossi las cosas se están poniendo complicadas para la Revolución y hay militares descontentos —dice Fonseca encendiendo otro cigarrillo.

—Pero qué dices, Rolando —Argüelles se sobresalta, mira por encima del hombro de Fonseca: periodistas tecleando febrilmente en sus máquinas, Proaño con unas cuartillas caminando hacia archivo, una secretaria que pasa fugaz por el pasillo—. Ravines es un hombre leal al Régimen, se hizo cargo de una cartera difícil...

—Yo no he dicho lo contrario, señor Argüelles —Fonseca finge alarmarse, se lleva una mano a los cabellos enmarañados—. Sólo digo lo que es un secreto a voces: que en el seno mismo del Ejército hay mandos que están descontentos con la gestión de Velasco y sus generales más cercanos…

—Bueno, bueno, Rolando, eso ya es especular demasiado. Nosotros no tenemos pruebas de nada de eso… y si las tuviéramos, tampoco es asunto nuestro. Nuestro deber es informar puntualmente sobre los logros de la Revolución y también señalar sus defectos.

Fonseca contiene un bostezo y observa a Argüelles levantarse de su sillón crujiente y desfondado, dar unos pasos hacia el armarito de hierro donde se amontonan papeles, hablar soporíferamente como en sus clases universitarias, y piensa que cuando lo llamaron para dirigir *Semana* encontraron al perfecto tonto útil, perdido en sus disquisiciones gaseosas, en su falta de carácter.

—Pero también es cierto que tú has sido el preferido de Argüelles en sus clases. Por algo te llamó para que fueras nada menos que su adjunto —Montesinos muerde con voracidad una manzana, camina por la avenida Abancay sorteando vendedores, camiones mal estacionados, carretillas de humeante comida, alcanza finalmente a Fonseca—. No te conviene enemistarte con él.

—No va a durar mucho —Fonseca cruza hasta la puerta de Marcazzolo y apaga su cigarrillo antes de entrar—. Y ya sabes quién será el próximo director de *Semana*. Te debo una, compadre. Ese dato sobre Pescaperú me vino muy bien.

LA NOTICIA LE llegó con un timbrazo telefónico casi a las cinco de la mañana desde Inteligencia, un regimiento de infantería avanza hacia Santiago de Chile, le dijeron, el general Prats ha quedado bajo arresto domiciliario y el presidente Allende está yendo a toda prisa hacia la Casa de Gobierno. Todavía algo mareado de sueño, el general Zegarra buscó a tientas los cigarrillos que había dejado en el velador, removió el cuerpo de Ofelia, que despertara, carajo, que le fuera a preparar un café y que avisara al chofer, y se metió a la ducha luego de marcar el número del general Carranza, aló, general, hay movimiento de tropas en Santiago, parece que se trata de un golpe de Estado. Al otro extremo de la línea escuchó el carraspeo pesaroso del primer ministro, habrá que llamar al presidente. Nos reunimos ahora mismo en Palacio, general. Lo espero allí en media hora a más tardar.

El general Zegarra se afeitó a toda prisa, abrió los ojos aún turbios de sueño —apenas había dormido unas cuantas horas, se había acostado tardísimo— y se lavó los dientes con minucia, procurando quitarse el sabor pastoso de la noche y los tragos. Su café, gritó, escuchando a Ofelia en la cocina, ya bajaba y quería lista una taza de café. Pocos minutos después cruzaba en el auto oficial las todavía desiertas calles limeñas. Recorrieron la Vía Expresa a cien por hora y en unos minutos se plantaron en la Plaza Grau, donde un policía de tráfico organizaba la soñolienta caravana de carros y microbuses que ya empezaban a circular por el centro. Finalmente llegaron a Palacio, donde el general Carranza lo recibió con el semblante grave, Velasco no tardaría en llegar. Vamos a ver qué sucede en las próximas horas, dijo Carranza aceptando la taza de café que un capitán de ojos hinchados puso en sus manos. A los pocos minutos entraba Velasco como una tromba. Tenía el semblante lívido, los ojos dilatados y hacía constantemente una mueca extraña, ¿había golpe en Chile? Que se calmara, Juan, mugió Carranza, aquí el general Zegarra nos va a poner al corriente de la situación.

El general Zegarra ya había dado órdenes de que Inteligencia se pusiera permanentemente en contacto con Palacio, que toda la información, por mínima que fuera, llegara de inmediato. Ahora faltaba saber si los marinos ya estaban enterados, qué decía su Servicio de Inteligencia. El almirante Saura está en camino, dijo Carranza luego de contestar el teléfono que repiqueteó como un calambrazo en el silencio que se hizo después de que Zegarra hablara: Parece que sí, que hay golpe en Chile.

El presidente caminó hacia uno de los ventanales del despacho y se quedó mirando, con las manos cruzadas tras la espalda, durante un largo rato: cuando conoció a Chicho Allende le pareció un tipo simpático y cordial, habían hecho buenas migas esos breves días que estuvo en Lima y el chileno creía que la Cuba de Fidel era no sólo un buen aliado sino un modelo a seguir. Un poco señorón, eso sí, pero muy simpático el roto.

—Aquí está la mano de los gringos —aulló Velasco y soltó una blasfemia brutal.

—Cálmate, Juan —Carranza se acercó al presidente con una taza de café—. Vamos a mantenernos alertas y veremos qué es lo que ocurre.

La mañana era limpia y tenue, como lavada por la garúa persistente que había caído toda la noche, hasta bien entrado el amanecer, y que empezaba a dejar charcos luminosos en las veredas, un frescor intenso que el sol que apuntaba ya entre las nubes despejaría en breve, pensó Pancho Montelongo caminando hacia su carro. Algunas empleadas con uniforme salían a comprar el pan y pronto el autobús escolar que todas las mañanas recogía a la chiquillería del barrio pasaría por el Parque Leoncio Prado.

Era el único momento del día en que aquel parque, entre las calles Choquehuanca y Miró Quesada, recoleto y callado, cobraba vida: después quedaba como exhausto de aquella vitalidad infantil y chillona. Entonces, apenas si se escuchaba el canto sincopado e invisible de las cuculíes en lo alto de los árboles. Montelongo prendió el primer cigarrillo del día ya con el motor encendido, y lo dejó en ralentí para que el viejo Opel no se asfixiara como le ocurría de vez en cuando.

—Se le acercaron dos tiras, apenas le dio tiempo a preguntar nada —Fonseca saluda a Eleazar Calderón, se sienta frente a su café humeante—. Seguro que el puta ni se enteró hasta que lo metieron al avión. «¿Ah?», diría como un baboso.

Montelongo vio más con curiosidad que con sobresalto la mano que aferraba la portezuela de su carro, ¿Francisco Montelongo, verdad?, y luego el rostro sonriente, cachaciento, del hombre que le pedía que bajara de una vez, y al instante apareció otro hombre, de traje oscuro y barato, junto al que lo conminaba a salir del auto, sí, era él, qué pasaba, qué querían, articuló con dificultad el periodista: tenía la garganta repentinamente reseca, el sabor amargo del tabaco en la lengua estropajosa, empezó a entender cuando se sintió aferrado de ambos brazos, casi bajado en volandas de su carro que seguía con el motor en marcha. Por un instante pensó zafarse, pero el otro tira parece adivinar su intención y ahora ayuda a su compañero. Montelongo se deja arrastrar hacia un auto que está cuadrado justo enfrente de su casa y que hasta ese momento no había visto, no supo en qué momento había llegado, ¿cuando ponía la llave en el contacto del suyo?, ¿cuando encendía el cigarrillo?, y desechó la absurda idea del atraco, del secuestro, Seguridad del Estado, por favor, que entrara nomás al carro sin roche, dice uno de los policías de paisano, y Montelongo quiere protestar, se ofusca y forcejea con los ojos anegados de miedo, qué carajo querían, a dónde lo llevaban, tiene que hacer un esfuerzo sobrehumano para que desde su garganta no escape un grito, carajo, me raptan, pero en el parque no hay nadie, de pronto le da una vergüenza espantosa imaginarse gritando, siente un profundo desvalimiento mientras lo meten de cabeza al fondo del carro azul y los tiras parten a toda velocidad, que estuviera calladito nomás, amigo, dice uno de ellos volviéndose hacia el ovillo tembloroso en que se ha convertido el periodista, no pasaba nada, ¿quería fumar? Que fumara nomás.

—Gracias —dice Fonseca aceptando el cigarrillo que le ofrece Calderón.

El coche se abre paso con un petardeo furioso en el lento tráfico de la mañana, entre autobuses escolares y pegasos amarillos, abarrotados de pasajeros. Uno de los tiras fuma pensativamente, el brazo casi colgando de la ventanilla, silba aburrido el estribillo machacón de un vals y Montelongo intenta buscar sus ojos a través del espejo retrovisor. No se anima a preguntar, enojosamente admite que está muerto de miedo. Por fin se decide a hacerlo.

—¿Qué a dónde lo mandaron? —Eleazar Calderón pide un capuchino, enciende un cigarrillo e intenta hacer argollas de humo, pero en la terraza del Tip Top corre demasiado viento—. A México. Qué buena vida, ya quisiera que me deportaran así...

Calles fugaces, el tráfico denso de la mañana, una congestión saliendo ya de San Isidro, el tira que maneja chasquea la lengua fastidiado y su compañero le dice que mejor cogiera por el Lima Críquet y de ahí tomaban la avenida del Ejército. Montelongo lentamente empieza a entender todo. Anteayer, nada más terminar la entrevista con el diputado de la Jara y Olaechea, cruzó por su mente, con una rapidísima sinuosidad de ofidio, la idea de la deportación. Algo también en las facciones demacradas del diputado, en esa valentía o temeridad con que expuso que los 690 millones de dólares que el Perú cobraría a la International Petroleum eran sólo una cortina de humo para ocultar el hecho de que hasta el momento, tanto tiempo después de la confiscación de los yacimientos, había 17 millones de dólares menos en las arcas fiscales, le hizo pensar si acaso el reciente Régimen de los militares no resultaría demasiado quisquilloso. Pero él estaba a favor del Proceso Revolucionario, caramba, le había dicho jovialmente a Eva ayer por la noche, cuando salieron a dar una vueltita por Miraflores, a ver una película y luego a comer unas butifarras en un cafetín de Larco. La decisión de dejar *El Comercio* para irse a Panamericana Televisión había sido acertadísima. Se veía muy guapo en la tele, le piropeaba Eva cuando él volvía a casa, hasta le daba su poquito de celos, amor, porque sus amigas se lo decían todo el tiempo, Eva, qué churro sale tu marido en la tele, clavadito a Ricardo Blume, y él se reía con una pizca de vanidad, pero también de callado contento, porque era cierto que le pagaban mejor y el trabajo era más agradecido, aunque al principio estaba nervioso frente a las cámaras, chola, contaba él por la noche, al regresar del canal. Habían proyectado un viaje a la Argentina si las cosas seguían tan bien, y el golpe de Velasco, justo cuando él tenía poco tiempo como entrevistador, pareció momentáneamente oscurecer aquellos proyectos, pero no fue así. Hasta había tenido algunas broncas con gente del canal que hablaba pestes de los militares, que eran unos prepotentes y unos ladrones, y él, calmado, casi optimista, sin enfadarse nunca, que no era así, que había que darles tiempo, que el Gobierno de Belaunde sí que era un pésimo gobierno y que se fijaran, dijo cuando nada más a los pocos días de dar el golpe, el general Velasco, presidente del Comando Conjunto de las Fuerzas Armadas y presidente de la República, decía ante las cámaras de televisión, en cadena para todo el Perú, que la soberanía del Estado no era, desde este momento, un mero enunciado, sino una realidad…, y en los breves segundos en que hizo una pausa para beber un sorbo de agua mantuvo en vilo al país, porque todos ya sabían qué era lo que iba a decir, y al mismo tiempo nadie se lo podía creer, nos olvidamos hasta del fútbol, nos olvidamos de Rubiños y de Cachito Ramírez, nos olvidamos de las peleadísimas eliminatorias para Mundial de México, carajo, porque la noticia de que los yacimientos petrolíferos de La Brea y Pariñas, en el norte del Perú, desde tanto tiempo vilmente explotados por la International Petroleum Company, subsidiaria de la norteamericana Standard Oil, pasaban indefectiblemente a manos peruanas, carajo, nos llenaba de peruanidad, y cuando los militares por fin tomaron los yacimientos, se escuchó el himno nacional por todas partes y los mismos autos que nada más darse el golpe hacían sonar sus bocinas como protesta ahora lo hacían para festejar que teníamos el orgullo de ser peruanos, y se compusieron tonderos y se glosaron décimas, se lanzaron vivas enronquecedores a Velasco y a sus valientes militares que habían resuelto un problema de cincuenta años en menos de cuatro días, decía Montelongo ante los cada vez menos escépticos que todavía quedaban, este era un país de cainitas, Eva, este país no quería darle la menor oportunidad a un gobierno que por primera vez volvía la mirada hacia nuestro Perú profundo. Por eso, cuando meses después la maraña legal y burocrática de aquella complicación puso de manifiesto los errores que había cometido el Gobierno a la hora de expropiar los yacimientos petrolíferos y comercializar la gasolina, Montelongo fue de los primeros que habló, con prudencia y casi, casi con cariño del Gobierno, de su inexperiencia, era cierto, de la astucia de los gringos, de la buena fe de nuestros militares, decía siempre y se lo dijo al secretario de Acción Popular, el partido del Gobierno anterior, cuando lo entrevistó hace apenas dos noches. Por eso mismo, cuando José María de la Jara y Olaechea dijo aquello de la cortina de humo que había echado el Gobierno sobre el asunto de La Brea y Pariñas, a Montelongo lo tomó un poco por sorpresa, no la actitud en sí, sino los datos, minuciosos, claros, contundentes, que expuso el político durante la entrevista. En fin, después de todo los militares no han cometido atropello alguno, han garantizado la libertad de prensa y opinión, salvo casos extremos de subversión y disidencia, le dijo a Eva ayer nomás, cuando paseaban por Miraflores y ella comentó algo acerca de aquella entrevista, papi, que no se metiera en líos.

—La mujer se enteró cuando fue a la comisaría a poner la denuncia —Sánchez Idíaquez da un sorbito a su café, resopla un poco—. Porque cuando salió para hacer el mercado, se encontró con el carro de Montelongo abierto y con la llave en el contacto.

—Le dio un ataque, ¿no? —preguntó Guevara.

—Claro, imagínate: llega a la comisaría y le dicen ¿su marido? Su marido ha sido deportado, señora.

—Cómo que deportado —Eva siente que las piernas no la resisten, que si da un paso no le responderán, tiene que apoyarse en una silla y sentarse lentamente—. Pero si mi marido es el primer defensor del Gobierno…

El auto entra al aeropuerto y da la vuelta alejándose de la terminal nacional, llega al cabo de un momento a internacional, hay gente que se abraza, gringos despistados y con enormes mochilas multicolores a la espalda, cardúmenes de azafatas esbeltas y uniformadas que pasan sin dignarse mirar al gentío que entra y sale por las puertas automáticas, modernas, espectaculares de aquel flamante aeropuerto, pero Montelongo apenas mira hasta que siente que abren la portezuela del auto, llegamos, Flaco, le dice uno de los tiras con jovialidad y ambos se ponen a sus costados, el otro pregunta ¿con marrocas o sin marrocas? y antes de que el periodista pueda responder le muestra las esposas fugazmente, sin roche nomás, compadre, ellos no querían hacerle daño, así que si se portaba bien no lo enmarrocaban, y caminaron los tres juntos a paso rápido, como si fueran amigos, piensa Montelongo y surcan la larga sala de espera, un quiosco de prensa, una tienda de artesanía, la librería ABC... llegan a un mostrador de Braniff donde una chica los mira acercarse y de inmediato activa su sonrisa de infinitos dientes, feliz, parece a punto de preguntar algo pero uno de los policías muestra un papel que ha sacado del bolsillo y la chica lo lee mientras la sonrisa se le va volviendo una mueca agria, sacude sus bellísimas crines rubias y dice un momentito, por favor. Los tiras fuman, invitan un pucho a Montelongo que repentinamente ya no tiene miedo, se dice, ya todo le da igual, pero no es cierto, carajo, porque sino por qué temblabas así, Flaco, parece que tuvieras fiebre de malta, chucha madre, no te nos desmayes nomás, dice uno de los tiras mirando a todos lados y Montelongo lo mira a los ojos, quiere decir algo pero no puede porque le castañetean los dientes, es el aire acondicionado balbucea trabajosamente, estaba apenas con una camisa. Claro, dice comprensivo uno de los tiras, el aire acondicionado. Al cabo de unos minutos sale la chica acompañada de un hombre de traje que mira a Montelongo sin poder disimular su lástima, habla en un aparte con los tiras y da unas indicaciones a la chica.

—¿Y su pasaporte? —Guevara se limpia el bozal de espuma que ha dejado en los labios el humeante capuchino.

—No me preguntes cómo, pero los tiras lo tenían —dice Fonseca conteniendo una carcajada que lo hace temblar, enrojecer, toser finalmente. Luego parece avergonzado, molesto—. La verdad, hombre, ha sido un atropello.

Montelongo es escoltado por el largo y silencioso pasillo que va desde la terminal hasta una puertita mínima: allí espera una azafata que les hace gestos de que se apuren y abre para que pasen, para que salgan al aire crudo y ventoso de la mañana, al ruido ensordecedor de las turbinas de un avión cercano, Montelongo no sabe por dónde caminar pero los tiras sí, por favor, les dice cuando llegan a la escalinata del avión, avísenle a mi mujer, y uno de los tiras parece ablandarse, claro, Flaco, que no se preocupara, y mete la mano en el bolsillo, caracho, no llevaba ni un real, pero le deja el paquete de tabaco, que no les guardara rencor, ellos cumplían con su trabajo, Flaco, dicen subiendo con él por las escalerillas a cuyo final, ya en la puerta del avión, otra azafata los espera, la falda ondeando al viento, los cabellos casi azotándole el rostro, y Montelongo se ve ligeramente empujado hacia esa burbuja tibia y zumbante que es la cabina, echa una última ojeada al aeropuerto, al cielo encapotado de Lima, no termina de abrirse paso el sol, piensa incongruentemente.

—¿Por fin te vas a animar a venir a nuestra timba? Estarán Tamariz, Sánchez Idíaquez y Alfarito. De vez en cuando se pasa Montesinos —dice Guevara.

—Tengo harta chamba, Heriberto, quizá otro día —Fonseca mira su reloj, bosteza, quiere un periódico para ver las carreras de la tarde—. Estoy haciendo un reportaje sobre Banchero Rossi.

IV

Los dos policías que conversan apoyados negligentemente en el coche patrulla se sobresaltaron al verlos, de inmediato se cuadraron con una marcialidad algo entumecida, y el mayor Montesinos los miró severamente, sin detenerse apenas. El Flaco Calderón observó la escena divertido, lo mismo que Fonseca: vaya casa, silba admirativo el periodista contemplando la fachada blanca y larga, de grandes ventanales, que se esconde detrás de un seto alto y bien cuidado, el jardín impecable, la enorme vasija de barro que descansa junto al caminillo de piedras, la rueda de una carreta apoyada con ficticio descuido junto a una banca de hierro forjado. Del interior les llegan unos ritmos tropicales y sostenidos, algo que acomete una orquesta invisible con brío y alborozo, y el mayor se alisa el nudo de la corbata antes de tocar el timbre, eran ya cerca de las diez, mira su reloj, pero el general Blacker comprendería la tardanza. Hombre, tampoco pasaba nada, extendió los brazos, era una fiesta, dijo el Flaco Calderón sacando una pitillera de plata e invitando a los demás. Les abrió una empleada de uniforme y cofia blanca que los invitó a pasar. En el amplio salón de muebles color hueso y chimenea había ya una treintena de personas y varios mozos que revoloteaban incansables.

El mayor Montesinos miró un momento a su alrededor y por fin en su rostro más bien neutral y sin emociones se dibujó una mínima sonrisa al descubrir el cabello castaño y recogido en una cola de caballo, los ojos color cerveza, las piernas largas, los deliciosos hoyuelos que se le forman a Anita Blacker al sonreír porque lo ha descubierto también, y pide perdón un momentito a los dos jóvenes con los que está hablando, se acerca a él, ¿cómo estaba, mayor?, y Montesinos hizo una ligera y sentida reverencia, la tomó de ambas manos con calidez, cómo estaba Anita, qué placer saludarla. Fonseca carraspeó a su lado, la papada temblona, los cabellos rubicundos y alborotados, la corbata bailoteándole en la curva del abdomen, y el mayor Montesinos se volvió hacia ellos, aquí los amigos periodistas, Eleazar Calderón, jefe de prensa de Palacio, y Rolando Fonseca, adjunto a la dirección de *Semana*. Ambos rozaron los talones, sacaron un poco el culo, saludaron muy formalmente y la chica los invitó a que no se quedasen allí, dijo con jovialidad, la fiesta estaba afuera, en el jardín, y movió los hombros con coquetería, aunque si ellos preferían un poco de tranquilidad… miren, allí estaba su padre. El general Blacker se acercó a ellos con los brazos abiertos, tenía los ojos brillantes y un whisky en la mano, hombre, mayor, pensé que no iba a venir, exclamó con la voz algo estropajosa, y el mayor Montesinos se tensó un poquito, levantó la barbilla castrense para explicar que había tenido que quedarse a terminar unos informes urgentes, mi general, ya sabía él cómo era el asunto. El ministro del Interior lo miró de pronto con los ojos aguados, le dio un abrazo y soltó una carcajada, este era su adjunto, carajo, sí, señor, exclamó feliz, y se volvió a mirar a los periodistas: las manos cruzadas tras la espalda Fonseca, un cigarrillo en los labios Calderón. Estaban en su casa, y su hija se mantuvo muy quieta a su lado, con la mirada como vacía, interpretó el mayor. Luego miró hacia los jardines y se excusó un momento, tenía que atender a sus invitados, sonrió, pero su voz había perdido ese dulce rezumo de alegría, que fuera nomás, Anita, ya le darían el alcance dijo el mayor Mon-

tesinos justo cuando el general Blacker se abalanzaba a
darse grandes abrazos con el general Ravines —que mira
de soslayo, con cierto fastidio al Colorado Fonseca— y
con el almirante Saura, bien afeitado y tieso, impecable
en su uniforme de gala, y al almirante Garrido, el ministro de Vivienda, seguro estarían comentando el golpe
del general Pinochet en Chile, la postura del Gobierno
peruano había sido demasiado ambigua, excesivamente
cautelosa, y la prensa seguía hablando del tema. Un mozo
se les acercó a ofrecerles whiskys, gin con gin, vino, el
mayor quería un gin con Bingo Club, y otro mozo llegó
hasta ellos con anticuchos y papitas para remojar en cre-
mas. Estaba realmente buena la flaca Blacker, dice entre
dientes el Colorado Fonseca y Calderón bebe de su whisky con un ademán que considera elegante, se acomoda
el pañuelo de seda, ¿iban hacia los jardines?, propuso al
divisar unas chicas que conversaban en un corro alejado,
pero Montesinos se encogió de hombros, que miraran,
allí estaba el doctor Tamariz y Leticia, conversando con
el primer ministro Carranza y el ministro de Exteriores,
Óscar Peñaloza, pasaría a saludarlos un momento y los
alcanzaba, ¿no venía a ver a su flaca?, rió Fonseca, pero
Montesinos fingió no escucharlo, o quizá no lo escuchó
porque siguió su camino sin alterarse, hasta llegar donde
el ministro y sus acompañantes. Más allá los generales Villacorta, Zegarra, Martínez del Campo y el comandante
Carlin charlaban entre grandes risotadas, más allá Arias
Silvela, Cáceres Somocurcio y Antón Del Valle parecen
enfrascados en una animada discusión, en fin, toda la
plana mayor, carajo, concluyó apreciativo Calderón, vaya
fiestecita de cumpleaños que se ha montado el ministro
Blacker, y admira la iluminación del jardín y de la piscina, se arroba con la orquesta de Santiago Silva, nada menos, este era el núcleo duro en torno a Velasco, dijo Cal-

derón y Fonseca sorbió otro trago de whisky, pensativo, ¿iba a venir el presidente? Con toda probabilidad, afirmó Calderón levantando su copa hacia un grupito de chicas, seguro amigas de Anita Blacker, Velasco no se perdía una jarana, y menos si era de su compadre Blacker. Ya vería Fonseca qué bien se lo pasaba uno en las fiestas de los militares. Eran unos tipos macanudos estos milicos, si no te metías con ellos, claro, si no, te fregaste, cholo, ya has visto lo que le hicieron a Allende. ¿Iban para el jardín?

ME GUSTARÍA ESA frase a cuatro columnas, dijo soñadoramente Fonseca haciendo como un encaje fotográfico con las manos, bien grandecita, que todo el Perú sepa que los milicos están dispuestos a trabajar por el país y que se acabaron los chanchullos como anunciaron desde el primer día: «Sudaremos, sudaremos, sudaremos». Además, insistió antes de que Argüelles lo interrumpiera, era una manera de recordarle al general cuál había sido su propósito inicial. Ya son las cinco y me muero de hambre, dijo Fonseca, vamos, lo invitaba, y salieron a la avenida Abancay, caminaron sorteando ambulantes, evitando el turbión de oficinistas apresurados, de ómnibus herrumbrosos que atronaban con sus bocinas en medio del esmog.

Entraron a un cafetín donde flotaba un intenso aroma a café tostado, apenas había clientes y el ruido de la calle les llegaba remoto, como un recuerdo lejano. Argüelles se acomodó en una butaca despellejada, apagó el pucho y pidió un café: no lo sabía, estimado Rolando, no estaba seguro. ¿No estaba seguro de qué?, dijo echándole limón a la empanada y Argüelles sorbió su café, quedó un momento pensativo, lejano, al final sonrió: era una barbaridad titular el reportaje con esa frase, Rolando, yo tuve la sensación de que a Velasco se le había olvidado lo que quería decir, de que tenía un discursito especialmente preparado para la prensa y que a último momento se atarantó, se le fue el santo al cielo, no sé: esa frase desafortunada con la que inauguró su gobierno no es precisamente un destello de genialidad y seguro que se estaba arrepintiendo de haberla dicho. Para qué remover esas aguas. Suena, no sé, como una versión chola de «sangre, sudor y lágrimas». A mí me gusta, dijo Fonseca muy serio, limpiándose la boca con una servilletita de papel, es estupenda y además no es suya, señor Argüelles, es del general, y volvió a hacer una cajita con las manos, como si fuera un marco delicado para las palabras: «Sudaremos, sudaremos, sudaremos: el balance del Proceso Revolucionario», y acompañando el texto una secuencia de fotos, ¿sabía?, los ojos de Velasco, sus manos, esos gestos que lo conectan tan bien con la gente, con el pueblo, carajo, como la que le sacaron en *La Crónica* hace ya algún tiempo. ¿Tú crees?, los ojos de Argüelles se iluminan, claro que creía, a la gente le iba a gustar, ya iba a ver, no hay nada como una frase impactante, insistió Fonseca encendiendo un cigarrillo y ofreciendo otro a Argüelles, que se pasó una mano por los cabellos canosos, se acomodó la camisa azul eléctrico, no sabía si iba a ser del agrado del presidente, porque sonaba un poco absurda. A ver, dijo ya soltando una risa como en cámara lenta, cómo se le ocurre que cuando los periodistas preguntaron qué es lo primero que va a hacer la Revolución, el general Velasco dijera «sudaremos, sudaremos, sudaremos». ¿Qué era eso?, ¿el lema de una escuela militar de tres al cuarto? No sabía, Rolando, se volvió a alarmar Argüelles, como asustado de su propia risa, pero Fonseca iba haciendo un no rotundo con la mano mientras hablaba el director, al contrario, todos los medios la consignaron en su momento, pero aún nadie la ha destacado, nadie le ha dado una cierta cualidad soberbia y eso es precisamente lo que le falta a la frase. Es cierto que todos estamos un poco a la espera de saber por dónde nos van a salir ahora los milicos, más ahora, con el golpe de Pinochet, pero creo que este tiempo nos da una pauta: Velasco es un general tropero. ¿Tropero?, sí, que ha sido soldado raso pues, es fumador, parlanchín, cazurro, no le hace ascos al trago y trata de tú y vos a *tutti li mundi*, es poco amigo de solemnidades, ya ha visto cómo se portó en la última rueda de prensa, ya ha visto cómo coge del brazo a la gente, y hace bromas, y también se calienta fácilmente, interrumpió Argüelles meneando pesadamente la cabeza, no lo olvides, parecía susceptible pero no tonto, prosiguió el Colorado Fonseca acomodándose mejor en la banqueta que rechinó bajo su peso, y se nota que quiere hacer una verdadera Revolución humanista. Yo creo que le va a gustar que rescatemos aquella primera frase suya: «Sudaremos, sudaremos, sudaremos». ¿Tú crees?, vaciló Argüelles soplando la punta del cigarrillo recién encendido. Mira que me juego el puesto, Rolando, yo soy el responsable. Yo creo que no se juega nada, señor, es un titular genial para el reportaje que estamos preparando. Bueno, quizá no estés equivocado, eres joven, pero se nota que tienes agallas y olfato, dos cualidades estupendas para ser periodista, concedió Argüelles mirándolo con sus pacíficos ojos celestes, me tengo que ir, suspiró y buscó en sus bolsillos pero Fonseca lo atajó con un gesto rotundo, faltaría más, dijo, él pagaba, se iba a quedar otro ratito, acababa su Coca Cola y luego se marchaba porque quería adelantar un montón de trabajo, tenía que mover sus contactos para conseguir la entrevista con Banchero Rossi, si la sacaban, cañón. Siempre trabajando, Rolando, admiró Argüelles, llegarás muy lejos, hijo, dijo el director apeándose con dificultad de la banqueta y poniendo una mano tibia en el brazo de Fonseca. Y sí, creo que tienes razón, entrecerró los ojos, la verdad, como titular no suena nada mal, y además es frase suya, ¿verdad?, pues no se diga más: la sacaremos. Apenas lo vio partir, Fonseca se dirigió al mozo, otra Coca Cola, Zambo, y pásame el teléfono. El mozo puso un teléfono negro y antiguo al lado, dijo son veinte reales la llamadita, jefe y Fonseca miró un rato el aparato, incapaz de decirse. Por fin marcó un número mientras fumaba, ansioso, las manos húmedas. No esperó mucho: ¿Aló, Flaco? Qué ha sido de tu vida, hermanito, a ver cuándo quedaban otra tarde para ir a los burros, ¿mucha chamba en Palacio? Ya, me imagino, con el asunto del golpe en Chile… mira, tenemos que hablar. ¿Sabes cuál va a ser el titular de *Semana* para el reportaje del domingo? Fíjate que he luchado, ¿eh? La verdad, no sé si al presidente le va a gustar, en fin, yo sólo quería avisarte. Pido discreción, eso sí. Me juego el puesto.

CERRÓ LOS OJOS y se desabotonó torpemente la guerrera, desplomando su cuerpo en el butacón de cuero. Qué pasaba con esas amenazas de huelga, doctorcito, mugió aún con los ojos cerrados, buscando su vaso de whisky. El doctor Tamariz se movió livianamente por el despacho y él supo o intuyó dónde estaba aquel cuerpo magro, la fragancia densa del abogado, su presencia alerta. No, se dijo Carranza, no era necesario abrir los ojos, se estaba bien en aquella penumbra. Con los párpados entornados podía volver a sentir la mano pequeña y suave recorriéndole el pecho desnudo, de pelos hirsutos y canosos: era como si ese gesto tibio y apacible le descubriera su propia geografía, la inexpugnable cerrazón de sus deseos tanto tiempo dormidos. Con su mano inmensa y algo áspera rodeó la cabeza de cabellos renegridos, hizo un cuenco con sus dedos, rascó, se deslizó finalmente por la espalda tersa, apenas cubierta por una pelusilla mínima que le daba a aquel cuerpo una composición prodigiosa y frutal. La sintió respirar de pronto bajo su peso absoluto, olfateó su aliento limpio, mordió sus labios, se incorporó pesadamente, sacudido por los recuerdos: El doctor Tamariz estaba sentado frente a él, ¿sabría?, la raya de sus pantalones impecable, ¿Leticia le habría dicho algo?, el calcetín hasta más arriba de las canillas, su mirada quieta y como al acecho. Tamariz carraspeó con delicadeza, blandió los papeles que llevaba en la mano como si fueran la prueba flagrante de una traición, y en cierto modo lo eran, se afirmó el primer ministro: la de tantos miserables que entorpecían la buena marcha de la patria, los que se aprovechaban de sus cargos para medrar en favor propio: aquí tenía el estupendo negocio que había estado haciendo el hermano del general Arias Silvela aprovechando la carestía en el sector textil, dijo con su voz bien timbrada el doctor Tamariz, el nombre de la empresa, los contactos en aduana, esos a los que ha llegado indudablemente por intermediación del ministro. Bueno, carraspeó nuevamente Tamariz, técnicamente no se trata de ninguna ilegalidad, pero… Pero vamos a dejarnos de tecnicismos, doctorcito, chasqueó la lengua el ministro, hizo rechinar su butacón de cuero, qué quiere que le diga, ese zambo es un capricho de Velasco, porque es paisano, porque es jaranero, pero me temo que ahí se ha equivocado el presidente y nosotros debemos velar porque esos equívocos no lleguen a mayores. Ya el general Zegarra se ha encargado de facilitarnos un informe completito, con fotos y todo… Velasco está sobrecargado de trabajo y de tensiones.

El doctor Tamariz suspiró, no había más que ver esos documentos, efectivamente, se trataba de un asunto lamentable. Muy mal asunto, sí, puntualizó el primer ministro y volvió a acomodarse en el butacón de cuero, arrullado por la voz del doctor Tamariz, que empezaba a enumerarle cifras y estadísticas y giró hasta quedar de espaldas a él, nuevamente con los ojos cerrados: aquellas manitos pequeñas que habían recorrido su pecho desnudo le hicieron estremecer, la habitación en penumbra, el corazón galopándole furioso, la chiquilla casi agazapada en la oscuridad, que no tuviera miedo, le susurró, que nadie le iba a hacer daño, que él la iba a cuidar, y ya no supo bien qué más le dijo, qué frases, qué palabras, qué arrullos, qué cifras y qué previsiones, salió a flote en su despacho el ministro, donde el doctor Tamariz enumeraba didáctico, monocorde, contumaz, sus notas sobre la gestión de Arias Silvela, los prontos dispendios a los que se había dedicado y que los hombres del general Zegarra habían cartografiado con una precisión implacable: Pues ya ve, doctorcito, dijo el general Carranza, el amigo Arias Silvela no sólo tiene negocios turbios, sino que no nos sirve para una cartera tan delicada. Usted mejor contacte con el tal Meléndez, el sindicalista ese, y buscamos mientras tanto un sustituto para Arias Silvela, alguien que sea, por decirlo así, más afín a nuestros planteamientos, que en buena cuenta son los de la Revolución.

El ministro Carranza se desperezó con agilidad. Él en persona se encargaría de explicarle al presidente que Arias Silvela no era trigo limpio como creía.

—Estos son los hechos, Juan —puso delicadamente los papeles sobre la mesa y mugió con pesadumbre—. Allí tienes todo. Yo me he creído en el deber…

—Ni una palabra más, Benito —Velasco soltó una bocanada furiosa de humo: los ojos le parpadeaban velozmente, su voz sonaba temblorosa—. A mí no me hacen el avión así como así. Vamos a dejar a este zambo de porquería que crea que nos tiene engañados, que se confíe y luego le damos la patada. ¡Qué ingratitud, carajo, qué ingratitud!

El general Carranza acompañó al doctor Tamariz hasta la puerta, que fuera a hablar con el tal Meléndez, doctorcito, le palmeó la espalda, que seguro que allí en la Confederación de Trabajadores encontraban el apoyo que tanto necesitaban en estos momentos difíciles. Ya veríamos si Arias Silvela se daba tiempo para atender una huelga de su sector, con tanta querida y tanto negocio particular que se traía entre manos... Cerró la puerta con delicadeza y se asomó a la ventana de su despacho. Ahí esperó un momento, con las manos cruzadas tras la espalda, pensando distraídamente en el general Arias Silvela. Mucho amigo en el núcleo mismo del poder no era nada recomendable, no señor. Ya bastante tenía con el almirante Saura y con el Gato Ravines. Al cabo de un momento vio la silueta del doctor Tamariz saliendo rumbo al coche con chofer que el Gobierno había puesto a su disposición. Lo vio acercarse al carro, enclenque, frugal, calvo, y suspiró. Tenía las manos sudorosas y pensó con urgencia que tenía sed, pero antes de servirse un trago de whisky entendió que era otra urgencia la que abrasaba su cuerpo. Discó un número y esperó.

—¿Aló, Leticia? Mire, me gustaría pasarme por su casa. Usted ya sabe.

—Dice Leticia que ya la tiene loca el general —Heriberto Guevara muestra dos cartas, habla con el cigarrillo en los labios—. Se ha encamotado con una chiquilla...

—¿Y el muy huevas cree que Tamariz no lo sabe? —Montesinos pone un billete sobre la mesa, pagaba por ver—. Para ciertas cosas, el general es un gran cojudo...

LE COSTÓ TODAVÍA un momento decidirse a cerrar el chorro de agua caliente, a culminar de una vez aquella calidez que le hacía entornar los párpados y olvidarse por fin de la noche, del humo excesivo de los cigarrillos, del zumbido ligero en los oídos, casi un presagio de dolor de cabeza, porque había tomado unas copas de más y el pesado del general Carranza no decidía irse. Leticia se secó con vigor anhelando estar ya en la cocina, frente a su juguito de papaya, a sus tostadas crujientes, leyendo despacio el periódico y las revistas, discurriendo que la pesadez de la noche anterior quedaba ya en el olvido, como un mal sueño o un fastidio razonable que era apenas un pequeño pago por esta tranquilidad matutina. Se enfundó en la bata de felpa blanca y se enrolló una toalla a manera de turbante antes de contemplarse en el espejo, Leticia, te estás haciendo mayor, y registró implacable las arruguitas, las pecas y manchas de la piel, las bolsas bajo los ojos verdes que seguían siendo su mayor atractivo. Leticia se untó la crema de manos con lenta voluptuosidad, los ojos cerrados, decidida a disfrutar de aquellas horas en silencio, desayunando en la cocina. Gaby ya le habría puesto su juguito y sus tostadas, hasta allí subía el denso aroma del café, tenía toda la mañana para holgar a sus anchas, Tamariz no llegaría sino hasta la una o una y media para llevarla a almorzar: se lo prometió, como compensación por las pesadas noches que le hacía pasar el general Carranza. Había resultado un hombrecito insaciable el primer ministro, pensó Leticia bajando y acomodándose en la cocina. Además, el muy ingenuo de Carranza creía que Tamariz no estaba al tanto de sus visitas, de las chiquillas, de todo aquello que quería olvidar aunque sea por un momento. Mordisqueó la tostada con una puerilidad infantil, dio un sorbito al espléndido café de Chanchamayo —cortesía del mayor Alfaro—, y cogió

el periódico con un anticipado enojo, con cierta aprensión también, porque todos los diarios seguían dando de
tanto en tanto las noticias del golpe en Chile, a ella no
se le olvidaba el impacto que sintió al ver aquella foto
en la que humeaba el edificio de Gobierno de Allende,
allí estaba el hombre, muerto, asesinado, qué terrible, y
pensó de inmediato en Tamariz, esa misma noche de la
noticia se lo dijo, que tuviera cuidado, que en cualquier
momento le pasaba lo mismo a Velasco y entonces qué
sería de él. Tamariz se limitó a encoger livianamente los
hombros, que no se preocupara, mujer, a ellos no les iba
a ocurrir nada así, y le mostró la foto de Velasco saludando regocijado a una multitud enfervorecida, «El pueblo
saluda exultante al Jefe de la Revolución», decía el titular de *Correo*. ¿Dónde había sido aquello? En Huancayo,
aquel viaje sorpresivo del presidente que Tamariz no quiso perderse pese a que la altura le sentaba como un tiro,
la televisión no lo retransmitió, pero allí estaban las fotos,
dijo Tamariz mostrando el periódico: el puño combativo,
la mandíbula empinada del general, los brazos en alto de
la multitud, Velasco era adorado por el pueblo, aquí no
pasaría lo que en Chile.

Lo que se guardó muy bien de decirle a Leticia
—y ella lo supo porque lo comentaron Montesinos, Guevara y Alfarito durante la timba de la otra noche— fue que
Tamariz había reaccionado magistralmente: en realidad,
explicó Montesinos, nadie estaba preparado para lo que
ocurrió, ni siquiera el Turco Zegarra, que también había
acompañado a Velasco, supo reaccionar a tiempo. Nadie
se explicaba cómo, con las fuertes medidas policiales, con
el prefecto avisado una semana atrás de aquel viaje sorpresivo —y aquí Montesinos enfatizó la ironía— ,la muchedumbre abucheara al presidente. Decían que Velasco
enrojeció como un tomate cuando al poco rato de subirse

al Packard descapotable, la gente que se arremolinaba en torno a su lento paseo empezó a chiflarle, fue un abucheo por todo lo alto, con gritos y protestas, con la policía repartiendo palazos a diestra y siniestra.

¿Y qué había ocurrido después?, recordó Leticia con una violenta confusión de sentimientos que encrespaba su corazón, le daba un poco de risa, de miedo y también de orgullo —sí, también de orgullo, tuvo que reconocerlo bebiendo un sorbito de jugo de papaya—: Pues que Tamariz fue el único con reflejos, sonrió Alfaro, porque sin inmutarse acercó su rostro despreocupado a Velasco y le dijo «Aproveche su momento de gloria, general, levántese y salude al pueblo que lo vitorea». Velasco se debió quedar frío, debió pensar que era una burla, se atoró con un trocito de tostada Leticia, desentendida ya de los periódicos, saboreando un último sorbo de café. Pero el general Zegarra también comprendió rápidamente: no había cámaras de televisión, sólo unos cuantos fotógrafos de prensa, que se parara, general, que se parara a saludar al pueblo que lo vitorea, dijo Zegarra. Y Velasco sale así en las fotos que llegaron para la edición de *Correo* y de *La Crónica*: como un resorte, de pie en el lujoso coche descubierto, las manos en alto, el rostro feliz, en medio de una selva de brazos erizados…

¿Por qué Tamariz no le había dicho la verdad? Leticia dejó un trocito de tostada y llamó a la chica para que recogiera el servicio, Gaby, mamita. ¿Para evitarle una preocupación o simplemente porque se desentendía de darle más explicaciones sobre su trabajo, sus actividades? Últimamente estaba menos comunicativo que lo habitual, y ello lo atribuía al exceso de trabajo. Casi no venía por la casa, prefería quedarse en la suite que tenía en el Crillón, decía que le quedaba más cerca de Palacio, que a veces tenía que madrugar porque Velasco estaba paranoico con el temor de que la CIA atentara contra él como lo había hecho con Allende. ¿Sería cierto? La cuestión era que el doctor Tamariz se había convertido casi en una presencia fantasmal, una pacífica y protocolar visita de los jueves o viernes que tenía timba su grupito y esos días lo más probable era que se quedase a dormir, pero sólo para salir muy temprano, cuando ella apenas abría los ojos y lo encontraba listo y perfumado, sin una sola arruga, leyendo rápidamente los periódicos que le traía Gaby o a veces el propio chofer. En otras ocasiones era ella quien se quedaba en la suite del Crillón. Al principio había insistido, primero de manera sutil y luego abiertamente, en que Tamariz se trasladara a vivir con ella, pero el doctor ni siquiera imprimía vigor a sus negativas: simplemente no le interesaba, prefería su suite impersonal, austera y pulquérrima, desde donde se abocaba a su escrupulosa tarea de facilitarle las cosas a Velasco.

En fin, se dijo Leticia, qué más le daba a ella. Apenas tenía que recibir y atender la timba de los jueves o viernes, disponer que tuvieran trago y la mesa lista. Pero claro, también estaba lo otro: las embestidas huracadas del primer ministro, sus sigilosas excursiones en busca de las chiquillas que ella le proporcionaba. El general fue directo y casi brutal cuando después de merodear como un rinoceronte en celo en torno a las insinuaciones de Leticia le pidió que le consiguiera chicas. Chicas muy jóvenes, Leticia. Ella tuvo que tragarse el orgullo, las ganas de protestar porque al fin y al cabo, pensó entristecida, qué otra cosa podía hacer. El general exigía chiquillas y ella se las conseguía: al principio enviaba un chofer a recogerlas, luego vino él mismo y finalmente Carranza había decidido pasar el rato en aquella habitación que ella tenía acondicionada para invitados. Como si Tamariz no supiera. Qué infeliz.

LA ESPANTOSA ACIDEZ nuevamente, carajo, maldita sea su estampa, masculló con un rencor ciego, dando otra vuelta en la cama, desvelado ya por completo, pensando una y otra vez en el terrible final de Chicho Allende: desde que le llegó la noticia no había podido dormir tranquilo ni un sólo día. Una y otra vez era emboscado por una jauría de miedos, saturado de aquellas imágenes violentas que no conseguía quitarse de la cabeza: Allende muerto en el Palacio de la Moneda. Se incorporó en la cama, arrepentido tardíamente por los dos whiskys de más que había tomado en el cocktail esa misma noche. Amparo lo había mirado con severidad en algún momento, casi ofendida mientras conversaba con la mujer de Cáceres Somocurcio, sin decirle a él ni una palabra, y eso lo calentó aún más, incluso llegó a murmurarle a Eleazar Calderón que las mujeres eran una vaina, Flaco, no hacían más que joder y joder. Amparo seguía durmiendo ajena a su desvelo, y el general se puso la bata de tela escocesa y bajó despacio las escaleras. Ya las empleadas habían limpiado el estropicio de copas y platos, de ceniceros rebosantes de colillas y bandejitas con restos de bocaditos, y el salón estaba nuevamente en orden, silencioso y cotidiano. En la cocina parpadeó un momento el fluorescente antes de iluminar la pieza con su luz destemplada y fría, como de quirófano. Pero no eran sólo los tragos, claro que no, se reconfirmó buscando una botella de leche, porque a ver, ¿cuándo le había hecho ascos él a un buen trago?

El general se sirvió un vaso de leche y después de darle dos sorbos largos, se quedó un momento con los ojos cerrados, esperando el alivio inmediato, urgente, de aquel ardor que le carcomía el estómago. Buscó en el bolsillo de su bata y encendió un Chalán. Apoyado contra el fregadero, fumó con deleite. Esta misma noche, por ejemplo, ni Martínez del Campo ni Cáceres Somocurcio, que habían aceptado el sigiloso envite, pudieron seguirle el ritmo: al ministro de Industria se lo tuvieron que llevar casi a rastras entre su mujer y el chofer, y Cáceres Somocurcio se quedó roncando en medio de la jarana hasta que su señora vino a despertarlo bruscamente, que nos vamos, Lolo, zarandeándolo sin misericordia. El Gato Ravines apenas probó trago, como siempre, igual que Benito Carranza y el general Zegarra, acaso dos o tres whiskys, no más. Lo mismo el almirante Saura. No eran, pues, los tragos, sino lo otro: Palacio y sus laberintos, las protestas internacionales, las intrigas que había que atajar, las portadas de los periódicos, las revueltas callejeras que aún coleteaban aquí y allá —aquella silbatina que recibió la semana pasada en Huancayo fue una inexplicable humillación, el doctorcito estuvo providencial—, pese a que el Flaco Calderón se estaba haciendo cargo, desviando la atención de la prensa hacia otros asuntos. Pero no era sólo eso: eran también las reformas que habían emprendido y el enjambre de leguleyos que zumbaban a cada paso, advirtiendo, negando, proponiendo melifluas alternativas. ¿De dónde habían salido todos aquellos cacasenos? El general se sentía a la deriva en aquel campo arborecido de leyes, dispositivos transitorios, considerandos legislativos, normas y decretos que entorpecían la acción rápida que requería el país para salir adelante. Así no había forma, carajo. Él era un hombre de acción, qué diablos. Por eso había desistido —por el momento, sólo por el momento, Velasco— en su empeño de supervisar los demás campos de batalla, dejando que los propios ministros tomaran las riendas de sus asuntos. Ya llegaría la hora de pedir cuentas en Industria, en Interior y sobre todo respecto a la reforma agraria, que avanzaba a trancas y barrancas, nadie parecía entenderla... y encima el articulillo ese del tal ingeniero Parodi, qué petulancia, tratar de enmendarle la plana a los técnicos del Gobierno, ¡y sobre el pucho publicarla en *El*

Comercio, el maldito diario de esos señorones enemigos de la patria! Un miserable resentido, eso es lo que era Parodi. Lo que no iba a consentir era que le torpedearan la nueva ley de comunidades industriales. Ya había tenido un encontronazo con el almirante Garrido, el ministro de Vivienda, ya había echado con cajas destempladas a dos asimilados, dos tinterillos que le marearon, hace un par de días nada más, con fórmulas y planteamientos jurídicos, y a quienes aguantó con resignación hasta que uno de ellos, el comandante Aizcorbe, le vino con unas zarandajas en latín, hágame el favor, comandante, le dijo el presidente incorporándose amenazadoramente de su sillón, hágame el favor, y le mostró la puerta sin dejar de mirarlo a los ojos hasta que el otro salió del salón presidencial como un fantasma, qué carajo, a él no le venían con vainas y leguleyadas, tinterillos del ajo, explotó con Benito Carranza esa misma tarde, entrando como un ciclón en su despacho, donde lo esperaba el primer ministro. Siempre había detestado a los asimilados, militares con alma de civil que no sentían de verdad el uniforme: Benito, seguimos adelante con la reforma industrial, y si las leyes entorpecen lo que es de justicia cambiamos las leyes, así de sencillo. No quería que ocurriera lo mismo que con La Brea y Pariñas, no era posible que al cabo del tiempo transcurrido desde que se tomaron las instalaciones de la IPC el asunto se hubiera enfangado en aquel lodazal de jurisprudencia. La verdad, no entendía tampoco por qué sus ministros se habían rodeado de tanto abogadillo pendejo y miserable... con algunos de ellos estabas francamente decepcionado y tenías que disimularlo, no debes malquistarte tan pronto, Velasco, no, señor. Lo de Arias Silvela sí que le había dolido, puta madre, zambo de porquería, por la ingratitud del hombre, y eso lo iba a pagar caro, por supuesto, lo pasaban a retiro y además le amolaban la vida, le ordenó al general Zegarra, le jodían el negocio al hermano, que se encargara, Turco. Porque a él no le hacían el cholito, ni los mismísimos gringos: la expropiación de los yacimientos petrolíferos ya era un asunto personal y lo resolvería aunque fuera él solo, qué carajo. Ya le tocaría el turno a la Cerro de Pasco y a las demás cuestiones, ya, por lo pronto la reforma agraria la sacaría adelante aunque tuviera que ir él mismo a sembrar papas y enseñar cómo hacerlo, pueblo por pueblo.

El espectáculo de miseria que se extendía hasta el infinito y que afloraba en los eriales que cercaban Lima desde hacía veinte años lo entristecía tanto como lo indignaba esa suerte de concupiscente molicie de los señorones de la alta sociedad, de los blanquitos que se creían los dueños del Perú, los amos de esa muchedumbre paupérrima cuyos ojos desesperanzados asistían al paso del Mercedes oficial sin imaginar que él observaba atento, tomaba nota de los oprobios, reconocía cada humillación, registraba cada infortunio, roía cada agravio, acusaba cada infamia, sacabas cuentas de las desdichas que vengarías, Velasco, para hacerle justicia de una maldita vez y para siempre a este país manejado desde siglos por un puñado de bellacos y ladrones. Pero eso se había acabado, miéchica. La frase de Túpac Amaru que le había rescatado el doctor Tamariz para su primer discurso en el Cuzco lo dejó atónito, como si el doctorcito hubiera leído sus pensamientos: «Campesino: ¡el patrón no comerá más de tu pobreza!» vaticinaste ante una muchedumbre fervorosa que coreaba tu nombre, un rugido que sentías vibrar, carajo, en el propio pecho, nunca habías vivido algo así, Velasco, tuviste que contener las lágrimas, la piel erizada por el fresco viento levemente anochecido, las arengas multiplicadas por los altavoces y luego por el propio eco de los cerros cercanos, sus palabras esparciéndose como el aleteo de aquel cóndor que apareció súbitamente en el cielo serrano, quizá una señal, pensó y el corazón se le encrespó como un gato, carajo, un aviso, un augur de tiempos mejores para el Perú, cerró los ojos, recordó todo aquello dándole otra chupada al cigarrillo, otro sorbo al vaso de leche, devuelto a la tranquilidad de la cocina a donde apenas llegaba el penduleo del reloj.

Efectivamente, la acidez había remitido prácticamente del todo. Encendió otro cigarrillo y aspirando con fuerza el aire fresco que provenía del jardín, donde no había forma de que prendiese la cucarda, planta malagradecida, miéchica, un día de estos la arrancaba de cuajo igual que a toditos esos malandrines sindicalistas del Sutep y demás comunistas... como ese ingenierito Parodi del que el propio Flaco Calderón le advirtió, «Ese hombre quiere hacerle daño a la Revolución, mi general». Además, se había dado el lujo de basurearlos y de hacerle correcciones a la reforma agraria: ¡Afuera con él, miéchica!, ¡y afuera también con el Zambo Arias Silvela! ¿Qué pasaba con todos últimamente?, ¿qué pasaba que ya parecía no quedarle amigos: no era un tonto, carajo, y veía cómo se alejaban todos, cómo empezaban a merodearlo quienes antes sólo lo rodeaban buscando su abrazo, su camaradería, su siempre dispuesta amistad, leal y franca. Allí, solo en la cocina, a las tres y pico de la madrugada, se sintió como en mucho tiempo no se sentía, absurdamente acorralado, solocomounperro, víctima de los zarpazos que de un tiempo a esta parte socavaban su bienestar. La patria, carajo, era una vaina.

DESDE LA CALLE les llega de modo intermitente, el oleaje de los autos que surcan la avenida Primavera, el rumor de una radio encendida en la caseta cercana de un guachimán. El general Carranza carraspeó un par de veces, movió su mano tosca de labrador y dejó el whisky sobre la

mesita de cristal. Luego cerró los ojos, como si se entrega-
se a una larga meditación. Pero el Turco Zegarra ya sabía
que ese sopor permanente en el que parecía vivir Carranza
era engañoso: quizá todo era cálculo, estrategia, despiste.
Aún no le ha dicho el porqué de esta cita, un domingo
plomizo y en su casa, nada menos, sin siquiera fingir que
no se trata de una invitación amistosa para tomarse unos
whiskys y charlar fuera de los despachos, donde se ven casi
a diario desde que el general Zegarra fue designado jefe de
Inteligencia. Nada de eso, esta es una reunión de trabajo,
quizá algo más delicada, pero de trabajo.

El general Zegarra sabe que Carranza no se va a ir
por las ramas con él, y sabes también, Turco, el poder que
tiene el primer ministro, la enorme influencia que ejerce
sobre Velasco. De manera que permaneció callado, esperando que el general por fin hablase, observando este frío
caserón de Chacarilla al que Carranza se ha mudado hace
poco: aún quedan cables medio pelados, faltan enchufes,
y hay todavía numerosas cajas y muebles sin desembalar,
como si no se supiera si el viejo general acaba de llegar
o se prepara para marcharse. Por eso al Turco Zegarra
le sorprende el enorme piano blanco que hay en el salón, una suerte de epifanía extravagante y solitaria, como
un cachalote varado en una playa reseca. «Uno igualito
quiero yo», piensa y endurece las mandíbulas. Sabe que
muchos otros ministros viven por la zona, residencial y
cara, sí, pero aún lo suficientemente deshabitada como
para no llamar demasiado la atención. El propio Ravines
está construyendo una casa muy cerca, y lo mismo ocurre
con Martínez del Campo y con el Zambo Arias Silvela,
que se va a Las Casuarinas. Menos tú, Zegarra, que te
has quedado en la casa de Barranco, la vieja casa familiar,
pero no por mucho tiempo, piensa con resentimiento y
presta finalmente atención a lo que está diciendo aho-

ra Carranza, después de haber hablado de naderías unos minutos. Y es que había demasiado personalismo en este Régimen, muge el primer ministro y se incorpora con las manos tras la espalda, y eso ya era un problema añadido a los muchos con los que se enfrentaba diariamente el Gobierno. Zegarra hace un gesto de asentimiento, piensa en Arias Silvela, en Martínez del Campo, en el Gato Ravines: se revuelve en su asiento. Ellos no podían dejar que el presidente lidiara solo en todos los cosos, insiste Carranza, era un suicidio, para él y para el propio Proceso. De manera que por eso lo había llamado, mi querido Zegarra, continúa el primer ministro pero ahora lo mira directo a los ojos: lo he llamado para confiarle la delicada labor de vigilar con el celo con que ha venido haciéndolo hasta el momento, pero casi preferiría que consulte antes conmigo que con Velasco. No queremos sobrecargarlo con más preocupaciones, ¿entendía, verdad? Zegarra no mueve ni un músculo y piensa vertiginosamente qué carta jugar, si pararte y mandarlo elegantemente a la mierda o hacerte el cojudo. ¿De manera que Carranza no quiere que te acerques más de lo debido a Velasco? ¿Y qué sacas tú de esto, Turco, qué sacas? Naturalmente eso significaría trabajar en más estrecha colaboración entre nosotros, mi querido Zegarra. Se trataba de una cuestión de absoluta confianza, dice el primer ministro apáticamente y bebe de un sorbo su whisky. ¿Otro trago?, y antes de escuchar la respuesta del general Zegarra vuelve a llenar ambas copas. Por supuesto, Inteligencia tendría una aportación económica mucho mayor que la que manejaba ahora mismo, pero es importante entender que entre usted y yo vamos a proteger no al presidente, sino al Proceso Revolucionario. Carranza termina de hablar y de golpe se hace un silencio nítido en su sala. El general Zegarra bebe su whisky y cierra los ojos, claro, eso era: el Proceso Revolucionario.

—Naturalmente que el Proceso cuenta con todo mi apoyo, general —dice Zegarra sintiendo que está jugándose el todo por el todo a una sola carta.

El primer ministro lo mira un rato sin mover un músculo de la cara. Finalmente inicia una sonrisa triste o melancólica como el canto de las cuculíes en el jardín. El cielo está absolutamente encapotado y en cualquier momento empezara a caer esa finísima lluvia limeña que trae el invierno. Ambos militares se quedan un rato en silencio, como atentos al ruido del viento y del propio domingo solitario y enmohecido. Vamos a trabajar muy bien usted y yo, vaticina Carranza y Zegarra se incorpora, entiende que la reunión ha finalizado. Por lo pronto, quería que le averiguara todo lo que pudiera sobre la chiquilla de Blacker, ¿la conocía? Una linda jovencita. Está en la Universidad San Martín. Naturalmente, la cautela necesaria, siendo la hija del ministro del Interior, habrá que tener mucho cuidado.

EL MINISTRO GERMÁN Arias Silvela entró a su despacho silbando un valcesito, feliz, radiante, que le trajeran su juguito de papaya, Marilú, le dijo a la secretaria, qué guapa había venido hoy. Tamborileó distraídamente sobre el escritorio un momento, como dudando si lanzarse con verdadero brío a su labor, pero aún decidió regalarse otro momentito recordando la reunión del domingo en casa de Velasco, realmente su espaldarazo. El presidente estaba de buen humor y había intercambiado bromas y risas, y en algún momento el propio Velasco le había dicho oye, Zambo, por qué no agarraba esa guitarra y les tocaba una polquita, que ya sabían que a jaranero no le ganaba nadie, y todos rieron, hasta el soso de Carranza, en realidad más felices por ese repentino buen humor del presidente —después de varios días tensos por lo de Allende, las amenazas de huelga y por las últimas maniobras del empresario Banchero Rossi— que por otra cosa.

Antes, a la hora del almuerzote criollo, Velasco le había tomado del brazo, patriarcal, amable, que se viniera por aquí, que quería conversar un rato con él. Arias Silvela se sintió ligero, casi alado, y se dejó conducir ingrávidamente por Velasco, que ya hacía gestos a un mozo para que le sirviera su trago al ministro, oiga, que me lo tiene seco a este hombre, y el camarero con chaquetilla y guantes blancos cómo no, mi general, se apresuró a ofrecerle whisky, vino, cerveza, pisco sour. Arias Silvela miró de soslayo el vaso de cristal que removía Velasco a su lado y eligió un whisky también, escuchó las voces estruendosas a la entrada, era el Compadre Ibáñez que venía con sus músicos, el presidente se desentendía de él, pero sólo momentáneamente, apenas un segundo para darle la mano al efusivo artista que cómo estaba mi general, cómo seguía esa salud, ¿cómo siempre, verdad? ¿de hierro, verdad?, y se pasaba un pañuelo por la frente, sonreía a unos y a otros, feliz, expansivo, haciendo unas violentas venias con la cabeza cada vez que se acercaba algún general y él arrugaba más sus gestos, resoplaba emocionado, hacía ademanes enérgicos a sus músicos para que se fueran a ese rincón a preparar todo, como un verdadero general el Compadre Ibáñez, gran trovador de la música criolla, dijo de pronto Velasco después de haberlo seguido con la mirada, como si sus frases le concedieran una existencia más exacta o perfilada, y sólo entonces se volvió a Arias Silvela, que sintió nuevamente la sangre activándose en el circuito intrincado de sus venas: cómo estaba, pues Zambo, le dijo Velasco dándole un cachete cariñoso, tanto tiempo que no hablaban salvo por esos malditos asuntos que lo traían de cabeza con el bajón de las exportaciones textiles y la amenaza de huelga, caracho, se ensombreció de golpe el general, achinó aún más sus ojos inquisitivos, de fiera, gruñó dando golpecitos a su vaso de whisky y bebió un sorbo mientras el ministro Arias Silvela contenía la respiración. Pero qué diablos, ladró cariñosamente Velasco, adoptando un porte marcial que le hizo temblar unos pliegues en la papada envejecida, los ojillos brillantes de malicia, sabedor de que todos de pronto lo escuchaban, desatendiendo los círculos de charla que iban armando aquí y allá, en la sala luminosa: hoy no se hablaba de trabajo, hoy se había venido para estar con los amigos, para charlar de otras cosas, que era domingo, que aunque sea por unas horas la Patria descansara, y se escucharon algunas carcajadas, alguien levantó su copa, vibraron las cuerdas de la guitarra criolla y feliz del Compadre Ibáñez acompañando las frases del general presidente como si hubieran sido unas décimas dignas de glosar, pensó Arias Silvela chocando su vaso de whisky con el vaso presidencial. «Feliz, me siento feliz», se escuchó admitir el Zambo Arias Silvela y Velasco lo miró un momento confundido, sí, se encontraba feliz de participar en la creación de una nueva patria, se apresuró a explicar el general Arias Silvela y se arrepintió en el acto: había sido designado ministro hacía apenas tres meses y lo primero que se encontró fue una brusca caída en las previsiones de exportación textil, lo habían tratado en el último consejo de ministros, lo había pasado mal el general, pero Juan Velasco fue magnánimo otra vez y no comentó nada zahiriente, se limitó a sonreír aunque con los ojos opacos, eso estaba bien, dijo al fin removiendo su whisky y el ministro de Comercio no supo cuál era la frase siguiente, bebió un trago de Swing, sonrió y preguntó por la señora Amparo, aún no había tenido oportunidad de saludarla. Ahorita venía, dijo Juan Velasco haciendo un gesto con la cabeza, se había sentido un poco indispuesta por la mañana pero ya estaba bien. Arias Silvela se clavó las uñas en la palma de la mano sin saber si indagar más o qué, pero ya Carranza se acercaba a ellos con su sopor y sus andares enmohecidos, cómo estaba, Juan, cómo estaba, general, le dijo a Arias Silvela estrechándole la mano y el ministro de Comercio se limitó a mirar los abrazos de oso que se daban ambos generales. Después Velasco fue de un lado para otro, hizo algunos brindis, se acercó al grupo algo distante, casi junto a los jardines, donde conversaban el Gato Ravines y el almirante Aníbal Saura, estirado, pituco, creído de miéchica pensó Arias Silvela, de pronto presa de un odio infantil que le hizo rechinar los dientes porque de todos era sabido que era el consentido de Velasco al igual que Ravines, y ahora el presidente reía con ellos, chocaba su vaso, conversaba uno, dos, tres, hasta diez minutos con ellos.

Ah, pero lo mejor de aquel almuerzo ocurrió al final: a último momento, el general Carranza se le había acercado con una familiaridad algo envarada: general, tendrían que hablar un día de estos, le preocupaban algunos asuntos que quería consultarle, dijo en voz alta, y algunos otros militares lo miraron. Arias Silvela sacó pecho, ocultó el abdomen, apretó los glúteos, sí, claro, descuide Carranza, no faltaba más. Quizá ese había sido el mejor momento de la tarde en Chaclacayo: que Carranza se le acercara, probablemente por ganarse su confianza. Que se jodiera Saura, que se jodiera el Gato Ravines, Carranza necesitaba de él. El general Silvela cerró los ojos pensando en lo bien que le vendría ahora un baño turco: en realidad, las cosas no podían ir mejor.

—General —escuchó la voz aniñada de Marilú en su intercomunicador—. El general Carranza en la línea dos.

—No le van a quedar ganas de hacerse el chistoso y el pendejo nunca más. Ojalá haya disfrutado de la invitación a mi casa —dijo Velasco firmando el papel que el ministro Carranza había puesto sobre su mesa—. Aquí tiene su pase a retiro fulminante, Benito. Que se ejecute.

Segunda parte

I

DESDE EL MAR les llega un perfume a algas y anchoveta, el rumor exaltado de las aguas rompiendo cercanas, el tráfico todavía intenso a esa hora: trepidantes camiones, autos que petardean con escándalo, ómnibus que exhalan turbias humaredas. La calle donde se ha estacionado el carro está apenas iluminada y Sánchez Idíaquez murmura que ahí no entraba él ni cagando. En la radio del auto suena una cumbia pegajosa y ramplona, que apagara eso, caramba, dice Montesinos e infinidad de arruguitas repentinas circundan sus ojos, todo el día escuchando esa musiquita huachafa, caracho, y el Negro Canchaque apaga la radio sin decir palabra, que perdonara, jefe, no quería molestar y Montesinos ya, ya, Negro, dice, seguro que con el doctor Tamariz no te portas así... y mira por el retrovisor, ¿esos amigos suyos eran siempre tan impuntuales? No ha terminado la frase y observa que el chofer del doctor Tamariz se pone tenso mirando también por el retrovisor. ¿Qué pasaba?, dice Sánchez Idíaquez: está sentado en el asiento posterior del carro, detrás de Montesinos, que ocupa el asiento de copiloto, nada, hombre, no seas saltón, dice Montesinos fijándose en las tres siluetas que se acercan despacio, confiadamente hacia ellos: esos eran, jefe, dice el Negro Canchaque ya con la mano en la portezuela del carro.

—Yo llevaba un chimpún, por si acaso —Montesinos ríe suavemente, coge la baraja, la observa, luego hace dos montoncitos, Guevara, que partiera—. Con esos negros nunca se sabe.

—Qué tales barracones, compadre —recuerda Sánchez Idíaquez—. Ni más vuelvo por ahí.

—¿Tú no querías ir? No había necesidad y te empeñaste —Montesinos coge los dos mazos que le ha dejado Guevara y ahora baraja distraído, con solvencia de experto—. Así es la vida real, cholo.

El Negro Canchaque se acercó, las manos en los bolsillos de los pantalones, mirando a un lado y otro, hasta donde las tres siluetas que se detuvieron en la esquina. El capitán Montesinos no deja de mirar por el retrovisor el saludo formal de los cuatro hombres, las manos que se estrechan, unas palmadas en la espalda, los gestos y acciones que acompañan la charla que no escucha. De vez en cuando Canchaque mira o parece mirar hacia el auto que los espera, gesticula, mueve la cabeza, suena una carcajada y Sánchez Idíaquez se alarma, shht, no ha sido nada, dice Montesinos.

—Lo más bravo fue después —Sánchez Idíaquez coge sus cartas, las va acomodando como si compusiera un abanico sigiloso, mira a los demás, recuerda las frases de Montesinos—: ¿Que les invitemos unas cervecitas? ¿Qué creen estos huevones? ¿Que vamos a un bautizo?

—Así es, jefe —dijo el Negro Canchaque al cabo de unos minutos de parlamentar con los tres hombres que han quedado aguardando en la esquina, siluetas de humo y espera—. Dicen que con quien debe hablar es con el Negro Garmendia, y él a esta hora estará bajándose unas aguas en el bar de Zoila, aquí nomás, a dos cuadras.

—¿Unas cervezas? —el doctor Tamariz frunce el ceño, se acomoda mejor la corbata gris perla— ¿Fueron a tomarse unas cervezas con aquellos delincuentes?

Al local se accede por una puerta destartalada que parece va a derrumbarse en cualquier momento, sitiada por un cerro de basura. Dentro huele a pezuña, a pestilencia larvada durante meses, quizá años, y en medio del atronador barullo de la Würlitzer del rincón, las charlas y las carcajadas, un humor reconcentrado a sudor ácido, mesitas pequeñas donde sujetos torvos apuraban cervezas y pisco, aguardiente y *lija*, un brebaje atroz de Kola Inglesa y vino. Montesinos se acomoda la casaca, siente a su lado la respiración de Sánchez Idíaquez, observa de reojo su sonrisa congelada, dónde se habían metido, compadre, tiembla, pero el Negro Canchaque se detiene junto al mostrador de zinc y se da grandes abrazos con un zambote que pese al calor asfixiante lleva una tricota marinera gruesa, hasta el cuello, qué había sido de su vida, negro conchesumadre, saludó el tipo y Montesinos observa que a una de sus manos grandes como pilones le faltan dos dedos, no deja de mirarlos a ellos, a Sánchez Idíaquez y a Montesinos, cada vez más extrañado, con un gesto de desdén o burla, parece a punto de increparlos y Montesinos advierte que los tres tipos que los acompañaron desde el carro hasta aquella cantina se han disuelto en medio del gentío rufianesco, que ahora ellos son el blanco de todas las miradas, que de pronto, sin que el bullicio de las charlas haya bajado de volumen ha adquirido bruscamente otra calidad, una textura más densa y velada: resulta demoledor el esfuerzo por no mirar atrás, Sánchez Idíaquez le respira en el cuello y casi lo siente tiritar, pero él avanza hasta la barra justo en el momento en el que Canchaque le dice al Zambo que aquí estaban los señores que querían hablar contigo Garmendia, mucho gusto dice Sánchez Idíaquez y Montesinos tiene la voz más firme, así que tú eres el famoso Garmendia, el que le plantó cara al mismísimo Chalaquito I allá en El Cerro? Y suelta una carcajada acodándose entre Canchaque y el Zambo que huele a orines, a sudor.

—¿Quién era ese tal Chalaquito? —Alfaro regresa del baño, recibe sus cartas, gruñe una obscenidad y pone un billete gris en la mesa, vuelve a mirar sus cartas como si quisiera constatar que ha calculado correctamente.

—Montesinos se había informado bien —Sánchez Idíaquez coge un naipe y vacila un momento con sus cartas —: Chalaquito es un criminal de esos que tienen su banda y siguen operando desde la cárcel del Frontón, o sea El Cerro, en el argot de los delincuentes.

El Zambo tiene los ojos enrojecidos, un aliento que marea, unos brazos que parece fueran a hacer estallar la tricota percudida, ¿y quién era él si se podía saber?, dice y Montesinos mira hacia Canchaque, luego a Garmendia, ¿podía invitar unos pomos? Unos pomos o lo que él quisiera. Garmendia se rasca la nuca y achina los ojos como si le costara enfocarlo, luego mira a Canchaque y después hacia la barra, dice finalmente en voz alta si el puta viene en plan de rico papá o qué cosa, viene aquí a atarantar con su billete, ¿quién chucha era este huevón?, ni siquiera responde cuando se le pregunta, dice sin dignarse a hablarle directamente, más bien preguntando a los demás. Montesinos no pestañea pero Sánchez Idíaquez una mosca, una mota de polvo, parece haber desaparecido detrás de Canchaque: resulta casi cómico verlo buscar las espaldas del Negro que dice de pronto, tranquilo, hermano, el hombre aquí es de toda confianza, viene a hablar de negocios y hay buen billete, recita en un tono cordial, casi sedante, mirando hacia la multitud que ahora sí ha bajado la voz y parece a la expectativa, que no hiciera mucho roche que el asunto era bueno, palabra, compadre, y mira a su alrededor, levanta las cejas hacia un grupo, ¿qué pasaba? ¿tenía monos en la cara?, y los tipos regresan a sus asuntos. Entonces Canchaque conversador, amigazo, se vuelve a Garmendia: ¿eran o no era adúes? Toda la cháchara de Canchaque parece tener por objeto simplemente calmar a Garmendia, que oscila peligrosamente junto a la barra, como un animal siniestro.

—Estaría pepeado o mamado, quién sabe qué cosa se metería mi compadrito —Montesinos habla con suavidad, su mano izquierda roza apenas el borde superior de sus cartas y forma un primoroso abanico cuyos secretos él observa con un brillo en los ojos, sus cincuenta y cincuenta más, dice entre dientes, feliz y cauto—. La verdad, por un momento pensé que de ahí no salíamos. ¿Verdad, apristón?

Montesinos pidió unas cervezas y la mujer que estaba detrás de la barra como adormilada se levantó desganadamente, puso dos botellas frente a ellos, las abrió con torpeza y volvió a su estado de postración. Creo que hemos empezado mal, amigo, dice al fin en un tono donde se percibe cierta nota de hastío, de cansado desdén, si lo había ofendido, dijo, rogaba que aceptara sus disculpas y estas cervezas, a lo franco: él sólo quería proponerle un buen negocio, pero si se ponía así, entonces él se iba por donde había venido y santas pascuas.

—Garmendia se quedó de una pieza —Sánchez Idíaquez se afloja el nudo de la corbata—. Se habría preguntado quién era el blanquiñosito que se le plantaba tan conchudamente. Tienes huevos, Montesinos —dice dándole una palmada en el hombro a éste, que arruga con fastidio el entrecejo y mira de reojo al aprista.

—Lo que no entiendo —dice Tamariz bebiendo un sorbo de whisky— es por qué se tomaron tantas molestias para ahuyentar a un muchachito insignificante. A un enamoradito de nada.

EL GENERAL BLACKER observó con nostalgia la fotografía que reposaba sobre su escritorio: la sonrisa dulce, los hoyuelos de Anita, idénticos a los de su madre, caracho, el torbellino que era cuando chiquilla, en los tiempos en que vivieron en Madrid, cuando él era agregado militar en aquella ciudad algo mojigata y con un permanente olor a cocido flotando en su aire serrano, y donde sin embargo fue inmensamente feliz. De esos años aún le quedaba a Anita un ligerísimo ceceo y una entonación cantarina que a él le alegraba el corazón al escucharla hablar. Y cada día se parecía más a su madre, que en paz descanse. ¿Cuándo se habían empezado a distanciar? Maldita la hora en que dejó que su hija entrara en la San Martín de Porres: de la noche a la mañana se transformó en un ser arisco y ensimismado, y en más de una ocasión el ministro del Interior había creído sorprender en aquellos ojos color cerveza el discurrir de un turbio arroyuelo de odio o desprecio, caramba, le había comentado la otra tarde al mayor Montesinos, cuando este le vino con los informes que él había ordenado respecto a la actividad subversiva en las universidades y se quedaron hasta tarde despachando aquel asunto, podía ser grave, sí, tendrían que infiltrar gente allí… En un momento dado, Blacker miró la fotografía de Anita y Montesinos, atento, servicial, correcto, hizo un comentario elogioso de aquella hija suya, mi general, ¿cómo le estaba yendo en la universidad? Él tenía entendido que había ingresado a la primera, ¿era cierto? Una trome la chica. Blacker había encendido un Ducal, se reclinó un poco más en el butacón de cuero, sí, había tardado en decidirse a postular, hizo dos años de Bellas Artes, siempre fue una buena estudiante, dijo apartando momentáneamente los papeles que tenía enfrente, se restregó los ojos, pero últimamente le estaba dando muchos problemas, se escuchó admitir y Montesinos ensayó un gesto de sincera aflicción.

En la mesa había un cenicero repleto, lapiceros, papeles, una máquina de escribir, paquetes arrugados de

Ducal, una ruma de carpetas con el escudo patrio que el mayor apartó con decisión, que no se hiciera mala sangre, mi general, si le permitía decírselo, los jóvenes a esa edad se vuelven un poco difíciles, hay que dejarles que se habitúen a su espacio, darles un poco de cuerda, afirmó cogiendo un lapicero azul y mirándolo mientras hablaba. El ministro soltó un suspiro involuntario, carraspeó mirando los techos altos, el ventanal por donde empezaba a asomar la oscuridad, se quedó callado un momento y vio a Montesinos confundirse sinceramente, como si de pronto se hubiera dado cuenta de una eventual inoportunidad en sus frases más bien amables: el ministro del Interior sonrió dando un golpecito en la mesa, ¿le provocaba un whisquicito, mayor?, ofreció y sin esperar respuesta se levantó él mismo a servir un par de copas, se volvió a Montesinos, que se había puesto los lentes y estudiaba un nuevo legajo. Que dejara eso, mayor, chasqueó jovialmente la lengua el general Blacker, ya habían trabajado bastante por hoy, casi diez horas seguidas, él necesitaba un descanso dijo de pie ofreciendo el vaso de whisky y sorbiendo del suyo antes de coger la foto de Anita y acercársela a los ojos. Tenía razón, mayor, quizá él estaba apretando mucho a su hija, porque de pronto la encontraba un poco rebelde, caramba, como si fuera una extraña. La voz de Blacker había empezado con empuje, con cierto tono castrense y al mismo tiempo jovial que sin embargo se fue desinflando hasta convertirse en un murmullo lastimero, senil.

El mayor Montesinos creía, con todo respeto, que el general ahora tenía la oportunidad de ganarse a la mujer, a la hija ya madura que asomaba en la universitaria. Blacker hizo un gesto desvalido, eso creía él también, mi querido mayor, eso creía él también, pero no sabía cómo. Además, desde que estaba en el cargo, el trabajo lo absorbía más horas de las que hubiera querido. Pero el deber era el deber, suspiró mirando su whisky, meciéndolo dulcemente antes de acabarlo de un trago y dirigirse al anaquel donde guardaba vasos y botellas, la patria no descansaba, afirmó dejando la botella sobre la mesa. En eso tenía toda la razón, concedió Montesinos apurando también su trago y aceptando un nuevo chorro de whisky. Además, el Ministerio del Interior no era el Servicio de Inteligencia del Ejército...

Blacker parpadeó mirando a Montesinos, el rostro alerta, una mano palpándose el bolsillo de la camisa donde guardaba los cigarrillos. Montesinos bebió despacio su whisky, no era que él desdeñara el trabajo del general Zegarra, nada de eso, sonrió ofuscado, como dándose cuenta de la impertinencia de sus frases, le pasaba siempre igual, caramba, siempre metía la pata sin querer: lo que pretendía decir, explicó, era simplemente que en aquella área todo estaba, digámoslo así, más encarrilado. El Ministerio del Interior en cambio era un permanente hacer, cohesionar, vigilar… en fin, dijo Montesinos como si hubiera calibrado envalentonarse, tomar impulso para agregar con una voz en que vibró algo parecido a la emoción, que el ministro Blacker estaba haciendo un estupendo trabajo, todos así lo decían. Pareció que el ministro iba a protestar pero Montesinos lo atajó mirándolo sin pestañear, por favor, mi general, que no creyera que él era una adulador, nada de eso. Es más, si lo apuraba un poco tendría que confesar que esos elogios que circulaban por los demás ministerios respecto a la labor de mi general, él, Montesinos, los tomaba de manera indirecta también como un elogio a su propio trabajo. El mayor dijo salud, mi general, y se mojó los labios. Blacker secó su vaso de un trago, carraspeó un poco y se sirvió otro chorro generoso de whisky.

El ministro volvió a sentarse, encendió finalmente su cigarrillo, miró con atención el vaso de whisky que adormecía entre ambas manos y movió levemente su cabeza de cabellos ralos, muchas gracias por esas palabras, mayor, dijo con una voz de ceniza, él sabía de sobra que era sincero, pero quizá se dejaba ganar por la lealtad. Particularmente, el ministro Blacker no creía que su labor fuera realmente considerada, y más desde que se rumorea insistentemente que la CIA quiere atentar contra Velasco como se supone hizo con Allende, ya sabe, con todas esas bolas que corren por Lima y ahora, además, los problemas que empezamos a tener con las universidades, que se han vuelto un nido de comunistas... figúrese. Qué le voy a contar que usted no sepa, mi querido mayor. Bebió fatigado el whisky. Pero en fin, dijo éste, tampoco había aceptado el cargo por los elogios, ¡estaría bueno, caracho! Si este puesto daba más sinsabores que otra cosa. En el último consejo de ministros, por ejemplo, Velasco estuvo más dispuesto a escuchar las propuestas y los informes del Coap, es decir, de ese tal doctor Tamariz, que los que él había elaborado. Y el general Carranza le da todo su respaldo a aquel hombrecito, a ese civil... figúrese, oiga. Montesinos encendió un cigarrillo, bebió otro sorbito de whisky, así eran, pues, las injerencias con las que había que batallar, mi general, él estaba al tanto. Habría que estudiar qué hacer, ¿no pensaba igual? Él, si se lo permitía, tenía algunas ideas al respecto.

—¿Así de suspicaz es el viejo con el Coap? —el decano Sánchez Idíaquez observa feliz su cartas—. Ni que le hubiéramos quitado chamba, carajo.

—No es por el Coap —dijo Montesinos mirando sus cartas sin mover un músculo del rostro.

—¿Entonces?— preguntó el mayor Alfaro.

—Es por tu jefe, Alfarito —Montesinos robó un par de cartas con mano displicente—. Está celoso del protagonismo de Carranza. Y quién sabe, quizá también se le haya pasado por la cabeza reemplazar a Velasco. No sería el único.

GARMENDIA ACABA DE un trago su vaso de cerveza y busca nuevamente la botella, consciente de que Montesinos espera su respuesta, se sirve parsimoniosamente, resoplando como un caballo, ¿y eso era todo?, arquea una ceja y enciende un Inca, ¿sólo darle su pateadura a un gil de Miraflores? Montesinos saca un Ducal de su cajetilla, enciende el cigarrillo con deliberada lentitud y se encoge de hombros, había buen billete y después algunos otros encarguitos, pero por el momento nada más, Garmendia, podían quedar cualquier día para conversarlo bonito. Negocio fino, agrega como al descuido. Canchaque regresa del baño con los ojos enrojecidos, se acoda en la barra y pide una cerveza, tía, bien heladita porque estaba con la garganta seca, pero Montesinos le hace un gesto y otro a Sánchez Idíaquez, ellos mejor se iban, Zambo, dice amistosamente, y Canchaque okey, jefe, secaba su vaso y salían. Ya en la puerta Garmendia mira a un lado y a otro, la tombería andaba jodiendo últimamente, y Montesinos saca su cartera, cuenta despacio unos billetes y los pone en la mano donde faltan dos dedos, ya sabía cómo era la vaina, ¿no? Suave nomás, dice el Negro contando el dinero, que no se preocupara por nada, quedaban el lunes próximo entonces y extiende su diestra callosa que Sánchez Idíaquez estrecha efusivamente, luego Montesinos, finalmente un abrazo con Canchaque, que no se perdiera, Negro, que ya sabía dónde lo encontraba para bajarse unas aguas y Canchaque cuando quisiera Garmendia, que ahora iban a hacer negocios juntos. Cuando Garmendia desaparece nuevamente en el bar de Zoila los tres caminan hacia el carro que han estacionado a dos cuadras. Montesinos silba despreocupadamente y Canchaque juguetea con las llaves, apenas presta atención a las palabras de Sánchez Idíaquez, qué tales tipos, dice feliz, asustado, mirando a sus espaldas, como si aún no pudiera creerlo, a veces se retrasa un poco y pega una carrerita, se pone en medio de Montesinos y

Canchaque, llegan finalmente al auto y enfilan hacia Sáenz Peña, luego cogen por la avenida Argentina, donde el tráfico ya ralea, oye, compadre, dice al cabo de un momento Sánchez Idíaquez, este Garmendia podía hacerle un favor a él también, ¿no?, y su voz quiere parecer despreocupada, jovial. Montesinos mira aburrido por su ventanilla y Sánchez Idíaquez cree que no lo ha escuchado porque pasan varios minutos hasta que este contesta que claro que sí, apristón, vamos a darle trabajo como cancha a este zambo, y Canchaque lo mira y se ríe saltándose un semáforo.

—Es que la universidad se está volviendo un nido de comunistas —dice el decano Sánchez Idíaquez plantándose, él pasaba, qué racha llevaba hoy, carajo, y enciende un cigarrillo—. Incluso me han amenazado.

—¿Ya estás haciendo tus argollitas, entonces? —dice Heriberto Guevara con una voz truculenta mirando a los demás, que sueltan la carcajada y las mejillas de Sánchez Idíaquez enrojecen de golpe.

—Para argollero tú, yo sólo quiero defenderme de los comunistas, caracho, ¿ya?

—Anda, hombre —Guevara coge dos cartas rápidamente, las mira con codicia, sigue riendo—: bien que ya estás formando tu argolla, todo el mundo lo sabe.

Sánchez Idíaquez hace el amago de levantarse, enrojecido, bufando, le tiembla un ojo y parece que va a decir algo cuando el doctor Tamariz lo ataja con una mano admonitoria.

—Por favor, señores, estamos jugando en paz, no se pongan a pelear por tonterías, que distraen a los demás…

—Vamos, hombre —dice Montesinos sin dejar de mirar sus cartas, parece calcular su jugada un buen rato antes de mover la cabeza desencantadamente—. No te piques por una huevada, apristón, que fue sin mala intención, ¿no es cierto?

—Claro —dice Guevara mostrando sus cartas, hay maldiciones, murmullos, gestos de fastidio cuando el sociólogo recoge el dinero—. Además son cosas de la vida. A Montesinos lo mueve el amor y a ti también. El amor por el puesto de rector, quiero decir.

Todos estallan en carcajadas y Sánchez Idíaquez enrojece aún más, mira como si quisiera hacer desaparecer a Guevara, desvalidamente a Alfaro, Montesinos y a Tamariz, que en ese momento atiende a Leticia. La mujer ha entrado sigilosamente al saloncito donde juegan a las cartas y le murmura algo al oído. Tamariz asiente una y otra vez, luego se vuelve a los demás, caballeros, que siguieran jugando tranquilos, dice levantándose, él tenía que dejarlos un momento, y Montesinos lo observa súbitamente preocupado, pero Tamariz hace un gesto tranquilizador con las manos, Carranza estaba al teléfono, susurra y se hace un silencio incómodo. Todos ahora hablan en voz baja, el mayor Alfaro ha empalidecido y Montesinos lo mira sonriendo, meneando la cabeza con reprobación, qué putero ha resultado tu jefe, Alfarito, huele el calzón de una niña y se vuelve loco.

—Bueno, cholo —Guevara empieza lentamente a barajar las cartas con solvencia—. Y la hijita del general estará buena, ¿no? Porque para hacer lo que hiciste ya tenía que estarlo.

—Una ricura —ensueña Montesinos sonriendo y coge el cubilete de dados—. ¿Una partidita de cacho?

EL GENERAL VELASCO acaba de leer los periódicos que le ha dejado el Flaco Calderón sobre su despacho, las frases subrayadas con lápiz rojo, las declaraciones del ministro de Vivienda, almirante Garrido, ayer, justo al mismo tiempo

en que aparecían las declaraciones de Montelongo, que
había sido deportado por maricón, carajo, por metiche,
puta madre, por huevón, piensa el presidente encendiendo un cigarrillo y repasando, sin poder creérselo, las declaraciones del rosquete del almirante Garrido: *el Proceso
Revolucionario cree firmemente en el disenso, en la saludable
crítica que se puede hacer a la Revolución desde cualquier
sector... No, definitivamente, ser crítico con la Revolución no
es ser contrarrevolucionario*, y casi en la misma página, las
declaraciones de Montelongo desde México: *En el Perú no
sólo el que disiente del Régimen sino también quien cumple
con su labor de informar acaba como yo, emprendiendo el
largo y ultrajante camino del exilio. Felizmente que en el seno
de la propia Revolución hay sectores que piensan que la libertad de expresión es la única garantía de un proceso verdadera-
mente democrático...* Eso había sacado *El Comercio*, además
de una editorial que saludaba las palabras del ministro Garrido, le explicó el Flaco Calderón nada más llegar Velasco
a su despacho y el presidente lo miró furibundo, hojeó los
demás periódicos, vio que casi todos los medios hacían eco
de las declaraciones del almirante Garrido, que algunos
—los más fieles— no sacaban las declaraciones del traidor
de Montelongo, pero en estos momentos todos sabían lo
que había dicho el ministro, puta madre, pero qué miéchica hace el marino este del carajo, el rostro de Velasco se
congestiona, que lo pusieran de inmediato con Zegarra,
y también con Benito Carranza, dice, casi grita y pasea
como un león enjaulado por su despacho entre blasfemias
atroces y frases llenas de encono.

—Está todo el día pensando en lo mismo.

—¿En lo de Allende? —el general Carranza bebe
un sorbo de whisky, se lleva una servilleta a la boca, observa con ligera atención el impecable saco beige del doctor Tamariz, su pañuelo de seda en el cuello.

Por momentos Velasco mira el óleo del héroe Bolognesi, que parece observarlo reprochador, y masculla: Habría que meterles bala a todos, carajo, creen que pueden decir lo que les venga en gana, y que uno va a ser tan cacaseno que no va a chistar, bellacos miserables, bufa cuando llega Benito Carranza, ya, Juan, que se calmara, muge al ver el rostro casi apopléjico del presidente, y al cabo de un rato el general Zegarra. A ver, Turco, gruñe Velasco bebiendo un sorbo del pisco que ha pedido que le trajeran, y que los generales almorzaban aquí mismo en Palacio, que tenían que despachar varios asuntos, ladra y un edecán sale raudo del salón: a ver, Turco, insiste con una voz donde aún se perciben rastros de rabia, cómo se habían filtrado esas declaraciones del maricón de Montelongo desde México, y Zegarra mueve la cabeza con energía, no era ninguna filtración, presidente, no hubo ninguna orden en contra, eran simplemente las declaraciones de un subversivo desde la comodidad del exilio, pero claro, el general Zegarra chasquea la lengua, bebe un sorbo de pisco y hace un mueca, si luego el almirante Garrido hace esas declaraciones, las palabras de Montelongo cobran otra perspectiva, ¿verdad?

—Sí —dice apenado Carranza siguiendo la mirada del doctor Tamariz—, a Juan le obsesiona pensar que los norteamericanos lo tienen en la mira: primero Torres en Bolivia, luego Allende en Chile y ahora le tocaría a él.

—Y desde que se rumorea lo de la CIA, peor —el doctor Tamariz se incorpora, estira las piernas, se lleva ambas manos a los riñones, consulta sin ganas su reloj—. Debe estar paranoico, caramba. Ve espías hasta debajo de la cama.

Entonces, pregunta Velasco incorporándose trabajosamente de su asiento, ¿era una jugada de la prensa? ¿También ellos conspiraban? Él lo veía así, si se le permitía intervenir, dice el Flaco Calderón dando un paso al frente, habían aprovechado las palabras de Montelongo y las del ministro de Vivienda, almirante Garrido, para crear esta situación. Sí, interrumpe Velasco dando un golpe de puño contra su escritorio, caen unos papeles que Calderón se apresura a recoger, pero quién chucha era Garrido para venir a hacer esas declaraciones tan inoportunas, se lleva una mano a los cabellos el presidente, parece querer arrancárselos. Era uno de los representantes de la Marina en este gobierno, Juan, explica reposadamente Benito, y como tal podía hacer esas declaraciones... El otro es Aníbal Saura y lo elegiste tú, sabes de sobra que los marinos no lo quieren. Ahora bien, dice atajando una nueva explosión del presidente: esta era una buena ocasión para ganarles el pulso a los marinos: con el almirante Saura de nuestra parte como ministro, Garrido quedaba solo, se aguantaba la cafeteada y buscábamos forzar que lo pasen a retiro rápidamente o mejor aún, que le dieran una embajada lejos del Perú, para que no pitearan los marinos. Y es que ya eran muchas las declaraciones manifiestamente incómodas de este señor, gruñe Velasco con la barbilla temblándole, bebiendo un furioso trago de pisco, le estaba alborotando al consejo de ministros con tanta confusión. No, definitivamente no le gustaba ese marino, dice con rabia y mira un momento por la ventana, salvo el almirante Saura, que era un amigo leal, no le gustaban para nada los marinos, unos pitucos que se creen, carajo, superiores a los demás y andan conspirando en cada esquina. Hijos de puta: no me extrañaría que estuvieran haciendo sus contactos con la CIA, dice. ¿Acaso el propio jefe de la Armada, el contralmirante Ramírez, cree que no sabemos el tremendo contrabando que trae para sus negocios familiares?, dice con encono el general Zegarra y el rostro del presidente vuelve a congestionarse, sus frases parecen tornarse por momentos incoherentes, se lleva una mano a la frente y Carranza pregunta si se encontraba bien, hombre, no le fuera a dar un patatús por un asunto así, que ya encontrarían solución, y justamente por lo que acaba de comentar Zegarra acerca de los negocios familiares del contralmirante Ramírez. En ese momento entra el edecán, el ministro Garrido al teléfono, señor presidente. Velasco mira, Carranza y a Zegarra, en sus ojos brilla una chispa rotunda, que estaba en reunión, que no podía atenderlo ahora, agita una mano desdeñosa y el edecán se retira. Carranza y Zegarra discuten, toman notas sobre cuál será la respuesta de Palacio, el Flaco Calderón apunta algunas observaciones, Velasco pasea con fatiga, se sienta, explota una y otra, vez, en dos oportunidades más ha rechazado la llamada de Garrido: que estaba en reunión, carajo, que más tarde lo atendería, bufa con el rostro congestionado y luego se vuelve a los generales: debe estar cagándose en los pantalones, sonríe por primera vez en lo que va de la reunión.

Llamaron finalmente para que les trajeran el almuerzo, han estado casi cuatro horas reunidos, pero luego Velasco apenas si ha probado el arroz con pollo ni los tamales que les han traído diligentes mozos hasta el saloncito contiguo a su despacho. Benito Carranza intercambia algunas miradas con el general Zegarra y vuelve a prestar atención a lo que está diciendo el presidente, a su furia helada para con el almirante Garrido, maldiciéndose por haber dejado que la Marina presionara de ese modo para poner a quien le salía de los huevos, carajo, él tuvo que aceptar las imposiciones de los marinos para que delegaran a ese incompetente de Garrido, y ahora hay que darle de recompensa una embajada, no, si ya sabía, Benito, ya sabía que era lo mejor que se podía hacer, puta madre, cholo, pero que lo dejara desahogarse un poco, hombre, dice el presidente y enciende un cigarrillo, lanza una bocanada de humo apestoso que les quita las ganas de comer a los demás, al parecer especialmente al Flaco Calderón que no, qué ocurrencia, señor presidente, dice cuando Velasco trabuca si le molestaba el humo, oigan. Usted fume nomás, yo también soy fumador, dice con una sonrisa de querubín pero no tiene eco, Carranza ha retirado con dos dedos su plato, cruzando los cubiertos, igual que Zegarra, de manera que el jefe de prensa de Palacio de Gobierno se apresura a tragar a toda prisa, a cruzar sus cubiertos sobre el plato casi lleno de arroz, de trozos de pollo, para prestar atención a las palabras del presidente Velasco: Que lo comunicaran con el ministro Garrido, dice con una sonrisa taimada, que se viniera para acá en el acto, exige al edecán que junta los talones y gira como sobre su base antes de alcanzar con pasos decididos la puerta, vamos a ver qué tenía que explicar el marinero, ladra Velasco y luego señala a los otros dos militares, ellos se le quedaban allí, que no dejaran que se le subiera la mostaza, porque era capaz de meterle un balazo a Garrido, y ahí sí que la patria se iba a la mierda, ustedes son los únicos que me pueden manejar, los únicos en los que confío, dice y su rostro se ensombrece de golpe, hay un silencio que nadie sabe cómo llenar. Tú, Flaco, mejor no te quedes. Para evitar suspicacias...

—Lo del almirante Garrido es una idiotez, ese marino es incapaz de conspirar contra un jardín de infantes, doctorcito —Carranza se dirige a su minibar y saca un nuevo botellín de agua tónica ¿Otro whiskacho?—. Lo que pasa es que desde que Blacker soltó esa bomba de la conspiración Juan no duerme pensando que en cualquier momento le dan vuelta los de la CIA.

—No hay nada, es cierto —dice el doctor Tamariz aceptando unas piedras de hielo, un chorro generoso de whisky, un poco de agua mineral—. En Washington nadie ha escuchado ni una palabra. Ni tampoco hay nada sospechoso en la embajada norteamericana. Taylor Belcher es un burócrata que por todos los medios quiere que a las empresas norteamericanas expropiadas por el Régimen se les pague. Y como se está cumpliendo religiosamente, a nadie se lo ocurre meter a la CIA, general Carranza. El general Zegarra tampoco ha encontrado nada, ni en la Marina, ni entre los aviadores… La cuestión era que iba a arder Troya después de la rueda de prensa.

LOS TELÉFONOS NO dejan de sonar y el Flaco Calderón parece dirigir con celo un ballet preciso y secreto de órdenes y contraórdenes. Dos periodistas más trabajan con él y redactan furiosamente notas de prensa, informes, organizan dossiers, elaboran las preguntas que se plantearán a Velasco, quien en estos momentos debe prepararse para la ceremonia de entrega de credenciales del embajador Di Tomasso.

Aunque habitualmente la entrega de credenciales se hace a última hora de la mañana, en esta ocasión será por la tarde y resulta difícil contactar con los periodistas: o están ya en la calle o empiezan sus noticieros, resopla Calderón y frunce la boca en un gesto de contrariedad.

—Tito —dice dirigiéndose a uno de los periodistas—: llama a Richard Sedano, de Prensa Latina. Y que te pongan con el compadre de Novosti también. Hay que intentar que vengan los corresponsales extranjeros. Eso es fundamental.

Calderón redacta las preguntas que los hombres de los distintos medios deberán formularle a Velasco, comprueba nuevamente la lista de los que asistirán y el orden de sus intervenciones, mira su reloj y se lleva otra vez la mano a los cabellos, a las cinco tiene que estar todo listo, a más tardar a las cinco y media, piensa y siente la protesta de su estómago, apenas si ha comido. Tito se le acerca, tenía una llamada de Rolando Fonseca.

—Colorado, tú serás quien formule la primera pregunta —dice a modo de saludo, el Flaco Calderón—. Vamos a intentar que las declaraciones del ministro tengan un carácter más bien insidioso.

—Correcto —aprueba Fonseca mientras mastica una empanada, mira su reloj, observa a Proañito que camina hacia su despacho—. Estoy allí a las seis en punto, Flaco. ¿Habrá trago después, no?

—Por supuesto —Velasco compone un gesto adusto—. La libertad de expresión tiene unos límites muy concretos: no pedimos que todos estén completamente de acuerdo, y por lo mismo aceptamos las críticas sanas, constructivas, pero lo de Montelongo no es ni sano ni constructivo. Es subversivo. Aquí está el cable con las declaraciones de ese señor.

Como si lo hubieran ensayado, el Flaco Calderón se levanta de su silla y lee el despacho donde Montelongo habla del Régimen de terror, de la debilidad del Gobierno, de la negativa del Ejército a dejar el poder y convocar elecciones: su voz de dicción afectada, el tono melifluo de alumno aplicado. Una veintena de periodistas siguen atentos sus palabras.

—Ese señor —escupe Velasco con desprecio, el rostro congestionado— debería dar gracias de que este no sea un régimen de terror, como se ha dado el lujo de llamarlo. Si fuera así no hubiera sido deportado, sino fusilado. Pero ahí está, en México, vivito y coleando. Y con ganas de hacer daño.

Algunos periodistas mueven afirmativamente la cabeza, murmuran, toman notas. La rueda de prensa ha empezado hace unos pocos minutos en el Salón Tupac Amaru —aunque algunos despistados lo sigan llamando Salón Pizarro—, a donde ha acudido Velasco luego de recibir las credenciales del embajador italiano. En el salón espacioso, de arquitectura neocolonial, los periodistas han esperado durante veinte minutos la aparición del presidente, conversando entre ellos, observando las hornacinas alusivas a las estaciones del año, los relieves de motivos incaicos, obra del artista Daniel Casafranca. Varias manos se han alzado nada más cruzar el presidente el umbral de la puerta, pero Calderón ignoró a todas, señalando con el lapicero a Fonseca, que aguarda sentado, casi en un rincón. Rolando Fonseca pregunta despacio, como si estuviera solo y no rodeado de colegas que escuchan sus palabras, atienden la construcción perezosa de sus frases.

—No, mire usted: en todo Proceso Revolucionario hay siempre elementos de discordia que, a veces con intención y a veces por un marcado afán personalista, toman distancia respecto a las líneas maestras del Proceso —Velasco escudriña con su mirada de águila a los periodistas, mira fijamente a uno, se vuelve hacia otro, es consciente del peso de sus palabras.

El general Zegarra ha entrado discretamente al salón, se acerca al presidente y le murmura al oído algo que obliga a Velasco a fruncir el ceño, a sonreír ligeramente. Luego continúa hablando hasta que un periodista levanta una mano, formula una pregunta sobre las recientes declaraciones del almirante Garrido, ministro de Vivienda, pero Velasco interrumpe la pregunta.

—…el acuerdo que consta en el libro de actas del consejo de ministros indica que las declaraciones políticas corresponden exclusivamente al primer ministro y al presidente —Velasco vuelve a encenderse, estruja un lapicero, mira como si quisiera fulminar al periodista que le ha hecho la pregunta, pero sabe que es parte del plan que ha trazado con Carranza, Tamariz y Flaco Calderón—: de manera que los ministros que hagan caso omiso de esto deberían renunciar. No es coherente que sigan en el Proceso Revolucionario.

Ahora hay un revuelo de murmullos, de flashes de fotógrafos que se mueven de aquí para allá y Velasco mira de soslayo a Calderón, que sigue sentado sin alterarse, como si todo esto no fuera con él. ¿Lo es, Velasco? ¿O también es un traidor?

—Yo estoy dispuesto a hacer mi autocrítica. Pero creo que todos los miembros de la Junta debemos estarlo —Velasco enciende un cigarrillo y mira al periodista que le acaba de hacer la pregunta—. Sin embargo esas son decisiones personales, de carácter más bien ético. Aquí no se le pone una pistola en el pecho a nadie para que renuncie.

Velasco se levanta, acomoda los papeles que ha consultado mientras respondía las preguntas y ese movimiento enfático y lleno de nervio da por terminada la rueda de prensa. Casi todos salen apresuradamente: quieren tener la noticia lo antes posible en sus despachos, comentan lo que no se han atrevido a decir en voz alta porque conocen el genio que se gasta Velasco, los estallidos del presidente cuando no quiere ser explícito y algún despistado insiste en preguntar lo que no debe, como aquella vez en que el corresponsal de UPI preguntó que diferencia había entre disidente y subversivo. «Pregúntele a su abuela, oiga, yo no estoy para contestar esas majaderías», dicen que le respondió Velasco. Nadie quiere, pues, arriesgarse a las furias presidenciales, pero todos comentan que las últimas declaraciones de Velasco han puesto contra las cuerdas al ministro de Vivienda.

—Sí, ya hemos escuchado lo que ha dicho —el contralmirante Ramírez toma asiento e invita fríamente al ministro de Marina a hacer lo propio—. El consejo de almirantes se reúne en veinte minutos, Saura. Mire, allí llegan los almirantes. Usted no participa porque representa al Gobierno y no a la Marina. Todavía soy su superior y espero que entienda la situación…

—¿Contralmirante Ramírez? Benito Carranza al aparato. Mire, mejor se lo digo sin rodeos, porque entiendo que es usted un hombre que siempre va al grano, como yo. El general Velasco quiere que el *impasse* con el ministro de Vivienda se resuelva cuanto antes… sí, claro, ya sabemos que hay que esperar a lo que el consejo de almirantes decida. Pero tengo algo que proponerle y que seguro le interesará. Escuche.

—Señores —dice el contralmirante Ramírez una vez que el consejo de almirantes se ha reunido—. Tenemos aquí una grabación magnetofónica con las declaraciones del presidente Velasco respecto al ministro Garrido. Muchos de ustedes ya deben haberlas escuchado, estoy seguro.

Finalizada la rueda de prensa, Velasco camina decidido por el pasillo alfombrado que lo conduce al gran hall y al salón del consejo de ministros, observa pensativo los mosaicos de mármol del suelo, ese extraño sol geométrico que hay en el centro, se siente inexplicablemente solo, abatido, por un momento duda si salir al patio sevillano donde está esa higuera escuálida que dicen que plantó Pizarro… desearía quedarse allí un rato, fumando a solas, pero luego vuelve a emboscarlo la rabia, decide caminar rumbo a su despacho, amargo de pronto con todos, furioso otra vez con la imbecilidad del almirante Garrido, al fin y al cabo sólo es el ministro de Vivienda, pero es un marino, y la Marina va a tratar de sacar partido de esta situación, va a dejar claro que tiene fuerza y ganas de joder, carajo, y así un día tras otro, cada hora en Palacio era una trampa, Velasco, un cueva de traidores, maldición, sube las escaleras, entra a su despacho como una tromba, fuma el presidente un cigarrillo y otro más, se entretiene consultando documentos cuyo contenido apenas retiene. De pronto escucha que tocan la puerta del despacho y entran Carranza, Zegarra y el Flaco Calderón.

—Benito —Velasco arrugó la cajetilla de cigarros, se palpó los bolsillos, el Flaco Calderón le alcanza una cajetilla entera—: hace por lo menos media hora que terminó la rueda de prensa. ¿Qué está pasando en Salaverry?

—Me temo que hay movimiento, Juan —Carranza tiene unas grandes ojeras, en su voz normalmente átona hay una chispa de preocupación—. Los marinos quieren sacar un comunicado de adhesión y pleno respaldo a Garrido.

—¿Y el contralmirante Ramírez, entonces? ¿Se nos torció?

—De ninguna manera, general —dice Ramírez aprovechando un breve receso del consejo que se ha convocado a toda prisa, nada más escuchar las declaraciones del presidente—. Pero tiene que entender la postura de la Armada. Yo estoy haciendo todo lo posible para que la sangre no llegue al río.

—De todas formas —dice Velasco llevándose una mano a los cabellos—. Llama a Antón Del Valle y que me ponga en alerta a la II Región Militar, que los marinos sepan que en las guarniciones leales al Régimen hay ruido de sables. Y tú, Flaco, averigua las reacciones de la prensa.

—Eso ya está hecho —dice el general Zegarra—. Vamos a convocar a la plana mayor, presidente.

—Antes de hacer nada voy a seguir conversando con el contralmirante Ramírez —dice el primer ministro Carranza y sale del despacho seguido de Zegarra.

De pronto Velasco se ha quedado solo, con un cigarrillo en los labios, dando vueltas de un extremo a otro de la estancia, sin saber qué más hacer, carajo, cómo reaccionar frente a la postura de la Marina. Eran capaces de sacar a la flota, carajo, de llevarnos a una guerra civil con tal de defender al estúpido de Garrido, carajo.

—Señor presidente —al cabo de un momento Calderón vuelve a entrar apresurado al despacho presidencial, blande un papel, ya tenemos el comunicado de la Marina, señor. Lo que pensábamos: brindan su total respaldo al ministro Garrido. Dicen que se le ha tratado injustamente y, por ende, a la Marina también. Pero hay más, un momento.

—¿Y el almirante Saura también ha firmado? —Velasco lee el comunicado y lo lanza al suelo, escupe el cigarrillo y un chisporroteo amenaza con quemarle la guerrera que él sacude a manotazos, maldiciendo.

—No, él no, pero eso lo pone ahora sí abiertamente contra su institución. Parece que ni lo dejaron asistir al consejo de almirantes. Escuche.

El jefe de prensa se queda leyendo en voz alta el comunicado de la Marina, Velasco se sirve un whisky y mira otra vez el reloj, de pronto tiene un acceso de pánico, siente que las piernas le flaquean, ¿dónde estaba Benito Carranza, carajo?, y seca de un trago su vaso de whisky, ¿hablando con los marinos?, ¿conspirando? Flaco, ruge, ve al despacho de Carranza y tráemelo aquí de inmediato. Pero justo en el momento en que Calderón se dispone a salir, aparece lento, pachorrudo, el primer ministro.

—Cálmate, Juan —dice el general Carranza—. Ya está solucionado. El comunicado no llegará a prensa. Ramírez no ha sacado a la flota, no lo va a hacer. Van a aceptar la renuncia de Garrido si enviamos una comisión para proponérselo en aras del bienestar del Gobierno. Ramírez sabrá convencer a su consejo de almirantes de que con el comunicado de protesta es suficiente.

Velasco resopla, sonríe, busca nuevamente la botella de whisky, necesitaba un trago, puta madre, y seguro que ellos también. Zegarra ha entrado inmediatamente después de Carranza y acepta el whisky que sirve generosamente el presidente en los vasos de todos. Carajo, dice al fin mirando con los ojos encendidos a Carranza, carajo, sonríe aliviado y no sabe qué más decir. El primer ministro bebe un sorbo de su whisky, levanta la copa, brinda con los demás.

—El contralmirante Ramírez no es tonto —dice Montesinos componiendo un *full* de reinas con satisfacción—: va a dejar que Garrido vuele a París para hacerse cargo de una agregaduría y que no moleste por aquí.

—¿Y qué recibirá a cambio? —dice Guevara chasqueando la lengua, apenas tiene un par de nueves—. Porque algo sacará, ¿no es cierto?

—Que el Gobierno siga haciendo la vista gorda con los negocios de su familia. ¿Quiénes crees que han estado llenado el país de artículos importados todos estos meses?

CÓMO ESTABA, MAYOR, no, su padre no se encontraba en casa, pero seguro no tardaría en venir, que pasara a esperarlo si gustaba, y él se confunde, mira decepcionado hacia la calle como si calculara el trayecto, el tiempo invertido para llegar hasta ese barrio flamante de Chacarilla donde todavía hay casas a medio construir: finalmente suspira y se encoge de hombros, si no le importaba, sonríe, había venido a dejarle unos documentos al general, pero además quería explicarle algunos asuntos y ella, el semblante abatido, la voz descompuesta, claro que sí, pase con confianza, ¿le podía ofrecer un cafecito, una cocacolita, algo? No, qué ocurrencia, señorita, dice él, aunque si usted me acompaña, con mucho gusto me tomo una gaseosa, observa mientras avanza por un corredor amplio y luminoso que desemboca en el salón cuidado, con unos sofás blancos y esponjosos que parecen salidos de una revista de decoración. La chica lleva un suéter estrecho y de colores vivos, un blue jean acampanado, muy a la moda, pero parece triste cuando regresa de la cocina con una bandejita y dos coca colas y él se muerde los labios, al fin pregunta para llenar el vacío que qué tal la universidad, por su padre sabía que seguía siendo una buena estudiante y él quería felicitarla, a lo mejor esas ojeras eran de tanto estudio, ¿no? Y ella sonríe, acepta el tono de confianza, las dos veces que se ha visto con el mayor le había caído bien: parece una persona servicial y derecha el mayor, conversador, educado, muy juvenil, buen bailarín, a sus amigas les encantó: No, explica al fin, bueno fuera por los estudios, confiesa como si hubiera estado esperando ese momento, bebe un sorbito de Coca Cola que activa su garganta, mira hacia los ventanales por donde entra la luz del atardecer, y él se acomoda mejor en el sofá, al hacerlo queda unos centímetros más cerca de la chica a la que mira de golpe preocupado, ¿algo delicado, tal vez?, inquiere como temiendo meterse en donde no le importa y ella evalúa desesperadamente si debe o no debe, mayor, no es que no le tenga confianza, pero en fin, resopla, es que creo que mi padre está de por medio y ha sido algo terrible. Las manos delicadas y blancas donde se adivina la arboladura azul de sus venas son estrujadas una y otra vez y por un momento él piensa que debería tomarlas en este momento, mientras Anita parece buscar consuelo o una explicación para lo que pasó con Antonio, empieza a hablar, Antonio era, es su enamorado, pero no puede creer que su padre llegue a tamaña vileza… el caso es que estaba tan bien a la salida de la universidad, cuando lo dejé el viernes nomás,

rememora con su voz ceceante Anita, y de pronto está en
el hospital: era terrible, dice nuevamente y el rostro se le
arruga ya sin que pueda evitarlo, entregándose ahora sí al
llanto, y él entiende que este es el momento, acerca una
mano a ella, a la convulsión de la joven que se ovilla en el
mismo sofá donde están sentados, y le acaricia la cabeza,
despacio primero, con un poco más de resolución después, y al ver que Anita sigue llorando la atrae hacia su
pecho, la esconde allí, ya sin vacilación alguna, que llorara
nomás, con confianza, susurra, que llorara sin temor, que
a veces era bueno desahogarse, insiste, y mira disimulada-
mente su reloj: el viejo tardará lo menos una hora, aunque
Anita no lo sabe.

—Señorita, por favor, ubíqueme al general Zegarra, que hace una hora que lo estoy esperando —el general Blacker se ha servido un chorrito de whisky que bebe
de un golpe, el rostro congestionado, la mano tamborileando impaciente sobre su escritorio. Cómo detestaba la
impuntualidad, piensa, cómo detestaba la informalidad
de la gente.

Anita levanta sus ojos llorosos y desvalidos, lo peor
de todo es que no podría increpárselo a su papá porque
él no quiere que ella se vea con Antonio, dice sin dejar de
llorar, de hacer pucheros como una niña, ya habían tenido un montón de discusiones por ello; y por otro lado
Antonio acusa a su padre de esto terrible que le han hecho, pero ella no puede creer que su papá… ¿qué podía
hacer? El mayor le pone una mano en el hombro, que no
se preocupara, Anita, todo lo que le dijera él se lo llevaba
a la tumba, tenía su palabra de honor, dice solemnemente
y busca la diestra pequeña, blanca, de dedos muy finos, y
ella se deja estrechar la mano, presiona a su vez como si
aceptara lo que él dice, se seca los ojos con el dorso de la
otra mano, parece finalmente calmarse.

—La pobre no tenía con quién desahogarse —el mayor Montesinos enciende un cigarrillo, busca la botella de whisky y coge el vaso de cuero donde crepitan los dados: jugando al cacho nadie le ganaba. ¿Una partidita sí o no?

—¿Y el enamoradito ese, el tal Antonio? ¿Se la agarró bien bacán en la universidad? Ya no le quedarían ganas después de la pateadura —Sánchez Idíaquez empieza a reírse pero de súbito la risa se convierte en tos, se congestiona, se abanica con una mano—: esta tos, carajo, no me deja en paz.

—Ni un minuto, mayor, ni un minuto me deja en paz. Pero me niego a creer que sea capaz de algo así —dice Anita bebiendo otro sorbo de Coca Cola. Ahora parece arisca, ya se disolvió el desvalimiento de niña, ahora sus ojos relampaguean de cólera: siempre le ocurre así cuando habla de su padre, tendrían que verla.

El mayor ha dejado el vaso en la mesita de centro, enciende un cigarrillo y ofrece otro a la chica que acepta, fuman un momento en silencio mirando por los ventanales, el semblante adusto, unos cabellos escapan de la coleta que se ha hecho mientras hablaban y que ahora le da un aspecto aún más infantil. Bueno, dice él finalmente en tono conciliador, entendía que no se llevara bien con su padre, era una cuestión generacional nomás, pero de ahí a que el ministro contratara unos matones... no, imposible, para eso me lo pediría a mí, dice riendo, como quitándole importancia a sus frases: La cuestión sería, por el momento, no decirle nada al general sobre lo de Antonio, añade el mayor con cautela y ella vuelve a la preocupación inicial. El pobre Antonio no tiene ningún familiar en Lima, él era de Huaraz, y Anita no sabía cómo ayudarlo, sobre todo porque no quería que su padre se enterara de que ella salía con él, ¿entendía? Y darse por enterada de lo sucedido era admitirlo sin tapujos. Ya, dice el mayor con solemnidad, se hacía cargo de la situación. ¿Tan grave había sido la paliza?

—Estaba llegando a la esquina de tu casa, Anita —dice Antonio con la voz distorsionada por la hinchazón, convaleciente en la cama del hospital—, eran dos negros que aparecieron de la nada… a uno de ellos le faltaban dos dedos de sus manazos, de eso me acuerdo clarito. Pensé que me iban a atracar, pero no se llevaron nada. Me recogió un guardián de una construcción cercana. No me han robado ni un sol, ¿cómo quieres que no piense quién ha sido?

—Anita había ido volando, nada más recibir la llamada de la señora de la pensión donde vive el gil —rememora Montesinos—. Tampoco fue tan grave, apenas unos puntos de sutura. Estos civiles…

—¿Pasa algo con los civiles? —Sánchez Idíaquez levanta sus ojos turbios y pequeños hacia Montesinos, que lo mira con sorna: que no se ofuscara, apristón, era una manera de hablar, nomás.

—Aló, ¿Zegarra? Hombre, recibí tu recado, te estoy esperando en mi despacho y no sé si vas a venir o no… ¿Cómo que qué recado? Ah, caracoles, no entiendo qué ha pasado ¿No era para hoy, entonces? —el general Blacker resopla, mordisquea la punta de su esferógrafo, frunce el ceño sin comprender esta confusión, dice, una hora aquí perdida, carajo.

El mayor vuelve a fingir que escucha las palabras de la chica, pero sólo observa sus ojos marroncitos, claros, bonitos, caramba, tenían que haberla visto, su pecho que oscila, que sube y baja, tan rica la flaca, adivina sus piernas contundentes enfundadas en el blue jean, tan apretadito que daba gusto, no saben qué lomito es esa chiquilla, la sensación tan deliciosa de estar a su lado, y su voz suena oscura, golosa, mientras bate el vaso de cuero una y otra vez, antes de colocarlo de súbito boca abajo y mostrar cautelosamente

los dados, siete, dice con una voz triunfal, contaminada por
el recuerdo: Anita se aparta un mechón rebelde de la frente
e insiste en que si ha sido mi padre yo me marcho de casa,
pero el mayor ni hablar, sería una tontería acusarlo sin tener
pruebas, él particularmente se negaba a creer que el general
Blacker fuera capaz de una sordidez así, lo que pasaba era
que ella estaba ofuscada y era lógico, claro, pero no había
que precipitarse. ¿Qué había dicho el chico?

—Voy a presentar una demanda, carajo, esto no
puede ser.

El mayor chasqueó la lengua fastidiado, casi ofendido, me perdonarás, Anita, que te sea tan franco, por la
puerilidad de tu enamorado para hablar con tanta lige-
reza. La chica se replegó ofuscada, el semblante otra vez
adusto, los brazos cruzados como los de una niña en ple-
na rabieta, y entonces ¿qué se supone que debería hacer?
¿Acaso no resultaba sospechoso que no le hubieran robado ni un sol? ¿Que sólo se hubieran ensañado con él y le
hubieran dicho que esto era apenas el principio? Bueno,
admite conciliador el mayor buscando otra vez las manos
de Anita, que ya no ofrece ninguna resistencia, se deja
tocar los dedos donde el mayor parece buscar inspiración
para hablar, para demostrarle su confianza, también podría ser que algún admirador celoso hubiera gestionado la
golpiza, no sería raro que ella tuviera una legión de admi-
radores, alguno de ellos un poco más arrebatado que los
otros, pero Anita frunce el ceño, qué tontería estaba diciendo, mayor, ¿cómo podía pensar algo así?, y su rostro
se tiñe ligeramente de rojo. El mayor la mira a los ojos y
piensa con intensidad: «Si la beso…», pero luego baja de
inmediato la vista y ella parece advertir la confusión del
militar, de pronto lo ve vulnerable, más tierno, humano.

—¿Antonio Peñaloza? —el hombre que ha abier-
to observa el semblante gélido, los ojos imperturbables y

algo miopes, y aferra la puerta, bruscamente en guardia.

—Bueno, Zegarra, nada, nada, hombre, ya veré yo mañana que miéchica ha pasado aquí. Me han hecho perder una hora. Sí, de acuerdo, Turco, no pasa nada —el general Blacker cuelga y contiene un eructo, de nuevo el malestar que lo mataba, carajo. Su secretaria ya se ha ido y el mayor Montesinos no estaba. Mañana tendría que averiguar quién dejó ese recado mal tomado, no era posible, caramba, se dice poniendo en su vaso otro chorrito de whisky y luego mira la foto sobre su escritorio: los cabellos casi rubios, los ojos color cerveza.

—Sí, yo soy Antonio Peñaloza. ¿Y usted quién es y qué desea?

Hay una leve resolana que obliga a Anita a cerrar los ojos cuando mira por los ventanales. Hace un rato ha sacado la botella de whisky y ha servido dos vasos prudentes debido a la objeción casi marcial que ha opuesto el mayor al verla dirigirse al anaquel de las botellas, y esa severa corrección la ha divertido, que se tomara un whisky con ella, mayor, no pasaba nada, dijo de pronto dueña de la situación, saboreando un momento en que se siente más relajada, casi, casi con poder frente a este mayor tan resuelto y seguro, tan objetivo en sus comentarios y al mismo tiempo vulnerable o asustadizo cuando ella busca sus ojos sin ambages, cada vez con más confianza. Después del primer sorbo, largo, casi sin pausa, se ha sentado un poco más cerca del mayor, que ahora le está explicando lo que hay que hacer, si le parecía, Anita. Lo primero, darle todas las garantías del caso a ese muchacho.

—Cómo me llamo y quién soy a ti te importa una mierda —dice el hombre sin pestañear, sin levantar apenas la voz, y Antonio Peñaloza siente que se le desencaja la mandíbula, como si lo hubiera alcanzado un rayo: se queda inmóvil, aguardando.

El mayor ha bebido un sorbito de su whisky y mira fugazmente su reloj, luego vuelve a la carga: la cuestión era, en resumen, lo que acababa de explicarle, Anita. Punto uno: ni una palabra a su papá, porque no querían que se amargara. Punto dos: él mismo haría las averiguaciones pertinentes, y punto tres, hablaría personalmente con este muchacho para explicarle que estaba sacando conclusiones erróneas y darle todas las seguridades del caso, así evitaban un enfrentamiento que a la larga sólo perjudicaría a los tres: al general, a Antonio y a la propia Anita. ¿Entendía? Anita se limita a afirmar con la cabeza, reconcentrada en su vaso de whisky, nuevamente el semblante adusto de niña enfurruñada que tanto enciende al mayor: quisiera tomar ese rostro afilado y joven entre sus manos, quisiera morder esos labios, esos pechitos tan ricos que tiene la flaca, no se imaginan, porque seguro será una loba en la cama, con esa carita de no matar una mosca, dice divertido el mayor Montesinos mientras pasa el cubilete con los dados, tu turno, Alfarito, que no das una hoy, compadre, no es tú día, ¿eh? No, no era su día, suspira Anita mirando hacia el techo como si quisiera contener una nueva amenaza de lágrimas, pero luego vuelve sus ojos al mayor y le regala una sonrisa luminosa, pone una mano sobre la suya, pero gracias a él al menos sabía qué hacer, dice y el mayor que lo tuteara, Anita, por favor, porque esto no era oficial, ¿verdad? Era un secreto entre ambos, ¿verdad?, y que no se preocupara, él hablaría con este muchachito, pero mejor que ella no estuviera en contacto con él durante unos días, a ver por dónde salía. Bueno, y ahora se iba porque tenía un largo trayecto de regreso. No, qué ocurrencia, ni una palabra, me alegra mucho poder ayudarte, dijo cuando ella quiso agradecerle: ah, y que le diera estos cartapacios a su papá, que la cita con el general Zegarra se había aplazado para la semana siguiente. Bueno, ya hablarían, se levantó finalmente el mayor, se encaminó decidido hasta la puerta seguido por la chica, se había portado como un verdadero amigo, mayor: era un sol.

—No te lo voy a repetir, así que escucha con atención, mariconcito de mierda: te acercas a la chica y yo personalmente te busco y te pego dos tiros como a un perro. ¿Entendido?

—¿Tanta calentura por esa chiquilla? —dijo despectivo Sánchez Idíaquez batiendo el cacho con las dos manos, como si agitara una coctelera—. No me lo creo.

—Sería más bien por los galones, ¿no? Porque te estás buscando un ascenso, ¿verdad? —Heriberto Guevara no ha dicho nada en toda la noche, y parece molesto por los movimientos exagerados de Sánchez Idíaquez, que soltara de una vez los dados, oiga, así no había quien pudiera jugar.

—El amor es así… te has fregado, apristón —Montesinos observó la escasa puntuación de Sánchez Idíaquez al lanzar los dados—. Esta parece ser mi noche, amigos.

—Entonces, ¿no la volvió a llamar el tal Antonio? —el mayor Alfaro cogió los dados, los sopló, los colocó con cuidado en el cacho—. ¿Se rosqueteó de verdad?

—No estaría tan enamorado, después de todo, Anita —el mayor escucha la voz desconsolada de la chica por teléfono—. Te juro que le ofrecí toda clase de garantías, pero se cerró en banda. ¿Ni te ha querido dar la cara para decírtelo en persona? La verdad, no merece ni una lágrima. No es muy hombre por su parte. Además, a mí me confesó que sí le habían robado, lo que pasa es que llevaba poco dinero y no te lo dijo… en fin, todo muy lamentable. Si quieres lo conversamos tomando un café… ¿A las cinco, entonces? Perfecto. Chaucito, pues.

El ingeniero Parodi contuvo discretamente un eructo después del último sorbo de pisco sour, no pudo evitar la tentación de frotarse el abdomen y darle unos golpecitos tranquilizadores, el ardor en la boca del estómago, carajo, daría lo que sea por una sal de frutas... Por fin había encontrado dónde sentarse, después de ¿cuánto?, ¿media, una hora? Cerca de una hora en la que el ministro de Agricultura, el general Figueroa, prácticamente lo había secuestrado para convencerlo de las bondades de la reforma agraria que oficialmente ese día quedaba promulgada. Tenía los pies deshechos porque Maritza se había empeñado a último momento en que comprara unos zapatos para la ocasión. Ella al final no quiso ir, seguramente para no encontrarse con Eleazar Calderón, que ahora trabajaba para el Gobierno y segurito iba a estar allí. Pero con el Flaco habían quedado bien, sin rencores, y se dieron la mano como dos caballeros, allí en el bar Zela donde Parodi lo citó para hablar del asunto, del amor que había surgido entre Maritza y él. Años que no lo veía al Flaco. Y si te lo encuentras allí, tampoco pasaba nada, le dijo a Maritza, eso había ocurrido hacía tanto tiempo atrás, cuando eran muchachos, pero ella tenía un poco de gripe y prefirió no ir. «Cómprate unos zapatos», le había dicho. Y así había hecho, muy diligente el ingeniero Parodi, y ahora maldecía aquellos zapatos nuevos. Pero en un ratito saldría discretamente de Palacio y a casita, suspiró: ojalá y pudiera conciliar el sueño después de la situación tan violenta que había vivido, qué barbaridad.

Así fue: desde poco antes de las ocho de la noche habían ido apareciendo grupos de gente en los alrededores de Palacio, hasta formar una multitud expectante que contemplaba el marcial desfile de la escolta presidencial, los caballos enjaezados y el brillo decimonónico de aquellos húsares que custodiaban las rejas de Palacio por donde ingresaban uno tras otro los automóviles con hombres de negocios, militares, diplomáticos, burócratas y magistrados que asistían a la ceremonia oficial —Parodi no encontraba otro nombre para aquello— de la entrada en vigor de la tan cacareada reforma agraria, tema para el cual lo habían llamado de la Casa de Gobierno hacía meses, invitándolo a que formara parte del equipo asesor del ministro, propuesta que él, como representante de una hacienda azucarera, había declinado con toda cortesía. Por eso lo sorprendió gratamente el haber sido convidado a aquella fiesta en el Palacio de Pizarro: un gesto que honraba al Gobierno, sin lugar a dudas. Porque el ingeniero Guido Parodi Thompson, de 35 años y natural de Lima, se había pronunciado firmemente en contra de aquella reforma, sobre todo cuando tuvo acceso al texto preliminar redactado por Eduardo Adrianzén, Guillermo Concha y Benjamín Morán, a quienes conocía desde los tiempos de la universidad. Parodi explicó en un artículo que apareció en *El Comercio* aquellos defectos de bulto que advertía su ojo experto en tales cuestiones. Lo hizo a través de una carta amable, más bien austera y técnica, sin aspereza alguna, por lo que no le extrañó en absoluto que no hubiera réplica, ni siquiera algún exabrupto como los que temieron algunos de sus amigos, Guido, mira que enmendarle la plana al Gobierno de los militares... Nada de eso, hermanito, no había sucedido nada, aunque la ley se hubiera promulgado de todas formas y él fuese invitado a su nacimiento. Pero al ser abordado por el general ministro de Agricultura, nada más llegar a Palacio, temía haber caído en una trampa: aburrido, somnoliento, el ingeniero Parodi había hecho un esfuerzo descomunal por atender la minucia de datos técnicos con que el general Figueroa le explicaba, pisco sour de por medio, el decreto ley 17716, sus límites de inafectibilidad para las tierras de pastos naturales y el novedoso —y aquí al ministro le brillaban los ojos— sistema de Unidad Ovina que sus técnicos habían elaborado para contabilizar el ganado de manera eficaz y moderna. El ingeniero Parodi se quedó callado cortésmente, esperando a que el ministro le explicara de qué se trataba aquel sistema de Unidad Ovina o quizá, con suerte, se aburriera él mismo y lo dejara disfrutar del cocktail, para reunirse con Adrianzén, que conversaba más allá con una morena guapísima, o que husmeara a sus anchas en el Salón Choquehuanca, de mosaicos exquisitos y arañas monumentales bajo cuya dorada luz el presidente había explicado ya las bondades de la reforma agraria. Pero no, lamentablemente el ministro, con la misma insistencia con que lo había abordado nada más acabar el discurso presidencial y cuando empezaban a circular los mozos con toda clase de bebidas y bocaditos, lo había vuelto a coger del brazo, obligándolo a simular un agradable paseo, entre los invitados que charlaban y bebían despreocupadamente, para explicarle aquel disparate mayúsculo, aquella Unidad Ovina que estaba representada por un animal con un peso vivo de 35 kilos y un rendimiento de cinco libras anuales, mi estimado amigo, lo cual facilitará extraordinariamente su contabilización y las mejoras ulteriores que se deriven de ésta. Parodi —de profesión ingeniero agrónomo y desde hace cinco años al servicio de la hacienda Buenaventura, situada en el departamento de Cajamarca— súbitamente pareció despertar: había mirado suspicaz al ministro, casi obligándolo a detenerse. ¿Qué quería decir exactamente con eso de la Unidad Ovina? El ministro se ruborizó de placer, como si hubiera estado todo el tiempo esperando esa pregunta. Haciéndose oír en medio de la marinera que empezó a sonar en el salón explicó que, por ejemplo, una vaquilla de poco tiempo equivaldría a 5.4 unidades ovinas; un caballo, a 11 unidades ovinas, en tanto que un chancho pequeño, a 3.2, y un chivo, a 1.5 unidades ovinas y así sucesivamente...

El ingeniero Parodi, casado con doña Maritza Villa-rán Roca, sin hijos, egresado como ingeniero agrícola de la Universidad Nacional Agraria de La Molina en 1964, mo-vió realmente incrédulo la cabeza, estuvo a punto de decir que aquello era un disparate mayúsculo, una estupidez sin límites. Por un segundo atisbó la descabellada posibilidad de que se tratara de una broma, una broma pesada, una tomadura de pelo por sus críticas a la reforma agraria, pero no: el ministro Figueroa lo miraba sin mover un músculo de su rostro afilado, ahora casi con afecto, como se le mira a alguien que no está a nuestra altura, que no merece más que nuestra conmiseración. Apenas se curvaron un poco sus labios al dejar su copa en la bandeja que le ofrecía un mozo y decir que aquellas novedades técnicas, naturalmen-te, quedaban fuera de la comprensión del ingeniero Parodi, siempre al servicio del conservadurismo de los gamonales que han robado al Perú desde la época de la Colonia.

Al escuchar aquellas palabras, Parodi tardó un se-gundo en entender que había enrojecido violentamente y que su sonrisa se congelaba hasta que le dolían las mandí-bulas y la nuca. No supo qué replicar ante la furia helada y repentina del ministro Figueroa, ante el desprecio invicto con que le pidió permiso para retirarse y dejarlo solo ahí, en medio de aquella fiesta que de golpe le parecía infausta y amenazadora. Con razón ni Adrianzén ni Morán se habían acercado a él, aunque al principio el ingeniero Parodi pen-só que estarían demasiado ajetreados, prácticamente como anfitriones de aquella ley a la que, no obstante, le deseaba la mejor de las suertes, carambas, él nunca había sido ren-coroso, aunque Maritza siempre le decía eres demasiado confiado, gordo, no todos son como tú.

Su estómago crujió de pronto sin misericordia y desde el fondo mismo de su alma le subió hasta la garganta un regüeldo ácido que lo obligó a dejar el pisco sour en la bandeja de un mozo providencial, antes de buscar un sofacito, una silla, por Dios, que tenía los pies hechos leña, caramba. Eso era, se iluminó Parodi abriéndose paso entre los invitados, murmurando excusas, propinando discretos codazos: buscaría una silla donde descansar tranquilamente unos minutos y luego se marcharía discretamente a su casa, sita en Berlín 323, Miraflores, a que se le pasara el mal trago, que su posición respecto a la reforma no había ido más allá de eso, señores, suplicó con la voz desbaratada, una simple carta de detalles técnicos y nada más, pero eso era precisamente, dijo el capitán sin dejar de teclear en su máquina de escribir, seguramente México le iba a gustar, no, no le gustaba nada el cariz que había tomado la charla con el ministro, carambas, qué tal encerrona pues, se dijo el ingeniero Parodi poniéndose dificultosamente en pie y buscando la salida de Palacio. Se internó, caminando ridículamente a causa de los pies adoloridos, por un pasillo por donde creía recordar que había llegado con aquel motín de invitados, pero al cabo de un momento, cuando ya apenas le llegaba la música del salón, se detuvo en seco y se volvió: dos hombres de terno e incongruentes gafas oscuras se le acercaron y antes de que él les preguntara que si sabían por dónde era la salida, caballeros, se adelantaron muy correctos, ¿ingeniero Parodi?, preguntó uno, y el otro lo empujó ligeramente por la espalda, que tuviera la amabilidad de acompañarlos, urgió, allí afuera está el carro esperando. Nosotros lo llevamos, no se preocupe, ingeniero.

—¿Y tanto encono contra ese pobre diablo? —preguntó Sánchez Idíaquez mirando con cuidado sus cartas—. Pago por ver.

—Eso mejor se lo preguntas al Flaco Calderón —Montesinos hizo un gesto de fastidio, puso un billete sobre la mesa—. Ya se la tenía jurada por un asunto personal. Hace años le quitó a la enamorada.

PARPADEÓ LIGERAMENTE, COMO si le costara enfocar bien la figura de Calderón. Luego apagó el cigarrillo en el cenicero desbordante, exhaló una bocanada de humo por la boca, a ver, que le contara bien cómo era esa vaina, Flaco, dijo cruzando los brazos. Calderón carraspeó levemente, estrujó el fólder con el escudo nacional y acercó unos centímetros su silla. No le gustaba nadita el despacho del presidente: era de un ascetismo franciscano, y sólo contaba con ese escritorio grande y finisecular varado al fondo mismo de la habitación, un armatoste decimonónico y lejano en aquella oficina casi desnuda de muebles que obligaba a los interlocutores de Velasco a coger alguna de las sillas que las secretarias ponen siempre en su sitio, bien colocadas contra la pared, por favor, pedía una y otra vez el propio Velasco. En un inicio pareció que aquella medida se había tomado con el fin de facilitar la rápida distribución de las cámaras de televisión, porque Velasco se dirigía al país por lo menos una vez a la semana, colocaban una bandera grande a su vera y él engolaba la voz, hablaba severamente, dictaba los destinos patrios junto a su escritorio. Pero debía reconocer, admitió Calderón, que se trataba de una estupenda sugerencia del doctor Tamariz, una impecable estrategia para intimidar a quien despachaba con el presidente: es una distancia tejida sabiamente, como una tela de araña que vibra cuando cae una presa, se ha descubierto pensando alguna vez Calderón. En todo este tiempo que lleva trabajando con Velasco, el periodista había podido observar que también el grado de confianza y amistad con los ministros y otros generales dependía de la resolución con que estos acercaban sus sillas, de la distancia a la que la situaban respecto al escritorio presidencial: Velasco siempre allí al fondo, casi en la penumbra, agazapado como una araña en el corazón de su trampa, los brazos cruzados sobre la mesa, el pitillo en la boca, los ojos incandescentes bajo el lienzo del trágico Bolognesi, decretaba así quiénes eran merecedores de castigo o de recompensa, de confianza o de ese terrible desprecio que lo hacía parpadear como miope y le curvaba las comisuras de los labios como si estuviera a punto de escupir. Alguna vez Calderón, que tenía permiso para entrar y salir de ese despacho sin interferencia alguna de los edecanes o las secretarias, había descubierto al presidente calibrando la exacta penumbra del cortinaje flordelisado y denso, evaluando el grado preciso de sombra que echaría esa cortina que lo dejaba a contraluz, y eso casi siempre coincidía con alguna cita especialmente molesta. Con el general Carranza nunca hubo ese problema, pensó Calderón, porque el primer ministro entraba al despacho como si fuera suyo o más exactamente como si se hubiera ido apoderando de él poco a poco, araña que atacaba a araña. «Juan», decía simplemente el general Carranza cuando el presidente se exasperaba, «Juan», estirando mucho las sílabas, con su voz aburrida y monocorde, y bastaba eso para que Velasco aplacara sus iras o embistiera en otra dirección, como un rinoceronte ciego y desbocado. La gente del Coap, el comité de asesores de Velasco, tampoco solía caer en la trampa, muy por el contrario, normalmente en las reuniones con el presidente entraban en grupo, discretos pero al mismo tiempo activos, alertas, al fin y al cabo el doctor Tamariz era quien en verdad dirigía el Coap, él había ideado aquella estrategia, igual que muchas otras. Pero no había querido contar con qué, lo estaba relegando, y ahora era cuestión de medir fuerzas e ir con mucha cautela. El doctor Tamariz podía ser un rival peligroso, ahora que parecía haberse decantado indiscutiblemente por hacerle la corte a Carranza...

A ver esos papeles, había insistido el presidente y Calderón carraspeó, tuvo un momento de confusión, acercó definitivamente su silla pero luego se incorporó para quedar de pie, muy cerca de Velasco, mostrando la carpeta, aquí estaban los datos que había pedido sobre lo que el empresario pesquero Luis Banchero Rossi le ha estado usurpando al país, dijo con indignación el asesor de prensa. Ese bachiche de porquería no se va a quedar con la riqueza pesquera del Perú, se enfureció Velasco, enrojeciendo violentamente: ni de vainas. Es prácticamente el dueño de toda la pesca en el país. Que el Gato Ravines vea cómo ajustarle los tornillos al italiano ese. ¿Qué más?, ladró al fin, exhalando una bocanada de humo. La Confederación de Trabajadores, dijo Calderón y ofreció unas copias facsímiles algo borrosas que el general Velasco se acercó a los ojos, mientras escuchaba la voz aflautada de su asesor de prensa, que iba mostrando ahora los periódicos, mi general, los textiles y los mineros siguen amenazando con huelga, lo mismo que los maestros, y de hacerlo pueden paralizar el país... ¿y para qué chucha estaba el ministro de Industria? Que Martínez del Campo les diera un informe pormenorizado de su plan de acción al respecto, Flaco, bufa Velasco y el jefe de prensa continúa con su informe: *El Comercio* editorializaba sobre las relaciones con Cuba y las críticas de la prensa independiente, y lo mismo ocurría con la revista *Oiga*, que en principio parecía darnos un poco más de respaldo, pero fíjese, señaló con un dedito tímido Calderón mostrando el titular enmarcado por un círculo rojo, y Velasco leyó: *Papá Velasco, te que-*

remos, y una foto de los desórdenes que se produjeron el fin de semana pasado en Talara, también organizados por la CTP. Velasco quedó un momento pensativo, fumando sin tregua, iba y venía el cigarrillo rutinario de la mano a su boca, estos desgraciados, bufó al fin como si no se le ocurriera mayor ignominia, maricones, carajo, no le dan a uno un respiro, ya estaba bien, miéchica, dijo ahora levantando la voz y clavando sus ojos incandescentes en Calderón, que se fueran a meter, carajo, con su abuela, si él no se metía con nadie, y su rostro se congestionaba, qué eran esas formas, mierda, qué falta de respeto es esa, Calderón, ahora los quería ver calatos y en la calle, y dio tres o cuatro frenéticas palmadas en la mesa, desperdigando unos papeles que el periodista se apresuró a recoger. ¿Tenía la lista de deportados?, ladró al fin, con el rostro escarlata y los ojillos llameantes. Calderón murmuró si me permite y rebuscó entre los papeles del fólder, aquí la tiene, general, están todos los nombres que usted dictó, el primerito de todos Argüelles, el ex director de *Semana*; Herbert Donayre, César Sedano, Baella Tuesta y también los apristas De la Puente y Seoane. Y los belaundistas Camacho y Arias Stella. Creo que son todos los nombres que se plantearon en el consejo, mi general. Velasco apagó el cigarrillo y se levantó hasta quedar frente a Calderón: que le averiguara quién había firmado ese artículo tan chistoso en *Oiga*, Calderón, a los payasos y a los irrespetuosos había que frenarlos en seco, igual que a los subversivos, a todos esos que están coludidos con la CIA y que quieren sacarme del poder y si pueden matarme, carajo, y que dieran gracias a Dios de que aquí no fusilamos a nadie. Aunque no sería mala idea empezar, carajo, con unos cuantos, carajo, dijo ya casi entre dientes: Calderón conocía esos repentinos ataques de ira que se desinflaban con la misma velocidad con la que habían empezado. Desde que la

Confederación de Trabajadores había empezado con sus críticas y protestas, todo parecía andar de cabeza… había que atajar como sea a ese Gustavo Meléndez…

—Pero Velasco es un hombre rencoroso, compadre —dijo Montesinos nada más sentarse frente a Tamariz y los otros—. No te perdona una. Partes tú, apristón, a ver qué tal mano tienes porque hasta ahora sólo me han dado pésimas cartas.

—Deja de decirme apristón, ¿quieres? —Sánchez Idíaquez miró con rencor a Montesinos.

—Pero entonces… ¿eran ciertos esos rumores acerca de la CIA? —Guevara se asombra, menea la cabeza, mira las cartas que le ha entregado Sánchez Idíaquez y bebe un sorbo de su cuba libre.

—Tan cierto como que si no ponen rápido un parche, la próxima semana tenemos paro general convocado por los mineros —dice Montesinos—. Otra prueba de fuego para el Gobierno. Y Meléndez puede ser un hueso duro de roer.

—A ese lo compran barato nomás —ríe despacio Guevara y cambia dos cartas.

EL TAPIZÓN VERDE oliva y de sutiles motivos incaicos parece tragarse los pasos y los devuelve amortiguados, sordos, ligeramente siniestros o intimidatorios para quien además no conozca los largos pasillos del ministerio. Así le ocurrió a él al principio, la primera vez que vino, por aquí, caballeros, ha dicho la secretaria después de cuarenta y cinco minutos compadre, así eran estas vainas, y ahora ellos le ven el tranco decidido, la cola de caballo que hace cabriolas, las ancas anchas bajo la falda ceñida, los codazos lascivos de Eguren a Toledo, parecen chiquillos, ¿nunca han visto un culo?, qué barbaridad, mientras avanzan entre las oficinas de donde apenas se escapa el picapedreo de las máquinas de escribir, voces y murmullos, zumbidos de télex y otras máquinas ignotas, el dulce sonido de la burocracia, Meléndez, se dice Meléndez sonriendo a Eguren y a Toledo, a Pancorbo y Quijandría, sobre todo a estos dos últimos, que han insistido tanto en acompañarlo a la cita con el ministro Martínez del Campo simplemente porque no se fían de él ni de su gestión, y hay que verlos ahora, se carcajea para sus adentros Meléndez, tan machitos que parecían en el último plenario de la Confederación, tan gallitos para soltar arengas e interpelar, provincianos de mierda, y ahora van cagados porque nunca han estado aquí, jamás de los jamases, Meléndez, han visto a un ministro a más de dos cuadras, carajo, ¿quieren ir? Por mí no tengo ningún problema, la cuestión será cuando el ministro, el general Martínez del Campo, indague, pregunte por sus funciones en la Confederación, entonces, ¿qué le diremos? ¿Que ustedes me fiscalizan porque no están de acuerdo con mi gestión? ¿Y así nos ayudará, nos apoyará contra los apristas el ministro cuando vea que estamos como perro y gato? Yo no me hago responsable, camaradas, dijo al principio Meléndez cruzándose de brazos, en aquel último plenario, cuando decidieron que si no había acercamiento con el Gobierno convocaban el paro general, no voy y no voy y ahí se plantó, por más que los otros insistían en que Meléndez era el que más sabía, el mejor relacionista público, pero los que apoyaban a Pancorbo y Quijandría ni hablar, sin ellos dos no había cita con el ministro, era una cuestión de transparencia, camaradas, no querían que el revisionismo se adueñara de la Confederación de Trabajadores del Perú, dijo uno con mucha solemnidad y los otros pero qué revisionismo, carajo, si Meléndez era el delegado elegido limpiamente, así no podemos continuar, no podemos dar una imagen tan deteriorada, señores, por favor, que no voy, así no voy, si ponen en duda mi gestión, no voy: vaya nomás, Meléndez, le dijo el doctor Tamariz mientras se tomaban un cafecito en Le Pavillon, vaya con esos dos que han designado para acompañarlo, ¿cómo dice, doctor Tamariz? Que sí, hombre, vaya, pero eso sí: que también vayan con usted dos camaradas más, ¿de los míos?, preguntó Meléndez y el doctor Tamariz se alisó la chaqueta azul, meneó la cabeza mientras contenía un acceso de tos, no, no, no, movió un dedito furiosamente antes de beber un sorbo de agua, nada de eso, dijo al fin con la voz aún áspera, al cabo de unos segundos eternos en que Meléndez quedaba en suspenso, que vayan dos más bien neutrales, insistió el doctor Tamariz ya con la voz más limpia, otro sorbo de agua apenas, proponga una comisión de amplia base, eso es, dígalo así mismo, de tal manera que ellos vean que ya tiene kilometraje suficiente en estos menesteres, y esos molestosos ¿cómo dijo que se llaman? El camarada Eleuterio Quijandría y el camarada Roberto Pancorbo. Eso es, dijo el doctor Tamariz dando unos golpecitos como en clave morse a la mesa, Pancorbo y Quijandría se sentirán intimidados, ya verá, yo me encargo, y en cambio los otros dos que usted proponga, seguro también intimidados, verán que usted tiene oficio, es canchero, que trata con naturalidad y amistad al ministro, así lo confirmarán como miembros de la comisión cuando los demás pregunten, y como no son partidarios de usted, mejor que mejor, y Meléndez, sonrió en aquel momento, qué hábil es usted doctorcito carajo, es usted un trome, carajo, ahora entiendo por qué es asesor del primer ministro...

Claro, por eso era, Meléndez, se dijo Meléndez caminando resueltamente por el largo pasillo, ahora a la izquierda y luego a la derecha hasta el final, la secretaria

caminaba rápido, como despreocupada de ellos, que tenían, carajo, que apretar el paso, menos Meléndez, que ya
se sabía el camino, iba resuelto, serio, cancherazo, con su
maletín de cuero, los demás lo miraron en silencio, no dijeron nada hace una hora, cuando lo vieron llegar al reloj
del Parque Universitario donde habían quedado, hubiera
avisado que era con corbata, se animó por fin a decir envenenadamente Pancorbo. Pero Meléndez no tenía tiempo para estar aleccionando a la gente con cuestiones de
protocolo, camaradas, ¿no eran tan duchos en la materia?,
¿no querían ir a entrevistarse con el mismísimo ministro?
Bueno pues, ahora se arreglan por su cuenta, pero Quijandría hombre, tampoco era cuestión de ir peleados a donde
el ministro, que se dejaran de estupideces, él era obrero
y no usaba corbata, no tenía que andarse con huevadas
burguesas, aseguró Pancorbo, ya estaba bien, carajo, y taxi,
corrió a parar un carro, que fueran de una vez, que se les
iba a hacer tarde, pero todavía esperaron cuarenta y cinco bostezables minutos antes de que la secretaria mostrara
una puerta, tocara, un mohín, la naricita pecosa, y por fin
se fuera por donde había venido, qué rica la gila, hermano, creo que me he enamorado, ¿ya llegamos?, preguntó
Eguren y Meléndez se apresuró a mover la cabeza, no, les
instruyó, este es el despacho de la secretaria personal del
ministro, la señora Galíndez, bien en alto lo dijo, dígalo
con confianza, Meléndez, había aleccionado el doctor Tamariz y efectivamente, entraron a un despacho donde una
cincuentona de lentes le sonrió a él, cómo estaba señor
Meléndez, qué había sido de su vida señora Galíndez, saludó obsequioso Meléndez sin mirar un segundo a los demás, el ministro le espera, dijo la señora Galíndez porque
así mismo va a decir, había advertido el doctor Tamariz,
en singular, mi querida señora Galíndez, dígalo en singular: cuando llegue este hombrecito y su comisioncita para

ver al ministro de Industria Martínez del Campo, usted le dice «cómo está señor Meléndez», como si fuera amigo de toda la vida, ¿de acuerdo? Okey, doctorcito, con mucho gusto, doctorcito, y no se olvide, *please*, de mi encarguito, que mi ahijada no encuentra trabajo, ya sabe cómo está la cosa, claro, claro que sí, usted nomás haga como le digo para que este hombre, Meléndez, se encuentre en confianza, el ministro ya está al tanto, de manera que pase usted, señor Meléndez, dijo la señora Galíndez y luego llamó al ministro por el teléfono interno: Sí, entonces le digo que pase... sí, ha venido con otros señores, y arrugó un poquito la nariz, miró como de arriba a abajo, apenas interesada.

—Les aseguro que esos están neutralizados —dijo el doctor Tamariz después de saludar con una inclinación de cabeza, señores, y sentarse a la mesa, recoger el mazo de cartas, mirarlas y tomar un sorbito mínimo de oporto—: de la CTP el Gobierno no va a tener más problemas... a menos que queramos, claro. ¿Parte usted, mi querido Montesinos?

—Y de paso cuéntanos qué tal con la Blacker —Sánchez Idíaquez sonrió con lujuria, se sirvió un whisky y buscó su cajetilla de cigarrillos.

SE DEJÓ AYUDAR con el abrigo y él pudo apreciar aquellos hombros deliciosos, el perfume de la piel joven y saludable, le puso una mano en la espalda y la condujo hasta donde los esperaba el *maître* sonriendo complacido, por aquí, por favor, señores, dijo lleno de felicidad, apresurándose a retirar la silla para la señorita que se acomodó algo embargada por tanta atención, por la finura de aquel lugar, por la vista estupenda que tenemos desde aquí, aunque la neblina siempre lo empañe un poco, le había explicado él antes de decidirse a invitarla días atrás...

La había citado en el Davory's, la tarde parecía desapacible, como si no se decidiera del todo a disolverse finalmente en lluvia: igual que los ojos color cerveza. Ella fumaba con el ceño fruncido, de perfil a él, que le explicaba con cautela lo lamentable que había resultado todo, Anita, que le creyera, porque el muchacho resultó un verdadero pusilánime, dijo y la chica se limitó a darle otro sorbo a su café, lo encontró tibio, miró el tráfico vespertino que colmaba la avenida Larco como si allí pudiese encontrar alguna explicación, ya no pudo más: se tenía que ir, dijo con la voz rota y los ojos colmados de lágrimas, incapaz de encontrar un pañuelito en su bolso. Montesinos hizo aparecer como de la nada el suyo, buscó su mano y la estrujó entre las suyas, que no sufriera, vería que el tiempo curaba todas las heridas, afirmó, que él lo sabía por experiencia, agregó bajando la voz, como si se arrepintiera de lo que acababa de confesar. Entonces pudo advertir en las manos de ella una cierta tensión y en sus ojitos, curiosidad, ah, caracho, las mujeres, rió mostrando sus cartas feliz, escalera, muchachos, y encendió un cigarrillo del que aspiró con ansia, ensoñando: pero bueno, recompuso el semblante, no era el momento de hablar de eso, sino más bien de que ella cambiara esa expresión por otra más bonita, si apenas tenía que hacer un esfuerzo mínimo para sonreír, si no costaba nada, Anita, y él sería feliz al ver nuevamente esos hoyuelos que se le formaban, así, exacto y rió, ¿veía qué fácil? Antes de que Anita abriera la boca levantó un dedo, alto, que no dijera nada, que para hacerla olvidar de tanta amargura él quería invitarla al Roof Garden 91, ¿qué tal? Anita Blacker lo miró perpleja, sorbió un poquito de café, pareció que iba a negarse pero el mayor insistió, por favor, Anita, sólo era una muestra de amistad, si quería podía invitar a una amiguita e iban los tres. No, no era eso, dijo ella soplándose el cerquillo —la hubieran visto, así enojadita, tan rica, ay, caracho. Reparte pues, apristón—, que ya no era una niña, mayor. Lo que pasaba es que le resultaba un poco prematuro todo, no estaba en condiciones de disfrutar de nada y con nadie. El mayor sonrío comprensivo, *no problem*, dijo, pero entonces él tendría que festejar solito su cumpleaños. Otra vez sería, no pasaba nada. ¿No tenía amigos? Vamos, mayor, un hombre como usted, dijo Anita y volvió a mirar el fondo de su taza, luego al militar que buscaba un cigarrillo, parecía no encontrar las palabras para explicar que, en fin, simplemente no quería festejar siempre entre compañeros de trabajo, ¿entendía?, sus verdaderos amigos, su familia, todos a quienes quería sinceramente estaban en Arequipa.

—¿Y nosotros, Montesinos? ¿No nos quieres a nosotros? —dijo Guevara colocando sus cartas sobre la mesa y todos rieron, incluso el doctor Tamariz.

Ahora estaban allí, en aquel restaurante de la avenida Wilson que fuese reseñado como uno de los mejores de Sudamérica por la revista *Esquire*, ¡en serio!, explicó el mayor buscando el entusiasmo de una Anita divertida y ansiosa, y él era amigo de los dueños, los que se lo compraron al italiano Pratti cuando este fue a México, se ufanó el mayor ya sentado junto a ella, eligiendo con cuidado la carta de vinos, al parecer era un entendido, sonrió ella algo intimidada y él que no creyera, apenas un poco de lo que había aprendido en sus viajes, sobre todo en Francia. ¿Había estado en Francia?, abrió con codicia los hermosos ojos Anita y él frunció la nariz restándole importancia, sí, hace algunos años... este Château Belgrave parece bueno. Excelente elección, señor, aprobó el sumiller acercándose ufano. Una vez que este se hubo ido, Anita recogió la carta y miró un largo rato, caramba, todo parecía delicioso, dijo con ese entusiasmo de chiquilla que tanto lo encendía al mayor, pero luego se afligió un poco, esta invitación debe costarle una fortuna, y él se apresuró a encender el cigarrillo que ella se llevó a los labios, hizo un cuenco tibio con sus manos protegiendo las manos femeninas, qué va, un día era un día, para él todo resultaba poco con tal de verla sonreír, dijo y enrojeció violentamente, incómodo con sus propias palabras. Ella sonrió complacida, extrañada ante la súbita sensibilidad del mayor, pero este cambió bruscamente su tono por otro más desenfadado y luego de mirar la carta propuso la ensalada de palta y salmón, si era de las que querían conservar la línea, claro, y ella soltó una risita traviesa, qué ocurrencia, ella comía de todo, aunque prefería el pescado a la carne. Seguro que el mayor era todo lo contrario, ¿no?, y volvió a reír ante el semblante de falso enojo que se dibujó en el rostro de Montesinos, ¿qué se creía?, él no sólo engullía carne, sabía disfrutar de un buen pescado y de una ensalada también, y levantó su copa una vez que el sumiller llenara ambas: por el placer de tu compañía, murmuró el mayor con una mirada intensa y ella también lo miró sin tapujos, lo mismo decía. Al cabo de un momento, mientras picoteaba de su ensalada, Anita quedó en silencio, mirando pensativa por los ventanales: la neblina invernal apenas dejaba ver los edificios cercanos. Montesinos se llevó la servilleta a los labios, ¿en qué pensaba?, y su frente se llenó de arruguitas, ¿se estaba aburriendo? Nada de eso, mayor, dijo ella volviendo a regalarle la luz de su sonrisa, al contrario, pensaba que era un hombre muy ameno, muy entretenido y… Anita no encontraba la palabra exacta, porque el mayor no le parecía un militar al uso, así, prepotente, tosco, autoritario, dijo y por su rostro cruzó una nube. ¿Acaso él estaba a favor de lo que estaba haciendo el Gobierno?, se decidió finalmente a preguntar y sus mejillas se arrebataron mientras bebía un sorbo de vino antes de que el mayor se apresurara a buscar nuevamente la botella. Al cabo de un momento retiró su plato y jugueteó con la copa: en algunos caso sí, Anita, pero si le era absolutamente sincero, en otros no. ¿Estaba de acuerdo con la represión estudiantil, por ejemplo?, así mismo me preguntó, muchachos, ¿con la represión sindical?, sin tapujo alguno, la flaca, ¿con la inminente confiscación de la prensa? Aquel rumor ya estaba en boca de todos, y su voz sonaba ofuscada, ronquita, una verdadera tigresa, muchachos, ¿un poquito más de vino? Y así siguieron largo rato, hasta terminar los cafés. No había que confundir libertad con libertinaje, se atrincheró finalmente Montesinos ayudándola a ponerse el abrigo, despidiéndose del *maître* ya en la puerta, ni que la prensa era tan libre como ella creía ¿Acaso no defendían los intereses de los ricos?, ¿acaso no era una prensa reaccionaria que jamás le daba oportunidad a los más necesitados?, se exaltó el mayor con los ojos llenos de fuego, mientras caminaban por la avenida Wilson en busca de un taxi, en esas cosas sí estaba con el Gobierno, Anita: él trabajaba en lo que de veras creía, en lograr un Perú mejor, más justo, para que los campesinos y los obreros, para que los que eran explotados dejaran de serlo… Ella se mantuvo callada un buen trecho, algo triste de haber tocado aquel tema, mayor, confesó al fin, cuando decidieron detenerse en la esquina de Wilson con La Colmena. No dudaba de su sinceridad y de su buen corazón, afirmó la chica al notarlo en silencio, sólo que ella no creía, en fin, dijo al ver la silueta de un taxi acercarse hacia ellos entre la llovizna que empezaba a arreciar. Anita avanzó un paso hacia el taxi que ya paraba al lado de ellos cuando él le tomó el rostro con ambas manos, que no dijera más, que no se estropeara esta noche deliciosa, murmuró acercando sus labios a los de la chica, sintiendo el corazón de ella como el aleteo de un pájaro.

—Todo un galán, carajo —carcajeó el sociólogo Heriberto Guevara y su cuerpo retembló un instante—. Quién lo hubiera dicho, Montesinos.

—Y ella, una pequeña subversiva —se agrió el doctor Tamariz retocando el nudo de su corbata a causa del disgusto—. Porque ya sabemos que su grupito de comunistas está organizando una manifestación para dentro de poco. Nada del otro mundo, claro.

—Pero podemos echarle una mano, ¿verdad, doctor? —Montesinos sorbió su whisky y cambió dos cartas—. Esa manifestación va a estar de mamey, ya verán. Y lo bien que lo va a pasar la flaca…

SIMPLEMENTE ERA ASÍ, Amílcar, dijo Meléndez atacando con voracidad su arroz con pollo, sirviéndose un vaso de emoliente heladito, que esos huevones creían que ir a hablar con el ministro era como hablar con el verdulero de la esquina… un poquito de ají, pues chola, chasquea la lengua, se vuelve fastidiado hacia su mujer que trastea en la cocina, esta hermana tuya nunca me pone el ají, mira, carajo, que se lo tengo dicho, se enoja Meléndez, resopla Meléndez, regresa a su pollo, a la charla Meléndez: y claro, se nota que les falta roce pues hermanito, que no tienen trato de caballeros, afirma Meléndez masticando con parsimonia, porque una cosa es que uno sea obrero, claro, pero otra que uno sea un maleducado, puta, se supone que uno representa a los camaradas de su federación y no es capaz de ponerse un poco no te digo gagá, pero al menos carajo adecentado, qué menos, ¿no? ¡Ahí está el ajicito rico!, qué bien, chola, gracias, dice Meléndez y se vuelve hacia Amílcar que bebe despacio el refresco, que escucha nuevamente las palabras de su cuñado, ay, carajo, los hubieras visto, Amílcar, cuando entraron al despacho de Martínez del Campo, tendrías que ver tú ese despachazo, carajo, a todo lujo, todo tapizón y unos muebles de caoba

finísima hermano, un samovar, ¿no sabes lo que es un samovar? Ah, carajo, bueno, una vaina para tomar un té en
plan fino que se han traído todos los milicos de Rusia, ya
sabes que desde que entró Velasco somos íntimos de los
rusos, de los yugoslavos… la cosa es que ahí mismo el
ministro se levanta, ¿manyas, no?, y grandes abrazos conmigo, que cómo estaba, cholo, que qué tal la vida y yo,
claro que tengo confianza con el ministro, ya hemos des-
pachado otras veces asuntos relacionados con la federación, hay trato de tiempo, pero tampoco me voy a volver
un sobrado, menos contigo pues, hermano: ahí se veía la
mano del doctor Tamariz. Qué jugada, Amílcar, porque el
huevas de Pancorbo y el sopa de babas de Quijandría se
quedaron cojudos, qué digo cojudos: cojudísimos se quedaron. Los otros dos, Eguren y el Cholo Toledo, la boca
abierta, intimidados, como profetizó el doctor Tamariz,
puta que trome el hombre, ¿ah?, les desbarató la mañose-
ría a estos huevas tristes demostrando la confianza que hay
entre nosotros, entre el general Martínez del Campo y un
servidor, simplemente acentuándola un poquito, porque
como te digo, ya existía, y ahí mismo el general que qué se
sirven, señores, un té, un cafecito, un pisquito, un whisky
o este buen vodka que le habían traído de Moscú, tal vez
a los camaradas les guste más el vodka, ¿verdad?, no, qué
ocurrencia, mi general, se animó a decir Pancorbo, nada
de licor a la hora de la chamba y Martínez del Campo lo
fulminó, tierra trágame, con la mirada, ¡ah pues!, usted no
beberá pero deje al menos que se manifiesten los demás,
¿no? Ahí mismo Meléndez dijo que sí, un whisquicito, mi
general, cómo no, él tenía un poco de sed, ¿y los demás?
Sí, dijo Eguren, un whisky también, cuándo ha tomado
whisky el Cholo pues, Amílcar, cuándo, a ver, pero igual
se animó Toledo, «solo, por favor» dijo, así nomás, sin
hielo, cuando el propio general Martínez del Campo sir-

vió las vasos, siéntense, acomódense aquí, y nos señaló un
sofá enorme frente a una mesa bastante grande, y hasta
Quijandría se animó 'ta bien pues, un whisky por no desairar, mi general. Y tú al menos querrás un vasito de agua,
¿no, Pancorbo?, le dije yo y el puta que me quería matar... cholita, anda cómprate unas cervecitas, atiende a tu
hermano, pues mujer, se volvió Meléndez nuevamente
hacia la cocina, toma la iniciativa pues... carajo con las
mujeres, se pasan, cuñado, levantó los brazos Meléndez,
los dejó caer resignadamente, pero al instante pareció ani-
marse otra vez: Bueno, ahí se quedó el huevas de Pancorbo, con su vaso de agua mineral, serio, callado, mientras
nosotros salud, salud, y seco y volteado, bien bravo es el
general Martínez del Campo, un señorón, pero campe-
chano, como debe ser, como tiene que ser en esta Revolución. ¿Se quedarán a almorzar, verdad?, dijo en un momento y nosotros nos miramos, Toledo fue el que se animó a hablar, ya pues, por no desairar a mi general, y el
general se acercó a su teléfono, señora Galíndez, que en
un momento nos traigan el almuerzo: cevichazo de con-
chas negras y seco de cordero con frejoles, bien taipá, nada
de mariconadas raras y platitos chiquititos que te ponen a
veces en las embajadas, en las recepciones, cuñado, y hasta
a veces los propios cachacos, no, nada de eso, un almuerzo
como debe ser, y mientras ¿otro whisky? Nomás no se me
mamen, rió el general y Pancorbo dijo ya pues, yo también me animo a tomar una copita, muy digno el puta, y
bien que se quedó a tragar cuando vinieron los mozos y
nos pusieron ahí nomás, al toque, la mesa, carajo, si vieras
el tamaño de ese despacho... el general tiene aguante, qué
rico ñato ese milico, carajo, todo un señor y sin complejos, ya te digo, Amílcar, que ese es el próximo presidente
del Perú: chupa, pero no es tan jarro como Velasco, sabe
estar con unos y con otros, además te viene de frente:

Bueno, señores, a lo que nos convoca, dijo de pronto, cuando estábamos ya en los cafés, después de hablar de mil vainas, y convidó unos puros —«regalo de Fidel», indicó—, les voy a ser sincero, dijo mirándonos muy serio. El propio presidente Velasco le había pedido que manejara esto con mucho tacto, explicó el ministro, de manera que no les iba a mentir: necesitamos el apoyo de la CTP, el apoyo incondicional frente a las amenazas de huelga que hay nuevamente en el sector textil y el minero. No podemos hacer la Revolución si nos ponen zancadillas cada dos por tres, dijo el general mirándonos a cada uno de nosotros, carajo, como en esa película que están dando sobre Patton, y nosotros callados, claro, aunque Pancorbo se revolvía en su asiento, me miraba y Eguren y Toledo también, como diciendo ya pues, carajo, pero el general se les adelantó: ya sabía por el amigo Meléndez cómo se había formado esta comisión, y los otros a sudar, incómodos, carajo, con la vista gacha, pero el general prosiguió: ya sabía que la comisión estaba elegida por el propio Meléndez y que tanto los señores Pancorbo y Quijandría, Eguren y Toledo, eran los más lúcidos cuadros de la CTP, que eran los interlocutores más capaces para sus respectivos sectores, ¿verdad, Meléndez?, y Meléndez había visto nuevamente la mano maravillosa, genial, más que genial: ¡providencial!, del doctor Tamariz. Claro que sí, general, todos los sectores que componen la CTP están más unidos que nunca y estos señores son nuestros mejores representantes. Eso supongo, dijo el general echando una bocanada de humo, y me congratulo de que así sea porque ahora es cuando más necesita el Gobierno Revolucionario de la Fuerza Combativa de los Trabajadores Peruanos. Ya sé que la CGTP de los apristas todavía tiene mucha fuerza, pero precisamente esa es mi propuesta: si ustedes me apoyan en estos momentos difíciles, yo los apoyaré para darle mayor proyección a la CTP. Así de claro. El amigo Meléndez sabe que no soy hombre de muchas palabras y al toro por los cuernos, más bien. Los dejó fríos, carajo, tan aprendidito que tenían el discurso carajo, tan gallitos que venían para trompearse con el ministro y se los ganó en un asalto, carajo, ni Mauro Mina, cholo, Eguren y Toledo parecían hasta emocionados, Quijandría lo mismo: le responderemos, general, estamos con la Revolución, dijo y Pancorbo los miró rápidamente a todos, claro que sí, dijo, estamos con usted, general. Pero ahí no acaba la cosa, Amílcar, ah, mira, aquí están las cervecitas, gracias, chola, ¿de servicio?, carajo con ustedes los policías, hermano, ¿ni un vasito te vas a tomar? Eso, eso, salud pues, que te termino de contar: si me permite, señor ministro, le dije, creo que debemos consultar a nuestras bases, que a ellas nos debemos. En realidad nosotros veníamos a plantear algunas cuestiones un poco más peliagudas, ¿verdad, camaradas?, y ya que el general ha sido tan franco, le devolvemos la misma moneda: con toda honestidad, deje usted que consultemos con las bases, mi general. Los demás se quedaron de piedra. Martínez del Campo me miró despacio, con una furia casi helada, casi con desprecio, ¡ay, chucha!, por poco me cago en los pantalones, y me dijo que estaba bien, que consultemos, pero que él tenía que tener nuestra respuesta a más tardar el viernes y que ahora, si lo disculpábamos, y nos mostró la puerta, ofendidísimo por mi atrevimiento, por mi desplante: Un actorazo el ministro, qué manera de manejar los registros de la mirada, ensoñó Meléndez bebiendo despacio su cerveza y sacudiendo luego el vaso espumoso, porque esa jugada también fue ideada, ¿por quién?, se entusiasmó Meléndez con su propio acertijo, se sirvió otro vaso de cerveza, no esperó respuesta, ¡por el doctor Tamariz, pues, cuñadito!, quién sino iba a ser tan genial de elaborar esa jugada maestra:

todos le daban el respaldo a la propuesta del ministro, pero yo era el único que se frenaba, Martínez Campos se hacía el ofendido... luego, quien defiende los intereses de las bases soy yo, a riesgo de enfrentarme con el propio ministro, ¿qué tal? Eso se llama *realpolitik*, Amílcar, porque con esa maniobra yo neutralizo a los oponentes, a los que sólo quieren joder mi gestión que, a fin de cuentas es la mejor para la CTP, claro que sí. ¿De veras no te vas a tomar una cervecita? Pucha, que era más soso que la nueva ley de la reforma agraria, cuñado. Y a propósito: ¿era cierto eso de que los policías están pensando en ir a la huelga? Eso era bravo, cuñadito, que tuvieran cuidado con lo que hacía...

Sintió que Anita temblaba ligeramente y la estrechó un poco más contra su cuerpo, ¿tenía frío?, murmuró cerca de su oído sintiendo su perfume, y siguieron caminando en busca de un taxi a la salida del Café Concert, ¿le había gustado Vinko?, preguntó ella cuando por fin pudieron detener un taxi y el mayor encendió un cigarrillo, abrió la ventanilla del automóvil, se quedó un momento pensativo, sí, claro, aunque era un poco amanerado, ¿no? Anita le dio un golpecito en las costillas, sonrió con malicia, se arrebujó un poco contra él, qué va, sólo está parodiando a una mujer, a una vieja pituca, de esas de las que tenemos tantas en el Perú, que se creen la divina pomada y no se enteran de la realidad, de la pobreza, de lo que es realmente el país. Anita lo miró un rato, entre divertida y desafiante, ¿no creía?, el mayor Montesinos sí, en eso quizá llevaba razón, se trataba de una parodia, pero a él no le gustaban tanto esos ademanes, ese gusto por vestirse de mujer, a él le daría mucha vergüenza, se sentiría

ridículo y Anita soltó una risa traviesa, divertida, pues sí
que se le vería rarito, mayor. Montesinos la dejó reír, le
gustaba mucho verla sonreír, dijo al fin y rozó como con
temor su mano, esperaba que ya se le hubiera pasado la
ventolera por ese enamorado... no era ninguna ventolera,
mayor, explicó gravemente ella, sólo una gran decepción.
Y además, seguía pensando que detrás de todo aquello
podía estar la mano de su padre, no sabía, todo resultaba muy confuso. Que no pensara en esas tonterías, dijo
con suavidad el mayor Montesinos, maldiciéndose por
haber sacado el tema, que mejor hablaran de otra cosa,
de la universidad, por ejemplo. Anita abrió la boca como
para replicar, pero luego se quedó un momento callada.
Bueno, dijo finalmente, y cruzó sus piernas largas, volviéndose un poco de perfil hacia Montesinos. Para ella
arrojaba un balance muy positivo la universidad, porque
había empezado a comprender mejor la situación del país,
la tremenda injusticia en la que vivíamos y que los chicos
y chicas de su condición apenas si vislumbraban. En realidad, ya le resultaba difícil entablar una mínima charla
con sus amigas del colegio, que choleaban y basureaban
a todo el mundo, como todos los pitucos que se creían
realmente los dueños del Perú. Que no se metiera mucho
en política, mejor, dijo Montesinos como al descuido, que
resultaba peligroso. ¿Veía?, Anita clavó unos ojos duros
en el mayor, él mismo admitía que hacer política en la
universidad era peligroso, ¿y por qué lo era? Porque tenían
un Gobierno Militar que había acabado con las garantías democráticas. El taxista los miró por la ventanilla y el
mayor Montesinos se inclinó bruscamente hacia delante,
nos bajamos aquí nomás en la esquina, maestrito. Anita
lo miró sin comprender qué había pasado, pero no dijo
nada y bajó del auto detrás de él. Caminaron todavía un
rato en silencio por aquel sector un poco desolado de Mi-

raflores, cruzándose con escasos transeúntes, vecinos que sacaban a pasear a los perros, grupos de adolescentes que reían y charlaban en un parquecito cercano, alumbrado débilmente. Por fin Montesinos se detuvo en una esquina a encender un cigarrillo. Cuando volvió a mirarla, habló: que no fuera imprudente, Anita, que no dijera esas cosas en un taxi, delante de desconocidos. Eso sí que era peligroso. Toda la ciudad estaba llena de soplones, podía meterse en un buen lío y meterlo de paso a su padre. Anita se cruzó de brazos, desafiante, pero no fue capaz de decir una palabra. De pronto el mayor había perdido esa amabilidad y frescura con la que normalmente se dirigía a ella. Ahora su voz sonaba dura, casi impersonal, pero también más atractiva, debía reconocerlo. Luego Montesinos hizo un gesto menos brusco para invitarla a seguir caminando. ¿Podía serle sincero?, dijo al cabo de unos minutos y su voz pareció vacilar. Claro que sí, respondió ella siguiendo el ritmo rápido que súbitamente Montesinos imprimió a sus pasos, por supuesto, mayor. Que le creyera si le decía que él, personalmente, no estaba de acuerdo con la represión ni con ciertas actitudes prepotentes del Gobierno, porque se estaban alejando rápidamente del pueblo, al que se debían. Anita abrió los ojos, cogió a Montesinos de un brazo, obligándolo a detenerse en una esquina, ¿verdad que era un atropello? Ella apenas si podía mirar a su padre a la cara. Pero Montesinos rió débilmente, su padre, Anita, era de los militares que simplemente cumplía con su deber, pero tampoco estaba contento. Por eso le decía, con conocimiento de causa, que tuviera cuidado con lo que soltaba por allí, con lo que hacía en la universidad, aunque claro, Montesinos no creía que Anita fuera capaz de meterse en cuestiones políticas, ¿verdad?, y la miró fijamente ¿Por qué no?, dijo ella, nuevamente adoptando un tono desafiante, ¿no la creía capaz? Montesinos rió de buena gana, claro que la creía capaz, Anita, por eso se permitía decirle que tuviera cuidado. Y luego cambió nuevamente su tono de voz, miró hacia los lados, por favor, Anita, tendría que decirle en qué estaba metida, tenía que aprender a confiar en él. Era importantísimo, porque en un momento dado, él podría echarle una mano.

En la puerta hay un enjambre de carros que buscan dónde estacionar, y bajan hombres elegantes, mujeres de gesto lánguido, se acercan a la casa grande, esquinada, amarilla, de donde proviene una música no muy estridente, una luz tenue, más bien conciliadora, que anuncia esta pequeña fiesta —dice el doctor Tamariz, estrechando manos y dando abrazos—, más bien ágape para los amigos de la Revolución, y se hace a un lado invitando a pasar, general Carranza, por favor, comandante Carlin, doctor Colchado, un placer tenerlo aquí, cómo estaba, Guevara, y los invitados dejan sus abrigos a una chica jovencita y de uniforme, Gaby, mamita, por favor lleva todo esto a las habitaciones, dice Leticia enfundada en un vestido azul de raso que deja ver sus clavículas exquisitas, sus andares algo gatunos cuando se dirige a los invitados: allí está el decano Sánchez Idíaquez y su mujer, el general Figueroa, el mayor Montesinos, que coge fugaz y muy discretamente la mano de una chica rubiecita y joven, no se le pasa ni una a Meléndez: el dirigente sindical es algo gordo, de pelos trinchudos, viste un saco de corduroy y pantalones negros de terno. Lleva de la mano a su señora para escuchar las anécdotas al parecer muy divertidas que cuenta el artista Elio Marín: allí están también Eleazar Calderón, los generales Del Valle y Cáceres Somocurcio, el empresario Velaochaga, el Compadre Ibáñez, gran trovador de la música criolla, que ha venido a amenizar esta pequeña fiesta para los amigos, para celebrar un año más de Revolución, dice Leticia y alguien le pregunta si vendrá el general Velasco y ella dice que sí, seguro, pero más tarde, que mientras tanto todos se divirtieran y da unas palmaditas, un beso aquí, otro allá, reparte sonrisas encantadoras a unos, hace ojitos a otros, pregunta si todo bien, ofrece un whiquicito, bromea con el general Cáceres Somocurcio, es una gran anfitriona, qué caray, dice alguien.

Son ya cerca de las ocho y media de la noche y la casa se encuentra colmada de militares, de políticos y empresarios y algunos diplomáticos extranjeros como el embajador cubano, que lleva un bigotillo de galán de telenovela y es extrovertido, jocoso, un encanto, pero de vez en cuando lanza unas miradas completamente matadoras a las mujeres, que se ruborizan, como la esposa del comandante Carlin —rubia, delgada, más bien joven al lado del comandante—, y parecen algo turbadas como Teresita Neumann, la mujer del ministro Martínez del Campo, o se divierten y le siguen el juego como Leticia, o simplemente devuelven una mirada despectiva y fría, como Anita Blacker, que se acerca con una copa al mayor Montesinos. Pero al embajador cubano no le importa mucho, ya tiene sus tragos encima el hombre, es el primero que se apunta a cuanto cocktail, fiesta, comida o pachanga haya en Lima, cuenta Gustavo Meléndez dándole un discreto codazo a su mujer.

Meléndez y su señora acaban de llegar —el taxista se demoró un montón por culpa del tráfico—, ya se había tomado un par de gin con gin para calmar un poco la ansiedad, le dice, le confiesa al general Zegarra, que acaba de aparecer con su señora, una mujer más bien baja y de cabellos pintados, la hija del general Aspíllaga, el que fue ministro con Prado, informa a su esposa Meléndez encendiendo un Golden 100: el general está tieso y la mujer tiene un semblante atónito, los ojos ligeramente enrojecidos y el Turco Zegarra le ha murmurado algo al oído. Nada más hacerlo la mujer se abre paso entre los invitados y se dirige hacia un mozo que ofrece whiskys, se fija Meléndez alcanzando a un mozo y buscando con la mirada a otro que pasa con una fuente de anticuchos, le da un empujoncito a su mujer, que fuera por unos anticuchos, chola, y se vuelve sonriente, feliz, hacia donde el general Zegarra, qué tales fiestas las del doctorcito Tamariz, ¿verdad?

El general Zegarra tiene unos labios finos, como llenos de un insultante desprecio, los ojos pequeños y helados, el rostro anguloso y una voz cortante como navaja: se pone un poco más tieso aún, observa Meléndez y le contesta sin mirarlo que sí, que eran unas grandes fiestas. Luego pide permiso y se escurre entre los invitados, pone un hombro a manera de cuña para abrirse paso, se coloca de perfil y avanza, rompe un corrillo de conversadores y finalmente se sitúa detrás de su esposa, que se pone rígida, observa Meléndez aceptando el anticucho que su mujer le ha conseguido y que ahora mastica con delectación, siempre mirando, carajo, cómo el Turco Zegarra ha puesto una mano contundente en la cintura de su señora y lo busca como para darle un beso, pero no, más bien parece decirle algo, algo que hace estremecer a la de cabellos pintados, ponerse alerta. «La tiene aterrada», piensa Meléndez fascinado, y muerde otro trocito de anticucho, bebe un largo trago de gin con gin, se acerca a su mujer y le dice cholita, tráeme otra cosita de picar, anda. En ese momento pasa a su lado el general Martínez del Campo y Meléndez se vuelve hacia él con una sonrisa generosa, llena de felicidad, hombre, cómo estaba, general, dice estrechándole con vigor la mano, y Martínez del Campo sonríe también, pero muy poco, le da una mano blanda y con la otra palmotea la de Meléndez, más bien se la quita de encima y le pregunta que qué tal estaba, pero sus ojos buscan intensamente a alguien, de tal manera que parece no atender del todo a Meléndez cuando este empieza a hablar y se ve obligado a interrumpirse al acercarse el general Blacker y ambos militares se funden en un abrazo, se preguntan qué tal, se miran sonrientes, se vuelven a abrazar. Blacker, que tiene ya algunas copas encima, presenta a su hija, Anita, este mi gran amigo, el general Martínez del Campo, dice solemne, pero ella afirma, explica bruscamente que sí, que ya lo conocía al general, y este presenta a su mujer, Teresa, y ellas se dan un beso, se sonríen con complicidad, aceptan los tragos que el general Martínez del Campo ha exigido tronando los dedos y haciendo aparecer como por arte de magia a uno, dos y hasta tres mozos que hacen cola para ofrecer sus bandejas, el whisquicito, las bolitas de causa, la butifarrita y la copa de vino, todo sin que Meléndez pueda encajar una palabra ni presentar a su mujer, simplemente se limita a ser un espectador por completo invisible porque los ministros parecen del todo ensimismados en sus asuntos y mejor ni aburrirse con ellos, chola, dice, mejor iban por otro traguito, pero por mucho que Meléndez alza la mano los mozos pasan raudos, apenas se detienen junto a él, parecen buscar a los ministros, a los generales y casi les meten por las narices su bandejas con whisky, vino, cervezas, choritos a la chalaca, quesitos de todas formas y sabores, carajo, Meléndez, se dice Meléndez, y él mismo ha decidido ir a la cocina por su trago, un mozo incluso lo ha mirado feo cuando ha dicho oiga, estoy pidiendo hace rato un trago, ¿qué pasa?, ¿porque lo ven cholo le van a hacer un desplante?, piensa Meléndez rumbo a la cocina, que debe ser por aquí, y cruza por un pasillo echo una furia pero le parece que no, no es por allí, y justo en ese momento escucha las dos voces que reconoce de inmediato, no quiere oír pero tampoco sabe cómo irse de puntillas, por un segundo atroz vacila si hacer ruido para anunciar su presencia o esfumarse en completo silencio, y esa vacilación mínima le permite escuchar la voz del general Zegarra que dice que ya se había ocupado del asunto, que aquello estaba en marcha, y la otra voz, levemente resfriada, ojalá general, porque Banchero Rossi les podía dar más de un quebradero de cabeza, a ese hombre habría que neutralizarlo. Y otra cosa, doctorcito, mugió de pronto una tercera voz, los yugoslavos estarán aquí la semana que viene: encárguese de todo. De pronto un alboroto de voces, unos aplausos y unos vivas al Gobierno que vienen del salón le hacen entender a Meléndez que el presidente acaba de llegar a la fiesta y él aprovecha para escabullirse, el corazón en la boca.

QUE PUSIERAN OTRA marinera, dijo su cuñado Alberto y mostró con garbo un pañuelo blanco, dispuesto a bailar, ya estaba un poco picado, claro, y es que habían empezado más bien tempranito, a eso de las doce del día. Nada más salir de la iglesia, Alberto, su mujer y sus dos hijos cogieron un taxi, su tío Tomás y otros amigos, junto con las mujeres, se apretujaron en otro, y así, poco a poco, los demás invitados. Todos tenían la dirección de la casa de Santa Beatriz, donde Federico Argüelles ofrecía la fiestecita para su ahijado. Empezaba a caer una lluvia sucia y mínima, más fastidiosa que nada, y casi no pasaban taxis por aquella zona de Lince, de manera que algunos tuvieron que resignarse a esperar un ratito más, haciéndole adiós a los que partían, nos vemos allá, explicaban con gestos, movían las manos, sonreían.

Y desde esa hora estaban tomando. Nada más llegar, a los chicos se les repartió gaseosas, grandes trozos de la torta, vasitos de gelatina y mazamorra que devoraron entre risas y correteos. Iban llegando los invitados y traían los regalos, ¿dónde está el de la primera comunión?, decían, y el niño aquí, y ya tenía algunas manchas en el traje, la madre se enojó, qué muchacho éste, pero Argüelles feliz, patriarcal, le puso una mano en el hombro, que lo dejara tranquilo, comadre, que el chico estaba divirtiéndose, dijo, ¿era su fiestecita, no?, y aceptó que su cuñado Alberto le ofreciera la primera cerveza. Argüelles lo miró un momento porque bien pesado sabía ponerse Alberto con el trago, estuvo a punto de decirle que ahí nomás, él se tomaba una Inca Kola y listo, pero comprendió que hubiera sido inútil. Angélica apenas si se había dado cuenta porque trajinaba en la cocina y desde allí les llegaba —hasta el jardín donde habían instalado las mesas y un tocadiscos— el aroma denso y especiado del adobo, el perfume del seco de cordero, el tufillo borboteante de otros guisos, y Argüelles se dejó caer en una vieja silla de enea, bajo el emparrado que protegía de la lluvia mínima. El día continuaba gris como un oprobio, era cierto, pero la verdad era que ahí se estaba bien, se dijo Argüelles bebiendo despacio un sorbo de cerveza, disfrutando tranquilo del delicioso amargor de la bebida, de la cháchara intrascendente de su cuñado, del tío Tomás que había arrastrado una silla y ahora mordisqueaba un choclito, bebía de la cerveza que le sirvió Alberto sin reparos, como si no tuviera ya ¿cuántos?, ochenta y siete, nada menos, el tío Tomás, reseco como un higo el tío Tomás, con la camisa de franela completamente abotonada, casi siempre silencioso, pero por completo lúcido, eso sí.

Su cuñado consiguió los discos, enchufó el *pick up*, dio dos palmadas logrando atraer la atención de todos, se acercó a Mónica y la sacó a bailar, cómo se movía la gorda de su hermana, cloqueó Argüelles sirviéndose otro vasito de cerveza antes de brindar con el tío Tomás, con su her-

mano Antonio, con Lucho Ledesma, que era el primero
de la revista en llegar a la casa. A algunos incluso les había
hecho un planito, y así llegaron Beto Villaverde y Joaquín
Ortiz, igualito que en *Semana,* carajo, los saludó feliz Argüelles, juntos para arriba y para abajo, los inseparables, y
que por favor aquí nada de director, Fico nomás, a secas,
dijo dándoles grandes abrazos a los muchachos, nada de
director que ya me han jubilado, y volvió a reír, al fin y al
cabo estaba más tiempo en casa, eran como unas vacacio-
nes, en cualquier momento encontraba otra chamba, usted
es muy bueno, insistió Beto Villaverde mirando a las chicas
que conversaban cerca de la puerta. Sí, esta será una fiesta
de primera comunión, pero también hay chicas guapas y
solteras, rió su cuñado Alberto y Argüelles presentó a los
periodistas, encantado, tanto gusto.

Poco a poco iban animándose los demás invitados a
bailar, que esto era una fiesta, dijo Angélica apareciendo en
la puerta del patio con una fuente de causa, y la señora Reá-
tegui venía detrás de ella con otra fuente de escabeche, que
en un ratito comían, ¿eh?, y entre varias mujeres empezaron
a poner la mesa, a reunir sillas dispares, mullidas, viejas, un
banquito, en fin, allí entraban todos, claro, pensó Argüelles
sirviéndose otro vaso de cerveza, que levantó hacia su mujer, salucito, amor, y Angélica lo miró fingiendo enojo, ya
sabía él que a Angélica no le gustaba mucho que tomara,
claro, pero desde lo de *Semana,* como que le permitía ciertas cosas que antes ni hablar. La verdad, no lo dejaba hacer
nada: que si quería fregar la loza del desayuno, que dejara,
viejo, que después le rompía una taza. Que si quería ir al
mercado, que no, hombre, que se quedara leyendo tranquilo, ¿no se quejaba tanto de que no tenía tiempo para leer?
Pues ahí tenía, y le ponía la prensa en las rodillas, ella iba
al mercado con su canasta de paja al hombro y regresaba a
eso de las once canturreando, feliz. En todo ese tiempo que

Argüelles pensaba consagrar al ocio bendito de sus lecturas tantas veces postergadas —*La incógnita del hombre, El espía que surgió del frío,* y los libros de Gogol—, apenas si hojeaba el libro elegido, incapaz de zambullirse del todo. Ya, claro, para qué se iba a engañar: desde que lo botaron —sí, sí, lo botaron— de la revista por aquel desafortunado titular, no levantaba cabeza, por mucho que echaba mano de su buen humor y optimismo de siempre. Le dio pena el pobre Fonseca: estaba demolido, el Colorado. Pero si tú no has tenido la culpa, Colorado, le dijo Argüelles cuando recogía sus cosas, y le puso una mano en el hombro al gordo, que seguía como anclado en su silla de redactor, tú aconsejaste bien, fue mi responsabilidad poner aquel titular. ¿Y sabía una cosa?, preguntó retóricamente Argüelles esperando a que Fonseca levantara sus ojos claros hacia él: lo volvería a poner, confesó bajito. Era un buen titular, sí, señor, agregó con la caja de la que sobresalía un banderín entre las manos. Proañito lo esperaba en la puerta, tan solemne, casi en posición de firmes, señor director, y la voz temblorosa, también Ortiz y Villaverde, los reporteros inseparables, se pusieron de pie, lo mismo Julio Cabrera, Vivanco, en fin, hasta Gabriela, la secretaria de contabilidad, fue a despedirlo. Hubo una breve confusión a la hora de pedir un taxi, se emocionaron todos, y Argüelles les dio un sentido abrazo, les dibujó un planito con su dirección, pásenme a visitar, vayan cualquier día, a cualquier hora, que tendré todo el tiempo del mundo, cloqueó alegre pero nadie se rió con él, mejor aún, propuso, por qué no me hacen el honor de asistir a la fiestecita que le he ofrecido a mi ahijado por su primera comunión, sólo irán los más allegados, los buenos amigos, dijo y medio que se le quebró la voz, un aplauso para nuestro director, dijo el nuevo director interino, Rolando Fonseca, y todos aplaudieron, quedaron en visitarlo, claro que sí, le hicieron adiós cuando Argüelles ya estaba en el taxi, no faltaremos, pero al final sólo vinieron Ledesma y los dos reporteros inseparables, salud, muchachos, alzó su vaso Argüelles mientras su cuñado Alberto pedía, pañuelo en mano, que pusieran otra marinera.

Fue justo en ese momento en que aparecieron los dos tipos en la puerta del jardín que daba a la calle. Como la habían dejado abierta para que fueran pasando los invitados conforme llegaban, los dos hombres de terno decidieron entrar, mirando aquí y allá, todo el mundo se dio cuenta rápidamente de que no eran invitados, que seguro se habían confundido o sabe Dios, algunos dejaron de bailar, otros siguieron nomás, pero sin dejar de mirarlos, hasta que se acercó a ellos Angélica, más rápido que Argüelles, ¿qué se les ofrecía?, y uno de ellos dijo sin mirarla que buscaban al señor Federico Argüelles. Sí, soy yo, dijo Argüelles incorporándose con lentitud, extrañado de aquella visita, incapaz de comprender o más bien incapaz de querer comprender, porque la súbita agitación que se apoderó de él le advirtió del peligro, ¿sí, qué deseaban?, él era Federico Argüelles, insistió, y el mismo hombre que había hecho la pregunta mostró fugazmente un papel doblado muchas veces, tenía una citación en la prefectura, acompáñenos, por favor. ¿Se puede saber de qué se trata? No, señor, no se puede saber, usted nos acompaña y allá le informan.

—La verdad, un atropello lo de Argüelles —Sánchez Idiáquez coge el mazo de cartas y tarda un rato en empezar a barajar—. Si ya lo habían botado de la chamba, a qué deportarlo.

—Eso habrá que preguntárselo a Calderón —Montesinos consulta su reloj, pide las cartas—. O mejor aún, al Colorado Fonseca. A ver si un día se anima a venir por aquí, el gordo ese.

III

GORAN PANTIC ACEZÓ trabajosamente, cayó de bruces contra la almohada, el rostro congestionado y sudoroso. En el reloj de la mesilla de noche daban las dos de la mañana y él quería un buen trago de vodka, o mejor aún, de ese pisco sour que le habían ofrecido durante el almuerzo y luego en el bar del propio hotel, un trago potente y engañosamente suave que le encendía el rostro y le soltaba la lengua, aunque en este país de bárbaros apenas si le entendieran una palabra. «Más pisco sour», dijo con el rudimentario castellano que había aprendido en las últimas veinticuatro horas, y la chica que yacía a su lado le pasó una mano traviesa por los cabellos, soltó una carcajada, dijo algo que la hizo reír aún más y que él, Pantic, no puedo entender. Luego la vio incorporarse de la cama con sorprendente agilidad y empezar a vestirse ensimismada, sin dejar de hablar, de decirle «gringo» una y otra vez, riendo sola, despeinada, dirigiéndose nuevamente a él y haciéndole gestos con la mano. No, dijo Pantic enfadado cuando entendió la mímica que obstinaba la chica para apoyar su jerigonza chillona, el doctor dice yo no paga: él había visto cómo aquel hombre bajito y de ademanes afectados que lo recibió en el aeropuerto había llamado a la chica nada más llegar al bar de aquel hotel lujoso y céntrico. Al principio Pantic no supo bien de quién se trataba, quién era aquella mujer que se unía con familiaridad al grupo compuesto por él, Alia Drasic y los peruanos que los recibieron en el aeropuerto. Pensó que se trataba de una traductora que reemplazaría al marino que hablaba un serbio impecable y que había estado con ellos durante el almuerzo y hasta llegar al hotel, pero rápidamente entendió que no era así. Al cabo se unió a ellos otra chica, morena, achinada, de grandes caderas, y se sentó entre los peruanos y Alia Drasic, dejando a la primera entre él y el hombre atildado, aquel funcionario del Gobierno que los había recibido en el aeropuerto a mediodía. Bebieron pisco sours, levantaron sus copas, hicieron reír a las chicas, brindaron por el Perú y Yugoslavia. El hombre bajito, con perfil de pájaro, muy moreno, miraba de vez en cuando su reloj y parecía abstraído, incapaz de aceptar la charla chillona de las dos mujeres. Drasic comprendía un poco de castellano y envalentonado por el pisco sour hablaba o creía hablar con las chicas y con los otros dos peruanos pero él, Pantic, apenas si se entendía por señas con la mujer que se arrimaba a su hombro, aprovechaba las oscilaciones de aquel sofá semicircular que los apretujaba en torno a una mesa discreta para sobajearse y en un momento dado ponerle una mano en el muslo. Sobresaltado, menos mundano o quizá simplemente menos borracho que Alia Drasic, Pantic miró en torno suyo y se encontró con los ojos del hombre atildado que le dijo en un inglés dificultoso y áspero que no se preocupara, que eran chicas de fiar, un pequeño relax para los amigos yugoslavos, cortesía del Gobierno peruano, creyó entender a duras penas Pantic mientras un mozo ponía otra ronda de aquel trago explosivo, aquel mejunje llamado pisco sour. Y debía ser así porque el hombre luego se dirigió a la chica y le hizo un gesto inequívoco de que se entendiera con él y no con Pantic. Después miró su reloj y se marchó. Era casi lo único que Goran Pantic recordaba, porque luego siguieron bebiendo y el recuerdo de Mila se desvaneció por completo en una niebla de alcohol y acidez. Por eso, ahora que la chica contaba unos billetes invisibles con la mano, Pantic se dio vuelta pesadamente en la cama diciéndole que no, vagamente atormentado por los remordimientos. Menuda mañana le esperaba.

Habían llegado a esa ciudad sombría y remota, de gentes de aspecto increíblemente triste y oscuro, después de un viaje demoledor de casi veinte horas, con una idea no muy clara de lo que debían hacer. Todo resultó muy rápido y aunque Mila estuvo de acuerdo en que aquello era una gran promoción para su carrera, Pantic hubiera preferido quedarse en Belgrado para luego disfrutar de un fin de semana en Lubjliana, de donde era su mujer. Pero el mismísimo Edward Kardlej les había confiado, a él y a Drasic, la entrevista con los técnicos peruanos, con los asesores del Gobierno Militar que acababa de tomar el poder en el lejano y exótico Perú. En realidad, aquel viaje era una primera toma de contacto para analizar las posibilidades y los plazos en los que se podría poner en marcha el modelo autogestionario yugoslavo; el Gobierno de Tito consideraba aquello un estupendo acercamiento a aquel continente de naciones jóvenes y un paso más en su desvinculación de la órbita soviética, les aleccionó Kardlej severamente poco antes de partir. Ellos dos irían primero y después de una exhaustiva evaluación de las condiciones enviarían un equipo; a cambio el Gobierno peruano estaría dispuesto a pagar bien y a firmar un ventajoso convenio pesquero con Yugoslavia. Extrema cautela, nada de precipitarse, les recomendó, porque la realidad de aquel país era muy diferente a la de los Balcanes: ya Kardlej se había entrevistado con el propio presidente Velasco y creía haber regresado a Yugoslavia con excelentes noticias para el Gobierno, de manera que ellos tenían que elaborar un informe meticuloso para que los peruanos no se echaran atrás. También Pantic pensaba en aquello durante el viaje: el modelo autogestionario en su país, aunque muchos insistieran en que no funcionaba, en que había pulverizado la iniciativa privada, era una realidad que se encontró con la maldita tozudez croata y bosnia, tan distinta de la diligencia y la solidaridad serbia, pero quizá al otro lado del mundo, en un país joven, con más ilusiones, podría funcionar correctamente.

Sintió una mano remeciéndolo despacio y se obstinó en una de las pocas palabras que había aprendido. «No», dijo, no pensaba dar ni un sólo dólar a aquella mujer y cada vez sentía más nítidamente el lento acceso de remordimiento, ¿cómo había cedido tan fácilmente?, ¿aquel funcionario del Gobierno peruano le había dicho realmente lo que Pantic, ya con varios pisco sours encima creyó entender? Quizá no era así, y por eso la chica insistía en que le pagara. La mano seguía persistente, empeñada en su hombro, en su espalda, disipando lentamente la nube etílica donde flotaba y recién cuando con un estremecimiento que le erizó los vellos de la nuca entendió que aquella mano ya no era una mano femenina resultó tarde. Apenas tuvo tiempo de incorporarse antes de sentir cómo crujía su mandíbula.

Lo HABÍAN ENCONTRADO muerto, tendido cuando largo era, en su casa de Chacrasana, en las afueras de Lima. El año acababa de empezar y mientras la ciudad se recuperaba lentamente de la resaca de los festejos, del champán y la juerga, de las uvas y las campanadas, las primeras planas de todos los periódicos se abrían con aquella noticia: Luis Banchero Rossi, el magnate más poderoso del Perú, el empresario riquísimo que había levantado aquel imperio pesquero con sus manos desnudas, había sido asesinado…

Rolando Fonseca mordisqueaba un palillo de fósforo mientras tecleaba furiosamente en su máquina de escribir; de vez en cuando, sin dejar de mirar las cuartillas, alcanzaba la botellita de pisco y bebía de un trago del gollete: una lástima que la periodicidad de la revista no permitiera sacar primicias sobre aquello, pero por otro lado, trabajar la noticia con cierta perspectiva le ayudaba a recrear la crónica que el periodista empezaba a vislumbrar, incluso podría escribir toda una secuencia sobre el terrible asesinato del empresario o más aún: un libro, fantaseó bebiendo un largo sorbo de pisco y encendiendo un mentolado, porque él había venido investigando a Banchero desde hacía meses, sin otra intención que una crónica ligeramente menos superficial que las que normalmente redactaba para *Semana*, cuando se encontró entre las manos aquella bomba de relojería. Fonseca se frotó nerviosamente los nudillos y acometió, con sus eficaces trescientas cincuenta pulsaciones por minuto, la redacción de las dos últimas cuartillas sobre aquella crónica. Miró su reloj: ya estaba con el tiempo justo. Ortiz y Villaverde habían ido a husmear donde los pescadores, porque Banchero tenía muy buenos amigos entre ellos. A él, como recién nombrado director de *Semana*, el asunto le había venido que ni pintado. La revista empezaba a venderse como pan caliente. Era cierto, el caso tenía todos los ingredientes para ser llamado a convertirse en una de las páginas más apasionantes de la crónica negra peruana, se dijo Fonseca arrancando la última cuartilla de las fauces de su viejísima Remington Streamliner: estaba involucrado el jardinero, Juan Vilca, a quien todas las pistas conducían como autor —al menos autor material— del asesinato, aunque muchos analistas dudaron desde el primer instante en que se tuvo conocimiento del crimen, de que aquel alfeñique hubiera podido con el corpulento empresario. Las pruebas periciales ya habían sido cuestionadas y la primera investigación policial resultó, a juzgar por la información que iban consignando los periódicos, los programas de radio y televisión —sobre todo el del incisivo Alberto Tealdo—, una calamidad absoluta. Incluso algún policía hambriento se había tomado la libertad de abrir la refrigeradora del empresario ¡y prepararse un sánguche! Pero no sólo era lo lamentable del Proceso, admitió Fonseca poniéndose la chaqueta y acomodándose la corbata después de dejar las cuartillas en manos de Ortiz para salir raudamente a la calle: no, no, también se encontraba involucrada la secretaria del empresario, Eugenia Sessarego, de quien se decía que había sido, hasta aquella nefasta madrugada, su amante.

En una esquina de la avenida Abancay, el Colorado Fonseca esperó impaciente, cansado, un taxi, encendiendo un cigarrillo con la colilla del anterior, dando paseítos aburridos de aquí para allá, mirando a un lado y a otro, consultando su reloj, agitando finalmente la mano cuando vio un carro vacío, vamos a Barranco, maestrito, hasta la segunda cuadra de Balta y de ahí ya le indico. Pero lo que le había despertado cierta inquietud a Fonseca, lo que realmente había aguzado su olfato periodístico era sumar uno más uno: Banchero, según lo que había averiguado hasta el momento, tenía ciertos contactos con empresarios extranjeros, sobre todo en Hamburgo y Sydney, con los que había formado una suerte de alianza —una mafia, decían sin tapujos algunos—, y mientras la comercialización de aceite y harina de pescado la llevaba sin control del Estado, no había problema. Pero cuando el Gobierno de Velasco decidió meter las manos en el asunto, el empresario había empezado a recibir amenazas: aquí nomás, maestro, muchas gracias, y bajó del auto para caminar aquella cuadra solitaria, la cabeza llena de ideas vertiginosas como pájaros, hipótesis disparatadas, porque ¿aquellas amenazas eran realmente de sus socios extranjeros?, pensó algo retóricamente el periodista frente a la puerta de su casa. Martha estaba al teléfono, le hizo un saludito con la mano y él se quitó el saco, fue al minibar, necesitaba un whisky, chola, le dijo dándole un beso cuando por fin ella colgó, venía rendido, y se quitó los zapatos antes de sentarse en el sofá. El Gobierno ya tenía bastante con el asunto de los yugoslavos, ya todo el mundo sabía que Velasco daría dentro de poco alguna de esas noticias cataclísmicas que últimamente caracterizaban al Gobierno y sus bandazos erráticos: destituciones de ministros, pases fulminantes a retiro, tensiones con la Marina y con el contralmirante Ramírez... pero asesinatos no, y menos de ese calibre, gordo, le dijo Marta sentándose a su lado, y él entendió que había estado pensando en voz alta: ¿o él creía que sí? No, la verdad no creía, chola, pero tenía que sacarle el máximo partido al caso, antes de que se le adelantara *Caretas*. Quizá el Flaco Calderón le echara una manito con *Caretas*, fantaseó bebiendo un sorbo de su whisky. Sería cuestión de planteárselo, porque últimamente el Flaco Calderón no movía un dedo si no lo mermeleaban bien mermeleado, y cada vez pedía más. Ya sabía Fonseca que el Flaco estaba detrás de la comisión de yugoslavos que había venido por lo de la nueva ley de comunidades industriales. Y no sería gratis, claro. Algo estaría pensando sacar. Sus apuestas en el hipódromo eran cada vez mayores, sus lujos, sus chantajes a los bancos, carajo, porque lo sabían protegido de Velasco. Tendría que plantearle lo de *Caretas*, claro.

Dos policías en moto van abriendo camino, lanzando destellos azules y rojos, cruzan el puente que conecta el Palacio de Gobierno con el añejo distrito del Rímac y de inmediato los transeúntes que caminan por aquel puente somnoliento y herrumbroso distinguen el Mercedes presidencial con las banderitas blanquirrojas flameando rabiosas, y luego un coche patrulla y luego otro más y después aún otro Mercedes idéntico al primero, las lunas polarizadas, ¿en cuál va Velasco? Nunca se sabe, usa dos, y a veces hasta tres para despistar, ya todo el mundo ha oído que la CIA quiere acabar con él, como hicieron con Allende, igualito que han liquidado a Banchero Rossi, allí, allí, dice uno de los curiosos, y saluda frenéticamente, presidente, presidente, Juan, estamos contigo, pero el Mercedes pasa raudo como un presagio, en unos minutos toma la carretera y los motociclistas van abriendo camino para que el general Velasco llegue pronto a Ancón, el balneario que está a cuarenta y cuatro kilómetros de la ciudad, donde últimamente y a sugerencia de Eleazar Calderón busca refugio los fines de semana, lejos de tanto embrollo, le había confesado al general Carranza apenas terminó de despachar con él y con su jefe de prensa: el discurso que tenía que dar en Moquegua quedaba encargado a Heriberto Guevara, los informes sobre la nueva ley de comunidades industriales, en manos del ministro Martínez del Campo, y aquí, dijo mostrando un papel mecanografiado, los pases a retiro, los ascensos, gruñe gravemente el general, apaga su cigarrillo y en ese momento entra un edecán, mi general, el auto estaba ya listo, salían para Ancón cuando quisieran, ¿no se venía, Benito?, dice Velasco y Calderón sonríe feliz, se adelanta un poco, observa a ambos militares, claro, mi general, se anima a proponer, usted también necesita salir un poco de tanto agobio, pero el primer ministro no se ha dignado ni a mirar al periodista, no se ha alterado un músculo de su cara, no se ha movido un milímetro de su sitio, sólo deja que pasen unos segundos para acentuar su desplante.

No, gracias, Juan, le dice a Velasco insistiendo en no mirar a Calderón, pero él se quedaba en Lima, y Calderón siente que enrojece hasta la raíz de los cabellos.

—Y otra cosa, doctorcito —dice Carranza acomodándose la toalla de felpa blanca bajo el abdomen, envuelto en el vapor del baño turco—. No me gusta nada ese sujeto.

—¿Calderón? ¿Eleazar Calderón? La verdad, mi general —dice el doctor Tamariz caminando despacio por las losetas blancas y escurridizas, apenas distingue entre la bruma ardiente al general, el pecho desnudo y aún firme del general—, debo confesarle que el amigo Calderón se me ha escapado un poco de las manos. Cuando lo llamé para hacerlo cargo del servicio de prensa no pensé que hiciera tan buenas migas con el presidente ni que fuera tan angurriento: quiere meter la mano en todo…

Velasco le da un cachete cariñoso a Carranza, le rezonga amabilidades, Benito, carajo, había que descansar un poco, y se vuelve a Calderón, bueno, Flaco, él ya estaba listo, ¿no? Seguro se había traído su patito de plástico, su baldecito y su lampa, ríe el general: está de buen humor, calibra Carranza, palmeándole la espalda y acompañándolo fuera del despacho, está contento porque por fin se han quitado de encima a una decena de generales que empezaban a tener más pretensiones de las debidas, por fin se habían decidido a cerrar *La Prensa*: el periódico de Beltrán sería clausurado en los próximos días, aprovechando que todo el mundo estaba más pendiente del crimen de Banchero, y sólo *El Comercio* de los poderosos Miró Quesada protestaría firmemente, enfilando sus baterías contra la línea de flotación del Gobierno, pero Velasco no quería pelear con los Miró Quesada, le explicó Carranza a su adjunto, el mayor Alfaro, que aparece en la puerta del despacho, mi general, y le dice que ya tiene el auto listo. Carranza muge que ya va y observa desde la ventana que el presidente alcanza el Mercedes negro. El edecán se apresura a abrir la puerta, ahora entra Calderón, y los policías motorizados dan una vuelta hasta que se abren pesadamente las rejas de Palacio. Entonces el general Carranza enciende un cigarrillo y le dice al mayor Alfaro que estaba listo, que se iban de una vez, lo esperaba el doctorcito Tamariz. Iban a tomar unos baños turcos.

—No sólo es que haya hecho amistad con el presidente —Carranza se frota el pecho, apoya ambas muñecas en las rodillas e inclina la cabeza, como si estuviera terriblemente fatigado y se dedica a sudar—. Es que está creando sus argollitas, y cree que no me doy cuenta. Incluso me lo está enamorando al mayor Alfaro, piensa que así puede llegar a mí, el muy cretino.

—¿En serio? —pregunta el doctor Tamariz, el ceño fruncido.

—Así es, totalmente en serio, mi general —dice Calderón mirando por la ventanilla el paisaje monótono y paupérrimo de la Panamericana Norte, colapsada de camiones que exhalan turbias ventosidades, tiznando todo con su hollín implacable—. Me parece que hay algunos sectores dentro del Ejército que no han visto con buenos ojos el acercamiento del Gobierno a la Unión Soviética y a Yugoslavia.

El general Velasco se removió inquieto, gruñendo maldiciones y mirando de pronto con sus ojos diminutos y aviesos al periodista: ¿estaba seguro, Flaco? Parecía asustado, de pronto otra vez envejecido y temblón, mirando por la ventanilla tintada. Que le creyera, Juan, dice Calderón y por unos instantes contiene el aliento, es la primera vez que tutea al presidente, no sabe cómo va a reaccionar éste, pero transcurre un segundo larguísimo, y otro más y Velasco no parece haber acusado el cambio de trato. Eres un hombre llano, que sabe conectar rápidamente con el pueblo, explica Calderón mientras empiezan a serpentear por una carretera angosta y en el paisaje desértico se van haciendo cada vez más esporádicas las viviendas paupérrimas, las casuchas de paja, los perros famélicos, los niños descalzos que observan el paso de los carros. Pero esa dedicación al pueblo a veces le ofuscaba la atención en el entorno inmediato, ¿entendía? Y él, Calderón, con el debido respeto y con todo el cariño del mundo, Juan, veía cosas. No mala intención, eso de ninguna manera, agrega apresurado, como si Velasco hubiera querido protestar. El periodista sabe que es difícil que el general escuche por tanto tiempo seguido a una persona, que ese momento que está viviendo ahora mismo mientras el Mercedes presidencial surca la carretera polvorienta rumbo al balneario de la clase alta limeña tiene que aprovecharlo. Porque en el Ejército había un gran consenso con respecto a la labor de mi general, nadie ponía en duda su gestión, sus aciertos, su rapidísima capacidad para reaccionar ante los mil escollos que debían sortear en el camino. Pero algunas de sus decisiones habían desconcertado a la gente más cercana al Régimen. Mientras hablaba Calderón, Velasco ha estado mirando ensimismado por la ventanilla, enfrentando con disgusto la pobreza, la miseria en la que vivían tantos y tantos peruanos, y tiene los ojos aguados, enrojecidos: sabe que Calderón dice la verdad, él mismo lo ha notado en algunos generales, él mismo ha percibido, con ese olfato de tigre que tiene, carajo, para estas cosas, que a su llegada siempre le precedía un imperceptible cambio de rumbo en las conversaciones, en la manera acalorada y jovial con que le dirigían la palabra, esa falsa espontaneidad que tanto detestaba en la gente, carajo, hipócritas de mierda, y ese constante poner tropiezos a sus propuestas. Con la Marina del contralmirante Ramí-

rez ya habían tenido un entripado gordo que se resolvió
felizmente, pero a cada momento surgían presiones. El
Coap había sugerido la posibilidad de un acercamiento
con Cuba y con los países de la órbita soviética, y hacía poco él en persona había recibido a Edward Kardlej,
el brazo derecho del mismísimo mariscal Tito, para que
los asesorara en la inminente ley de comunidades industriales que iba a cambiar drásticamente el rumbo de la
economía del país, y aunque era lógico que *El Comercio*
editorializara azuzando contra el socialismo, en el propio
gabinete ministerial hubo quien se opuso al camino que
tomaba el Gobierno.

     —Velasco sabe que hay una firme oposición res-
pecto a este giro hacia la órbita socialista —reflexiona el
general Carranza saliendo del baño de vapor, caminando
ahora hacia las duchas—. Pero no había otro remedio,
¿verdad? Después del asunto de La Brea y Pariñas, lo mejor era no hacerles creer a los gringos que estamos solos,
mejor arrimarnos un poquito al otro lado. Además, los
soviéticos nos compran toda la harina de pescado y nos
venden trigo y tractores baratos, cosa que no hacen los
norteamericanos.

     —Completamente de acuerdo, mi general —dice
el doctor Tamariz, que resulta un enclenque al lado de
Carranza, cogiendo su toalla para que no resbale de su
cuerpo enteco—. Pero lo de entrevistarse con el yugoslavo ese, con Kardlej, ha sido una temeridad. Es darle más
argumentos al enemigo.

     —Y esa reforma de comunidades industriales no
me parece lo mejor para el país, esto no es Yugoslavia
—muge el ministro—. Me gustaría que se encargara de
solucionarme ese asunto, doctorcito. Encárguese de que
los yugoslavos entiendan que la situación en el Perú no
resulta viable para reformas de esa magnitud. Quizá no

sea aconsejable implantar ese modelo aquí…

—Déjelo en mis manos, general. Le aseguro que ya estoy trabajando en ello.

—Vamos a tratar de que a Martínez del Campo no le siente mal que se inmiscuyan en su cartera…

—La cuestión, Juan —dice Calderón cuando al fin divisan las casitas blancas y modernas que crecen en los cerros que bordean el balneario, cuando por fin les llega una bendita tufarada a salitre y yodo—, es que a nuestros empresarios hay que darles todas las seguridades del caso. Has hecho bien en venir a entrevistarte con Lowenstahl y Olaechea: son estupendos vínculos con los grandes grupos financieros del país, y ahora que ya no está Banchero Rossi… en fin, que sin ellos, difícilmente podremos cambiar nada en el Perú. Hay que convencerlos de que la nueva ley de comunidades industriales no representa peligro alguno para el empresariado peruano.

Las motos cruzan en medio de un revuelo de perros que ladran enloquecidos y una tropilla de niños descalzos corre por las calles antiguas de Ancón siguiendo al vehículo presidencial y al segundo Mercedes, idéntico al primero y en el que sólo viaja el edecán y dos capitanes. Llegan por fin al balneario moderno, donde unos altavoces destilan música suave para toda la playa, para ese sector popular donde familias de clase media alquilan coquetos apartamentitos en verano y que está separado por una valla metálica —que se sumerge varios metros mar adentro— de la zona elegante, donde hay edificios que parecen excavados en la roca viva, altos, flamantes, con atracaderos y yates espléndidos meciéndose con dulzura en las aguas esmeraldas del Pacífico. Hacia allí se encaminan el general Velasco y Eleazar Calderón, hacia donde los esperan León Lowenstahl y Jaime Olaechea, vestidos deportivamente, con el cabello completamente blanco y una barriga feliz y prominente el primero; moreno como un turco, alto y con una camiseta azul el segundo. Ambos en pantalones cortos, agitan las manos. Calderón hace las presentaciones y hay efusivas palmadas en la espalda, risas, preguntas, los cuatro hombres caminan por fin hacia una terracita donde charla más gente reunida en torno a una parrilla. El sol cae casi verticalmente y desde el mar les llega el perfume salado, la promesa de una tarde amable y calurosa.

—Por cierto, general Carranza —dice el doctor Tamariz acomodándose los gemelos de la camisa, los calcetines negros, los zapatos ingleses—. No deje de asistir a la recepción que ofrece el embajador cubano este viernes. Creo que va a ser una buena oportunidad para presentarle a quien va a neutralizar al amigo Calderón. Seguro que él irá a la embajada. Además, creo que usted ya lo conoce.

El general Carranza termina de abotonarse despacio la camisa, luego se pone los zapatos con parsimonia y el doctor Tamariz piensa por un momento si acaso no lo ha oído hablar. Pero el ministro mueve finalmente su cabeza bovina, muge que sí, allí estaría entonces.

EL MOZO SE ABRIÓ paso zigzagueando solícito, la bandeja con los bocaditos en la diestra, una servilleta en el antebrazo, y al instante revoloteó en torno suyo una veintena de manos acaloradas y ávidas, hubo algún que otro empujón, los canapés se esfumaron al instante pero ya se acercaba otro mozo con pisco sours, con whisky escocés y ron cubano, caramba, además de cocktails de algarrobina para las señoras, y otras bebidas para los que apenas tomaban o bebían agua mineral y gaseosas, sobre todo algunos militares como el general Ravines, que acaba de llegar, mire, le dijo el doctor Tamariz al hombre gordo y rubicundo luego de descubrirlo en un corro de personas y acercarse a saludarlo, caramba, señor Fonseca, qué gusto volver a verlo, tanto tiempo, y llevárselo un poco aparte, tenían que conversar un día de estos, había varias cosas que le quería plantear… ¿Disponía de unos minutos? Fenomenal, entonces…

La recepción en la embajada cubana había llegado a su cenit y la noche reverberaba con la música de la pequeña orquesta que emprendía entusiastamente el serpenteo de unos ritmos tropicales y alegres que invitaban a bailar. Bajo los toldos verdes dispuestos en el inmenso jardín, algunos invitados buscaban el aire perfumado de la noche para disfrutar sus puros olorosos, para conversar más displicentemente, para mirar a las mujeres envueltas en trajes ceñidos, escotados. Otros formaban una rueda en torno al embajador cubano, vestido con una guayabera blanca, impecable, que contaba anécdotas saludadas por risas y jolgorios; otros más allá se apresuraban a correr a saludar a los generales que iban llegando a la fiesta, *más de doscientos invitados, una verdadera fiesta de sabor tropical*, diría Guido Monteverde en su columna social *Antipasto gagá*, al día siguiente.

El doctor Tamariz, camisa color cielo, alfiler en la corbata de seda cruda, saco de lino, hizo apenas un gesto de tronar los dedos y al instante apareció un mozo al que por favor, tráigame una agua mineral, rogó antes de volver a dirigirse al periodista, a caminar unos pasos por el jardín, hacia donde la piscina lanzaba guiños bajo las luces: así es, mi querido Fonseca, como usted bien sabe, Ravines es uno de los generales de mejor preparación que tiene el Ejército, por eso Velasco le ha renovado una y otra vez su confianza manteniéndolo en Pesquería. Cerca de la piscina, observó Fonseca, conversaban el general Martínez del Campo y el

general Zegarra, el Turco Zegarra, el jefe de Inteligencia del
Ejército, gran colaborador del general Carranza. Mire, allí
está el general Pedro Blacker, dijo señalando al hombre de
gruesos lentes y bigotito que acababa de llegar a la recepción, y ahora el embajador se excusaba ante sus invitados,
iba a su encuentro con los brazos abiertos, se detenía un
momento como para comprobar que el general no era un
espejismo y luego ambos se daban un abrazo, así, *muy cam-
pechano, muy acorde con la estupenda, franca y cordial relación que hay entre los pueblos de Cuba y del Perú, y sobre todo
desde esta nueva época de entendimiento y apoyo mutuo, de
Revolución a Revolución*. El ministro Blacker Hurtado fue
agregado militar en Madrid durante el Gobierno de la Junta y luego continuó siéndolo durante el Gobierno de Belaunde, prosiguió educando, didáctico, sosegado Tamariz,
mientras recibía su agua mineral y Fonseca se servía un
ron, sí, con mucho hielo, ahí estaba bien, gracias. Fonseca
no entendía aquel afán pedagógico del doctor Tamariz, que
continuaba hablando, reseñando con su tono amable. Sin
embargo, el periodista se dejaba instruir mansamente:
Blacker Hurtado es de la promoción Castilla, de 1938, la
misma promoción que el general Ravines, es decir, una
posterior a la del general Velasco y la de los generales Carranza y Antón Del Valle, el jefe de la II Región Militar, ya
sabe, de los que gestaron la… Revolución, el golpe, en fin,
como quiera usted llamarlo, o si prefiere más bien *una verdadera Revolución humanista y solidaria, profundamente social y reivindicativa, como demostraron desde sus primeros
pasos, valientes y decididos*, sobre todo porque la idea de esta
Revolución es la de rescatar un verdadero y hondo sentido
de la peruanidad, dice el doctor Tamariz bebiendo a sorbi-
tos su agua mineral, como si estuviera algo enfermo. Luego
se dirigieron hacia donde Blacker, ¿cómo está, general?,
preguntó Fonseca cuando el doctor Tamariz, cogiéndolo

apenas del brazo, se acercó al ministro del Interior y al embajador cubano e hizo las presentaciones. Un placer verlo de nuevo, Fonseca, dijo distraídamente Blacker buscando con la mirada a un mozo que se acercó casi corriendo, ¿qué toman los señores?, el embajador cubano sonrió y extendió los brazos como abarcándolos en un abrazo generoso, un ron para mí, rogó el general Blacker, venía seco, explicó, y otro para mí también, apuntó Rolando Fonseca dejando en la bandeja su vaso donde quedaban casi intactas dos piedras de hielo. Para mí nada, dijo el doctor Tamariz sacando un pañuelo de hilo que pasó por su calva casi con veneración y mostrando resignado su vaso, seguía con el agua mineral, esta úlcera no me deja en paz, bufó y el embajador contrajo el rostro en una mueca de verdadera aflicción, aquello si que era malo, compañero, él lo había sufrido hacía poco, pero la verdad, para eso nada como un buen mojito, muy suave, con excelente ron cubano, y guiñó un ojo como de galán de telenovela, soltó una risotada y los demás también rieron, bebieron de sus copas, se iban uniendo otros invitados a conversar, a celebrar con verdadero deleite las salidas del almirante Saura, *un marino a quien unen fuertes lazos de amistad y fidelidad con el presidente Velasco*, a escuchar anécdotas de Fidel y de la *estupenda relación que hay entre los dos pueblos, hermanados por una causa noble, una causa que empieza a mostrar el camino hacia el progreso en toda la región*, señor embajador, se agregaron de pronto al corro el general Ravines, *hombre de profundas convicciones morales y uno de los ideólogos de la Revolución, brazo derecho del presidente, el ministro de Pesquería se ha fijado grandes objetivos para el próximo quinquenio* y el general Martínez del Campo, *graduado en West Point y de una gran capacidad de trabajo, considerado también riguroso y estricto en el cumplimiento del deber, como ha demostrado conduciendo hasta el momento la cartera de Industria*, hubo una confusa presentación de nombres, algunos de los invitados eran periodistas que Fonseca saludó con grandes palmadas en la espalda, allí estaban Guillermo Ramsey, Muñoz Gilardi y también Óscar Recalde, vestido con una guayabera muy cubana, junto al delegado sindical Gustavo Meléndez, a quien el doctor Tamariz saludó con una sonrisa y un apretón de manos, cómo estaba Meléndez, bien, doctorcito, muy bien, hizo una especie de reverencia el líder sindical, pero al cabo todos volvieron a escuchar al embajador sin perder una palabra, y alguien aprovechó que éste, sediento, daba un largo trago de su *highball* de ron, para preguntar si era cierto que Fidel vendría para los festejos del próximo aniversario de la Revolución peruana, y de inmediato hubo un silencio que el embajador rompió poniendo el semblante grave, ah, caramba, amigo, eso sólo lo sabe una persona en el mundo: el propio Fidel, dijo y rió, y los demás rieron, y el doctor Tamariz, ya definitivamente alejado del general Blacker, que conversaba con Ravines y Martínez del Campo, hizo un gesto con la cabeza: lástima que el general esté empeñado en trasladar el modelo industrial yugoslavo a nuestro país, dijo afligido y cogió del brazo a Fonseca, como si sólo hubieran hecho una pausa en su paseo, me gustaría presentarle a los otros generales, mi querido Fonseca, enfatizó con una mano muy elegante, a los que conforman el núcleo en torno al presidente Velasco, especialmente al primer ministro, le explicó al fin regresando lentamente a los jardines, hasta donde les llegaba amortiguado el rumor de un bolero, el zumbido de insectos invisibles en la fronda, porque lo cierto es que desde el Coap queremos contar con usted. Sabemos que es buen amigo de Eleazar Calderón, el asesor de prensa del presidente, pero eso en realidad no es lo importante. Tamariz se quedó un momento callado, como sopesando con gravedad sus próximas palabras. Por fin, cuando Fonseca estaba punto de romper aquel enojoso silencio, volvió sus ojillos miopes hacia el periodista y sonrió: Carranza está al tanto de quién es usted, dijo estudiando la expresión alerta del periodista. No sería mala idea que nos viéramos un día de estos para conversar con más calma, pero le adelantaré algo: no queremos que el general Velasco ni su equipo den una idea distante al pueblo, ¿me entiende?, y Fonseca terminó de un trago su copa, no vio a ningún mozo, chasqueó la lengua fastidiado, entiendo, dijo, pero para eso tenían precisamente a Calderón, él era el responsable de prensa del Gobierno. El doctor Tamariz soltó un suspiro breve, se elevó un poco sobre las puntas de los pies y ancló ambas manos en los bolsillos del pantalón: a Fonseca le llegó una vaharada de colonia pertinaz, de matices invernales. Mi estimado amigo, dijo Tamariz con su voz ligeramente resfriada, nos interesa también que alguien no manifiestamente vinculado con el Régimen se moje un poco, ¿entiende?, y además sabemos que usted se ha hecho estupendamente cargo de *Semana* desde el infortunado desencuentro con Argüelles y su reportaje tan insidiosamente titulado. Digamos que la mía no es una propuesta del Gobierno, sino del Coap, ¿entendía el matiz, verdad? Bueno, queremos una crónica más bien acerca del perfil personal de algunos generales, no sé, algo no tan frívolo como lo de ese Guido Monteverde, claro, pero a la vez accesible y ameno, ¿comprendía? Algo acerca de *la simpatía y cordialidad que derrochó el presidente durante su visita a la cooperativa Malca, cuando se acercó a dialogar con un grupo de campesinos*, algo acerca de cómo son estos nuevos militares que manejan los hilos del país. Naturalmente, mi querido Fonseca, no sólo estarían dispuestos a recompensar su esfuerzo y pagar generosamente sus crónicas, sino que, como le digo, me gustaría comentarle algunos otros proyectos sobre los que podríamos conversar distendidamente un día de estos, ¿de acuerdo?, dijo el doctor Tamariz palmeándole el brazo con inusitada confianza, además le quería presentar al general Carranza, mire, ya llegó, y al mayor Montesinos, le encantará conocerlos. ¡Ah! ¿Ya conocía al mayor Montesinos? Entonces mejor que mejor. Bueno, se tenía que ir, no acostumbraba a trasnochar, se excusó finalmente estrechándole una mano, encantado de volver a verlo y Fonseca sintió en la palma la textura de una tarjeta. ¿Por qué no se pasaba el viernes a visitarlo? Antes de que Tamariz se marchara, Fonseca lo cogió un poco precipitadamente por un hombro: Él también quería proponerle algo, murmuró mirando apenado su copa vacía, se trataba de *Caretas*. Tamariz enarcó una ceja y se volvió casi afectuosamente hacia el periodista. Si el doctor Tamariz lo ayudaba, dijo al fin el Colorado, podía contar con él de manera incondicional…

—¿Tú conocías de antes a Tamariz, verdad? —dice el mayor Alfaro acomodándose frente a la mesa de paño verde, después de saludar a los demás jugadores.

—Esa fue la primera vez que hablé largo y tendido con él —dice el Colorado Fonseca frotándose las manos con entusiasmo, creía que esta noche iba a desplumar a todos, rió, estaba en racha.

ELEAZAR CALDERÓN SACÓ una pitillera de plata que destelló momentáneamente bajo la luz de las arañas, se llevó un cigarrillo a los labios, ofreció el tabaco a los dos hombres de traje, eran cigarrillos egipcios, de excelente calidad, sonrió y ellos parecieron vacilar, Lowenstahl dijo que no fumaba, Olaechea aceptó el cigarrillo, gracias, y bebieron los tres un trago de whisky, salud, dijeron aún sonriendo. La verdad, el amigo Calderón les daba estupendas noticias, después de todo a ellos les interesaba mucho estar de buenas con el Gobierno, para qué falsear la realidad, dijo Lowenstahl con su acento ligeramente centroeuropeo. El *maître* del Aquarium se les acercó, ¿los señores ya habían decidido o preferían tomarse un tiempo más?, él particularmente les recomendaba la langosta thermidor, pero el jefe de prensa de Velasco dijo que ahora mismo decidirían, más bien se tomarían otra ronda de whisky antes y puso un dedo en el cristal de su vaso donde se deshacía el hielo, les provocaba otro whisquicito, ¿no?, y ellos por supuesto, otra ronda, por qué no, era aún un poco temprano para cenar.

Los había citado allí porque se comía excelentemente bien, y además entre semana era bastante tranquilo, le explicó a Olaechea hacía dos tardes al llamarlo a su oficina. En realidad, Calderón simplemente quería celebrar el entusiasmo que el general Velasco había mostrado al conocerlos, mi querido Olaechea, estrechó efusivamente la mano del empresario cuando lo vio llegar al restaurante, que le creyera si le decía que se sentía realmente contento, mi estimado Lowenstahl, le dio unas palmadas en la recia espalda, cuando este por fin se sentó a la mesa, y quería celebrar con ellos ese gran paso de acercamiento entre el Gobierno y los representantes de la industria peruana, gorjeó finalmente llamando al mozo para pedir una ronda de whisky. Hombre, representantes, lo que se dice representantes, sonrió meneando la cabeza canosa Lowenstahl... Bueno, tanto daba, dijo Calderón restándole importancia a las objeciones del empresario, aunque no lo fueran de manera oficial, la cuestión es que ellos dos eran idóneos representantes del nuevo empresariado peruano, y enfatizó su frase con un dedo largo que movió frente a ellos, precisamente el tipo de hombre de negocios que tanto necesitaba el Gobierno Revolucionario en estas decisivas horas, concluyó Eleazar Calderón e hizo el amago de levantar nuevamente su vaso de whisky una vez que el *maître* se hubo retirado.

Consultaron un momento la carta y por fin decidieron lo que tomarían, la corvina era estupenda aquí y las brochetas de lomo no tenían parangón, que le creyeran, carne finísima. ¿No estaban en veda?, sonrió gatunamente Olaechea y Calderón soltó la carcajada, aquella era una medida temporal del Gobierno para acabar con los especuladores, ellos como empresarios debían sufrirla también, ¿no?, pero en un restaurante así no había posibilidad de veda, ¿no es cierto, señor Ponce?, dijo dirigiéndose afablemente al *maître* que se desmenuzó en sonrisas y ligeras venias, y sobre todo gracias a sus gestiones, don Eleazar, no sabía cómo agradecérselo, abrió los brazos el *maître*, incapaz de encontrar las palabras, abrumado, realmente agradecido, volvió a inclinar la cabeza. ¿Cómo agradecerle? Por lo pronto que siguiera ofreciéndoles la excelente comida que hacían aquí, mire, ya vamos a pedir y les hizo un guiño a Olaechea y Lowenstahl, que levantaron sus copas, bebieron.

Mientras esperaban los platos Calderón insistió en brindar: que le creyeran, dijo con sus ojos de colegial brillando de entusiasmo, él nunca había visto a Juan tan convencido de que la Revolución iría por buen camino si contaba con gente como ellos, por supuesto, y Lowenstahl y Olaechea se miraron, parecieron vacilar, hubo un momento brevísimo como de desconcierto que el asesor del presidente no se encargó de zanjar, mirándolos más bien como al acecho o a la espera de sus palabras, fumando con placidez. Al fin Olaechea carraspeó, bebió un largo sorbo de whisky y esperó a que un mozo sirviera los platos humeantes, a que el sumiller dispusiera el vino elegido —un Chateau Cheval Blanc del sesenta y nueve para acompañar la corvina, ¿les parece?—, y a que ambos se retiraran finalmente para decir que bueno, era fenomenal que el presidente creyera en ellos, que habían tenido tantas dificultades con el Gobierno de Belaunde, pero que ahora sólo faltaba ver si, cómo decirlo, ellos podían contar de la misma manera con el Gobierno, con Velasco. Lowenstahl se limitó a afirmar con la cabeza mientras servía un poco de vino en su copa, atento a las reacciones del asesor presidencial.

Calderón distendió el rostro en una sonrisa comprensiva, trinchó un pedacito de corvina que había cortado, se lo llevó a la boca y masticó sin prisas, golosamente: por supuesto, él entendía las reticencias que ellos pudieran tener con un gobierno de estas características, pausó sus palabras con un sorbo de vino, suspiró de placer, miró su copa maravillado: y máxime en las condiciones en que se había asumido el poder, claro, pero debían creerle, agregó: Juan era el primer interesado en que por fin se reactivase la industria y la empresa peruana. El duro revés que ha supuesto la muerte de Banchero Rossi no nos supone cruzarnos de brazos y olvidar al resto de empresarios nacionales. Hizo una nueva pausa y luego se inclinó hacia ellos buscando un tono más confidencial. Escuchen, les susurró mirando teatralmente a los costados, en realidad el gabinete dependía más de Velasco que de sí mismo. Y el mensaje presidencial había sido claro: incentivar la producción y la manufactura peruana. Incentivar la industria. En breve estará lista una serie de dispositivos legales: se gravarán mucho más drásticamente las importaciones no de materias primas pero sí de productos manufacturados. Lowenstahl bebió un largo sorbo de vino, apoyó sus cubiertos en el borde del plato y entrelazó los dedos frente a su rostro, esa era una magnífica noticia, señor Calderón, pero a ellos había llegado el rumor de que se estaba preparando una nueva ley de comunidades industriales, que se implantaría un modelo socialista tipo cooperativa. Y eso sería catastrófico. El Gobierno debería entender que haya cierta desconfianza entre los empresarios y la verdad, era algo que querían conversar con él. Ya sabían muy bien que el señor Calderón había venido en calidad de amigo, y se lo agradecían enormemente; de hecho, no olvidaban que de él había partido la iniciativa para que se diera el encuentro con el presidente y para esta comida absolutamente informal, eso lo tenían claro. Podía no parecer cierto, interrumpió el asesor presidencial meciendo un concho de vino que había en su copa antes de beberlo, pero a él le movía el entusiasmo de pensar que el Perú podría despegar por fin y colocarse a la vuelta de unos años en posición de cabeza respecto a los demás países latinoamericanos. No les iba a ocultar que él también, a su manera, era un hombre de negocios, ellos lo entendían, ¿verdad? No tenía por qué ser incompatible ser patriota y hombre de negocios, empresario, industrial o, digámoslo así, gestor, como era su caso, ¿verdad? Ellos mismos eran la mejor prueba de lo que decía, y Lowenstahl ofreció las palmas candorosas de sus manos grandes y huesudas, pero por supuesto, amigo Eleazar, ¿se podían tutear, cierto? Faltaría más, dijo Eleazar Calderón e hizo chasquear los dedos, que les trajeran una botella de champán, por favor, iban a hacer un brindis por la patria.

Olaechea se llevó la servilleta a los labios, buscó con la mirada al mozo, ¿ellos querían café? Sí, dijeron, entonces que se trajera cafés y luego el champán, por favor, exigió Calderón y luego se volvió a Lowenstahl, mirándolo directo a los ojos, como si calibrara la magnitud de lo que iba a confesar. Encendió un cigarrillo y fumó con cierta vehemencia, mira, León, se animó a decir al fin, para qué vamos a engañarnos, ese modelo autogestionario de corte yugoslavo será casi seguro que se implante en breve. Dejó que sus palabras flotaran en el ambiente y observó el rostro demudado de Olaechea, la dos arrugas que excavaron de pronto la frente de Lowenstahl. En realidad, Calderón había venido por eso, para avisarles lo que iba a ocurrir. Jaime, León: ya le había dado mil vueltas al asunto, de veras, y creía que dicha reforma se produciría de un momento a otro, y seguramente dañaría a las empresas que no estuvieran preparadas para afrontar el cambio, pero no a aquellas que supieran encarar el asunto con pragmatismo. Era cuestión de saber mover ciertos hilos, y que le creyeran: él sabía cuáles y con quiénes moverlos. Como seguramente sabrían, Velasco iba a cambiar de arriba a abajo el gabinete nuevamente, y ellos debían aprovechar esos cambios. De hacer bien las cosas, aquel modelo autogestionario terminaría por beneficiarlos, eso era seguro. Por lo pronto, tendrían que tratar de neutralizar al ministro de Industria, el general Martínez del Campo. Y él sabía cómo hacerlo. Naturalmente eso implicaba una pequeña inversión por parte de ellos, para gestiones, pequeños gastos, en fin, se repantigó en su silla Calderón, movió la mano como espantando un mal olor: de cifras podían hablar en otro momento, e hizo un mohín displicente, como si a él mismo le molestara hablar de dinero. Lowenstahl asintió en silencio, severamente, Olaechea se concentró en su café, que engulló de un sorbo. En ese momento se acercó el *maître* con la botella del mejor champán que tenían en su bodega, don Eleazar, un Lafaurie-Peyraguey del 68, amariconó la voz el *maître* Ponce mostrando la botella como si fuera un bebé primorosamente envuelto en su sábana: el mejor champán y, por supuesto, era cortesía de la casa.

—Hay que tener cuidado con Calderón —aconsejó el doctor Tamariz retocando el nudo de la corbata y pasando luego un fino dedo por el borde sus naipes—. Cada vez está más cerca de Velasco.

—Sí —dice el mayor Alfaro cambiando una, no, dos cartas mejor—. El general Carranza no lo puede ver ni en pintura.

—Ya somos dos —se avinagró Montesinos—. *Full* de reyes, señores.

EL MINISTRO MARTÍNEZ del Campo saludó en un inglés sin fisuras a los técnicos yugoslavos, les explicó que desayunarían juntos porque luego la jornada de trabajo sería larga y extenuante, pero ellos apenas le entendieron, vamos a tener que usar al intérprete nomás, doctorcito, se entristeció el general antes de llamar al marino que hasta ese momento ha traducido para ellos y que observaba todo discretamente alejado del grupo. Tienen un día largo, lleno de consultas, y el ministro quiere saber lo antes posible cuáles son los mecanismos de ese modelo autogestionario, cómo ha funcionado en Yugoslavia, ya tiene alguna información que le ha conseguido su cuñado, el empresario Pepe Quesada, pero todavía alberga algunas dudas el ministro y quiere ir con pies de plomo en un asunto tan decisivo para la economía peruana, pero sobre todo el ministro quiere saber las ventajas que obtendrá él personalmente por lograr que el Consejo de Gobierno acepte o deniegue una reforma de tamaña envergadura. Una vez que tomaron asiento a una mesa de la cafetería, el general Martínez del Campo miró a los técnicos: Drasic, alto, desgarbado y de pelo pajizo, devorando varios panes con salchicha, mientras que Pantic, más bajo, ligeramente fondón pese a su juventud, apenas si tomaba unos sorbos desganados de café con leche.

El general Martínez del Campo decidió que debía acercarse a Drasic, sabe que él está mejor dispuesto que

Pantic a escucharlo, no únicamente porque maneja algunas frases en castellano sino porque parece más asequible, menos seco que el otro. Pero no sólo por eso, pues sabe que Goran Pantic está conmocionado aún por el robo que sufrió en su propia habitación del hotel, nada más llegar a Lima; apenas estará en forma para discutir, le confió el doctor Tamariz, él en persona se encargó de todo ese lamentable *affaire* desde que los yugoslavos lo llamaron temblando esa misma madrugada, hace un par de días. Por eso habían pospuesto la cita con el ministro Martínez del Campo. El asunto no ha trascendido porque en la habitación de Pantic había una fulana, meneó con disgusto la cabeza el doctor Tamariz y el ministro de Industria compuso un gesto de asombro, de fastidio, cómo era posible, y se acomodó mejor en el asiento del carro oficial mientras viajaban juntos al Sheraton, donde se alojan los técnicos yugoslavos.

En realidad, ellos no eran con quienes había que discutir de los asuntos importantes, le puso al tanto el doctor Tamariz la otra noche mientras tomaban un whisky en el Skyroom del Hotel Crillón. Ya Martínez del Campo estaba al corriente de que el doctor Tamariz, por recomendación expresa del primer ministro, el general Benito Carranza, se había puesto en contacto con la comitiva yugoslava. En representación del Coap, en realidad. Por eso Martínez del Campo quiso protestar ante lo que consideraba una injerencia en su área de trabajo, general Carranza, deseaba hablar directamente con el presidente, le dijo severamente por teléfono, pero el primer ministro baló apesadumbrado, general, me temo que eso es imposible porque la orden parte del propio Velasco, el doctor Tamariz informa y usted luego actúa. ¿Así son las cosas? Así son las cosas, sí, señor. Martínez del Campo colgó sin decir una palabra más y al cabo de un segundo marcó furioso otro número, ¿doctor Tamariz?, le habla el ministro de Industria. ¿Quedaban a tomar un trago esta noche para conversar sobre el asunto de los yugoslavos?, trabucó sin preámbulos una vez que el doctor Tamariz se puso al aparato. No faltaba más, mi general, había dicho este con una voz llena de alivio y buena predisposición: si tenía que serle sincero, general, había pensado llamarlo él mismo para explicarle la difícil situación en que el Gobierno lo colocaba frente a este asunto. La intención del doctor Tamariz no era, ni remotamente, interferir en la labor del ministro de Industria, él ya lo sabía de sobra, pero en este caso las órdenes del presidente resultaban ineludibles. El Coap se encargaba del primer acercamiento, se lamentó el doctor, y antes de que el ministro dijera una palabra agregó que él estaba dispuesto a echarle una mano en todo lo que estuviera a su alcance, igual que hizo con Meléndez y los sindicalistas, por supuesto, y de una manera muy particular y confidencial, además. De manera que se presentó puntual en el bar del Hotel Crillón, elegante, oloroso a *musk*, con un pañuelo de seda pura asomando la punta desde el bolsillo de su finísimo saco de casimir. El ministro Martínez del Campo lo vio detenerse en la puerta y buscarlo con la mirada. Cuando por fin lo localizó, su rostro de ave se distendió en una sonrisa correctísima, general, es un placer volver a verlo, dijo con acento ligeramente resfriado y le extendió una mano casi incorpórea, de uñas bien cuidadas y sí, él también bebería un whisky, le explicó al mozo que se acercó al momento.

Ahora, mientras los yugoslavos terminaban de desayunar en silencio y Martínez del Campo esperaba impaciente, tuvo que admitir que como aliado Tamariz era estupendo. Ya lo había ayudado con los sindicalistas, era cierto, y todo lo había hecho con mucha discreción, como en este caso: hace un momento, cuando se enteró del incidente de Pantic en su hotel, el ministro de Industria supo que el doctor era su hombre. Ni siquiera se había molestado en fingir —más allá de una prudencia protocolar y razonable— que el *affaire* de Pantic, como el propio Tamariz se empeñaba en llamarlo, no había sido del todo fortuito.

La otra noche en el Crillón, mientras bebía sorbos minúsculos de su whisky, como si estuviera administrándose un medicamento, el doctor Tamariz fue rápidamente al grano, mi general, porque era indudable que el Gobierno yugoslavo tenía un gran interés en que su modelo de comunidades industriales se aplicase bajo su propia asesoría. El ministro Martínez del Campo ya estaría al tanto de la inminente firma del convenio pesquero con Belgrado, ¿verdad?, dijo limpiándose la boca delicadamente. El general sonrió, claro que sí, dijo vaciando su segundo whisky de un trago antes de hacer cascabelear el vaso en el aire exigiendo a un mozo que se lo llenara, oiga. La cuestión, dijo Tamariz mientras observaba el rostro cejijunto del ministro, es que el empresariado peruano no será fácil de convencer a menos que los técnicos yugoslavos presenten un informe impecable, un informe, digamos, bastante cercano a sus propios intereses. Ellos sabrán recompensar nuestros esfuerzos. Quiero decir, su esfuerzo como ministro de Industria. Y le aseguro que vamos a conseguirlo. Tiene usted mi palabra, general. Naturalmente, yo quedo al margen, le había dicho.

Pantic miró su reloj y luego a Drasic, que encendía un cigarrillo, le dijo algo en tono seco y este último se encogió de hombros con mala gana, bebió un sorbo de su café, dejo un trocito de pan en el plato. Flotaba una chispa de tensión entre los eslavos, advirtió el ministro, la situación vivida les había puesto en una tesitura bastante difícil. ¿Se iban ya a trabajar?, preguntaron en su lengua, el marino tradujo rápidamente y el ministro Martínez del Campo se apresuró a apagar su cigarrillo, claro que sí, pero antes quería hablar con ellos y dejar claras algunas cosas, carraspeó con una voz súbitamente oscurecida que detuvo el movimiento de los técnicos europeos al levantarse de la mesa. Luego miró al doctor Tamariz y después el rostro imperturbable del marino traduciendo sus palabras a aquella lengua escarpada y llena de consonantes.

—Bonita comisión se quiere llevar Martínez del Campo —dijo el doctor Tamariz decepcionándose con las cartas que le habían tocado, bebiendo un sorbito de oporto—. Pero olvida que la avaricia rompe el saco.

—Y lo mismo el Flaco Calderón —Montesinos resopló, acauteló sus cartas, mirando a los demás—. La otra noche estuvo comiendo con dos empresarios: Lowenstahl y Olaechea. Me lo sopló el *maître* del Country hace poquito nomás. Buena gente el Cholo Ponce. Y tampoco lo traga al Flaco: parece que los exprime bien.

ENRIQUE ZÁRATE VIO aparecer en el espejo retrovisor de su auto el hocico oscuro de aquel Dodge Dart que zigzagueaba en el tráfico vespertino intentando inocentemente ocultarse entre los demás carros. El periodista movió apenas el espejo para enfocar mejor a sus perseguidores —¿hace cuánto que te sigue, Enrique?— y pensó con mucha, mucha calma hacia dónde podría dirigirse. Fue una animalada haber aceptado la invitación al cocktail de la embajada de Costa Rica, caray. Aunque hubieran pasado ya tres semanas desde que llegaran los milicos con la orden de clausura de la revista, y hasta ese momento no lo hubiesen seguido ni intentado arrestar, él ya sabía, era un hecho, que más tarde o más temprano iban a hacer acto de presencia. «Al Gobierno de Velasco de vez en cuando le gusta jugar al gato y al ratón», le había dicho Ramón

Osma la otra noche, mientras se tomaban un whisky en su casona del centro de Lima. Y luego de despedirse de Osma, Zárate, alto y rubio, más bien atlético, se encontró de pronto caminando encorvado entre la multitud del Jirón de la Unión, mirando furtivamente aquí y allá. Tuvo que contener una risotada y siguió su camino, esta vez sin agazapar su metro ochenta y tantos entre el gentío más bien moreno y bajito. Si venían por él, que lo encontraran nomás, qué diablos.

Pero ya habían pasado tres semanas y los días empezaban a agobiarlo, obligándolo a mirar una y otra vez a sus espaldas, a atisbar por los visillos de la ventana cada vez que oía el frenazo de un carro, voces emergiendo desde el pozo sin fondo de la noche, tipos de lentes oscuros que caminan detrás de él. Así hasta que la mañana del domingo pasado entendió que llevaba casi siete días sin salir de casa. Debía reconocer, también, que sin el periodismo vivía mustio, desasosegado, incapaz de atender nada. Quizá por eso aceptó la invitación al cocktail en la embajada de Costa Rica. No era, después de todo, la primera vez que el Gobierno Militar clausuraba su revista. Decían que a Velasco no le había gustado nadita la crónica sobre el modelo autogestionario yugoslavo, y menos aún el reportaje sobre la visita de los técnicos eslavos al Perú. Decían que había puesto el grito en el cielo, en realidad.

¿Nuevamente clausurada?, preguntó con una sonrisa apática, sin dejar de revisar sus papeles, cuando apareció aquel comisario en su despacho. Llevaba un traje cruzado, tenía los dedos amarillentos de nicotina, un pitillo en sus labios de zambo y una expresión indiferente y oscura, sí, señor, mejor le dice a su personal que desaloje el inmueble.

«El inmueble», pensó Zárate acomodando pulcramente unas cuartillas que acababa de terminar de redactar sobre el nuevo cataclismo ministerial. Varios generales pasaban a retiro y los cambios parecían realmente profundos. «El inmueble», y tembló un poco mirando de reojo al comisario, como si *Caretas* fuera una oficina inmobiliaria, una agencia de viajes, un despacho notarial, carajo, una pulpería, una chingana de tres al cuarto, ya está, se le subió la mostaza a Zárate, qué carajo, y no la única publicación que hasta ahora le ha parado los machos a la prepotencia y al abuso del Gobierno y que está defendiendo lo mínimo que queda de decencia en este país. En este inmueble hay tipos que se la juegan para defender el derecho que tenemos a estar informados de verdad, precisamente para que a gente como el comisario no le llegue el momento de que también los atropellen, los hundan, los boten del país. Recién entonces lo advirtió: no habías estado pensando, Enrique, sino que todo lo habías soltado en voz alta, que Muñoz y el gordo Pasalaqua lo miraban pálidos en el despacho de redacción, atisbando apenas detrás de sus máquinas de escribir, quietos como estatuas, igual que el comisario, que parpadeaba perplejo, encarnado, incapaz de creer lo que estaba escuchando.

«Aquella vez la cagaste, Enrique», se dijo riendo bajito, como divertido de su calentón, ya cuando llegaba a un semáforo justo antes de alcanzar Libertadores. Lo cierto es que esa tarde el comisario apagó el pucho en tu cenicero sin dejar de mirarte a los ojos, ya los policías habían entrado cuando ladró que desalojaran en el acto, y levantó un índice furibundo que puso frente a tus ojos. No se las juegue, señor Zárate, no se las juegue más con el Gobierno y agradezca que estoy de buen humor, porque por menos de lo que ha dicho lo meto adentro a usted y a todos sus periodistas para siempre: se fue calentando el comisario, pero Zárate no se inmutó, que nos echen pues, y tiró de un manotazo los papeles que acaba de mecanografiar, cayó también el cenicero de cristal haciéndose añicos: fue como si aquel estropicio más bien doméstico activara la agilidad de los policías, que hasta ese momento permanecían como expectantes: ya, carajo, afuera todo el mundo, los cinco periodistas que contemplaban la escena apenas si tuvieron tiempo de coger las casacas, las chamarras, las bufandas…

Zárate salió como un zombi, sin mirar atrás, sin escuchar las voces del gordo Pasalaqua ni las de los otros periodistas, vayan nomás, muchachos, antes de que esto se ponga peor, les dijo ya en la calle, con un aspecto de funeral. Caminó hasta la playa de estacionamiento cercana, se metió en el carro y condujo sin saber muy bien hacia dónde. Apareció en casa de Yayo Múgica, quien al abrir la puerta y ver el rostro de su amigo sólo preguntó: «¿Otra vez?». Otra vez, dijo Zárate con una voz que apenas se oía, las manos en los bolsillos de la cazadora de gamuza, necesitaba urgentemente un trago, cholo, dijo y Múgica que pasara, claro que sí, y miró a un lado y a otro de la solitaria calle sanisidrina.

Pero no, no lo habían seguido ni aquel día ni los siguientes, pese a que las dos o tres primeras noches tuvo la prudencia de dormir en casa de amigos, de familiares desconcertados donde sin embargo apenas podía conciliar el sueño. Salvo *El Comercio*, casi nadie se había hecho eco de la noticia, *Caretas*, cerrada nuevamente. Así, viviendo casi a contrarreloj transcurrieron dos semanas, dedicado a leer pero sin enterarse de mucho, espiando de vez en cuando el teléfono mudo, como si fuera él el espiado, a veces incluso levantando la bocina para cerciorarse de que hubiera línea, atentísimo a cualquier ruido de auto en la calle, atisbando por la ventana, con las cortinas semicerradas… mal asunto vivir así, Enrique, siempre a la espera, sabiendo perfectamente cómo funcionaban las deportaciones, extrañado, mientras navegaba en su insomnio, de que aún no hubieran aparecido, de que aún ni los pasos, los gritos, la patada en la puerta. Estaban jugando contigo, estaba clarísimo, Enrique. Dos veces despertó en la madrugada escuchando que tiraban abajo la puerta y dos veces tuvo que convencerse de que sólo había sido un mal sueño. Que se marchara del país por un tiempo, le dijo Yayo Múgica, que se fuera hasta que las cosas se calmaran, le sugirió Rolando Fonseca, entre todos lo intentaron convencer, pero les dijo y se dijo que no, que él no se iba de su país, allí se quedaba. Esperando, Enrique, esperando no sabías qué y tampoco cuándo.

Por eso no le extrañó, y casi fue un alivio —cuando decidió acudir a la recepción que ofrecía la embajada de Costa Rica— ver aquel auto de la policía siguiéndolo. Miró su reloj y comprendió que era pronto para acudir a la recepción, que en realidad había salido distraído, a dar una vuelta por ahí hasta que fuera la hora. Se detuvo en un semáforo al llegar a Pezet, después de una interminable vuelta al Golf, siempre con el Dodge Dart detrás de sí. ¿A qué esperaban?, estuvo dos veces a punto de frenar en seco, bajar y entregarse. Pero luego lo pensó mejor —o quizá no lo pensaste, Enrique, y simplemente te salió del forro de los cojones— y aceleró con tal brusquedad que las llantas aullaron como en las películas y él soltó una carcajada divertida sin poder evitarlo, apretó el timón con fuerza, sorteó dos autos que esperaban tranquilos el cambio del semáforo y obligó así al Dodge Dart a partir detrás de él, entre bocinazos alarmados, también a toda mecha, Enrique. Ni en sueños se lo esperaban, carajo. Todavía les hiciste cruzar dos calles más, meterse por una vía solitaria, casi treparse a la vereda, sortear un árbol y desembocar en Baltasar La Torre casi sin darse cuenta, antes de que frenaras bruscamente, Enrique, justo a las puertas mismas de la embajada. Cuando los tiras bajaron a la carrera y a gritos le dijeron que estaba detenido, encañonándolo aún nerviosos, Zárate, ya fuera de su auto, alzó los brazos con tranquilidad, los ojos brillándole con picardía. Luego, lentamente, se volvió para mirar hacia la treintena larga de periodistas, diplomáticos, militares, funcionarios e invitados que contemplaban la escena lívidos, silenciosos.

IV

Rolando Fonseca mordisquea un palito de fósforo, parece aburrido en un rincón de aquel despacho increíblemente austero, donde apenas hay unas cuantas sillas y al fondo un escritorio grande, lleno de papeles junto a un teléfono negro. Sobre esa pared, un óleo del héroe Bolognesi, en actitud combativa, y Fonseca se abstrae viendo aquel cuadro, apenas escucha el murmullo de la veintena de personas que han sido citadas por el general Velasco para un desayuno de trabajo, en realidad, más que una invitación, aquello era una orden, le dijo jovialmente Eleazar Calderón cuando Fonseca explicó —sólo por sondear la reacción del Flaco— que no podía, que él se iba de viaje ese fin de semana, iba a Matucana con Marta y unos amigos, pero ni modo, Colorado, cacareó alegremente el jefe del prensa del presidente al otro lado del hilo telefónico, Velasco quiere que estés aquí el sábado a las nueve de la mañana y aquí tienes que estar el sábado a las nueve en punto de la mañana. Que se alegrara, hombre, que los que iban a venir eran los escogidos, los civiles predilectos, los que estarán en el frente mismo de esta nueva etapa de la Revolución, le había dicho para animarlo.

Somnoliento, vagamente mortificado, Fonseca se dedicó a estudiar los rostros de los elegidos que, como él, habían sido encaminados sin muchos miramientos hasta un salón pequeño cerca al que habitualmente se usaba para las ruedas de prensa. Allí, un edecán un poco altanero apareció al cabo de un momento, por aquí, por favor, les dijo sin detenerse ni siquiera a mirarlos y ellos lo siguieron en silencio, con una docilidad ovina, por el pasillo de alfombras rojas que conducía al Gran Hall, hasta unas escaleras, y luego a otro salón contiguo al que usa el gabinete para reunirse y finalmente a aquel despacho de piso de parqué y araña enorme, con unas sillas apoyadas contra la pared que quedaban muy lejos del escritorio finisecular y robusto, y que nadie se atrevió a utilizar hasta que escucharon ruidos, voces: se pusieron tensos mirando hacia la puerta cuando apareció el general Velasco, el primer ministro Carranza, Calderón y el doctor Tamariz, conversando animadamente, como si hasta ese momento ninguno de ellos se hubiera percatado de su presencia. Finalmente Velasco se sentó y fue flanqueado por el general y los dos civiles.

Fonseca divisó, pequeñito, anticuado, con sus cabellos blanquísimos, a Federico Rázuri, uno de sus profesores cuando estudiaba periodismo, conversando con Óscar Recalde, grande como un oso, de inmensas carcajadas atronadoras y bajo cuya apariencia de ogro bueno habitaba un guerrillero feroz, al menos así decían, que había peleado con Hugo Blanco en La Concepción, que había sido adiestrado en La Habana y en Moscú, decían, que mató con sus propias manos a dos cachacos en la selva, decían, aunque nada de esto se hubiera podido confirmar, Recalde era muy esquivo al respecto, sabedor de su leyenda. Fue uno de los primeros encarcelados cuando el golpe de Velasco y al salir de la cárcel, a los pocos meses, ya tenía un puesto como asesor de un ministro: «Entramos a la cárcel como comunistas y salimos de ella como comunistas», fue lo único que dijo, martilleando el cielo con un puño combativo, cuando los periodistas le preguntaron por aquel cambio súbito de actitud. Hoy era uno de los más fervorosos defensores de la Revolución.

Velasco carraspeó un poco, envaró su porte, buenos días, señores, ladró al fin e hizo una pausa para mirarlos a todos y cada uno de ellos, agradecía mucho que hubieran aceptado la invitación a este desayuno de trabajo, de camaradería más bien, como seguramente les gustará decir, algunos de los presentes y todos soltaron la carcajada, pues además de Recalde había otros viejos militantes de la izquierda nacional, advirtió Fonseca, conocidos suyos, algunos como Ibarra o Jáuregui, a quienes no veía hacía años, y otros periodistas; líderes sindicales, profesores universitarios e intelectuales de izquierda sobre todo, que habían mantenido una indignada postura frente al golpe, como el sindicalista Gustavo Meléndez, o el sociólogo Heriberto Guevara y el periodista Lauro Bossio, y que Velasco había querido tener a su lado. Al ver que el presidente encendía un cigarrillo, algunos se apresuraron a hacer lo propio, entre ellos Fonseca, que aún estaba caliente por el madrugón. Estuvo trabajando hasta bien entrada la noche en el caso Banchero, quería terminar aquella crónica sobre el asesinato del magnate de la pesca, que desde que apareció muerto en su casa de campo había ocupado portada tras portada de la prensa nacional. No quería Fonseca que se le adelantaran, porque el semanario a duras penas había resistido la competencia. Pero lo cierto era que desde que Fonseca asumiera la dirección, el asesinato de Banchero hacía vivir a la revista prácticamente de sus crónicas y derivados: entrevistas, investigaciones, infidencias policiales... Más aún, porque aprovechó el río revuelto de las recientes clausuras de algunos medios como *Caretas* y *Oiga*… en fin, pensó Fonseca, ya estaba allí, y volvió a concentrarse en las palabras algo solemnes del general presidente, del llamado y la invocación al espíritu patrio de los presentes, pues a nadie se le ocultaba que el gabinete ministerial había sufrido drásticas modificaciones, pese a que se conservaba la unidad monolítica del Ejército y los generales que habían pasado a situación de retiro, así como los ministros que habían sido reemplazados, seguían siendo fieles al Proceso. Bueno, admitió rudamente Velasco, él entendía que desde la perspectiva de los civiles aquellos cambios del gabinete pudieran parecer una catástrofe, un cataclismo que resquebrajaría la unidad de cualquier gobierno hasta hacer peligrar su viabilidad, pero en este caso no era así: en el Ejército todos estamos al servicio de una causa, aleccionó encendiendo un nuevo cigarrillo casi inmediatamente después de apagar el primero, todos son necesarios pero no indispensables, de manera que estos cambios en la cúpula del poder son tomados con absoluta naturalidad por los miembros de la institución. ¿Y los aviadores?, ¿y los marineros?, pensó Fonseca cuando le vinieron a la cabeza los rumores acerca de que unos meses atrás el contralmirante Ramírez hubo sacado a la flota en protesta por el trato que le habían dado al almirante Garrido a raíz de unas declaraciones suyas. No había trascendido a la prensa, pero era un secreto a voces. En cambio el ministro de Marina, Aníbal Saura, era un viejo amigo de Velasco y en atención a esa amistad estaba más cerca del general que de la propia Armada, cosa que parecía no aceptar el contralmirante Ramírez. Todos sabían que el Gobierno vivía su primera crisis seria con la destitución de una decena de generales, entre ellos cuatro ministros. Bueno, señores, esta es una reunión informal para que nos conozcamos mejor, porque ustedes serán el brazo civil en esta nueva etapa de nuestra Revolución, dijo Velasco, y hubo murmullos y hasta algún aplauso, Velasco, contigo hasta la muerte, y unos broncos vivas a la Revolución que alguien calló, shhht, porque el Padre de la Revolución continuaba hablando. Ellos iban a ser la articulación entre el Ejército, entre el Gobierno Revolucionario de las Fuerzas Armadas y el pueblo, ellos iban a ser los verdaderos mastines de este Proceso, como asesores, directores de áreas gubernativas y altos funcionarios judiciales, administrativos y diplomáticos, de manera que se enfrentaban a una ardua tarea que exigiría de todos lo mejor, como peruanos y como patriotas, dijo Velasco, y sus palabras sonaron como un disparo. Ya el doctor Tamariz se encargaría de hablar personalmente con cada uno de ellos, de explicarles cómo funcionaba el Coap y cómo querían que funcionara el recién inaugurado Sistema Nacional de Movilización Social, el Sinamos, que estará a cargo del general Zegarra, en estrecha colaboración con los demás miembros del Gobierno. Aquella era una revolución peruana y humanista, que recusaba del capitalismo tanto como del comunismo, se inflamó Velasco mirándolos a todos con sus ojillos intensos, y por lo tanto única en el mundo. Hizo una pausa, apagó el cigarrillo y luego, con el semblante terrible y vengativo, mirando uno a uno a los congregados, advirtió que si alguien quería rechazar su oferta, era absolutamente libre de partir en ese momento, este no era un régimen de persecución ni de coacciones. Hubo un silencio temeroso, murmullos de confusión, todos se miraron como buscando al que desertaría y al cabo de un par de segundos Velasco cambió su semblante de dios de la guerra por otro afable, socarrón, simpático y dijo: «Entonces vamos a desayunar que si no se me desmayan aquí mismo», y todos soltaron una carcajada inmensa, a algunos les brotaron lágrimas de los ojos, qué genial era este Velasco, caracho, escuchó Fonseca al grandullón Recalde, un verdadero líder, meneó la cabeza convencido el sindicalista Meléndez, el Guía que el Perú necesita, explicaba con grandes gestos el doctor Chávez, y en ese momento aparecieron unos mozos con mesitas rodantes, de mantel blanco, con sánguches, butifarritas, oloroso café amazónico y leche humeante, bizcochos y quenques esponjosos, y juguitos de papaya, de piña, de naranja.

    —A Velasco no le gustaba nada tanta injerencia de civiles en el Gobierno —Guevara vacila con dos cartas en la mano, finalmente se decide y cambia sólo una—. Pero entre el doctorcito Tamariz y Carranza lo están convenciendo poco a poco...

—Con tal de que el Flaco Calderón no empiece a hacerse más fuerte en torno a Velasco no creo que tengamos problemas —Sánchez Idíaquez suspira, pone cautelosamente un billete sobre el paño verde.

—Con la próxima estatización de la prensa, el Flaco ya no será un problema —Montesinos muestra sus cartas luego de pensarlo un poco—: *Full* de reinas, señores.

¿QUE SI LA amaba? CÓMO podía siquiera dudarlo, amor, y le ponía una mano en la barbilla, la obligaba a levantar sus ojos color cerveza, a enfrentar los suyos oscuros, intensos, como de árabe, le había confesado ella a una amiga unos días atrás, en el patio de la universidad, y era algo más bien inexplicable porque nunca pensó que pudiera enamorarse de alguien así, pero es que después de conocerlo, todos los chicos de la universidad le parecían unas criaturas, unos niñitos que ni saben lo que quieren ni tienen su arrojo, su gallardía, su forma impecable de tratarla, al mismo tiempo tierna y áspera, como ahora, mientras en el desorden voluptuoso de las sábanas ella siente esas manos morenas buscar sus pechos pequeños y duros como en demanda de algo imperioso e íntimo. Un vértigo, un deseo repentino le recorre el espinazo haciéndola temblar, presa de una euforia que también es abandono y furia y sumisión y clava ligeramente sus uñas en la espalda varonil, lleva su cuerpo contra el suyo y ahora lo advierte inflamado y potente, su boca buscando el cuello y luego su barbilla, finalmente sus labios, cómo podía dudar ni por un instante de que estaba enamorado de ella, pequeña, insiste y ella quiere decirle

que no se detenga, que no hable, que no le diga nada y simplemente continúe besándola y penetrándola, y hay esos
repentinos asaltos de pánico que tensan su espalda y parecen dejarlo como al acecho cuando se escucha un mínimo
ruido, no es nada, dice ella, no va a venir hasta las once por
lo menos, tú lo sabes mejor que yo, del despacho se irá a
tomar un trago al Círculo y allí se encontrará con algún
amigote, y si no, no le importará, se quedará solo, continua
hablando ella, súbitamente desinflada su excitación, sentada ahora en la cama y encendiendo un cigarrillo. Hace
tiempo que apenas si pasa por aquí, por casa, dice volviendo sus ojos intensos hacia él, que le acomoda unas ligeras
hebras de cabello rubio casi con adoración, hipnotizado
cuando la escucha hablar, reflexionar: no sabía qué era lo
que había ocurrido entre mi padre y yo, a veces creo que lo
odio, dice y en su voz se encabrita una vibración enconada
que luego se disuelve, porque a veces piensa que ella es la
culpable, ella la que se ha alejado, explica con una voz turbia y busca la cajetilla de tabaco y el encendedor, fuma con
fruición, mira a los ojos del hombre que le pide el cigarrillo
y le da dos pitadas esperando que continúe, que le siga diciendo lo que piensa: quizá lo único que necesitaban era un
tiempo para que cada encuentro no fuera una pelea, y que
ella no fuera tan arisca, agrega con una sonrisa pero la chica
lo mira furiosa, cómo se había enamorado así, tan repentinamente, y amenaza con la almohada, el ceño fruncido, los
ojos helados, una sonrisa fugaz de pronto, ¿cómo lo había
conseguido?, ¿ah?, y le da con la almohada en la cabeza,
y él finge protegerse, pedir clemencia mientras las manos
femeninas ahora lo buscan para hacerle cosquillas, ¿cómo
la había alejado de su vida de siempre?, ¿ah? Y luego de las
risas qué tal si salían a dar una vuelta, por qué no iban al
cine, por ejemplo, a ver esa que estrenaban, esa con Marlon
Brando, *El último tango en París*, decían que era bastante

subida de tono, para mayores de veintiuno, dijo él riendo, ella no podría entrar al cine, no la iban a dejar, y ella se cruza de brazos, ¿no la iban a dejar a ella?, ¿a la hija de un general y no la iban a dejar? Además iba acompañada de un mayor del Ejército, ¿no?, sí, pero ahora estaba de civil, advirtió él. Estaba muy churro así, sonrió ella envolviéndose en las sábanas, aunque le gustaba más con su uniforme, así era un verdadero galán. Quién le hubiera dicho a ella, que nunca pensó enredarse con un cachaco como su padre.

Salieron a dar una vuelta por Miraflores, caminaron largo rato por el Parque Kennedy y Anita se colgó del brazo del mayor, él propuso una hamburguesa y un *milk shake*, y Anita lo miró un poco de reojo, ¿por qué mejor no iban a tomarse una copa por aquí cerca y le dio un tironcito del brazo y entraron a una pequeña *boîte*, pidieron un whisky, se besaron una y otra vez…

—El amor es así —filosofó Montesinos bebiendo un largo trago de whisky, dejando un momento las cartas en la mesa—. De pronto llega, y como llega se va.

—Eres un duro, Montesinos —ríe torvamente Sánchez Idíaquez —. ¿No te duele dejarla?

—Claro que me duele, ¿de qué carajo te crees que soy yo? —Montesinos mira al decano con desprecio—. Pero hay cosas que se deben hacer aunque nos duelan.

Lo MÁS DIFÍCIL era captar la intensa mirada del general, esa fiereza de los ojos cuando algo le enfurecía, la rapidez con la que refulgían de compasión o de felicidad, caray, eso era muy difícil de llevar al lienzo, razonó Elio Marín apretando su maletita de cuero, caminando por los pasillos de Palacio al lado de un edecán. Dando saltitos, brinquitos como de pájaro, el artista se esforzaba por ponerse a la altura del militar, que apenas parecía oír sus reflexiones, sus dudas estéticas, y se limitaba a decir por aquí, sígame, por favor, adelante: igual que las manos, continuó Marín entornando los ojos dramáticamente, esas manos que ya un fotógrafo de *La Crónica* se había encargado de retratar en una serie estupenda el mes pasado, y que captó el enorme magnetismo, la extraordinaria viveza... no pudo terminar la frase el pintor, pues súbitamente se vio ante un despacho enorme y austero, en cuya pared más alejada dos ventanales se hubieran encargado de ofrecer la luz necesaria para ahuyentar tanta sombra, de no ser por las cortinas de cretona espesa, flanqueando un lienzo del héroe Bolognesi, con los mostachos blancos y el sable a punto de desenvainar. Y justo allí debajo, casi oculto tras el escritorio decimonónico, fulguraban como ascuas los ojos del general Velasco.

—Tenía usted razón, doctorcito —dijo el primer ministro acomodándose la servilleta como si fuera un babero—. El hombrecito ese resultó un trome, un verdadero entusiasta de Velasco. Y Juan, encantado, claro.

—Además es un buen artista —observó el doctor Tamariz estudiando la carta—. Pero sobre todo será positivo para que el ánimo del presidente no decaiga en estos momentos de tensión. Que se distraiga un poco.

Marín se precipitó hacia el general presidente y por un instante atroz no supo si debía darle la mano o inclinar la cabeza, saludar llevándose la diestra a la sien o qué. El doctorcito Tamariz no le había dicho nada al respecto, claro. El propio Velasco lo salvó de la situación con una campechanía socarrona que derritió de felicidad al pintor. ¿De manera que este era el artista que lo iba a retratar?, preguntó levantándose de su asiento. Recién en ese momento Elio Marín se percató de que junto al presidente había otro militar, grande, pesado, de ojos turbios, que le extendió una manazo grande y esquiva, al contrario que Velasco, que le estrechó la mano efusivamente, ¿se le ofrecía un pisco?, preguntó de pronto, muy severamente. Los artistas eran muy bohemios y no le hacían ascos al trago, dijo Velasco acercándose a un barcito y sacando una botella que destelló momentáneamente en sus manos. En eso somos iguales, afirmó el presidente ofreciendo un vasito de pisco que Marín recibió temblando —él apenas si probaba alguna vez una copita de vino en las comidas— y tragó con los ojos cerrados, conteniendo una arcada: los militares y los artistas, igualitos para el trago, ¿no era cierto, Benito?, dijo el presidente volviéndose al otro militar que asintió en silencio. Con lágrimas en los ojos y la garganta llameándole, Marín entregó su vaso, graznó que estaba delicioso, mi general, y sintió como si por su estómago hubiera descendido una mina que explotaba remeciéndolo de cuerpo entero.

—Así es, doctor —suspiró el primer ministro tomando una cucharada de sopa humeante, mirando a los demás comensales del restaurante—. Lo que necesita Juan es que lo descarguemos un poco de tanto problema. El retrato será una distracción.

—Lo urgente ahora es resolver la estatización de la prensa —dijo el doctor Tamariz sorbiendo melindrosamente una cucharada de caldo—. Y bueno, he pensado en algunos aspectos que le quería comentar...

Velasco se sirvió otra copa y ante la desesperada negativa de Marín se encogió de hombros, bebió su pisco de un trago y dijo que mejor iban al grano, él consideraba que cuanto antes acabaran mejor, no era que él considerase el arte una tontería, no, señor, lo que ocurría era que la patria le demandaba un tiempo precioso, y él no lo podía perder en frivolidades. Pero su mujer había insistido tanto, caracho, que no le había quedado otro remedio. Y también pensaba así el general Carranza, aquí presente. Qué menos, Juan, qué menos, mugió el otro militar. Por supuesto, se apresuró a coincidir Marín, nuevamente locuaz, esmerado, afanoso por complacer, él entendía la trascendencia de la labor del presidente y además era un verdadero honor ser el encargado de su retrato. Haría todo cuanto estuviera a su alcance para que las sesiones fueran lo más rápidas posibles, pero como le venía diciendo a su edecán, lo más difícil de captar era la intensidad de su mirada: no quería ser adulador, mi general, dijo Marín acercándose al presidente con unos ojos hechizados, absortos, abriendo su maletita, de donde sacó papel y carboncillos, pero en sus muchos años dedicado al retrato de personalidades, jamás había encontrado a nadie con una mirada tan rica y expresiva, tan llena de matices, agregó empezando a dibujar grandes trazos en el papel, mirando a Velasco como si fuera una aparición, una epifanía urgente de bosquejar en sus pliegos de papel canson.

—Lo primero: a Juan no le gustan nada los ataques gratuitos de la prensa —el general Carranza, resopla, bebe un sorbo de agua, engancha un choclo con el tenedor, se lo piensa mejor y lo coge con una mano —. Y bien mirado, a quién le van a gustar, pues, doctorcito. El presidente tiene toda la razón del mundo de amargarse así.

—Prepararemos un nuevo estatuto de prensa —anota en una libretita el doctor Tamariz, que ha retirado su plato de cordero casi intacto—. Libertad de prensa, sí, pero todo tiene un límite. «La libertad de prensa es absoluta en tanto no trasgreda los límites señalados por el respeto a la ley, la moral y las buenas costumbres» —cita de carrerilla el doctor Tamariz, como si estuviera ya redactando el estatuto, y su mirada busca inspiración, vuelve al ministro—. Será necesario convencer primero a los demás ministros, sobre todo a Martínez del Campo y a Ravines. Blacker ya no cuenta...

—Por Martínez del Campo no hay problema, doctorcito, démosle su ayudita con los yugoslavos y tan contento. Que se lleve su buena comisión, y de paso le fregamos el negocio a Calderón, que ya sabemos que anda tras los empresarios ofreciendo el oro y el moro. De Ravines hay que ocuparse, sí, pero lo que ahora me preocupan son los civiles. ¿Cree que encontraremos aliados rápidamente? Han sido todos tan críticos…

Velasco mira divertido a Marín, que parece ganado por una fiebre mística, incluso acepta con gusto sus órdenes, siéntese aquí, por favor, ahora cruce esta mano sobre la otra, así, muy bien, y de vez en cuando echa miraditas socarronas a Benito Carranza, que observa la escena inmutable, aburrido, indigesto. Marín emborrona un papel y luego otro. Era fascinante, murmura incapaz de creerlo, sencillamente fascinante, y sus manos pequeñas producen grandes trazos, bosquejan perfiles, escorzos, manos, rostros, era sencillamente un modelo fascinante, mi general, vuelve a murmurar.

—En realidad, el general Ravines no será mayor problema —especuló el doctor Tamariz volviéndose hacia donde Leticia, que fumaba acodada en la ventana—. Probablemente no estará en el próximo gabinete.

—Ten cuidado de dónde te metes, Tamariz —dijo ella sin volverse, y su voz sonó más bien triste.

No hay una sola nube en el cielo y el general Carranza aceza tumbado frente a la piscina, quieto, casi inmóvil, con un whisky en la mano y sin dejar de mirar cómo retozan los nietos de Velasco, que arman un alboroto insistente y agudo, entre chapoteos y carreras, gritos y llantos que sus madres apenas atienden, sentadas bajo la frescura de una sombrilla, conversando con un grupo de amigos, allí va otra vez el chinito aquel, y a su lado la chiquilla esa, la que lleva la pelota de plástico, con esa ropita de baño que apenas cubre sus formas, ¿diez, doce años? Qué energía la de estas criaturas, caray, piensa el general Carranza, incapaz de concentrarse del todo en lo que le está diciendo Velasco a su lado, bebiendo un whisky largo y lleno de hielo, tenía que darle la razón, Benito, la reunión del otro día con los civiles no había salido tan mal, después de todo, ¿no? Más bien creía que había sido un éxito, se responde él mismo, y que deberían organizar otras así, incluso alguna que otra parranda. A Amparo no le gustaban tanto las fiestas, pero era indudable que nos estamos ganando para la causa a un buen grupo de civiles, ¿verdad?, continúa hablando Velasco y de pronto se vuelve sorprendido, ay, carajo, porque uno de sus nietos le ha dado un manotazo, bribón, le dice Velasco riendo y el chiquillo también ríe, tendrá cuatro o cinco años, eres un bribón, y amenaza con levantarse y perseguirlo, pero el niño corre entre gritos y se arroja a la piscina, justo al lado de la chiquilla esa que el general Carranza no deja de mirar, qué lindura, caray, qué felicidad estar rodeado de nietos, le dice de pronto a Velasco y este enciende un cigarrillo, contempla su jardín, la piscina que lanza destellos plateados, el chapoteo de los niños, no había nada como la familia, dice y se arrepiente en el acto porque recuerda que Carranza es viudo y con Berta no tuvieron hijos, tampoco tiene sobrinos, en realidad, el general no tiene a nadie... Ahora vuelve el niño y lo hace seguido de su hermanita, se acercan al abuelo Juan, que les gruñe y hace gestos como una fiera, los atrapa y les hace cosquillas. El general Carranza extiende una mano y acaricia fugazmente la cabeza de la niña, su piel hirviente bajo el sol, cierra los ojos, suspira: tendrían que organizar otra reunión, Juan, pero esta vez con la gente que se iba a hacer cargo de los periódicos, ya sabía que el doctor Tamariz era de esa opinión, dejar que la gente especule sobre la estatización de la prensa, que se hable de ello, pero sin confirmarlo ni negarlo. En la última reunión con los civiles ya había muchos que sabían de la próxima estatización de la prensa, por ejemplo. De pronto la chiquilla se zafa del los brazos de Carranza y vuelve a correr tras su hermano, entre gritos de júbilo, una lindura la chiquilla, con esa piel dorada y llena de pelusilla, como un melocotón...

El general Velasco busca sus cigarrillos junto a la toalla y enciende uno que fuma con gozo, tose, se incorpora un poco en la tumbona y mira a Carranza con los ojos fulgurantes, luego se vuelve a tumbar, mascullando, intranquilo, incapaz de disfrutar del todo de ese espléndido día de sol en su residencia de Chaclacayo. Claro que no: los últimos pases a retiro y destituciones habían levantado una polvareda en el ejército, habían tenido que convocar a los civiles precipitadamente para ofrecerles una imagen de unidad... Y encima lo otro. Y es que al general Velasco no se le va de la cabeza la maldita manifestación, qué miéchica había ocurrido, cómo podía haber sucedido algo así, se preguntaba una y otra vez, dando vueltas por el despacho, igual que ahora se revuelve en su tumbona, fuma con los ojos entrecerrados, ocultos por los lentes oscuros, y el general Carranza comprende que el presidente está incómodo sobre todo porque ha tenido que cafetear al ministro del Interior: probablemente es la primera vez que ha visto a Velasco tratar así a Blacker, su compadre de toda la vida, cómo carajo había pasado tanto tiempo para que actuara la policía o el propio ejército, aulló dando un manotazo en la mesa de su despacho y el gringo Blacker palideció, pareció buscar una posición más erguida, miró de reojo a Carranza, que le devolvió la mirada inmutable, sin pestañear, aburrido: cómo era posible tanta incompetencia para dejar que actúe con tal impunidad un grupo de subversivos, pues gringo, insistió Velasco con la voz desfallecida y Carranza entendió que aquello era el miedo. Se podía oler, carajo, ese era el miedo. Sí, miedo a que sean ciertos los rumores sobre la CIA y sus intentos para acabar con la vida de Velasco: de allí las ojeras, las manos temblonas, el rostro cada vez más chupado, las furias incontrolables, las casi tres cajetillas diarias de chalanes, los tragos desde temprano, sus arrebatos de melancolía. ¿Cómo era posible?, había insistido en aquella ocasión Velasco, dirigiéndose al propio Carranza, que se vio obligado a carraspear un poco, había sido un fallo, Juan, qué duda cabía, pero el ministro Blacker, aquí presente, ya lo estaba resolviendo, esa manifestación con toda seguridad no se iba a repetir. Esos subversivos debían estar muy bien organizados, de lo contrario no se explica nadie la celeridad de su revuelta, murmura el general Blacker, volviendo unos ojos agradecidos hacia el primer ministro. Bueno, bueno, gruñó Velasco, que se fueran nomás.

Aquella mañana, cuando Blacker y Carranza salieron del despacho presidencial, el ministro del Interior alcanzó al otro y le puso una mano en el brazo. Carranza detuvo su caminata sin decir nada. Amigo Carranza, le dijo Blacker, me ha echado usted un capote con Velasco. Se lo agradezco sinceramente. El general Carranza se volvió por fin, no tenía de qué, señor ministro, no tenía de qué, mugió apesadumbrado, alejándose por el pasillo hacia su despacho.

—Muy bien hecho, doctorcito, nomás espero que no se le haya pasado la mano con la convocatoria esa a la manifestación. Por el momento hay cerca de cien detenidos y varios carros en busca y captura. Blacker está contra la cuerdas.

—Lo tenemos todo bajo control, general —el doctor Tamariz aceptó la copa que Leticia ha puesto en sus manos, le dio una palmada cariñosa sin mirarla—. Ya verá que era necesario, amigo Carranza.

Y era cierto, pensó el primer ministro bebiendo un sorbo de su whisky: la única forma de dejar fuera de juego al ministro del Interior era poner a prueba su capacidad de reacción, le explicó el doctor Tamariz unas semanas atrás, mientras almorzaban. Porque, póngase a pensar: ¿Y si esa manifestación ocurriera, digámoslo así, espontáneamente?, especuló el doctor agitando una mano cauta, casi arcangélica, mientras con la otra sostenía el tenedor, y el general Carranza se removió en su silla, absorto, reflexionando en lo que decía el doctorcito. Cierto: Blacker no estaba preparado para afrontar una crisis así, no tenía capacidad de respuesta. Ah, pero lo de su hija —debían admitirlo— fue un regalo del cielo. Y de Montesinos, claro. Digamos que se trata de un simulacro, general, dirimió el doctor Tamariz en aquella ocasión, limpiando con esmero unas motas de polvo en su saco de lana fría, un simulacro que le permita entender al presidente que el Ministerio del Interior no puede estar en manos de Blacker Hurtado.

El general Carranza se incorpora pesadamente de la tumbona y sus recuerdos se disuelven, siente la espalda empapada y mira con codicia los guiños deliciosos que hace el agua de la piscina, desea darse un chapuzón, sumergirse y relajarse ensoñando con la llegada de la noche. Debía reconocer que estaba satisfecho, que el doctor Tamariz le estaba resultando extremadamente eficaz y discreto. Porque no sólo se había enterado de aquella manifestación, no sólo había dejado que se realizara sino que la había… trabajado un poco, por decirlo así. Y lo mejor: lo de la hija de Blacker. Pero ese era un as bajo la manga. Observó el chapoteo feliz de la niña, su piel brillante, seguramente suave… y entrecerró los ojos. Sentía la piel hirviendo, la sangre corriéndole espesa como lava. Era hora de darse un baño.

DEFINITIVAMENTE, AL GENERAL Ravines le gustaba el mullido cuero de los asientos. Eran de Reccaro, le comentó a Pepe Soler mientras se acomodaban los cinturones de seguridad, no había sido ninguna tontería cambiar las austeras butacas del avión que usaba para sus desplazamientos por el Perú y por el extranjero, los viajes así eran comodísimos y hacía dos, no, tres tardes, cuando despachaba con el presidente Velasco, este había gruñido con sorna que caracho, Gato, le habían dicho que viajaba mejor que él mismo, que tenía un avión propio y a Ravines se le velaron los ojos. Luego suspiró: las exageraciones, general, las exageraciones de las malas lenguas. Porque, al fin y al cabo, piensa el general Ravines mientras se va dejando resbalar en la butaca elegante y cómoda, cerrando los ojos para adormecerse con el sonido de la turbina que empieza a zumbar, el avión había pertenecido a Banchero Rossi, el magnate de la pesca, era lógico que al ser confiscadas muchas de sus empresas, el avión quedara al servicio del Ministerio de Pesquería, dijo en el último consejo de ministros algo tieso, encogiéndose hoscamente de hombros, pero salvo dos o tres envidiosos, nadie se quería meter con él. Su gestión al mando del ministerio era la mejor carta de presentación del Gobierno ante el mundo y el presidente Velasco lo entendía así, no había más que ver la forma en que lo trataba, mi general, dijo Pepe Soler sonriendo, y el general Ravines se apoltronó con soltura, después de todo, las previsiones de exportación de anchoveta para este año son inmejorables. Ya habían dejado el bache de hacía un par de años.

—Bueno, eso es objetable —ha dicho el general Benito Carranza girando su butacón de cuero hasta quedar frente a la ventana, de espaldas al doctor Tamariz—. Ravines tiene un afán de protagonismo que no me parece nada bueno para este Proceso. Aunque Velasco esté encantado con él. Por supuesto que es un gran ministro, un hombre muy preparado, pero tanto personalismo está dañando la imagen institucional…

—Me hago cargo de la situación —dice el doctor Tamariz, el semblante ceñudo, observando las recias espaldas de Carranza—. Pero él mismo está generando muchos anticuerpos entre los propios pescadores. Me parece que su labor ha sido excesivamente seguida por la prensa, que menea el rabo y festeja todo lo que dice y hace el general Ravines.

—Nada más tenemos que liquidar tanta protesta en los sindicatos —dijo el ministro de Pesquería súbitamente mortificado, mirando por la ventanilla mientras el avión carreteaba por la pista y luego, con un impulso que nunca parecía suficiente, dejaba atrás el asfalto y sobrevolaba la techumbre paupérrima de los edificios cercanos al aeropuerto.

«Cuánta miseria», pensó horrorizado el general Ravines viendo aquel paisaje desolador: casuchas de paja que se iban extendiendo caótica y lentamente hacia el norte, entre toneladas de basura pestífera, como la metástasis de una pesadilla, precarias, humeantes, sórdidas, casi reclinadas en las costas de uno de los mares más ricos del mundo, cuya pesca podría dar de comer a los diez millones de peruanos que no tenían qué llevarse a la boca. El general tuvo una visión fugaz de sí mismo trabajando en su despacho del ministerio, otra explicando sus planes en el gabinete de Gobierno, otra atendiendo a la prensa, rodeado de cámaras y micrófonos, aplaudido y admirado, pero en el fondo, pensó sinceramente conmovido de su generosidad y de su entrega, todo aquel esfuerzo era por esta gente, suspiró mirando a Pepe Soler, que revisaba unos papeles e iba señalado con un lapicero rojo algunos párrafos. Al fin, el asesor levantó la cabeza, mi general, deberíamos repasar un poco lo que dirá ahora en Chimbote ante los pescadores, ya sabe que Banchero dejó allí a mucho testaferro... El general Ravines se remangó, cruzándose de brazos, el semblante repentinamente oscurecido, si lograban convencer al sindicato allí mismo, en Chimbote, no tendrían problemas con otras provincias. Pero claro, desde que se anunciara aquel inminente convenio pesquero con Yugoslavia, habían saltado muchos intereses por ahí. Todos querían sacar tajada, y los primeros, la gente de aquel sindicato. Pero el general Ravines no iba a dejar que Martínez del Campo usurpara su funciones. Ya estaba al tanto de la comisión que se quería llevar el ministro de Industria con el asunto de los yugoslavos. Y eso también tenía un precio, pensó acomodándose un poco mejor en el asiento.

—En fin, doctorcito, creo que debemos ponernos en contacto con Pacheco.

—¿El delegado sindical de Chimbote? No se preocupe, Carranza, que ya me encargo yo.

—Al sindicato seguro le interesará saber que el general Ravines va a ofrecer más de lo que está dispuesto a cumplir —dijo apesadumbrado el ministro Carranza entregando un fólder con varias páginas mecanografiadas—. Y eso no es nada bueno, doctorcito. No hay que crear desconfianza entre los trabajadores, al fin y al cabo, a ellos nos debemos.

—Hombre, qué quiere que le diga. A mí me gustaría hablar un poco con ese asesor suyo, ese joven...

—¿Soler? ¿José Antonio Soler? Es leal a Ravines —suspira el general Carranza y hace girar su silla, vuelve a mirar al doctor Tamariz—. Y un buen asesor, por lo que tengo entendido.

El ambiente no era el más propicio para ofrecer al sindicato el cumplimiento total de su pliego de reclamos, dijo Soler mirando el mar verdoso que se extendía inmenso, inabarcable, bajo ellos. Luego el avión remontó altitud y se zambulló unos segundos entre aquella sucia nubosidad que cubría perpetuamente Lima y al cabo salió de súbito a otro cielo, limpio, de un azul épico, donde brillaba el sol negado casi perennemente a la capital. Explícate, Pepe, dijo el general Ravines cruzando las manos sobre su abdomen, él más bien creía que deberíamos prometerles todo, cruzó una pierna, arqueó la espalda el general, podremos cumplirles más adelante. Mala táctica, señor, negó con su lapicero de estudiante Soler, porque de no cumplir alguno de esos puntos tendrían al sindicato el próximo año otra vez amenazando con huelga, nuevamente sí, pero con más reclamos. Si mantenemos una posición flexible pero sólo hasta cierto punto, habremos conseguido traerlos a nuestro terreno, bajar sus expectativas y aspiraciones, recitó Soler mientras hojeaba sus papeles.

—Ustedes se conocieron aquella noche, hace ya algún tiempo, en casa de Velasco, ¿verdad? —preguntó Carranza.

—Encantado —dijo el doctor Tamariz ofreciendo una mano tibia y blanda que estrechó la otra mano joven, enérgica.

Ravines y Soler se enfrascan en una discusión, leen los papeles, hacen algunas anotaciones, beben los refrescos que la azafata les ha puesto en una bandejita, continúan otro rato discutiendo hasta que el ministro se repantiga en su butaca. Que sepan que peleamos duro, murmuró frotándose la barbilla ensimismadamente, que sepan que no somos unos blandos. Pero al mismo tiempo, acotó Soler con una pincelada de vehemencia en la voz, que sepan que estamos dispuestos a ceder en algunos puntos. Lo importante es que no haya ninguna filtración respecto a los acuerdos tomados en el último consejo de ministros, dice el general Ravines y sus ojos claros destellan con intensidad, ya verían luego cómo convencían al presidente Velasco de los cambios.

—Aquí está todo lo acordado en el último consejo. No estaría mal que en el sindicato de Chimbote lo tuvieran en cuenta —muge el general Carranza entregando el dossier —. Y mejor olvídese de contactar con José Antonio Soler, doctorcito.

—Sería magnífico para nosotros poder contar con un asesor como usted en el Coap —dijo el doctor Tamariz bebiendo un sorbo minúsculo de whisky.

—Gente como usted es la que necesitamos en el Gobierno, es cierto —el mayor Montesinos se acerca, pone una mano jovial en el hombro del doctor Tamariz, mira la barba bien cuidada, los ademanes de dandy de Soler. La casa del presidente se va llenando de invitados.

—Muchas gracias, señores —declina Soler gravemente—. Pero me temo que es imposible, soy el asesor del ministro de Pesquería, general Ravines.

Ahora el avión sobrevuela un ingrávido nidal de algodones prístinos, de una blancura casi enceguecedora, burilados sus contornos por los chorros de oro que regala el sol. Ravines y Soler se callan un momento como de mutuo acuerdo, reverentes ante ese paisaje de gloria, pocos minutos antes de que el avión varíe imperceptiblemente su rumbo y describa una majestuosa parábola que repentinamente arroja sobre su visión la escarpada silueta de una costa grisácea y seca como un buche de polvo, una franja inimaginable de desierto costeño, ya llegábamos, suspira Soler observando otra vez las nubes, ahora sucias, el mar verdoso donde se fatigan las bolicheras, las pequeñas embarcaciones de pesca artesanal, las fábricas de chimeneas humeantes que se desperdigan caóticamente sobre la costa de aquella ciudad con perpetuo olor a víscera de pescado. Otra cosa, dice el ministro buscando un extremo de su cinturón de seguridad, ¿qué le parecía a Soler el doctor Tamariz y toda esa gente del Coap? Soler menea pesadamente la cabeza, mira directamente a los ojos del general y mordisquea la pipa que ha sacado de un bolsillo, ¿el general quería que fuera realmente sincero? Hombre, Pepe, para eso le pagaba el platal que le pagaba, ríe suavemente el general cuando el avión toma tierra y corre veloz por la pista de aterrizaje: campos fugaces, tierras peladas, una bandada de pelícanos en el horizonte cercano. A Soler no le gustaba mucho la gente que poco a poco estaba trayendo ese doctor Tamariz al entorno del Coap, algunos eran periodistas e intelectuales de dudosa credibilidad, otros, políticos de endeble trayectoria, militares adictos a Carranza y dispuestos a hacer cualquier cosa, como Zegarra, en fin, no sabía cómo decirlo. Más claro ni el agua, Pepe, dijo el general Ravines, pero no debería ser tan desconfiado. Por cierto, dice Soler una vez que el general ya está en la puerta del avión y el viento hace flamear sus cabellos, había que tener cuidado del general Carranza. El primer ministro quiere ser el sucesor de Velasco.

POR LA VENTANILLA del coche Pantic observa aquel cielo que no era cielo, la llovizna sucia que enfanga las calles grises por donde transita una multitud abúlica y triste… el chasquido de los neumáticos, el humo que expelen esos autobuses vetustos… la avenida larga, larguísima por donde enfila el coche que el ministro ha puesto a su disposición para que los lleve al aeropuerto. Las dos semanas han transcurrido veloces, inciertas como un mal sueño, torcidas prácticamente desde el principio. Drasic finge estar concentrado en unas notas que garrapatea en su cuaderno de cuero, el ceño fruncido, la mirada que persiste en no dirigirse a él, como si lo culpara de todo lo ocurrido. Pero Goran Pantic sabe que no debe remover más esas aguas, su puesto depende ahora del huraño Drasic, quien le gritó como a un subalterno —y al fin y al cabo, tienen el mismo rango militar— cuando esa primera madrugada de su estancia en Lima Pantic se acercó temblando a su habitación para decirle lo que había ocurrido. A Drasic los ojos se le abrieron de una manera que Pantic jamás había visto. Luego dio vueltas enfurecido por la habitación, se volvía a mirarlo como si le costara creer que las palabras de Pantic iban en serio, finalmente le dio un empellón que cogió por sorpresa a Pantic, blasfemó, mostrándole un puño lleno de ira e impotencia, se volvió hacia la ventana de la habitación y al cabo de un rato —un rato interminable en el que Pantic no dijo una sola palabra— se volvió hacia él y conversaron sobre lo que debían hacer. Luego de descartar acudir a la policía convinieron en que lo mejor era ponerse en contacto con aquel sujeto, con el asesor ese, después de todo él los había metido en aquel espantoso embrollo. La madrugada los sorprendió fumando empecinadamente, ambos con resaca, conversando con el doctor Tamariz, quien se encargó de que aquel asunto no pasara a mayores. Pantic no quería ni pensar lo que le hubiera ocurrido —y a Drasic también, claro— de enterarse Kardlej de aquel estúpido, terrible asunto.

Pero no fue sólo aquello, razonó Drasic cuando el auto fue bajando la velocidad hasta detenerse finalmente: las largas reuniones con aquel ministro se habían empantanado hasta la exasperación. El militar peruano no parecía realmente interesado en los prolijos informes técnicos que tanto él como Drasic desplegaron una y otra vez, era como si no les entendiera una palabra, y ya Pantic empezó a dudar incluso de la capacidad del intérprete, que sin embargo hablaba un serbio sorprendentemente fluido. No, claro que no, no era eso, coincidieron Drasic y él por la tarde, luego de aquel primer encuentro. Al ministro le interesaba un informe a su conveniencia, al ministro le interesaba lo que podía sacar personalmente de todo aquello, se quería llevar una comisión gigantesca, y no era que ellos no contaran con eso, pero ya ni siquiera estaban en posición de negociar, sólo de ser burdamente chantajeados, maldita sea, juró y blasfemó Drasic por la noche, en el bar del hotel, ya completamente solos, les habían tendido una trampa, habían caído en ella como un par de niños y era culpa de Pantic. Drasic hablaba a gritos, estaba asustado y no era para menos. ¿Qué le iban a decir a Kardlej? Las condiciones que demandaba aquel ministro para poner en marcha el modelo autogestionario exigían una serie de disparates que traerían abajo cualquier atisbo de funcionamiento. Ellos se lo quisieron explicar una y otra vez, pero al ministro Martínez del Campo parecía no importarle nada. Y encima aquella comisión que había pedido. Demencial.

Pantic tardó en percatarse de que el auto en el que viajaban apenas había avanzado unos metros desde hacía ya un tiempo inusual, de manera que le tocó el hombro al chofer para preguntarle por señas qué ocurría, iban a llegar tarde al aeropuerto. El conductor hizo un gesto de impotencia, ni modo, míster, dijo, había un control policial, ¿los señores no se habían enterado? Ayer por la noche hubo una manifestación de la pitri mitri en Miraflores, y los detenidos se contaban por centenares. Habían empezado a gritar consignas en contra del Gobierno y del propio Velasco, de pronto fueron miles y se temió por un amago de golpe de Estado. Los milicos tuvieron que sacar los tanques, y ahora todos los carros eran revisados, explicó el hombre, pero al ver que ni Drasic ni Pantic parecían entenderlo se encogió de hombros y volvió a mirar hacia delante, donde un policía les hacía señas para que se detuvieran.

—Esos yugoslavos se han ido un poco jodidos, ¿verdad? —Heriberto Guevara se quita el saco y coge el mazo de cartas—. El ministro los ha dejado bien fregados.

—Y se ha quedado con el modelo ese de autogestión. Velasco lo quiere poner en marcha de todos modos —dijo Montesinos—. Vamos a ver qué dice Carranzita.

Faltaban apenas dos minutos para que el reloj marcara las siete de la mañana y Walter Caycho se apresuró a apagar el despertador con el júbilo pueril de haberle ganado la partida, una mañana más, al timbrazo estridente del artefacto. Se incorporó de la cama aún con la cabeza zumbándole ligeramente a causa del sueño, se había acostado casi de madrugada porque tuvo que caminar desde la avenida Manco Cápac hasta la pensión de Pueblo Libre donde vivía. Al salir de la chingana donde se quedó tomando unas cervezas con Germán y el Chino Higuchi, y luego de que estos cogieran un taxi hacia Barranco, Caycho entendió con deportiva resignación que a él no le quedaría más remedio que latear un buen rato: se había quedado sin un cobre, muchachos, les dijo ya con las últimas cervezas, mientras el japonés que atendía aquella chingana llena de humo y aserrín barría entre las mesas, pero no se atrevió —no sabía por qué— a pedir que le prestaran unos cobres. Buscó inútilmente en sus bolsillos: ni siquiera para tomar un colectivo que lo acercara un poco.

Los pies le dolían aún por la caminata y Walter Caycho se los frotó suavemente, mirando con temor los zapatos viejos a los que tuvo que improvisarles una suela de cartón: hasta el próximo mes por lo menos, cuando sus viejos le enviaran algo de plata, tendría que seguir con esos viejos chuzos, ni modo. De las otras habitaciones emanaba un rumor de abluciones y noticias radiales, de minúsculas charlas y olor a humedad. Bajó a desayunar, atraído por el olor intenso de las salchichas de Huacho que doña Carmencita estaría friendo para él, de pronto percatándose de que tenía un hambre canina, de que ayer mismo, mientras tomaban unas cervezas después de haber escapado de la policía, los tres, Germán, el Chino Higuchi y él mismo, habían estado soñando con un buen churrasco: la veda de carne impuesta por el Gobierno los tenía fregados, casi nunca comían carne y los especuladores hacían su agosto, claro.

Walter Caycho saludó con una sonrisa a su casera, ¿qué tal, doña Carmencita? ¿Cómo te has levantado, hijito? ¿Mucho estudio?, y seguía friendo las salchichas, vigilando el borboteo bienaventurado del café, mientras él se sentaba a la mesa frotándose las manos, nervioso, impaciente, feliz también, porque sabía que de todos los huéspedes de aquella casa él era el preferido de doña Carmencita, a él le guardaba siempre una palta o un huevito duro, incluso le había aceptado que se demorara un poquito en pagarle la mensualidad, la vez que sus padres tardaron en girarle la plata: qué buena suerte has tenido con esa vieja, se carcajeó el Chino ayer mismo, mientras bebían sus cervezas, pero me gustaría saber qué diría si supiera que su ojito derecho se ha escapado por los pelos de una manifestación de la pitri mitri contra el Gobierno, ay, caracho.

Y era cierto, Caycho, qué pensaría esta pobre señora, se dijo impaciente por oír las noticias en la radio, qué pensarían tus viejos, que venías a Lima para estudiar, carajo, y no para meterte en política, mira que te chapan y te deportan o te meten preso o te matan nomás, se dijo Walter Caycho mordiendo con apetito el pan con salchicha que doña Carmencita le puso junto al café. ¿Prendía o no prendía la radio? ¿Ya se habrían enterado doña Carmencita y los demás huéspedes del bolondrón que se armó ayer en Miraflores? Porque era imposible sustraerse a la realidad, muchachos, les había repetido día tras día el profesor Muñoz Gilardi en clase, y la primera vez todos quedaron expectantes, alertas, casi con las orejas paradas, no se oía ni el zumbido de una mosca en el salón porque el profe se la estaba jugando al hablarles así, sin tapujos, ya se sabía que en todas las universidades había soplones, falsos estudiantes que registraban cada palabra de lo que decían los profesores, lo que comentaban los propios alumnos, y se vivía un clima ofuscado y espeso, siempre atentos a los provocadores, a los que querían tirarte de la lengua pues, los aleccionó la otra tarde Muñoz Gilardi mirando de uno en uno a todos los alumnos, la augusta cabeza coronada por una cabellera blanca, los ojos ígneos, alumbrados por una cólera olímpica. La verdad, era bien machazo Muñoz Gilardi, reconocían incluso los que no comulgaban con sus ideas, porque el profesor no tenía mayor reparo en criticar a los militares, y Caycho lo escuchaba con el corazón inflamado de indignación y de bravura, algo había que hacer, teníamos que protestar, que organizarnos, puteaba Germán caminando hasta el paradero de los colectivos, claro que sí, apoyaba el Chino Higuchi trepando en la camioneta que los llevaba desde Santa Anita hasta la Plaza Grau, claro que sí, repetía Caycho. Y así una y otra vez, mañana tras mañana, tarde tras tarde, buscando con mucha precaución crear una célula política en la universidad, contactar con los otros muchachos que hervían de indignación e impaciencia: ¡Algo hay que hacer! Por eso mismo fue lo de anoche.

En realidad no pensaron que tuviera la repercusión que había alcanzado y casi se podría decir que se les fue de las manos. Hasta ahora, Caycho se preguntaba de dónde diablos salieron tantos manifestantes, como si hubieran estado esperando el momento, caray. Ya lo habían hablado con un grupito de compañeros de clase, se reunían en Miraflores, armaban un poco de alboroto y repartían los panfletitos mimeografiados, nada más por el momento, a ver qué pasaba. Era apenas arriesgado, luego calabaza, calabaza, cada uno a su casa, bromeó el Chino Higuchi, el más empeñoso en que llevaran a cabo todo aquello, el verdadero artífice de la idea. Incluso la rubiecita esa tan linda, la de los ojitos castaños que hablaba como española y a la que le tenían cierta desconfianza, estuvo completamente de acuerdo. No sólo eso:

nada más llegar y encontrarse allí, en la puerta del edificio El Pacífico, fue la primera en cruzar a la carrera la calle, treparse en un banco del Parque Kennedy y ponerse a gritar ¡Li-ber-tad!, ¡li-ber-tad!, y la gente que salía del cine Pacífico —pasaban *El último Don*, con Anthony Quinn, Caycho la hubiera querido ver— se quedó de piedra al ver al grupito de jóvenes que se desgañitaba gritando consignas contra el Gobierno.

Lo que sucedió después, Walter Caycho, estudiante de Contabilidad, natural de Huaraz, departamento de Ancash, lo recordaba como un sueño vertiginoso. La gente empezó a corear ¡Li-ber-tad!, ¡li-ber-tad!, ¡li-ber-tad! y en un santiamén se había congregado en la plaza una cincuentena de personas, los que salían del cine, otros que pasaban por ahí, y cada vez era más fuerte el griterío, Caycho, los tres se quedaron lelos, porque de pronto se unieron los carros con sus bocinas, ta, ta, ta, y otra vez ta, ta, ta, y pasaban por el óvalo de Miraflores bajo la noche húmeda y llena de avisos de neón, y la policía inexplicablemente no apareció sino hasta que aquello ya era, ¿un centenar?, ¿dos centenares?, cuántos, carajo, pero Caycho no lo sabría decir a ciencia cierta, sólo que en un momento dado vio arder un tacho de basura y en ese instante el ulular de las sirenas de la policía pareció despertarlos de la fascinación en la que habían quedado Germán, el Chino Higuchi y él, ya casi en la periferia del tumulto que avanzaba hacia Pardo, corran que nos chapan, escuchó decir a Germán, muy pálido, pero el Chino sonreía, tranquilos, no nos va a pasar nada, vamos por aquí, y se metieron por unas calles solitarias, oscuras, caminen nomás, no corran, justo cuando por la Arequipa aparecieron dos tanquetas, y otras dos justo en la esquina del restaurante Pacho Fierro, nos cagamos, Caycho, porque aparecieron policías y milicos de todas partes, porras, carreras, gritos, no corran, puta madre, rugió el Chino, como si no fuera con él nada de lo que ocurría: la confusión, las carreras, el ulular de las sirenas, el humo de las papeleras en llamas, ¿de dónde sacarían gasolina, Caycho? De dónde salió, carajo, quién lo organizó, subversivo chuchatumadre, el estruendo de los negocios que cerraban apresurados, ¿en qué momento se había armado semejante chongo, Caycho? ¡Cuántos eran, carajo!, y recibió un sopapo que le hizo sangrar la nariz, sintió con una vergüenza que jamás había experimentado que se le humedecían los pantalones, que hablara, mierda, pero él sólo recordaba que en un momento determinado había perdido de vista a la rubiecita que gritaba como loca, ¿quién era?, preguntó cuando por fin, jadeantes, llegaron hasta Comandante Espinar y se treparon en un micro que los llevó hacia La Victoria. ¿No sabías, so cojudo, quién era? Y se rieron. Todavía tuvieron que tomarse unas cervezas en una chinganita de por ahí para que se les pasaran los nervios, se reían, se quedaban callados, se miraban y se volvían a reír, ay carajo, buena la hemos hecho… pero de dónde salió tanta gente, era como si los hubieran estado esperando, y el Chino Higuchi lo miraba sonriente, ya, no te hagas mala sangre, así son las cosas, no pasa nada.

Pero sí que pasaba. Walter Caycho terminó impaciente el café y decidió encender la radio. Se quedó de una pieza: la manifestación había acabado con casi doscientos detenidos, muchos carros en busca y captura y varios comunicados del Gobierno Revolucionario prometiendo que todo el peso de la ley caería contra los subversivos. Por lo pronto, toque de queda, quien no llevara sus documentos consigo sería encarcelado. Se levantó como en sueños, temblando, tendría que llamar al Chino, a Germán, a los demás, pero justo en ese momento entró a la cocina la señora Carmen con los ojos que se le salían de las órbitas y las manos temblando, allí en la puerta había dos señores que querían verlo, Waltercito. Dicen que vienen de la prefectura, que quieren hablar un momentito contigo.

Tercera parte

I

Lo primero, que se calmara, dice con una voz que sorprende al ministro, que le obliga a secarse torpemente las lágrimas y a mirarlo como si lo viera por primera vez, claro, tenía razón, musita el general y se siente de pronto desvalido, con unos enormes deseos de dejar todo en manos del mayor, de derrumbarse en el sofá y ocultar el rostro entre las manos. No sabía qué iba a hacer, mayor, le confesó por teléfono hace poco menos de media hora y su voz sonó desesperada, a punto de la histeria, no sabía qué hacer, repitió, pero ya el mayor cortaba sus balbuceos, le decía que no se preocupara, en un santiamén estaba en su casa. Recogió unos papeles y partió en un carro del ministerio, a Chacarilla, rapidito al chofer.

Mientras el auto surcaba a toda velocidad la avenida Primavera, el mayor Montesinos fumaba silencioso en el asiento de atrás, buen susto te has llevado, cariño, pensó cerrando los ojos, imaginándola en pleno forcejeo, aullando de rabia e impotencia, ¿habría mencionado a su papacito? ¿Habría amenazado, pataleado, insultado? No, seguramente no, ¿a quién habría salido tan fiera? Al viejo imposible, sólo bastaba verlo, con la narizota encendida y los ojos aguachentos casi siempre, cada vez más envejecido y sentimental.

Había pasado casi tres horas junto al ministro, tres horas frenéticas coordinando la represión contra aquella inexplicable —para Blacker, claro— y repentina revuelta que puso de cabeza la pacífica noche miraflorina. Ellos, el

ministro y Montesinos, se enteraron tarde, no funciona-
ron los conductos regulares de manera eficaz y el general,
nada más llegar al ministerio, donde lo esperaba el mayor
con un semblante hermético, chilló, increpó y amenazó
al comandante Castro Chacón, que desde la prefectura
hacía malabares para contener aquel desorden callejero,
mi general, pero Blacker apenas lo dejó disculparse, cómo
carajo recién partían los coches patrulleros, cómo miéchica era posible que la prensa estuviera allí antes que la
policía, banda de inútiles, hatajo de zánganos y tiró el
teléfono con tanta fuerza que el mayor tuvo que recoger-
lo del suelo, volver a llamar, pedir que lo pusieran con
un tembloroso comandante Castro Chacón, el trato que
había recibido era intolerable y vejatorio, sí, tenía toda la
razón, el mayor Montesinos intentó serenar y recomponer el escenario que el ministro Blacker había puesto aún
más difícil con su exabrupto. A las tres horas de frenéticas
llamadas y coordinaciones, aquella revuelta callejera parecía haberse extinguido y el ministro se dirigió a casa luego
de ordenar que detuvieran sin disculpas, demoras ni pa-
liativos a cualquier sospechoso, hombre, mujer, anciano
o niño. El mayor se quedó recogiendo papeles y haciendo
unas últimas consultas, que fuera a descansar nomás, le
dijo de pronto al ministro, y este lo miró repentinamente
envejecido, con grandes bolsas bajo los ojos y aquel rictus
agrio que le fruncía los labios como si padeciera una permanente acidez. Tenía razón, mayor, dijo terminando su
whisky de un trago, que él también se fuera a descansar.
Pero Montesinos se quedó en su despacho, los ojos cerrados, los brazos tras la nuca, sintiendo cómo se licuaba
el cansancio en sus músculos, hasta que escuchó los tim-
brazos persistentes del teléfono en la contigua oficina del
ministro, una y otra vez, para finalmente extinguirse y
quedar todo otra vez en silencio. Luego miró su reloj y es-

peró fumando, con los ojos cerrados. «Esa fue la llamada de prefectura buscando al ministro», apostó. «Ahora falta la de Blacker para mí» y volvió a mirar su reloj, luego de reclinarse en su silla y desperezarse un poco. Ya el Chino Higuchi le había confirmado que Anita fue de las primeras en caer, la policía fue directamente por ella. ¿Habría pataleado?, ¿se habría asustado?, ¿habría gritado soy hija del general Blacker?, ensoñó Montesinos pensando que era una lástima perderla así. Por fin, cuando repiqueteó el teléfono de su pequeño despacho y escuchó los hipidos, el llanto, la voz histérica del general Blacker llamándolo desde su casa, el mayor sintió un estremecimiento ligero y beatífico recorriéndole la espalda: las cosas iban tal y como se habían previsto.

Aquella situación era difícil, admite el mayor, que acaba de llegar a casa del ministro, el propio Blacker le ha abierto la puerta y él se dirigió con mala educación ostentosa hacia la botella de whisky para levantarla del pico, con dos dedos, haciendo un gesto de asco. El ministro lo mira con unos ojos de absoluto desamparo y el mayor advierte que ha bebido más de la cuenta, que probablemente ya estaba bebido cuando lo llamaron de la prefectura para decirle que entre los subversivos que él mismo había ordenado capturar como a perros se encontraba Ana Blacker Aramburú, su hijita, señor ministro, y él tardó un atroz segundo en comprender la dimensión exacta de lo que aquello significaba.

El general quiere coger su vaso de whisky pero el mayor, sin ningún miramiento, lo retira de la mesilla de cristal y lo coloca lejos de su alcance, sin pronunciar una palabra. Si la noticia llega a oídos del presidente será mi fin, mayor, grazna el ministro simplemente por decir algo, por llenar ese agujero de silencio en medio del cual el mayor medita, solitario y por completo olvidado de él, como un témpano a la deriva, una mano en la barbilla, aún de pie en medio de la sala. Lo que no le quedaba claro, elabora al cabo de un tiempo larguísimo, era por qué se había envalentonado así el prefecto Castro Chacón. ¿Sólo por la cafeteada que había recibido del ministro hacía unas horas? No era posible, algo más tendría que haber, alguien estaba detrás de todo esto, se pregunta con dramatismo y en voz alta. Luego observa desapasionadamente el tembleque, los estremecimientos, el hipido del general, que se estruja las manos como si quisiera despellejárselas y levanta sus ojos aterrorizados hacia él, ¿pero quién puede estar detrás de esto?

—Como usted diga, general Carranza —se cuadra el comandante Castro Chacón—. Pierda usted cuidado, mi general.

Luego de aquellos segundos eternos en que el capitán que le dio la noticia se excusó de darle más explicaciones y dejarlo prácticamente con la palabra en la boca, el comandante Castro Chacón se puso al aparato, ¿aló, ministro Blacker?, mire, aquí tenemos a su hijita, y su voz estaba intoxicada de rencor, de una sorna venenosa que cogió a contramano al ministro. Él había pensando putear al capitancito ese lo mismo que al prefecto, pero cuando escuchó a este último dirigirse a él con un gélido desdén, como si fueran iguales, carajo, creyó vislumbrar la situación.

—No ha pasado ni media hora, mayor —tartamudea Blacker mostrando su reloj como para que no cupiera la menor duda respecto a la verdad de lo que decía—. Ni media hora desde que me llamaron para decirme que mi hija estaba detenida. Espero que aún Velasco no sepa nada. Ni él ni Carranza. Si se llega a saber que mi hija está entre esos subversivos, mejor me considero muerto en vida.

—Gracias, comandante Castro Chacón —muge el ministro—. Son situaciones difíciles, pero a los subversivos hay que darles su escarmiento. Sean hijos de quien sean. A esa chiquita ya la teníamos en la mira ya. A ver si el ministro aprende a vigilarla mejor. Y que agradezca que le guardamos el secreto. Tampoco hay por qué darle argumentos al enemigo, ¿verdad?

El mayor también echó una ojeada a su reloj y observó al general: con una camisa vieja de cuadros, unos pantalones azules, unas pantuflas de franela y sin afeitar sólo era un viejecillo asustadizo, un hombre que había llegado a la senilidad a tropezones. Temblaba y parecía al borde del llanto. Tranquilícese, general, ordenó Montesinos sin poder evitar que su voz sonara agria, que sus ojos se empequeñecieran de repulsa, él se iba a encargar de todo. Era obvio que el prefecto Castro Chacón estaba jugando fuerte, encendió un cigarrillo el mayor, sentándose frente al general Blacker. Y seguro que están esperando que usted mismo vaya a la prefectura para que lo vean los periodistas, allí seguro se ha formado una confusión del ajo. Hay cientos de detenidos, claro, no pudo dejar de sonreír ante la ironía el mayor: usted mismo así lo exigió, dice y se dirige a la puerta, pero él se iba a encargar. En menos de una hora se la traía de vuelta, sana y salva. Y tratarían por todos los medios de que el comandante Castro Chacón guardara un prudente silencio: los periodistas no se enterarán de nada. El ministro Blacker tiene el rostro ceniciento, chupado, y los ojillos enrojecidos miran ahora con devoción al mayor, parece que va a juntar las manos en una plegaria, lo hubieran visto, carajo, dice Montesinos repartiendo las cartas con habilidad de *croupier*, un asco, la verdad. Partes tú, apristón.

—¿Y la hija? —dice Sánchez Idíaquez sin hacer caso a las últimas palabras de Montesinos—. ¿También te lo agradeció? ¿Una chupadita al menos?

—No sea grosero, decano —reprueba Tamariz con una mueca de asco que le afina aún más los labios, cortando en seco las carcajadas de los demás—. La niña seguro ha aprendido la lección. Pero sobre todo quien ha aprendido es el padre.

—Desde ese día no quiere ni verme, carajo —sonríe Montesinos y enciende un cigarrillo antes de mirar con atención sus cartas—. Ya se le pasará a la flaca...

HERIBERTO GUEVARA CARACOLEA en el tráfico de mediodía, busca un hueco para meter la trompa del carro, por fin se detiene bruscamente en un semáforo a la altura de *El Comercio*, cuyas puertas están aparatosamente cerradas por una gruesa cadena. ¿Qué había de cierto en aquello de la autorización para la huelga en *El Comercio*?, ¿realmente había sido permitida por el prefecto Castro Chacón? Lo cierto es que el comandante ha sepultado su carrera... El mayor Alfaro se abanica despacio con el quepí, mira apático por la ventanilla del auto, habla al fin: eso parecía, compadre, porque el general Carranza estaba caliente con el asunto, pero no había querido soltar prenda. Lo mismo le había preguntado el domingo último su cuñado, el general Landaburu, y Alfaro, tan cercano y a la vez tan distante del poder, no había sabido qué responder, se quiso hacer un poco el interesante, igual que ahora con Guevara, pero como no sabe qué más decir, cómo dilatar esa escaramuza de vanidad que lo esponja al saberse inquirido, se rinde: seguro Montesinos está al tanto, afirma Guevara tamborileando en el timón, ese pata se las sabe todas y es el primero que te dice lo que ha pasado, lo que pasa y hasta lo que va a pasar. Por eso el doctorcito lo ha querido tener siempre de su lado. ¿Montesinos estará con nosotros en el Coap?, el mayor Alfaro juguetea con un lapicero, se vuelve hacia Guevara, que ahora arranca violentamente, hace un zigzag con el carro y busca girar en torno al edificio del viejo periódico conservador, a ver si hay suerte y aunque sea por ahí encuentran dónde estacionar, hermano, pero no: no creía que Montesinos fuese a formar parte directa del Coap, porque entonces tendría que dejar de ser el ayudante directo de Blacker, lo cual es perder todo contacto con Interior, pero en fin, que ahí había buena química entre esos dos gallos. Sobre todo ahora que le han declarado la guerra al Flaco Calderón, ese tiene los días contados, dice Guevara y se queda un momento pensativo: No se trataba además de una química personal, matiza al fin cerrando un poco los ojos para pensar mejor, era otra cosa, mucho más eficaz, como una estricta relación de conveniencia, eso es. El sociólogo creía que por eso mismo el doctor Tamariz se animaba a organizar de vez en cuando las timbas, ese hombre en el fondo se aburre jugando a las cartas o al cacho y nunca sabes lo que piensa, qué es lo que pasa por su cabeza. Pero era muy hábil, admitió el mayor Alfaro con cierta tristeza, consciente de que si él forma parte del Coap es porque era el ayudante personal del general Carranza, que de esa manera no pierde control sobre el comité de asesores creado y dirigido por Tamariz: tampoco es ningún tonto el general Carranza, piensa el mayor Alfaro mirando distraído el discurrir de oficinistas, secretarias, vendedores ambulantes, colegiales, un río de gente que avanza con desgana, con fatiga, qué tristes todos, ¿no, Alfarito?: uno resulta ser como un peón de ajedrez, filosofa repentina, emocionadamente el mayor Alfaro, un peoncito llevado de aquí para allá según la estrategia de los que tienen el mando, explica y Guevara parece no escucharlo, ¿qué decía, viejo?, hay un embotellamiento en la esquina y todos tocan furiosos el claxon, pasu madre, de aquí no salían nunca, y mira su reloj, mascula una palabrota, pero el mayor Alfaro apenas si se encoge de hombros, rozado ahora por el ángel del infortunio, caramba, apenas un peón, igual que Guevara, igual que el decano Sánchez Idíaquez, que quiere a toda costa ser rector, que el propio Montesinos, que nadie sabe qué es exactamente lo que quiere. Sí, igual que ellos pero peor, Alfarito, porque tú ni siquiera has podido elegir. El general Carranza lo llamó a su despacho y se lo soltó rudamente, quiero que seas mis ojos, mayor, que me lo cuentes todo, y mientras decía así lo iba señalando con el dedo, como si anticipara una injuria, una grave acusación de deslealtad y él, Alfarito, sintió como un cosquilleo desagradable en la espalda, claro que sí, mi general, contaba con él, mi general, balbuceó.

Por eso el doctor Tamariz apenas si te tenía en cuenta, Alfarito, por eso en las propias timbas, el mismo Guevara, Sánchez Idíaquez y hasta Montesinos, caramba, que era de su mismo rango, parecían mirarlo por encima del hombro y al mismo tiempo ser conscientes de que eras algo así como un infiltrado, un chivato, un pelele: cuñado del general Landaburu y ayudante de Carranza desde que fue nombrado primer ministro, el mayor Alfaro había tenido que navegar procurando no ser engullido por esas dos corrientes poderosas, implacables, tan dueñas de sí que apenas si prestaba atención a los demás, suspiraba con rencor por las noches, cuando cansado y con los pies adoloridos buscaba el refugio de Mirta, esquivaba sus miraditas hastiadas de tanta queja, caramba, ella no lo decía pero no eras tonto, Alfarito, también tu mujer empezaba a mirarte con cierto benevolente desdén, ¿un poco harta? ¿Harta de que otros escalaran raudos, de que te fueras quedando siempre un paso atrás, de que su hermano te concediera apenas la existencia de un insecto?

El doctor Tamariz estaría echando chispas, lo sobresaltó Guevara cuando por fin encontró por dónde cru-

zar hacia el jirón Huallaga y de ahí embalar rumbo a la
playa de estacionamiento más próxima, mayor, esperaba
que en breve los del Coap ya dispusieran de los autos oficiales y playa de estacionamiento como había prometido
Tamariz y el propio Carranza, así no había quién cum-
pliera con los horarios, se amargó el sociólogo pasando
temerariamente una luz roja, por fin encuentran un lugar
donde estacionar frente al Convento de San Francisco y
bajan presurosos en medio del afiebrado revoloteo de las
palomas que han tomado la plaza, un día de estos habrá
que venir a cazar alguna para comer carne, dice Heriberto
Guevara con veneno, desde que se implantó la veda, en
su casa apenas si veían un churrasquito cada quince días,
y el mayor Alfaro lo mira de reojo, no dice nada, para
qué, si todos saben que la veda no afecta a los militares,
que él sí come carne cuando quiere, que la gasolina le
resulta más barata, precisamente en estos tiempos en que
está por las nubes, dice Guevara como si le hubiera leído
el pensamiento, la de gollerías que tienen los militares,
carajo, y el mayor Alfaro hace el amago de protestar, quisiera decirle que sí, tenían todas las gollerías del mundo
porque no eran unos pusilánimes como los civiles, ellos
habían tomado el poder, se la habían jugado a lo macho
y no como los izquierdosos de salón, que huían al primer
tiro, hatajo de maricas, que las manifestaciones como la
de Miraflores ellos las sofocaban en dos patadas. Pero no
dices ni pío, Alfarito, para qué, apenas se atreve a comentar que el doctor les estaría esperando en las oficinas que
han habilitado junto a Palacio, en los altos del café Haití,
seguramente ya tendría listo el informe sobre la futura expropiación de la prensa y ahora sólo cabía barajar algunos
nombres para que se hicieran cargo de los periódicos.

EL ALMIRANTE SAURA se observa con atención en el espejo del baño, ausculta las breves arrugas que se forman en torno a sus ojos, la nariz bien perfilada, hunde el estómago y saca pecho. De afuera llega el sonido de una polca en el hilo musical del Kero's Bar del Sheraton y el marino frunce el entrecejo, se alisa los pantalones, sale de los aseos con paso decidido, ya estaba un poco harto de tanta musiquita populachera, de tanta vaina falsamente patriótica, de tanto populismo que no sabemos adónde nos lleva, Gato, le dijo a Ravines cuando volvió a la barra y se sentó en el taburete con gesto de enojo, cogiendo un puñado de manises y llevándoselos a la boca uno a uno antes de beber un sorbo de su cerveza, la verdad, el giro nacionalista del Gobierno le estaba decepcionando cada día más. El Gato Ravines también bebe de su cerveza, mira distraídamente su reloj, el almirante se ha quedado callado un momento, se sonroja y musita unas disculpas, últimamente andaba hecho un pichín con tantas vainas en el Gobierno, parece que damos un paso para adelante y otro para atrás, y lo están mareando a Velasco, le están haciendo la cama, carajo. En fin, ya sé que hoy no íbamos a hablar de política ni de asuntos del Gobierno, pero resulta imposible: el miércoles pasado el almirante recibió una llamada de Ravines, hombre, Aníbal, ¿por qué no se buscaban un hueco en la agenda para tomarse una copa y recordar los viejos tiempos? Era muy difícil no hablar del Gobierno, ya lo sabía él, dice Ravines sin pestañear y observa al marino que está tan cambiado, ¿estaré yo también así?, pese a los cuidados, a las dietas, a los entrenamientos rigurosos, el tiempo pasa, Gato, de manera inobjetable: Saura tiene el mismo cabello castaño que cuando era un pipiolo e iban juntos al Champagnat, la misma expresión distante, pero ahora ya no asoma ese brillo repentino que incendiaba sus ojos: es el tiempo que lo desbarata todo, Gato, se dice Ravines y se sorprende recordando sus lejanos días de infancia, cuando él y Aníbal Saura iban al mismo colegio. Luego Ravines viajó a Boston, donde vivió una temporada, y después ingresó al ejército, estuvo varios años de agregado militar en México y no supo más de Aníbal hasta que el azar los juntó en este gobierno. Ya había sabido por Cecé Arbulú que Aníbal Saura hacía carrera en la Marina, pero nunca se volvieron a ver hasta que Velasco dio el golpe y los llamó a filas.

—Cómo que no está —se exaspera el prefecto Castro Chacón, no puede creerlo, estaba llamando desde la mañana de ayer, señorita—. Dígale al ministro que es urgente.

El general Ravines entrecierra los ojos, arrullado por el hilo musical donde suena una versión empalagosa de Chabuca Granda, se ensimisma un poco, igual que Saura, era cierto que tampoco habían podido conversar, reencontrarse de veras, sumergidos ambos en los asuntos propios de sus carteras, Gato, apenas en los cocktails de Palacio, en las reuniones intempestivas de Velasco, en los consejos de ministros donde más bien habían optado por la tácita renuncia de la familiaridad y ofrecerse un trato deferente y distante. Ravines lo había citado sin preámbulos en el bar del Sheraton, más bien discreto a esa hora del día y a cuyo edificio se accedía directamente con el auto, sin mirones, apenas un par de parejas que seguro han escapado de alguna reunión de trabajo, apurando las sombras, disfrutando de la musiquita que tanto enoja al marino. En fin, Gato, tanto tiempo: el almirante Saura hace vibrar con la punta de un dedo su copa de cerveza, como si estuviera enviando un mensaje cifrado y al momento el barman se acerca diligente, el rostro intranquilo, ¿los señores ministros deseaban...? No, no querían nada, gracias.

—Yo aguardo a que termine su reunión —dice el prefecto Castro Chacón suavemente, como si en realidad no le importara esperar a que el ministro acabe mañana o pasado, él lo esperaba, insiste y piensa, dos días ya—. Pero, por favor, que me conteste.

Ravines se vuelve hacia Saura como si de pronto se animara realmente a conversar, ¿se había enterado de lo que había pasado en *El Comercio*?, el almirante parece no haber oído la pregunta del ministro de Pesquería, es un absurdo, dice cautelosamente, no creo que esto beneficie para nada al Gobierno. Saura lo mira un segundo confundido, como si no supiera de qué hablaba el ministro de Pesquería. Ah, sí, lo de la huelga del sindicato. Sí, explica Ravines, resultaba que la huelga la había organizado la gente de *El Gráfico*, que es ese suplemento que no ve la luz hace tiempo. Los muy conchudos cobran incluso horas extras y no trabajan, Saura suelta una carcajada seca, despectiva. ¿Y entonces la huelga?, pregunta sin mucho interés, picoteando con ánimo unos manises.

—La huelga se convoca, camaradas, porque *El Comercio*, al pagarnos sin que estemos trabajando, nos insulta, hiere nuestra dignidad —el representante del sindicato se ha subido a una mesa y desde ahí habla a los trabajadores que lo escuchan apáticos, indolentes: de fuera llega un bullicio crispado de mediodía, el sol incendia los contornos del viejo edificio del jirón Lampa—. ¡Estamos en huelga! ¡Viva la Revolución! ¡Viva Juan Velasco!

Saura se rasca la cabeza, achina los ojos, ¿no había sido una decisión del prefecto aceptar esa parodia de huelga? Si se rumoreaba que hasta lo iban a destituir... Qué iba a ser decisión del prefecto, resopla Ravines dándole un sorbito a su cerveza, el pobre comandante Castro Chacón se ha llevado toda la cafeteada, claro, porque él simplemente cumplía órdenes, simple y llanamente cumplía órdenes, general Ravines, dice el prefecto, que ha pedido cita con el ministro de Pesquería aunque sepa que no tiene competencia en este asunto, en nombre del respeto que usted me merece como militar y como persona, dice Castro Chacón, le rogaba que intercediera, que él simplemente cumplía órdenes. Ravines le ha ofrecido que se siente, hombre, no esté ahí de pie todo el rato, y luego le ha pedido que despacio le dé los pormenores del asunto. El comandante juega con el quepí nerviosamente y Ravines está a punto de decirle que deje de hacerlo pero se contiene: Wilfredo Castro Chacón ha sido un buen subalterno, un militar sin mayores brillanteces, de una discreción sin grietas, y que ha llegado a ser prefecto por esas carambolas que tanto se dan en este Proceso Revolucionario, explica Ravines a Saura, atrapando por fin su interés, mientras piden otra ronda de cervezas porque las de ambos se han entibiado y las dejan casi intactas: el caso es que el sindicato de *El Comercio* entró en huelga sin motivo aparente, y el subgerente del periódico solicitó audiencia con el ministro de Comercio y Trabajo, con el general Villacorta, pero este se negó a recibirlo. Este Negro Villacorta se da muchas ínfulas, acota Saura con desprecio, pero Ravines sigue hablando como si enunciara pedagógicamente un problema de solución manifiesta. Por su parte, el jefe de personal de *El Comercio* fue a explicarme lo ocurrido, dice Castro Chacón casi tartamudeando, y yo le dije que sentara la denuncia en la comisaría correspondiente.

—No, el ministro Villacorta no se encuentra —escucha la voz de la secretaria por enésima vez, impersonal, algo gangosa, el prefecto Castro Chacón.

—¿Cómo dice? Pero si acaban de decirme que sí estaba…

—No, ha habido un error —dice la secretaria hojeando una revista—. El general Carranza no se encuentra en su despacho. Ha sido convocado a Palacio desde tempranito.

—Estoy esperándolo hace horas —se exaspera y habla con voz contenida el prefecto.

—Lo siento, pero el general Blacker está en consejo de ministros. No se le puede interrumpir —explica la secretaria.

Ninguno de los tres ministros quería recibirlo, y ahora resulta que él había dado autorización para una huelga de la que no tenía conocimiento, se ofusca Castro Chacón, mira con ojos desamparados al general Ravines, que está alerta, que empieza a entender lo que ha ocurrido, ¿la búsqueda de una cabeza de turco por parte de quiénes, Aníbal?, pregunta sin alarma el ministro e insiste, ¿quiénes están detrás de toda esta maniobra para desarticular a *El Comercio* sin importar qué nombres comprometen? Saura bebe un sorbo de su cerveza, se limpia con una servilleta la espuma que bordea los labios, mira de pronto oscurecido hacia el general, que continúa hablando y bebiendo sorbos breves de su copa, eran un muy mal asunto estas jugarretas del Coap, Aníbal. Sí, sí, porque quedaba claro que el Consejo de Asesores del Presidente —Ravines se detiene en formular el nombre completo del organismo con algo de sorna— estaba detrás de todo esto, caramba, y seguramente saldrá a la luz si algún periodista tiene la valentía de indagar un poco, sobre todo porque el prefecto Castro Chacón se había cerrado en banda, insiste en que él sólo cumplía órdenes. La pregunta es: ¿Órdenes de quién, comandante?, exige Ravines y observa claramente cómo palidece el prefecto, cómo estruja su quepí una y otra vez, tartamudea nuevamente, ay, caramba, general, él había recibido una llamada desde el Coap, no le permitieron que hablara con su superior directo, el ministro del Interior, general Blacker, como lógicamente correspondía en estos

casos, y ahora que se había armado todo este revuelo, el
general Blacker tampoco lo quería recibir ni de vainas. Nadie lo quería recibir. Blacker pensaba que Castro Chacón
lo había traicionado, que había tomado una decisión propia o vaya uno a saber, caramba. Desde la manifestación
aquella en Miraflores, el ministro del Interior no mete las
manos al fuego por nada ni nadie, y menos por el prefecto.
Y ya había visto todo lo que se decía en los periódicos, los
ataques de *La Prensa,* incluso *La Crónica* y *Expreso* y él,
claro que cumplía órdenes, pero no podía asumir tamaña
responsabilidad, lo estaban despellejando vivo, señor.

—La huelga del sindicato de trabajadores de *El Comercio* era a todas luces ilegal —el ministro del Interior, Pedro Blacker, se saca los lentes, mira a los periodistas como
calibrando el efecto de sus palabras—. No entendemos
cómo la prefectura ha permitido esta acción subversiva
contra la libertad de prensa. Yo nunca di consentimiento.

El comandante Castro Chacón ahora se abanica
con el quepí, él, como prefecto de Lima, como hombre
del Ejército y como persona, tenía un buen nombre que
ahora estaba por los suelos, dijo con una voz dinamita-
da por la congoja. Ni el general Villacorta ni el propio
Carranza lo quisieron recibir, Aníbal, y Blacker estará caliente con él por no haberle consultado, pero sobre todo
desde la manifestación aquella lo tenía entre ceja y ceja,
sabe Dios por qué. El caso es que el prefecto se convierte
así en el chivo expiatorio ideal: asunto suyo. Saura se anima por fin a beber un sorbo largo de su cerveza, parece
incómodo, sonríe hacia su reflejo en el espejo detrás de
la barra y al fin se vuelve hacia Ravines: no dice nada,
simplemente se limita a mirarlo y a arquear una ceja in-
terrogativa. Ravines conoce esa manera de encogerse de
hombros, de no meterse en asuntos que no considera suyos, pero esta vez decide no pasarlo por alto: No, Aníbal,

no era de recibo lo que están haciendo con el comandante Castro Chacón, lo estaban crucificando con una responsabilidad que no le atañía, no le parecía ni correcto ni decente que ni siquiera lo recibieran para darle una explicación, general Carranza, dice Ravines después de comunicarse con el primer ministro, que carraspeó largo rato al otro lado del teléfono y por un momento Ravines creyó que la comunicación se había cortado ¿aló?, ¿aló, general? Sí, allí estaba, escuchó finalmente la voz de paquidermo aletargado, de rumiante de siesta, pero lo que no entendía era por qué le interesaba tanto el asunto, la verdad, Ravines, Carranza no quería ser incorrecto, pero a fuerza de ser sincero, no era asunto suyo. Ravines siente que su cuerpo se tensa, que sus mejillas arden, respira hondo y contesta: era asunto de todos, general, el buen nombre de la institución. El comandante Wilfredo Castro Chacón había intentado comunicarse con usted más de diez veces, ¿no se lo había dicho su secretaria? Al menos una explicación para alguien que ahora mismo se está jugando el puesto y la reputación por defender las órdenes de sus jefes. Si ustedes desde el Coap han decidido cerrar *El Comercio*, deberían buscar otras maneras o al menos dar la cara respecto a sus decisiones. ¿Qué era eso del sindicato y la huelga inexplicable? ¿Eso le habías dicho a Carranza en su cara?, Saura sonríe divertido, mueve la cabeza incrédulo, te la habías ganado, Gato, pero Ravines no le encontró el chiste, volvió a recordar con precisión aquella charla, la voz ahora sí irritada del general, lo que tuviera que reprocharle respecto a ese tipo de decisiones, general Ravines, se lo decía en el consejo de ministros, pero que una cosa quedara clara: hay decisiones que desde el Coap o desde mi posición están plenamente respaldadas por el presidente y si no tienen que ver con la anchoveta ni con la exportación de harina de pescado, era mejor que no se inmiscuyera. Me lo dice usted en el consejo de ministros, entonces, dice Ravines con una voz de hielo, casi insultante, buenas tardes, general.

—¿Tú crees que Velasco está al tanto de esta suciedad, Aníbal? —pregunta Ravines finalmente, los ojos velados por la preocupación—. Porque si es así, no me gusta absolutamente lo que está ocurriendo.

—Hombre, eso es cosa del Coap, ya lo has dicho. Habría que frenarlos. Pero no creo que el propio Velasco…

—Ya, lo destituímos nomás, que la prensa sepa que no estamos de acuerdo con equívocos de esa clase. Las huelgas ilegales no se consienten en este gobierno. A veces hay que sacrificar soldados por intereses más altos —suspira Velasco, fuma con ansiedad, mueve la cabeza desoladamente —. Pero la huelga del sindicato de *El Comercio* me tiene que durar por lo menos un mes. Llega diciembre y les reventamos el negocio de los anunciantes.

UNA SECRETARIA AVANZA decididamente hacia el general Antón Del Valle, jefe de la II Región Militar, que se abanica con indolencia, la camisa ligeramente entreabierta, y le dice algo al oído. A su lado, el ministro de Relaciones Exteriores, Óscar Peñaloza, revisa una y otra vez ciertos documentos en los que apunta datos, revisa sus notas, parece absolutamente ajeno a la efervescencia del consejo de ministros, a la charla animada entre el jefe de la Casa Militar, general Iriarte, y el ministro de Agricultura, Alberto Benavente; a las roncas carcajadas del ministro de Vivienda, Hernández Prada, que conversa con el general Villacorta. El Gato Ravines observa la reunión de ministros con desinterés, manotea de vez en cuando el aire enrarecido por tanto humo, carajo, escucha que murmura el almirante Saura, que se sienta a su lado, ¿cómo estaba, Saura?, y coloca con cautela su maletín antes de coger un vaso y la jarrita de agua que tiene cerca, mira su reloj, ya tenían quince minutos de retraso, ¿verdad?, murmura y se vuelve hacia el ministro de Educación, general Walter Ahumada, que sonríe cordial, demasiado afable, ansioso por ser tomado en cuenta. Ahumada es desdeñado por los demás militares, que apenas si le prestan atención y las decisiones de su cartera en realidad las toman entre el Coap y Velasco, qué carajo, la reforma educativa ha sido un desastre, por más que ahora quieran enderezar el rumbo, comentó Ravines aquella vez en el Sheraton, recuerda Saura y quiere ser amable con el general Ahumada, pero algo en este lo tira para atrás, demasiado esmero en su sonrisa, en sus gestos algo serviles a la hora de afirmar con la cabeza de cabellos lacios y retintos cuando el ministro de Marina le dice que ya llevan más de quince minutos de retraso, caramba, pero a Ahumada se le congela la sonrisa cuando escucha decir al marino que la impuntualidad del presidente era proverbial: se da la vuelta bruscamente y en ese instante aparece por la puerta del fondo Velasco, Benito Carranza y el jefe de Inteligencia, el Turco Zegarra. Todos se levantan y el general Velasco hace un gesto algo marcial con la cabeza, responde saludos, se sienta finalmente, escudriña a sus ministros con una severidad impostada y algo teatral que apaga los últimos murmullos, carraspea, pone la pistola en la mesa y dice caballeros, hay varios asuntitos, algunos puntitos importantes que debemos tratar, y ya sé que atravesamos por un momento algo difícil para nuestra economía, justo cuando muchos queremos acometer reformas y revisiones de los planes que nos trazamos al principio de esta Revolución. Se escuchan murmullos aprobatorios, el chasquido de algunos encendedores, el rumor de los papeles que los ministros sacan de sus cartapacios, de sus maletines, nuevamente el silencio cuando Velasco, después de beber un sorbo de agua, vuelve a tomar la palabra, Gato, nos va a soltar el discurso, la arenga institucional, la voz cada vez más atiplada, el semblante adusto como el de Carranza y el de Zegarra flanqueándolo, Gato, el jefe del Coap y el jefe de Inteligencia del Ejército, custodios de la Revolución, de las frases de Velasco, donde aflora con una continuidad empalagosa la palabra patria, carajo, y la palabra *revolución*, caracho, acaba de pedir la palabra el ministro de Comercio y Trabajo, empieza a glosar sus conquistas durante el periodo que lleva al mando de este ministerio que la Revolución me ha encomendado, dice y los demás generales lo observan con un cordial desinterés, saben que el Negro Villacorta está haciendo méritos, nadie supuso que sería él quien reemplazara a Arias Silvela, pero el Negro, hay que reconocerlo, ha hecho sus deberes y se enfrentó, nada más asumir el cargo, a una huelga en el sector textil, a una brusca caída de precios en el mercado internacional, insiste Villacorta, pero sus estimaciones para el segundo semestre del año eran realmente buenas, si permitían los señores ministros, les había adjuntado una copia facsímil de estos datos, ¿sería cierto lo que decían, Gato? Que nada más asumir el cargo, Villacorta reunió a todos sus directores, a los gerentes de todas las áreas, a los consejeros y les pidió ya, señores, me van a hacer un favorcito y van a poner a disposición sus cargos, ¿de acuerdo? Esta es una cuestión meramente formal, pero al mismo tiempo profundamente acorde con los principios éticos que dimanan de esta Revolución, dicen que les dijo el general Villacorta, y los dejó fríos. Sólo aceptó la renuncia de dos funcionarios, Gato, pero consiguió que los demás sintieran que en todo momento tenían la soga al cuello, una jugada que, según dicen, encantó a Velasco, tan proclive a esas acciones, Gato. Ahora Villacorta sigue hablando, exponiendo, ofreciendo datos y previsiones, mientras Velasco lo escucha con visible interés, sabe que Villacorta está haciendo méritos y además parece ser del tipo de hombres que le gustan: incapaz de contradecirlo, servicial, nada protestón, más bien servil pero efectivo con su trabajo, dice Velasco encendiendo un cigarrillo y ofreciendo otro al general Zegarra, ahora que la sala donde se reúne el consejo de ministros ha quedado desierta y él ha pedido que les traigan unos whiskys, que se los lleven mejor a su despacho, donde se sienta a conversar con el jefe del Inteligencia del Ejército y con Benito Carranza, que parece adormilado, igual que todo el rato que duró el consejo de ministros, su respiración laboriosa, los ojos entrecerrados y las manos en el abdomen, Gato, como si todo esto no fuera con él, como si no te hubiera visto y no supiera que no te vas a callar, que sacarás el asunto del prefecto Castro Chacón y se lo soltarás en pleno consejo, Gato, quizá nada más terminar de hablar Hernández Prada, el ministro de Vivienda, que explica por qué dijo ante los periodistas que no habría reforma urbana y que el Gobierno iba a garantizar las inversiones privadas para construir casas destinadas a alquiler, si Velasco mismo había sugerido que estaba en contra de la existencia de la propiedad privada. Hernández Prada era metódico, coherente y algo monótono a la hora de hablar, Gato, como si todo lo que estaba diciendo fuera una lección aprendida. Pero sólo era una apariencia, porque en esta obstinación granítica a la hora de explicar cómo y de qué manera la actual ley de vivienda urbana podía beneficiar sobre todo a los más pobres hay una tozudez a prueba de bombas: Luego de beber un largo sorbo de agua, el ministro de Vivienda pasó a una extensísima disquisición que Velasco quiso cortar en más de una oportunidad, Gato, pero de inmediato corregía su semblante y fingía interés, ¿por lo que habías escuchado que ocurrió hace poco, Gato? ¿Que un soplón de Velasco le fue con el chisme de que Hernández Prada había hablado mal de él en una reunión de amigos, y el presidente lo llamó de inmediato para putearlo como a un subalterno sin dejarlo intercalar una sola palabra? La que se armó, carajo, con Hernández Prada presentando su renuncia y dudando hasta si retar a duelo al presidente por haber ultrajado su honor.

La verdad, te pasaste, Juan, le dijo en aquella ocasión y le dice ahora Benito Carranza al presidente, mientras bebe un sorbo de whisky y se sienta frente al general Zegarra, a Eleazar Calderón y a Velasco, y ahora tenemos que tragar con lo que diga Hernández Prada desde que se convirtió en el sucesor del almirante Garrido. Era cierto, ese hombre les iba a dar más de un quebradero de cabeza con su cerrazón, carajo, y no hay forma de hacerlo bajar del caballo, insiste Carranza, ya les había atascado la nueva ley del inquilinato y había más de un constructor que iba a protestar, a zapatear duro, pero Velasco le da una palmada en el hombro, lo importante era que no se le ocurriera ahora empezar a conspirar también, porque allí sí que lo pasaban a retiro en menos de lo que cantaba un gallo, carajo, lo demás lo manejaban con calma, con tacto. Velasco, todo el mundo lo sabía, era incapaz de pedir una disculpa, Gato. «Su mayor virtud consiste en no ser rencoroso con quienes ofende», le habías escuchado decir a un general hace tiempo, y ahora, mientras Hernández Prada seguía en sus trece defendiendo su posición contra viento y marea, Velasco lo escuchaba con una sonrisa meliflua, cargada de falsedad, aunque a veces enrojecía, parecía a punto de estallar, sobre todo porque para muchos otros ministros daba la impresión de que el general Hernández Prada se estaba desmarcando de la línea revolucionaria que se acometía en las demás carteras, señor presidente, trabucó de pronto el general Óscar Peñaloza, uno de los que más tiempo duraba en su ministerio, el de Exteriores. Sentado justo en frente de Hernández Prada, Peñaloza se miraba los dedos, hablaba ensimismadamente. A nadie se le ocultaba la buena relación entre Peñaloza, fumador, jaranero, de palabra áspera, con el presidente Velasco, quien le consentía desplantes e incluso meteduras de pata como cuando hacia poco más de un año, durante su ponencia en las Naciones Unidas, había elogiado fervorosamente la Revolución cubana, puesto que a finales del setenta y uno Velasco había recibido con todos los honores a Fidel Castro, con quien se permitió bromas subidas de tono y unas muestras de camaradería cuartelera que la prensa siguió con entusiasmo. Peñaloza había inferido erróneamente que el jefe de la Revolución peruana apostaba claramente por la Revolución cubana, Gato, pero no calculó que de puertas afuera la posición del Gobierno Revolucionario del Perú no era tan entusiasta. Sin embargo, dijo Velasco encendiendo otro cigarrillo y fumando con avidez, Peñaloza está para eso, para lo que hizo esta mañana durante el consejo de ministros, para quitarme esos entripados con gente como Hernández Prada, porque este se había vuelto sorprendido hacia donde el ministro Peñaloza, paralizado por un ataque que no esperaba y del que no atinó a defenderse con rapidez: ya el ministro de Educación, el sumiso Ahumada, levantaba una manito, sacudía desesperadamente una manito aprovechando los murmullos, las voces que se alzaban de aquí y de allá, para decir que él estaba de acuerdo con el general Peñaloza, la Revolución requería un esfuerzo conjunto y reformas radicales en todos los sectores, pero apenas consiguió una mirada displicente de Velasco, ni siquiera Saura, que estaba a su lado, se dignó a mirarlo y Ahumada se sumergió en sus papeles patéticamente, casi no terminó la frase que había empezado con un temblor ratonil, devorado por la discusión que se ha establecido de pronto entre Blacker y el general Zegarra, señor presidente, dice Blacker con el rostro congestionado, creo que es competencia del Ministerio del Interior la cuestión de la infiltración comunista en la universidad, no creo que el general Zegarra, desde Inteligencia del Ejército, tenga mayor mediación, insiste Blacker y Zegarra apenas lo mira, más bien está a la expectativa de los gestos de Velasco, que bufa a su diestra, que se calmara pues, gringo, aquí la Revolución se hace entre todos, ya lo estaban diciendo, ¿no?, esto no es mí competencia y esta la tuya, no pues, y menos con la seguridad del Estado. Zegarra no estaba metiéndose donde no debía, explica el general Velasco y Blacker asiente muy débilmente con la cabeza, estruja sus papeles, no sabe si sentarse o no, mientras el presidente enciende un Chalán, y suelta una nube de humo de la que parecen emerger sus palabras, carajo, no había que tomárselo así, hombre, Inteligencia y el Ministerio del Interior debían colaborar, trabajar juntos, pues, gringo. Por lo mismo y si se me permite, se escucha decir Ravines casi sorprendido de haber hablado tan pronto, aprovechando la profunda pitada que ha dado Velasco a su cigarrillo, me gustaría pedirle al general Carranza, que explique al consejo lo ocurrido con la huelga del sindicato de *El Comercio* y la fulminante defenestración del prefecto, el comandante Wilfredo Castro Chacón, si lo tenía a bien, claro. De pronto en el amplio salón apenas se escucha el zumbido de los ventiladores, el crepitar de algún papel, un carraspeo lejano: todos han quedado a la expectativa de lo que tenía que decir al respecto el general Carranza que se incorpora trabajosamente de la posición holgada con la que había seguido el consejo, la verdad, general Ravines, dice al cabo de un larguísimo minuto y en su rostro se dibuja un gesto desagradable, Gato, como un amago de sonrisa burlona, la verdad, la verdad, él no tenía mucho más que decir que lo que le había dicho al presidente Velasco, en todo caso esa explicación era responsabilidad del general Blacker, que acababa de defender la tesis de la autonomía casi autista de los ministerios. Blacker se incorpora de un salto, enrojecido, una vena palpitándole en el cuello, cómo podía decir eso, general, dice con la voz estrangulada, si la orden que recibió el comandante Castro Chacón partió del Coap, y en última instancia de usted mismo, caramba, señala Blacker con un dedo enérgico, pasando por encima de mí. El consejo hierve ahora de murmullos, voces agrias, gestos y Ravines piensa por un segundo que la atropellada intervención de Blacker puede enrumbar por otros cauces la discusión, que justo es eso lo que ha hecho Carranza provocando a Blacker, aún no repuesto de la humillación a que lo ha sometido el presidente, y de inmediato alzas la voz, Gato: Digamos que si la decisión se tomó entre usted y el Coap, le corresponde a ustedes explicárnosla, más allá del caos de competencia que se estaba formando con Interior, el Coap e Inteligencia, dijo Ravines mirando a Velasco, sabiendo que al presidente lo saca de quicio que mencionen a Inteligencia del Ejército, que se ponga en evidencia la relación entre esas dos instituciones y él mismo. El general Zegarra tiene el rostro afilado y una mueca fina y venenosa se dibuja en sus labios cuando se vuelve a mirarte, *touché*, Gato, pero Carranza parece no perder los papeles, aquí no tenía nada que ver Inteligencia del Ejército, amigo Ravines, dice despaciosamente, casi burlón, mirándose las uñas, aquí la decisión se tomó en el Coap, si gustaba le pasaban un informe para él solito y Ravines amaga con incorporarse pero Velasco hace un gesto tajante, pone la mano sobre la pistola que descansa en la mesa, ¡ya estaba bien, carajo!, ahora mismo dejaban esas mamarrachadas para otro momento, que había asuntos más graves que atender, señores, y el Gato Ravines entiende que debe replegar velas, por lo menos algunos ministros se han removido inquietos, los ministros van a querer saber exactamente qué pasó con Castro Chacón, ya ha quedado claro que Carranza y Zegarra tienen una poderosa influencia sobre el presidente, Gato, la batalla y no la guerra.

—Ravines hace tiempo que no es el preferido de Velasco, ni mucho menos —Montesinos se sirve un gin con Bingo Club, se sienta frente al paño verde y saluda a todos—. Carranza ha movido bien sus fichas.

—Ahora hay que acometer la reforma de la prensa, y cuanto antes —el doctor Tamariz apenas prueba su oporto, está como distraído—. Necesitamos trabajar rapidito en esto.

El improvisado parking va llenándose poco a poco de automóviles que unos soldados se encargan de dirigir, de orientar, hacía allí, junto a aquel árbol, su invitación, por favor. El sendero que conduce a El Capricho —la casa campestre que fuera de Odría y ahora es de Velasco— hierve inusualmente de actividad a esas tempranas horas del mediodía. Unos perros vecinos ladran persistentes detrás de una verja cubierta de hiedra, el sol brilla con intensidad, nada que ver con la implacable neblina que envuelve perpetuamente el cielo capitalino, apenas a tres cuartos de hora de carretera, qué ojo ha tenido el presidente, comenta Heriberto Guevara saludando al doctor Tamariz, mire que venirse a este paraíso, y levanta la vista extasiado, como si no se pudiera creer el sol intenso, el cielo sin objeciones de Chaclacayo, aprieta la mano de su mujer, feliz, jubiloso, hace las presentaciones y el doctor

Tamariz ofrece una diestra sosegada y cordial, se disculpa un momento, que vayan pasando, por favor, propone con afectada elegancia mostrándoles el camino de gravilla: el jardín es grande y está bien cuidado, dicen que el propio Velasco se encarga de aquellos rosales, explica Sánchez Idíaquez caminando al lado de Guevara y de Arturo Ramsey, compadre, tanto tiempo, no nos vemos desde lo de Banchero Rossi, ¿no?, hay grandes abrazos entre los tres hombres que presentan respectivamente a sus mujeres, qué bien que hayas venido, ¿la primera vez que te dejas caer por casa de Velasco? No, ya es la segunda, ¿y tú? Esta es la primera, igual que nosotros, verán qué tipo macanudo es este Velasco, gana mucho en persona, ya lo creo, afirman, comentan, avanzan juntos hacia el portalón de entrada de donde proviene un chorro de música criolla, estas son unas verdaderas jaranas, ya lo verán, se ve obligado a explicar Guevara, conocedor y ufano, se abalanzan sobre un mozo que ofrece pisco sour, whisky, coca colas, vino blanco y tinto, ya hay gente en la sala, miren quién está aquí, el decano Sánchez Idíaquez le da un codazo a Guevara, allí está Pacheco, el líder del sindicato pesquero, y el dirigente de la CTP, Gustavo Meléndez, y allí, al fondo, ese japonés de rostro huraño es Fujimori, dicen que busca a toda costa ser rector de la Universidad Agraria, ¿y ese no es Recalde? Sí, claro, es uno de los que más se enfrentó a Velasco, me gustaría saber qué dirá ahora, murmura con ponzoña Ramsey dirigiéndose a los otros dos hombres: por cierto, ¿alguien sabía algo más sobre la huelga de *El Comercio*? ¿Castro Chacón dio la orden realmente? Mejor ni lo menciones aquí, hermano, porque vas a levantar ampollas…

El Compadre Ibáñez, el trovador de la música criolla, puntea su guitarra en medio de un corro de militares y civiles, canta con su voz quebrada y potente, con sentimiento sincero, una polquita que le ha improvisado al general del pueblo, a Juan Velasco, a Juan sin miedo, caracho, explica a sus oyentes, al hombre que es capaz de arrodillarse para besar a una pobre anciana, como hemos visto hace poquito nomás en la tele, dice el Compadre, con la voz trémula, y hay aplausos, alguien ruge que viva la Revolución, y todos se vuelven cuando aparece el primer ministro Carranza, que saluda grave aquí y allá, se da vigorosamente la mano con el general Ravines, al parecer tuvieron un cruce palabras en el último consejo de ministros pero Velasco los ha hecho reconciliarse, dice Meléndez. El ministro se da abrazos con el general Martínez del Campo, siempre tan estirado y como mirando por encima del hombro a los demás, ofrece la diestra que unos y otros se apresuran a estrechar, hay una escaramuza de empujones y enfados por acercarse a los ministros. Para muchos es la primera invitación que han recibido a este almuerzo informal con el que Velasco quiere agasajar a los civiles que de una u otra manera vienen apoyando al Gobierno Revolucionario de las Fuerzas Armadas desde sus primeros días, y también a quienes han mantenido posiciones discrepantes, para que conozcan más de cerca el Proceso, se ve obligado a explicar con su voz monótona el general Carranza, y todos escuchan con absoluta atención: aquí hay escritores, periodistas y políticos, profesores y sindicalistas, abogados, empresarios, poetas y en fin, muchos intelectuales que en sus primeros momentos se manifestaron abiertamente contra el Proceso pero que han ido comprendiendo el alcance de la Revolución y la honesta política del general presidente, dice el doctor Tamariz a un grupo de periodistas extranjeros: al corresponsal de Novosti y al de France Press, que beben whisky alejados discretamente del grupo bullicioso que corea la polca del Compadre Ibáñez, al de UPI, Hubert Cam, y al de Ansa, el italiano Tallio, que es jaranero y toma pisco como todo un peruano, pero ahora nada de preguntas, amigos míos, ha suplicado cordialmente Eleazar Calderón apareciendo al lado del doctor Tamariz, impecable el director de Informaciones, de pañuelo de seda en el cuello, fumando un cigarrillo emboquillado, nada de preguntas, que esta es una fiesta entre amigos, y el rubio corresponsal de France Press parece ignorarlo, ¿era cierto que los mediós de comunicación iban a pasar a manos del Estadó, y si era así, qué pasabá con los periodistas deportadós como Montelongo o Zárate? Calderón empalidece ligeramente, mira de arriba a abajo al periodista, distiende finalmente su rostro en una sonrisa algo ofensiva, qué pesado que es usted, dice sin poder evitarlo, vuelve a sonreír, nada de preguntas, amigo, ¿habla castellano, verdad? Mire, tómese un pisco y disfrute de la fiesta, ¿quiere?, el general Velasco no tardaba en bajar, y le da bruscamente la espalda mascullando una grosería, se acerca al doctor Rázuri, que quiere saludar al almirante Saura y al general Blacker —está delgadísimo y se le chorrean los pantalones al ministro del Interior— y a su preciosa, hija, cómo estaba, señorita, un placer conocerla, ¿sería cierto lo que decían de ella, que estuvo en la manifestación de Miraflores?, y al mayor Montesinos, ayudante personal del ministro y que viene por allí junto a Heriberto Guevara, cómo está mayor, y luego a Muñoz Gilardi, que se zambulle en un grupo y luego en otro, se encuentra finalmente con el Flaco Calderón, que apenas lo atiende y pide whisky para los concurrentes, agita una mano regia llamando a un mozo, que no falte de nada, oiga, de pronto descubre a un amigo a quien abraza, se da grandes palmadas con el líder comunista Óscar Recalde, saluda a los abogados apristas De la Torre y Merino, acude a la llamada del periodista Ramsey, bromea nuevamente con el Colorado Fonseca y con Muñoz Gilardi, conversa un ratito con un grupo de escritores y artistas entre los que se encuentra el gran poeta Aurelio Montes, el genial novelista Pedro Orbegozo y el gran Elio Marín, que está compartiendo generosamente con quien lo atiende el orgullo, la dicha sin mácula de ser el retratista del jefe de Gobierno, y Calderón lo escucha sonriendo, impaciente y se abalanza por último hacia la escalera por donde aparece el general Velasco, se pone a su lado, muy serio, sin mirar a nadie, y hay murmullos, silencio, unos tímidos aplausos, qué viva el general Velasco, un hombre providencial, se escucha entre los invitados, el padre de la Revolución, comenta otro, convencido mientras deglute con ansia un canapé.

—De todas maneras —dice el general Carranza sirviéndose un sorbo de whisky—. Estas fiestecitas no van a evitar que haya críticas. Nos llueve por todos lados: que si el asunto de la nueva ley general de industrias se ha estancado, que si la reforma agraria no funciona, que si la reforma de educación tiene un presupuesto disparatado… y con el asunto del prefecto Castro Chacón… Algo habrá que hacer, doctorcito.

—No se preocupe por eso, general —el doctor Tamariz contempla el jardín ya anochecido que Leticia cuida con esmero, se deja adormecer por el penduleo del reloj de pared—. Ya me encargo yo. Ahora lo importante es el nuevo estatuto de prensa. Con la prensa bien enderezada los otros problemas ya no lo serán tanto.

El doctor Tamariz alza la botella de whisky de entre las que se disponen en el carrito bar y la mira con contrariedad, caramba, ni una gota, y seguro que el general iba a querer una copa más, dice y antes de que el primer ministro conteste recoge una campanilla que tiene en la mesita de centro, una campanilla que a Carranza le sorprende por la intensidad de su repiqueteo, él pensaba que era otro de esos adornitos huachafos que tiene Leticia en cada rincón de la casa, pero no, la campanilla no es un juguete, repica y vibra y al cabo de un momento él siente un vuelco en el corazón, que su sangre se torna espesa y lenta, lujuriosa: Gaby, dice el doctor Tamariz cuando aparece la chiquilla en el umbral, ¿llamaba el señor?, que les trajera una botella de whisky, mamita, y un poco de hielo.

LA CUESTIÓN ERA saber cuándo se haría público, nada más. Porque este es el momento de que la noticia se haga oficial, reflexionó el doctor Tamariz mientras el primer ministro fumaba y hacía volutas de humo que lo distraían levemente, lo llevaban otra vez al recuerdo de aquellos ojos casi líquidos, el cutis terso y de estreno, los pechitos puntiagudos que había mordisqueado casi con veneración, el olor de aquella piel que le producía mareos deliciosos: que los periódicos pasaban a manos del Estado era un hecho, eso ya era de dominio público, pero no debían dejar transcurrir mucho tiempo antes de hacerlo oficial. ¿Será entonces para el próximo 28 de julio? El doctor Tamariz sabe perfectamente que el aniversario de la independencia nacional siempre es el momento elegido para anunciar los grandes cambios, los pases a retiro, las nuevas leyes, los terremotos sociales que iban rediseñando el país año a año, y que los discursos interminables y demoledores de Velasco en aquellas ocasiones eran seguidos por todo el Perú, por radio y televisión. Trasmitidos en cadena, a lo largo y ancho del territorio patrio, resultaban imposibles de eludir. Pero él en persona quería preparar el discurso y no dejarlo en manos de Heriberto Guevara. ¿Qué pensaba de todo ello, general?, dijo volviéndose hacia Carranza. El primer ministro movió su vaso de whisky aletargadamente, rescatando el sabor de aquella piel tibia, reciente, dulce como una fruta, el asomo de miedo que había en los ojos límpidos, punto uno: saber con quiénes contaban para asumir las direcciones de los periódicos nacionalizados, punto dos: dejar muy claro que los periódicos y los demás medios de comunicación pasaban no a manos del Gobierno sino a los distintos órganos corporativos, en definitiva, al pueblo, a los obreros, a los maestros, a los campesinos, a esas manos pequeñitas y mordisqueables que lo embargaban de ternura, que viniera con él, mamacita, que se acurrucara en su pecho, y la arrinconó contra la pared sintiendo su aliento de ángel, el pistoneo de su corazón contra la fragilidad de aquel cuerpecillo de cuculí, eso era lo único que deseaba, eso era lo único que lo hacía feliz, eso era lo realmente importante, concluyó el ministro mirando al doctor Tamariz con sus tristes ojos vacunos, sorbiendo de un largo trago su whisky, ¿habría gente dispuesta a hacerse cargo de los periódicos y demás medios de comunicación en tales circunstancias? A él eso sí que le preocupaba, doctorcito, los intelectuales han sido tremendamente duros con este Gobierno y si no es por la benevolencia de Velasco ahora estarían todos deportados, masculló, y el doctor Tamariz soltó una risa cantarina y dulce, muy juvenil, y meneó la cabeza con primor, sabiendo que Carranza aguardaba una explicación de aquellas risas que en otro momento no se hubiera atrevido a lanzar, intuyendo quizá que él, el doctorcito, sabía muy bien lo que ocurría en casa de Leticia. No quisiste verlo, Carranza, pero era obvio, qué estúpido, qué manera de caer en la trampa: los correteos en paños menores detrás de las chiquillas que Leticia te proporcionaba de tanto en tanto, preocupada a veces porque el general está perdiendo la cabeza, Tamariz, le dijo el otro día, ya no tiene pudor alguno y me pide a todas horas que le consiga pipiolas, aprovecha cada vez que tú no estás para llamarme, esto se estaba poniendo más que difícil, Tamariz: peligroso. Pero el doctor Tamariz la tranquilizó con una sonrisa casi terapéutica, que lo dejara en sus manos, querida: el ministro lo miraba como esperando que hablara, encorvado, hosco, incapaz de agregar nada.

La noticia de que los periódicos pasaban a manos de la Revolución resultaba un asunto urticante y difícil, y el doctor Tamariz se había encargado de hacer correr el rumor de que aquello iba a suceder casi tres meses atrás, pese a las reticencias de Carranza y del propio presidente Velasco: que confiaran en él, les había pedido en aquella ocasión, despachando con Velasco en Palacio, que dejaran que alborotara un poco el ambiente para generar expectativas, insistió con su dicción más pedagógica, y en eso el amigo Calderón nos iba a ayudar dijo intercambiando una mirada de inteligencia con el primer ministro, sobre todo a tratar de sofocar todo lo relacionado con el embarazoso asunto de Castro Chacón. Era lamentable lo que había ocurrido… Entonces Velasco se apresuró a decir que claro que sí, que el Flaco les ayudaría en lo que sea, pero acaso estaba siendo arriesgado crear esa incertidumbre, doctor Tamariz, más aún como están las cosas, con el resquemor que hay en el país sobre la nueva ley de empresas, ya sabía que aquello era otro quebradero de cabeza en el que Martínez del Campo había batallado sin cuartel con los yugoslavos, y ahora sólo era cuestión de que el consejo de ministros la pusiera en marcha, Velasco insistía: ¿No será un arma de doble filo hacer correr tan pronto la bola de que la prensa será confiscada…?

Pero ahora resultaba evidente que no se había equivocado, dijo el doctor Tamariz con un timbre jubiloso, permítame que le muestre la lista de quienes me han hecho saber su absoluta disposición para colaborar con el

Régimen, mi querido Carranza, insistió extrayendo de su cartera de cuero dos folios limpiamente mecanografiados y dejándolos sobre la mesa. Carranza cogió los papeles aún taciturno y leyó los nombres en voz alta, primero sorprendido, luego poco a poco solazado y finalmente levantó los ojos donde chispeaba algo parecido a la total incredulidad, a la suspicacia, a un júbilo burbujeante de ponzoña. ¿Estos son?, preguntó el ministro, ¿estos? ¿En serio le parece increíble, mi estimado amigo?, preguntó el doctor Tamariz con un punto de burla en la voz. Luego se volvió hacia la ventana y contempló el lento atardecer en la calle, el tráfico amodorrado del centro, la llovizna gris que iba empapándolo todo.

—Le recuerdo que estamos en el Perú, general, no lo olvide —dijo al fin—: aquí el producto más barato que tenemos es el intelectual...

CARLA HA SALIDO con los chicos, iba a casa de sus padres, amor, estaba dejándole el estofado en el horno para cuando tuviera hambre, le había dicho haciéndole adiós con la mano, el semblante a duras penas conteniendo una inquietud, una sonrisa que finge ser natural y él correspondió con la misma sonrisa, fugaz, tranquilizadora, como si nada ocurriera, como si nada hubiera ocurrido, pensó al escuchar el batir de la puerta, el leve revoloteo del silencio apenas quebrado por el piar lastimero de las cuculíes en el parque cercano, dominical y solitario. Arrastrando los pies, en pantalón de buzo militar y con la bata de felpa raída y abierta, se sienta frente a la tele y la contempla largo rato antes de encenderla: una niña en calzoncitos anuncia que mochita es el chic más chic, Humberto Horacio Ballesteros promociona las camisas Yartex, la sonrisa Kolinos, luego más publicidad, y por fin el programa de Tealdo, *Tealdo pregunta*, que conversa esta vez con el abogado de Eugenia Sessarego, nadie se creía la didáctica versión que ofrece de la muerte del magnate de la pesca, el señor Banchero Rossi, dice el periodista con su voz aguda e impertinente, pero él apenas escucha, atraído por el inconsolable canto del cuculí en el parquecito cercano, siente los ojos de pronto húmedos y se lleva dos dedos contra los lacrimales como si así pudiera detener esta congoja, esta catastrófica desazón, tiene que darse cuenta de que es temporal, le ha explicado el doctor Zegarra repantigándose en su silla, los dedos como aspas sobre su abdomen, y sobre todo hay que enfrentar el problema con una actitud positiva, ha indicado el doctor Mendizábal escribiendo con letra infernal una receta y luego alza un dedo prescriptivo ante sus ojos, no descuide su alimentación, tome estas cápsulas tres veces al día y escriba en una hoja todo lo bueno que recuerde, aconseja el doctor Romaña, duerma con una vela roja encendida a los pies de la cama y báñese en noche de luna llena con esta esencia de salvia que le voy a dar, ha dicho el curandero Potozén, está clarísimo que hay daño, y de los fuertes, ha sentenciado con el entrecejo fruncido doña Crispina mirando detenidamente las entrañas de un cuy, pero después de peregrinar por médicos, psicólogos y hasta chamanes y curanderas, él sabe que no hay nada que pueda hacer: ni fármacos, ni terapias, ni psicoanálisis, ni velas ni oraciones. Sólo el llanto de Carla por las noches, aplastado contra la almohada en la que comparten un insomnio exacto y artero, le hace pensar que mañana será distinto, que esto es una prueba atroz, hijo mío, nada como la oración, abra su corazón al Señor, comandante, en Él encontrará el consuelo que busca, le ha dicho el padre Aranguren a la salida de la casa parroquial, pero a la mañana siguiente, cuando se queda en cama mientras su mujer sale a trabajar y a llevar a los chicos al colegio, él entiende que ya nada lo puede redimir, que ni siquiera el llanto apagado de Carla por las noches le permite acometer el tremendo esfuerzo de levantarse de la cama, de ponerse los calcetines, Dios mío, tiene que hacer un esfuerzo demoledor para no echarse a llorar como le ocurrió la otra vez, cuando no encontró la bata de felpa en la percha de la puerta del dormitorio y Carla lo miró con los ojos llenos de perplejidad, de pánico, no pasaba nada, amor, no pasaba nada, Willy, le dijo limpiando sus lágrimas, aquí está la bata, tranquilízate, y él se sintió despedazado por un ultraje pavoroso y sin fin, ¿en qué se había convertido?, él, que hasta hacía poco hacía temblar las paredes de la casa con sus risotadas, que sentía enroscarse el brazo de su mujer cuando venían del cine por la noche y pasaban frente a una pandilla de jóvenes revoltosos o malencarados, quién carajo se iba a meter contigo, Willy, quién demonios iba a osar un enfrentamiento, quién iba a decir que a la vuelta de unos meses te ibas a venir abajo, completamente por tierra todas esas especulaciones sobre el crimen de Banchero Rossi, se decepciona el periodista Tealdo en la tele, dando golpecitos con su lapicero y el abogado respinga, se molesta, bufa, porque no hay manera de entender cómo Vilca, con ese cuerpo de alfeñique, pudo someter a Banchero Rossi, tremendo hombretón, señores, y hay una nueva pausa para los anuncios publicitarios, y el comandante observa apáticamente la tele, asqueado, sin ganas de levantarse, atrapado de pronto por la inercia que lo ha traído al sofá, incapaz de levantarse, enterrado vivo dentro de sí mismo, de su pesadilla, de estas ganas de llorar a todas horas, de huir de sí sabiendo que era, que es, que será imposible, Willy. Carla se ha ido con los niños a casa de sus padres para pasar el domingo, no llegarán hasta las nueve y él se enfrenta desesperadamente al horizonte lejanísimo de sus horas vacías, se le antoja un suplicio helado y atroz saber que todavía tiene miles de horas por delante, por un segundo cree que su corazón ha dejado de latir, espantado de caer en el abismo de tantos días similares, abriéndose frente al él como una flor negra y venenosa. Y ya no quiere más días así. No está dispuesto. Con un esfuerzo que le resulta casi increíble se incorpora del sofá y deja la tele encendida, se acerca hasta el baño, eso ya es un triunfo, Willy, y pone agua caliente para afeitarse, si Carla lo viera: ella que en los últimos meses lo ha afeitado prácticamente todas las mañanas mientras a él se le escurrían unas lágrimas desoladoras. Cómo hacer para sobrevivir a la ignominia de su buen nombre despedazado, para entusiasmarse ahora empuñando la maquinilla de afeitar con un brío que creía extinguido, Carla, si me vieras ahora, carajo, dónde estás, chola, para que veas cómo me afeito, piensa y luego se mete bajo la ducha y en su cuerpo parece activarse la sangre hasta ahora dormida que circulaba por sus venas, remota e indiferente. Se seca con una presteza fingida, asustado de que en cualquier momento se desinfle su inusitada vitalidad, se quite la toalla y se arroje en la cama a llorar, como ya le ha ocurrido alguna vez: de desesperación, doctor, le ha dicho al médico militar que lo atendió cuando empezaron sus crisis, y que lo miró despectivamente, envaró el cuerpo, vamos, comandante, compórtese como un hombre y no como un niño, cómo era posible que le dijera eso, se asombró el doctor Aguilera, el primer médico civil que lo vio, por muy militar que sea, una depresión no es ninguna tontería, comandante, pero él se resistió a creerlo así y se fue hundiendo en la culpa, en ese pozo aterrador de donde sin embargo ha extraído una brizna de fuerza, Carla, si me vieras ahora, cholita, mi amor, y camina hasta el armario de la habitación para sacar su uniforme y enfundarse en él meticulosamente. Se ha puesto el quepí alcanzado por un rayo casi feroz de júbilo, como si hubiera despertado de un mal sueño, cada vez más fortalecido y es extraño verse así, con la guerrera impecable, los galones en su sitio, las mangas almidonadas y perfectas, el quepí auroleado de olivos, la misma mirada de altivez que mantuvo la tarde en que lo destituyeron de su cargo como prefecto de la ciudad. El comandante Wilfredo Castro Chacón saca pecho, se yergue con una marcialidad heroica, Carla, ahora sí estarías orgullosa, esto tenía que haberlo hecho antes, se dice maravillado de que fuera tan fácil, ya frente al espejo y sin poder contener las lágrimas, pero esta vez no le dan vergüenza, porque estas lágrimas son las que lavan su honor, carajo, y por eso no le impiden encañonar con firmeza su arma reglamentaria y apoyarla contra la sien.

II

Una verdadera belleza, Carranza, le había dicho Leticia cuando él entró y este había gruñido desconfiado, incómodo. Y además recién llegadita, es una chiquilla preciosa, general, insistió la mujer haciéndolo pasar, ofreciéndole una sonrisa mientras tomaba su abrigo, corriéndose a un lado para que Carranza se acercara al saloncito pequeño, en fin, aquí tenía su casa para cuando gustara, mi general, insistió Leticia, y total discreción, por supuesto: la tarde había empezado a declinar con esa pesadumbre inhóspita que envolvía la ciudad entre brumas aciagas, y Carranza sintió una escaramuza de zozobra o nostalgia. Avanzó unos pasos hasta alcanzar un sofá de cretona, con la sensación opaca del mar invisible a sus espaldas, pero antes él quería un whisky, dijo con su voz dura, donde resultaba imposible un mínimo registro de cordialidad, por más que se esforzara, caráspita, le había comentado Leticia al doctor Tamariz alguna vez, y ella por supuesto, su whisquicito, general, que perdiera cuidado que aquí eso no faltaba nunca, que cuando quisiera pasara al saloncito del fondo, se acercó jovialmente, le puso una mano en el hombro como intentando disolver la abulia que traía el rostro de saurio de Carranza, sus movimientos de animal vetusto. Leticia llamaba a la chica para que se conocieran, pero eso sí, tenía que ser muy dulce y paciente con ella, era su primera vez, iban a estar tranquilos porque Tamariz no regresaba de Tacna hasta mañana, de manera que ella aprovechaba para ofrecerle a esa belleza norteña, y sonrió acomodándose el vestido escotado, un momentito, ahora mismo le traigo su copa, mi general, y al cabo regresó con la botella de whisky y una jarrita de agua, un pestañeo coqueto cuando se acercó y puso la bandejita en la mesa frente a Carranza, un segundo de escote que mostró sus pechos aún no del todo marchitos, su perfume frutal, los ojos otra vez pestañeando como con incredulidad o frescura. «Coqueta, eres una coqueta» le diría Tamariz después, por teléfono, mientras esperaban que Carranza saliera del saloncito a donde habían enviado a la chica: «vas a ver que todo sale bien», y Leticia se cruzó de brazos, ojalá, había dicho.

El general Carranza bebió apenas un sorbo de Old Parr y resopló sintiendo muy dentro de sí que empezaba despertarse un animal adverso, el deseo que lo trajinaba al pensar en la chica, ¿y decía que era jovencita?, murmuró inclinando su rostro hacia el de Leticia y la mujer sonrió, sí, los dieciocho los cumplió recién, y además tenía una piel color capulí, como ya había advertido que le gustaban al general, rió con complicidad, aunque era un poco tímida, ya sabía él cómo eran las mozas norteñas, agregó sorbiendo el whisky que también se había servido, le guiñó un ojo, vaya, general, ya después habría tiempo para conversar. Claro, claro, había dicho Carranza levantándose con su lentitud bíblica, apenas se había llevado el whisky a los labios, con permiso entonces, dijo inclinándose ligeramente, y removiendo su vaso en el que tintineaban los hielos. Avanzó por el largo pasillo que olía tenuemente a perfumes femeninos, a olores más íntimos también que él creyó detectar con esmero, mientras se acercaba al saloncito del fondo, coqueto, algo cursi pero coqueto, donde tomó asiento antes de que llegara la chiquilla. Por fin sintió la puerta que estaba entornada y observó los ojos tímidos, la mano ausente, ¿se podía pasar?, preguntó ella con un desvalimiento de niña que anegó de ternura los ojos de Carranza. Observó a la chica y sintió de golpe el desorden de su sangre, la respiración agitada, se acomodó mejor en el sofá vagamente otomano donde había esperado unos minutos hasta que apareció la chiquilla, ¿se podía?, insistió, y él claro que se podía, se escuchó decir, que pasara y se sentara junto a él, dio dos palmadas en el tapiz y la chica tentó unos pasos, los ojos velados cuando se acercó a Carranza, que avanzó una mano de califa hacia ella, los ademanes dulces, que no tuviera miedo, farfulló sin saber qué decía, observando la piel intensa de la joven, los pequeños pechos a punto de madurar bajo la blusa ligera, la falda breve que dejó entrever sus muslos de almíbar. El general Carranza empezó a respirar arduamente mientras sus manos iban reconociendo esa textura tan cara para él, desabotonándose poco a poco la camisa que dejó al descubierto el pecho todavía duro y castrense en el que se encrespaban unos pelos blancos por donde llevó la mano frágil, así, muy bien, murmuró mientras bebía un sorbo largo del whisky que se había llevado al saloncito. La chica no decía nada y se dejaba explorar sin mirarlo, sentada ahora en sus piernas de abuelo, a ver, mamita, dijo con una voz tibia y musgosa, a ver cómo se portaba ahora con su papito, y esbozó una sonrisa: en verdad era una belleza la joven y sus caricias resultaban de una delicia minuciosa y limpia, sumida en el silencio de pantano que había llegado con la noche sin que él lo advirtiera. «Parece un animalito asustado buscando refugio», aventuró Carranza para sí mismo, procurando que sus caricias no asustaran a la chiquilla.

Ella de pronto alzó su rostro hacia el suyo y puso unos labios tibios en el cuello de Carranza, mientras sus manos lo buscaban con precaución, así le gustaba, ¿verdad?, anunció con una voz más cantarina en la que sin embargo vibraba una nota de inexperiencia feliz que le hizo

sentir a Carranza un leve mareo de gloria y él resopló que
sí, así le gustaba, poniendo ahora su mano de labrador en
el escote de la chica, desabotonando con torpeza la blusa
de la que escapó un olor tibio y primaveral donde sumergió el rostro inundado de gozo, así le gustaba, corazón, en
verdad era bonita, su patrona no se había equivocado, ¿eh?,
le comentó buscándole la barbilla con una mano mientras
la otra pugnaba torpemente con los botones de la blusa,
que dejaron al descubierto unas tetas pequeñas y ariscas.
Luego, con su fuerza de buey, el general Carranza la sentó a
horcajadas sobre sus piernas y la arrulló con delicadeza, con
los ojos completamente enloquecidos, así, muñequita, le
dijo dejándose ganar por un deseo lleno de ternura. Se quedó un buen rato recorriendo el cuerpo juvenil, sintiendo el
flujo espumoso de su sangre. Cuando el general Carranza
puso una mano entre los muslos juveniles y hurgó allí con
una delicadeza sin límites, la sintió estremecerse, tímida,
aprensiva, sí, pero también disfrutando, con la cara oculta
contra su pecho, ¿así le gustaba? Que no tuviera miedo,
le susurró conmovido, no le iba a hacer nada malo, niña
bonita. Siguió murmurándole delicadezas y arrullos pater-
nales, buscando su rostro para besarla con devoción mientras sentía las humedeces que poco a poco le empapaban
la mano. En un momento dado la chica abrió unos ojos
brillantes de malicia, transfigurada por el deseo, y se llevó
ambas manos a los pechos ofreciéndoselos, que se los be-
sara, que se los comiera, ¿no quería cachársela ya? dijo con
una voz de golpe embravecida y soez, y el general Carranza regresó de los pechos con una mirada llena de estupor
antes de empujarla y levantarse bruscamente horrorizado,
cómo hablaba así, so puta, balbuceó al fin, la mandíbula
temblando, un puño amenazante, y la chica, que había caído a sus pies, gateó con las ropas revueltas hacia la puerta
con la mirada de un animal en celo. Aún tuvo arrestos para

preguntar, con una voz inocente: ¿No quería? ¿De veras no iban a cachar?, y sintió el primer golpe que la arrojó a un rincón, aturdida por lo inesperado de aquello, de pronto aterrada, mientras Carranza alzaba otra vez su puño de labrador contra ella. Luego las carreras, las voces, la puerta que se abría violentamente, el alivio de unos brazos que la levantaban con firmeza, qué había pasado, por Dios, los ojos desorbitados de Leticia, la sangre en la cabeza de la chiquilla, ¿qué hacemos?, pero qué le ha ocurrido, Carranza, se aterra Leticia frente al general que tiembla y tiene una mirada extraña, ida. Voy a llamar a un médico para que se ocupe de esto con discreción, dijo Leticia corriendo hacia el teléfono mientras el general Carranza decía una y otra vez que no sabía qué le había ocurrido, se ofuscó y pedía perdón, intentaba acercarse a la chica que gritaba, se llevaba una mano restañando la sangre, que no la tocara, que no la tocara, y se refugiaba entre los brazos de Leticia.

—Tamariz lo tiene cogido de los huevos —dijo Guevara observando sus cartas.

—Por pendejo y pervertido —cacareó el mayor Montesinos poniendo un billete sobre la mesa, pagaba por ver.

—Pero ni una palabra delante de Alfarito —susurró Sánchez Idíaquez llevándose el índice a los labios.

A LA SEÑORA Amparo de Velasco *Las cosas simples de la vida* le parecía una hermosa telenovela que retrataba perfectamente la sociedad actual. Además Elvira Travesí y Gloria María Ureta eran unas magníficas actrices que nada tenían que envidiar a las mexicanas o las argentinas, y sorbió un poquito de Coca Cola, si los peruanos pusiéramos un poco más de amor por las cosas nuestras,

ensoñó, otro gallo cantaría, pero aquí todos éramos muy
así, muy dados a lo extranjero, desde las telenovelas hasta
la ropa, como si en el Perú no tuviéramos productos de
calidad, y Eleazar Calderón sintió claramente cómo su
pecho se expandía porque concordaba punto por punto
en lo que decía la primera dama, debíamos rescatar lo más
hermoso que daba el Perú para ofrecerlo al mundo. Por
suerte, esa precisamente había sido la política del general
Velasco desde que providencialmente nos había salvado
de la catástrofe a donde con seguridad nos llevaba Belaunde, suspiró Heriberto Guevara sorbiendo de su pisco
sour, ah, caracho, estaba genial, ¿los preparaban en el Bolívar, verdad? Qué va, dijo la primera dama buscando la
mirada de Carmen, la mujer de Guevara, todo lo habían
preparado en casa, bajo su estricta supervisión, y Guevara
atendió a su copa, miró luego a la señora del presidente
como si no pudiera creer qué tal ambrosía... permítame
felicitarla, señora, rogó inclinando gravemente la cabeza,
no había probado otro igual, y el decano Sánchez Idíaquez, que estaba un poco en los extramuros del corrillo
en torno a la primera dama, exclamó algo estentóreamen-
te que él también, quería decir, que él tampoco, él tampoco había probado un pisco sour igual, ¿verdad, Lourdes?,
y arrastró de una mano a su mujer, que se quedaba atrás,
porque todos quería conversar con Amparo de Velasco,
escuchar sus reflexiones, sus alabanzas a la telenovela o a
la magnífica voz de Tania Libertad, y guardaron un res-
petuoso silencio cuando sus ojos se ensombrecieron al
comentar la pobreza del Perú, sobre todo la que sufrían
los niños, que no tenían la culpa de nada, y el periodista
Ramsey filosofó que eso era una gran verdad, sí, señor,
pero no estaba del todo entregado a las palabras de la
primera dama como los demás, más bien miraba de reojo
hacia la puerta por donde debía llegar Velasco, el jardín

inmenso y bien cuidado, el espacioso parking techado para los Mercedes, estaba tardando un poco, el almirante Saura hizo aparecer fugazmente un reloj en su muñeca, ya sabían cómo era Velasco, explicó risueño el general Martínez del Campo decantándose por un anticucho y un wiscacho que le ofreció un camarero, nada mejor para entonarse bien, le palmeó el hombro al general Blacker, que tenía los ojos apagados, la nariz arborecida de venitas rojas y el aliento pesado de alcohol. Salud, gringo, dijo el ministro Martínez del Campo y este gruñó algo ininteligible, miró su vaso y bebió su contenido de un trago, «así era, pues, compadre», dijo sin saber a cuento de qué, pero ya el Gato Ravines se estrechaba la mano con el ministro Martínez del Campo, ¡hombre!, dice este, ¡el ministro estrella de la Revolución! y suelta una risotada más bien cachacienta, se advertía algo de encono entre los dos militares, y el doctor Tamariz no dejó de observarlo, ni tampoco el sociólogo Heriberto Guevara, que fue poco a poco —a través de los furtivos codazos que daban quienes no querían perderse palabra de la señora de Velasco— excretado del círculo que rodeaba a la primera dama donde dejó sin embargo a su mujer, le dio un pequeño empujón, que aguantara allí, chola, y Carmen se esforzaba en hacer visible que asentía atentamente a lo que decía Amparo de Velasco, movía su cabecita adorable de cabellos largos, un poco hippies, pero es que era tan jovencita, sonrió la mujer del general Cáceres Somocurcio mordisqueando una bolita de causa, picoteando un quesito con su choclito, mirando con ojos ávidos las conchitas a la parmesana, hmm, todo delicioso. ¿Jovencita?, preguntó la mujer del Gato Ravines, arqueando una ceja maliciosa, a ella no le parecía tan jovencita, más bien algo descocada, con esos escotes un poquito puteriles, y rió bajito, ay, Jesús, qué cosas más malas decía, debía ser el pisco sour que se le había subido un poco a la cabeza, se disculpó Laura de Ravines limpiando con celeridad una gotita microscópica que había caído sobre su vestido de raso salmón, pero en el fondo, qué quería que le dijera, hija, sonó un poco más seria su voz, se acomodó los cabellos, antes las reuniones eran con la gente del Gobierno y de un tiempo a esta parte la casa de Amparo se había llenado de civiles, y no era que eso le importara gran cosa, no, señor, hizo tintinear sus pulseras, pero es que antes éramos un grupo, todos nos conocíamos y ahora en cambio… En eso tenía razón, asintió despacio la mujer del general Cáceres Somocurcio, y su papada tembló un poco al mover vigorosamente la cabeza, muchos de estos además quieren a toda costa un puesto, un cargo, un no sé qué, y bajó un poquito la voz, ¿ya se había enterado de que los periódicos iban a pasar a manos del Gobierno? ¿Era cierto eso?, parecía que sí, que muchos de los aquí presentes iban a ser los nuevos directores de los periódicos. Y seguramente el próximo 28 de julio se soltaría la noticia, ¿no?, Laura de Ravines no se decidía por un canapé de los que le ofrecía el mozo, es que todo estaba realmente regio, hija, y la mujer del general Cáceres Somocurcio sí, el 28 segurito se daba la noticia, también los pases a retiro, la composición del nuevo gabinete, dijo masticando, engullendo con placidez, sin dejar de atender el rostro súbitamente alerta de la mujer del general Ravines.

—Ese Ravines es otro que se cree lo máximo —dijo Heriberto Guevara encendiendo un cigarrillo y barajando el flamante juego de naipes—. Y tanto personalismo desvirtúa el sentido real de la Revolución…

—A mí me huele a candidato a golpista, qué quieren que les diga —el Colorado Fonseca llega presuroso, saluda a todos y se sienta frente a sus naipes—: vaya cartas para empezar, carajo.

LOS PLATOS COMIENZAN a llegar en manos de frenéticos mozos orientales, y se disponen aquí y allá, a lo largo de la ancha mesa donde algunas botellas ya están vacías y hay una momentánea confusión de voces, de órdenes, peticiones y charlas. El general Ravines llama a uno de los camareros, a ver, dice, qué tal estaban los langostinos tausí, ¿pedían también pato lacado?, se dirige a los demás que poco a poco van callando, shht, el Gato Ravines está preguntando si pedíamos otro plato, claro que sí, dice el general Blacker, ya con el rostro congestionado y un whisky en la mano, que Ravines era un *gourmet* sobre todo de comida china, y el ministro de Pesquería sonríe exultante, se vuelve hacia el doctor Tamariz, que está a su diestra, y le dice que Blacker no exageraba, en comida china a él nadie lo gana, amigo mío.

Al general Ravines le gusta invitar de vez en cuando a *chifear* a sus colegas, a los amigos, y casi siempre recalan en el Lung Fung —el dragón y la serpiente, en mandarín —el restaurante chino más grande y lujoso del Pacífico sur, con fuentecillas de agua clara y juegos de luces, con salones amplios que acogen todos los fines de semana a un tropel de ejecutivos, empresarios y también a familias y grandes grupos de amigos que celebran bodas, bautizos, despedidas de solteros. El ministro Ravines es recibido obsequiosamente en la puerta y le gusta oficiar de anfitrión, saludar afablemente aquí y allá, a los señores que hacen el amago de levantarse, mi general, y él les pone una mano vigorosa y condescendiente en el hombro, no es necesario, siéntese nomás, y a las señoras que aceptan sus galanuras ruborizándose felices, mientras él se dirige seguido de diez o veinte personas, ágil, conocedor, feliz, hacia su reservado. Él mismo es quien pide para todos y aconseja y describe los platos con fruición, como ahora, el primero en levantar su copa y brindar por los viejos amigos, pues, dice y también por los nuevos, y se dirige al decano Sánchez Idíaquez y al doctor Tamariz, que inclina la cabeza obsequiosamente, salud, vuelve a decir mirando al periodista Rolando Fonseca y a Pepe Soler, que parece algo envarado: para su joven asesor, aquella cena no había sido una buena idea, pero el Gato Ravines le palmeó la espalda justo cuando entraban al chifa, no hay que hacerse enemigos, Pepe, y si los tienes, neutralízalos. De manera que ahora el ministro de Pesquería insiste con su copa en alto, mirando hacia el general Martínez del Campo, que come con apetito. ¡Salud!, brinda por tercera vez el ministro Ravines, encontrándose de pronto con los ojos inmóviles, calculadores, algo siniestros, del mayor ayudante del general Blacker, no recuerda su nombre, pero algo en su discreta manera de moverse, con una cautela de animal carroñero, le repele e incomoda al Gato Ravines, no sabe exactamente qué, pero algo hay en ese mayorcito que no le gusta nada, piensa el ministro bebiendo su vaso de vino y cogiendo los palillos con destreza, dispuesto a atacar su plato humeante y perfumado de kyon y cebolla dorada, olvidado ya del mayor aquel. El general Carranza, en la otra cabecera de la mesa, come con abulia, cortando pedacitos de chancho que mastica concienzudamente, y que de tanto en tanto acompaña con grandes sorbos de agua mineral: parece ajeno a la charla festiva del mayor Alfaro —cuñado del general Landaburu, jefe de la III Región Militar— y hombre para todo de Benito Carranza. Ravines ha invitado al primer ministro para resolver aquel malentendido a raíz del asunto del prefecto Castro Chacón y la huelga de *El Comercio*. El ministro de Pesquería sabe que no le conviene enemistarse con Carranza en estos momentos, y el primer ministro aceptó la invitación sin vacilaciones. En la puerta del chifa se estrecharon la mano con vigor, largo rato, como amigos de toda la vida:

al otro extremo de la mesa se encuentra el general Blacker, aferrado a su whisky, todo el mundo sabía que desde aquella manifestación en Miraflores, tan tumultuosa, tan beligerante que costaba creerlo, el general había caído en ese limbo ingrávido donde flotaban los ministros desacreditados ante Velasco. Ya en el primer gabinete, el presidente lo había nombrado como ministro del Interior porque Blacker estuvo con la Revolución desde el principio. Era la única vez, creía el ministro Ravines, que Velasco se había salido con la suya frente a la influencia de Carranza, quien de antiguo mantenía una soterrada rivalidad con Blacker Hurtado. Según Pepe Soler, el general Carranza estaba tomando rápidamente el control y las decisiones de Gobierno, era una situación peligrosa para el futuro de la Revolución y también para el propio general Ravines, le había vuelto a decir la otra tarde, mientras lo acompañaba al Club Revólver a practicar tiro al plato. En medio del estruendo y el olor a pólvora, Ravines se había reído jovialmente, no seas catastrofista, Pepe, le aconsejó a su asesor, pero el joven abogado se encogió de hombros, que tuviera cuidado, general, que el presidente Velasco se le volteaba en cualquier momento. Por eso el ministro de Pesquería quería ir con cautela, quizá José Antonio Soler tuviera razón. ¡Salud!, escuchó el ministro Ravines que le decía el Colorado Fonseca algo achispado por el vino. Él alzó su copa levemente, apenas se mojó los labios, alcanzó un pedacito de chancho con tamarindo, un rabanito en salsa dulce y escuchó los inflamados elogios del periodista, mi general, no quería ser adulador, pero estaba haciendo una labor encomiable desde el Ministerio de Pesquería. Según tenía entendido Fonseca, las cifras de exportación de harina de pescado habían pegado un gran salto desde su gestión. Fonseca se quita los lentes y frota sus ojos miopes, tendría treinta y tantos años, calcula el ministro Ravines con un poco de asqueada conmiseración, y era obeso, blando, de caderas eunocoides, en fin, el tipo de hombre que en el Ejército no serviría para nada, más que para acarrear problemas. ¿Esos eran los civiles que había aglutinado el general Carranza en torno al Comité de Asesores del Presidente? Sí, los datos eran correctos, contestó lacónicamente el general Ravines, ¿le alcanzaba la fuente de wantán, por favor?, gracias. Efectivamente, hemos dado un gran salto en la producción de harina de pescado, pero ello se debe a una lógica optimización de nuestros recursos.

—Y eso en gran medida —agregó de pronto el mayor Montesinos, ¡ya se acordó del nombre del ayudante del general Blacker, el ministro!— ha sido gracias a usted.

Ravines puso la fuente de wantán a un costado, se rellenó la copa de vino, apenas dirigió una mirada al mayor que, incómodo, se concentró nuevamente en sus tallarines fritos. El doctor Tamariz había puesto dos dedos delicados en el borde de su plato y después de llevarse la servilleta a los labios con primor, un alfiler de oro brillando en su corbata de seda espesase volvió al ministro Ravines, en fin, general, todos saben que su gestión al mando de Pesquería es de las que mejor va en este periodo revolucionario aunque, claro, también la pesca y la producción estaban estupendamente encarriladas desde que el malogrado empresario Banchero Rossi tomó las riendas en Chimbote. No tiene absolutamente nada que ver, mi gente ha hecho una excelente labor, dijo el ministro mirando un poco de arriba a abajo al doctor Tamariz: seco como un palo, de rostro de gavilán, con lentes pequeños, el doctor parecía ahora perplejo frente a la reacción de Ravines, simplemente sonrió con suavidad, caramba, general, eso ya lo sabemos, dijo dirigiéndose a los demás como para tener testigos de la buena fe de sus palabras. El general Ravines iba a contestar pero desde el otro extremo de la mesa Carranza alzaba su vaso, pedía atención, iban a brindar, dijo con una desusada jovialidad en él, por todos los amigos presentes en esta comida tan agradable como desenfadada, con el general Martínez del Campo, con los generales Blacker y Ravines, por su gestión al mando de tres ministerios estratégicos como eran Industria, Interior y Pesquería, y también por los amigos civiles que ponían el hombro para que esta Revolución llegara a buen puerto. Salud, levantó la copa un poco más, miró uno por uno a todos los demás lentamente, y ellos también levantaron sus copas, por la Revolución, salud.

—Este Ravines cree que puede hacer con nuestra Revolución lo que quiere y no es así —el ministro Carranza pasea de un lado a otro del salón, escucha en la cocina el trasteo de Leticia con las copas, se vuelve finalmente hacia el doctor Tamariz, que sorbe de a poquitos su oporto—: la verdad, me gusta cada vez menos, doctorcito.

—Qué ingenuo es, amigo Carranza —mueve la cabeza decepcionado el doctor Tamariz—. Ya le he dicho que al general Ravines lo neutralizo en seguida. No me siga con esa cantinela, por favor.

MUÑOZ GILARDI ENCIENDE el enésimo Ducal y decide levantarse del sofá, dar unos pasos distraídos por la sala, las manos cruzadas tras la espalda, echando ojeadas fugaces a su reloj, consciente de que su impaciencia refleja la de los otros hombres que fuman y charlan en voz baja: es una sala pequeña, como de consultorio médico, de muebles más bien baratos, situada en un edificio contiguo a Palacio de Gobierno, en los altos del café Haití, de manera que desde la ventana de persianas metálicas se observa la Plaza de

Armas, una esquina de la vieja casa de Pizarro, como un animal somnoliento abatido en la niebla.

—El sociólogo y escritor Muñoz Gilardi —recitó Tamariz luego de consultar su libretita—. Diez años como catedrático en la San Martín, de afiliación más bien izquierdista moderada, colaborador de *La Crónica* y de algunas publicaciones culturales, amén de un par de novelitas mediocres, ha sido decano de su universidad dos años. Está casado, tiene dos hijas adolescentes y una hipoteca que apenas puede pagar.

El murmullo cauto de Ramsey, Gustavo Meléndez, Rázuri y Chávez —los otros hombres que esperan fumando, sentados— tiene más que ver, aventura Muñoz Gilardi, con la cercanía de la Casa de Gobierno que con otra cosa. Últimamente todo en el Perú tiene que ver con Palacio, no sólo porque las bolas, esa vertiginosa institución limeña de habladurías, calumnias y medias verdades, recorren tercamente la ciudad sustituyendo el hueco envaramiento castrense de las noticias oficiales, sino porque los militares han copado todos los intersticios de la vida pública: son ministros, pero también alcaldes, prefectos, dirigentes deportivos y políticos en campaña; periodistas, empresarios y hasta devotos miembros de cofradías religiosas. ¿Qué tipo de gobierno era ese?, y se volvió a Rázuri, que le pedía un cigarrillo.

—Federico Rázuri: el único periodista de profesión —el doctor Tamariz levantó un dedo como advirtiendo—: apoyó la candidatura de Héctor Cornejo en el sesenta y siete. Se da ínfulas de poeta y es funcionario del Ministerio de Educación: ha formado parte de varias comisiones del ministerio en el extranjero. En su juventud militó en el APRA, pero es un izquierdista utópico, más bien inofensivo. Es viudo y tiene un hijo mayor, casado, con quien parece que no se lleva muy bien, porque apenas recibe visitas.

Pero detrás de toda aquella presencia militar, dirigiéndolo todo, piensa Muñoz Gilardi deteniéndose frente la ventana, está el propio Velasco, su omnisciencia ófrica y vengativa, su populismo ultramontano, el fervor que se tiene recíprocamente con los más pobres, aquellos a quienes van dirigidas sus, hasta ahora, fallidas reformas: a los campesinos, a los obreros, a los que no tienen nada. ¿Sería cierto que sólo mil familias ganaban un millón de soles de ingresos mensuales mientras que dos millones de campesinos no llegan ni a treinta soles?, la cifra formaba parte de un estudio económico recientemente sacado a la luz, pero dentro de la agresiva campaña de adhesión que había organizado el Gobierno Revolucionario de las Fuerzas Armadas, ya nadie sabía bien qué era cierto y qué no, todo resultaba inexacto, ambiguo o estaba rodeado de secretismo: ahora, por ejemplo, eran convocados a esta reunión periodistas, sociólogos, catedráticos y hasta un sindicalista, y nadie sabía para qué. O quizá sí... pero mejor era no especular, se dijo Muñoz Gilardi mirando los zapatos cuarteados, los calcetines blancos del sindicalista, sus cabellos aceitosos, peinados seguramente con brillantina.

—Gustavo Meléndez. Viejo conocido nuestro, ya sabe: el dirigente de la CTP pertenece a la línea más radical de la izquierda, pero es padre de familia numerosa, tiene una amante y también es, digámoslo así, vulnerable económicamente. Le gusta el trago como a ninguno. Pero trabaja bien y tiene algo de experiencia periodística, porque ha colaborado algún tiempo en la sección laboral de *La Prensa*. Al pasar a planilla quiso formar sindicato allí y lo echaron. Desde entonces se la tiene jurada a los Beltrán. ¡Ah!, tiene un cuñado policía que está en el piquete de los que amagan con organizar esa bendita huelga...

A qué tanto misterio, se había atrevido a formular en voz alta el propio Muñoz Gilardi luego de saludarse con

Ramsey, hombre, gringo, qué haces aquí, sinceramente sorprendidos cuando se encontraron en la puerta del edificio, y luego al ser guiados por una secretaria que los condujo a aquella salita aséptica e improvisada, donde Meléndez y el viejo Rázuri charlaban animadamente, qué gusto, tanto tiempo, y qué sorpresa también, se dieron grandes abrazos, se preguntaron por sus vidas, Ramsey presentó a Muñoz Gilardi y a Chávez, Muñoz Gilardi hizo las presentaciones entre el Cholo Meléndez y Rázuri, tanto gusto, y finalmente nadie supo decir para qué carajo estaban allí, tronó Ramsey ofreciendo cigarrillos, conversando sobre la huelga ilegal de *El Comercio,* parecía que había sido culpa del prefecto, de Castro Chacón, que la había permitido sin consentimiento del ministro del Interior, dijo Chávez. Qué iba a ser así, eso era un montaje, hombre, ¿era cierto que se había suicidado?, susurró Ramsey cuando la secretaria se acercó a pedirles que esperaran, que tuvieran paciencia, por favor, y desapareció, hasta parecía una broma, ya llevaban casi dos horas y nadie se había dignado venir a verles, a explicarles, y se llevó dos dedos a la nariz, resoplando eléctrico, nervioso, sin dejar de hacer muecas.

—Arturo Ramsey, coquero, borrachín, jugador, un completo sibarita de todos los vicios, pero probablemente la pluma más brillante y cáustica del Perú —ensoñó el doctor Tamariz chupando la punta de su lápiz—. Le gusta el lujo y es aficionado a las francachelas, a frecuentar las *boîtes* de moda. Tiene muchas ganas de figurar y gasta más de lo que gana. Dos hijos pequeños en el Markham. Estos son, mi querido Carranza, nuestros hombres. Además de Rolando Fonseca, Heriberto Guevara y Sánchez Idíaquez, por supuesto.

Todos habían sido citados por el doctor Tamariz, a todos se les escamoteó cortésmente el motivo de la visita, ¿nos van a deportar, acaso?, preguntó con sorna el Cholo

Meléndez restregando los bordes de sus zapatos contra el suelo, y hubo un instante de pánico en que todos se miraron en silencio, el corazón detenido, fue Muñoz Gilardi quien levantó los brazos teatralmente, no, hombre, cómo se le ocurría, si todos ya habían sido llamados por Velasco para comprometerse con el Proceso. Además, para deportarte simplemente te buscan en casa, te chapan donde estés, en la calle, en la cafetería, o tirando con tu gila, y te meten en un avión, dijo Chávez.

—Miguel Chávez es el último de la lista —aleccionó Tamariz—. Fue sucesivamente Pradista, Odriísta y Belaundista. Ha sido un mediocre profesor de Historia, pero durante el Gobierno de Belaunde lo nombraron embajador en Italia. Cuando el golpe del 3 de octubre, se le olvidó renunciar y el Gobierno Revolucionario lo renunció. Sin embargo creo que nos servirá. Por supuesto, como todos los otros, ha sido radicalmente contrario a la Revolución de Velasco.

Vamos a ver qué es lo que nos proponen dijo Miguel Chávez, pensando que seguro tendría que ver con los rumores acerca de la expropiación de los medios, qué barbaridad, te citan a las siete de la noche y hasta las nueve ni rastro, si nadie aparecía en diez minutos más él se iba, así fuera el mismísimo Velasco el que los hubiera citado, e hizo el amago de incorporarse del sofá, pero en ese mismo momento escucharon el murmullo del ascensor, luego unos pasos y finalmente la puerta se abrió de golpe.

—¿Y se puede confiar en ellos, realmente, doctorcito? Yo aún tengo mis dudas…

Un militar alto, corpulento y de manos de labrador se acercó a ellos con paso decidido: el primer ministro, Benito Carranza, en persona. Detrás de él, otro hombre, bajito, atildado, oloroso a *musk*, saludó envaradamente a los intelectuales y empezó con las presentaciones, general Carranza, estos son los hombres en quienes desde el Coap hemos pensado que pueden hacerse cargo de la situación, dijo algo solemnemente y luego se empinó un poquito sobre los talones, limpió sus lentes con un pañuelo de hilo que hizo aparecer como en un acto de prestidigitación. El primer ministro Carranza resopló antes de dirigirse a ellos: señores, los hemos citado en nombre del Gobierno Revolucionario de las Fuerzas Armadas, con expreso deseo del presidente Velasco, de quien en este momento soy portavoz, para confiarles una misión de importancia capital para el destino del país y los intereses del pueblo peruano. Hizo una pausa y miró aletargado al grupo de hombres que lo escuchaba en silencio, por favor que se sentaran, dijo y al momento todos obedecieron, como si las palabras del ministro no hubiesen sido una deferencia sino una orden fulminante. Sin embargo, el general Carranza y el doctor Tamariz quedaron de pie, observándolos. El primer ministro se detuvo un rato a mirar por la ventana, aparentemente olvidado de sus palabras, de por qué estaba ahí, ajeno a la expectación de todos, hosco y reconcentrado. Finalmente continuó: Creemos que por su trayectoria intelectual e integridad moral, ustedes, pese a haberse manifestado claramente contra el Régimen en alguna ocasión o mejor dicho, precisamente por eso, son los candidatos idóneos para lo que les queremos proponer, para lo que además les rogamos la más absoluta reserva. Luego, el militar se volvió hacia su diestra, doctor Tamariz, por favor, explíqueles a estos caballeros de qué se trata.

—¿Que si se puede confiar en ellos? Créame que sí, general —suspiró el doctor Tamariz guardando su libreta y sus lentes—. Serán los directores de la nueva prensa peruana —hizo una pausa y miró su reloj—. ¿Nos vamos? Llevan casi un par de horas esperándonos.

Desde el ventanal observa estacionar el Toyota crema del general Ravines, que viste un saco sport y pantalones grises: lleva unos lentes oscuros y parece mucho más joven vestido de civil. Por un momento, a Calderón le asalta el temor de si ha tenido la suficiente cautela, si acaso lo han seguido hasta La Granja Azul, un tranquilo restaurante campestre, a once kilómetros de Lima. Bebe su jerez de un golpe, enciende un cigarrillo y espera contando los segundos antes de que aparezca por la puerta del restaurante el ministro. Entonces se levanta para recibirlo así, de pie, casi como si le fuera a dar un abrazo, cómo estaba, general Ravines, dice y estrecha con vigor la mano del militar, mira fugazmente por la cristalera: es un día desapacible y gris, por momentos caen unas gotas gruesas, por momentos parece que el sol finalmente se va a abrir paso entre las nubes, pero no, no creía que lo hubieran seguido, dice Ravines, aunque tiene el semblante contrariado cuando finalmente se sienta. Y es que al ministro le parece innecesaria y algo infantil tanta precaución, caramba, Calderón, confiesa sentándose frente al asesor de prensa de Velasco. Nunca ha tenido mayor trato con él, y algo en la actitud del periodista le desagrada profundamente a Ravines, pero sin embargo decidió acudir a la cita, quizá porque él mismo lleva mucho tiempo con una invencible sensación de contrariedad y acecho, quizá porque la llamada del otro día le pareció del todo inusual incluso para alguien tan dado al melodrama como Calderón: en fin, podrían haberse reunido en su despacho o si prefería en su propia casa, a salvo de curiosos. Calderón lo mira sin decir palabra, como calculando sus próximas frases. Ravines observa el rostro amarillento, las bolsas bajo los ojos del periodista. No se daba cuenta, mi general, no se daba cuenta de que Benito Carranza y el doctor Tamariz —y aquí baja la voz, mira de soslayo el Flaco— tenían ojos hasta en la espalda. El general rechazó el cigarrillo que le ofreció Calderón, e hizo un esfuerzo para no mostrar el desagrado, la repulsión que le producía el humo del tabaco. Lo cierto es que si había aceptado un poco a regañadientes aquella cita algo pueril, se debía a la insistencia del periodista, a la manera en que había espoleado su curiosidad. Se acercó un mozo y el ministro pidió un té con limón o mejor algo más fuerte, qué diablos, tráigame un coñac. En fin, amigo Calderón, ya estaba aquí, dispuesto a escucharlo, dijo y se cruzó de brazos. Calderón sonrió con los labios apretados y estiró la mano para recoger los cigarrillos y llevárselos rápidamente al bolsillo interior del blazer. Que lo mirara de esta manera, general Ravines: él le estaba consiguiendo una información vital para que supiera qué hacer, qué carta jugar. Y si tomaba sus precauciones... que le creyera: serían más que necesarias. Luego se inclinó hacia el ministro y se quedó un momento en silencio. Estaba bien, dijo casi entre dientes, se lo diría. Ravines recibió su coñac, murmuró gracias y se recostó finalmente en su silla. La lluvia había empezado a formar rápidamente charcos en el parking de tierra que daba acceso al restaurante y sin embargo, entre las nubes, el sol parecía pugnar por salir de un momento a otro. En las pocas reuniones que había coincidido con Eleazar Calderón, el general Ravines fue dándose cuenta de todo el artificio y efectismo con que el jefe de prensa del Gobierno revestía cualquier información, por mínima que fuera. Por eso José Antonio Soler se lo advirtió: «General, este tipo le puede ser útil, indudablemente. Pero igualito le puede traer la ruina. Hay que ir con mucho cuidado».

—Carranza quiere ser el próximo presidente, general —dijo al fin Calderón y observó el parpadeo del ministro al escuchar sus palabras—. Y creo que será más pronto de lo que imaginamos. Entre él y Tamariz están preparando algo tremendo aquí en Lima, aún no lo puedo asegurar al cien por cien, pero creo que será dentro de poco. Quieren sacar a Velasco de Palacio.

Luego, de un maletín que Ravines no había visto hasta ese momento, Calderón extrajo unos papeles, tenían que ver con la gestión del ministro Martínez del Campo ante los yugoslavos. Seguro al general Ravines le interesaría estar al tanto de los negocios que se traían Carranza, Tamariz y Martínez del Campo.

El general Ravines miró despacio y con cuidado aquellos papeles, leyó y sopesó las cuatro cuartillas mecanografiadas, las fotocopias, en fin, pensó levantando la vista hacia el ventanal: Definitivamente el tiempo se había arruinado. Unas nubes negras descargaban agua con una violencia estrepitosa y extraña. El estacionamiento pronto sería un barrizal. El general Ravines removió despacio su copa y se quedó mirando al Flaco Calderón, intentando escudriñar dentro de él, saber qué pasaba por su cabeza, por qué hacía todo esto. ¿Quizá porque no lo habían tenido en cuenta a la hora de estatizar la prensa? Se rumoreaba que Calderón había querido la dirección del *El Comercio*, pero Tamariz se había opuesto...

RESUENAN LAS BOTAS apresuradas, por aquí, señala el capitán a cargo, y suben los soldados por las escaleras estrechas y desvencijadas, adelante, vamos. Parece una operación de extremado riesgo, una maniobra contra un enemigo peligroso al que es necesario sorprender con la prontitud del asalto y el despliegue de fusiles y ametralladoras, de guerreros equipados y listos para brincar de una trinchera. Sin embargo, al final de la escalinata sólo hay dos hombres: uno de ellos va vestido de terno oscuro, camisa blanca y

corbata, se diría sorprendido a punto de salir a una fiesta.
El otro va en mangas de camisa, es en extremo delgado, usa
anteojos y lleva unas cuartillas en la mano. Ambos miran
más que asustados, perplejos, el trote de los militares, la
mano enérgica del capitán que obliga a sus subalternos a
detenerse en seco. Entonces, un civil se abre paso entre los
soldados, llega hasta la altura del capitán y mira hacia lo alto
de la escalera. Aquí traían la orden del Gobierno, dice con
una voz apesadumbrada el comisario Bermúdez, aquí estaba, insiste y sube hasta quedar al lado de los dos hombres
que lo miran con curiosidad, de veras lo sentía, señores, él
sólo cumplía órdenes. ¿Y era necesario todo este despliegue
militar, amigo Bermúdez?, pregunta el más joven de ellos,
el que parece a punto de irse a una fiesta. El comisario
Bermúdez hace un gesto de impotencia, el doctor Chávez
no quería subir solo, señor Miró Quesada, murmura … el
hombre en mangas de camisa suspira, hasta para eso es un
miserable y un cobarde, ese Chávez, pero se detiene porque
no quiere más problemas: *El Comercio* se ha defendido con
uñas y dientes del Gobierno Militar, pero la batalla parece
haber tocado a su fin, al menos hasta nuevo aviso. Mira hacia abajo y distingue la calva de Chávez, intuye sus pasitos
cortos y nerviosos, el mordisqueo del bigotillo cano, los dedos amarillentos de nicotina. Por un segundo está tentan-
do a exigirle a gritos que suba hasta el despacho de director
y lo tome él mismo, pero entiende que es absurdo: ya lo
han conversado con el patriarca de la familia, ya lo han
discutido con todos los miembros del directorio: ningún
gobierno iba a tumbar al periódico, jamás había ocurrido y jamás ocurriría. Se había perdido apenas una batalla,
pero no la guerra. Se irían tranquilos y regresarían por lo
que era suyo cuando las cosas mejorasen, cuando por fin el
Gobierno de los militares se disolviera en la historia como
un tropiezo, apenas una infamia más entre las muchas que

siempre había vivido el país, aleccionó el patriarca. El reloj del despacho soltó una nota grave: las doce y dos minutos. En fin, ellos ya se iban, comisario Bermúdez, aunque les hubiera gustado que el nuevo director diera la cara, dijo Miró Quesada. ¿Verdad que sería lo lógico, lo decente?

—Por supuesto que sí, amigo Chávez —había dicho el doctor Tamariz intentando tranquilizar al periodista al otro lado del teléfono—. Usted no va a estar solo, ya enviamos al comisario Bermúdez, además de los soldados…

—¿Problemas, doctorcito? —el primer ministro Carranza se despereza, mira su reloj, un cuarto para las doce, ya deben estar llegando los nuevos directores a los periódicos—. Esperemos que Muñoz Gilardi no sea tan niña popis como Chávez…

Muñoz Gilardi fuma en la puerta de *La Prensa*, da dos chupadas enérgicas y aplasta el cigarrillo con el zapato, hace un poco de frío y humedad, ¿entraban ya?, le pregunta al capitán que lo acompaña y cuyo rostro ha permanecido inescrutable durante todo el trayecto hasta la sede del viejo periódico de Pedro Beltrán. Faltaban tres minutos, dice sin mover un músculo de la cara y a Muñoz Gilardi se le abre la boca, quiere reírse, ¿iban a tomar las playas de Normandía o a entrar a un periódico donde sólo había un puñado de inofensivos periodistillas?, piensa pero prefiere no decir nada y esperar a que se cumpla el horario cuadriculado y pueril del militar. Beltrán no estará en el periódico, claro que no. Está en Europa, y eso, no sabe exactamente por qué, le produce un encono tremendo a Muñoz Gilardi. A las doce en punto entran al periódico, son saludados displicentemente por el portero, que resopla sobre su vaso de emoliente como si todo aquello no tuviera nada que ver con él, a sus órdenes, dice el Zambo con cierta ironía y Muñoz Gilardi sube escoltado por el capitán y los soldados. En la segunda planta lo espera un grupo de periodistas

hoscos y silenciosos, de brazos cruzados, como unos chiquillos a punto de hacer una pataleta, piensa el nuevo director de *La Prensa*, y los mira severamente a todos, de uno
en uno, antes de hablar. Estaba allí porque cumplía con su
deber como peruano y como hombre comprometido con
la libertad de prensa, dijo algo marcialmente. *La Prensa*
ya no está en manos de Beltrán, un burgués filoamericano
que sólo ha defendido sus intereses particulares, en muchas ocasiones flagrantemente contra los intereses nacionales. No, ya no está en manos de Beltrán, pero tampoco en
manos del Gobierno Revolucionario. *La Prensa* está ahora
en manos de sus trabajadores, advierte con solemnidad, los
ojos encendidos de fervor. Algunos periodistas siguen cruzados de brazos pero bajan la cabeza, escuchan a Gilardi,
que toma un respiro antes de volver a hablar. De pronto
uno de ellos, muy jovencito, se vuelve hacia él con el rostro
congestionado: yo he sido alumno suyo en la San Martín,
yo lo he escuchado hablar en contra de este gobierno hasta
hace nada, tartamudea con una voz extraña, como si le cas-
tañetearan los dientes, y ahora sólo puedo decirle que me
avergüenzo de que haya sido mi profesor. ¿Usted en nombre de quién habla?, retruca rápidamente Muñoz Gilardi.
Soy dirigente del sindicato, elegido por los periodistas de
esta casa. Pues a mí me da vergüenza que haya sido usted
mi alumno, dice el flamante director de *La Prensa*, y le
da la espalda ostensiblemente al mozalbete, le han jodido
el momento, carajo, el que quiera irse que se vaya, aquí
nadie los obliga a nada, reta y se estira un poco el cuello
de la cafarena, hace un calor del demonio en el despachito
aquel. No tenían tiempo que perder si querían sacar una
estupenda edición para dentro de unas horas…

—No, no ha tenido ningún problema —dice el
doctor Tamariz mirando a Velasco y a Carranza, que fuman en silencio—. En *Última Hora* están los amigos de

Ramsey, no le han puesto ningún problema.

Más bien, había dicho Guillermo Ramsey arremangándose, luego de recibir el aplauso de los periodistas que lo esperaban en la vetusta sala de redacción, qué tal si empezaban a trabajar, muchachos, que el Perú despierte con la gran noticia, y esa es que la prensa desde ahora no tiene ni patrones ni mordaza. Luego se volvió a todos despacio, en silencio, como sorprendido él mismo de su inspiración. Lalo, llama a un periodista, ¿qué tal quedaba aquello como titular, ah? Bestial. Luego comprobó con fastidio que la mitad de las máquinas apenas si servían, algunas no tenían ni cinta porque cada uno trae la suya, jefe, lo aleccionó uno de los periodistas, y él rapidito, que le consiguieran como sea una máquina en condiciones, ay, caracho, esto iba a dar un vuelco de ciento ochenta grados...

—¿Ya están todos trabajando? —el primer ministro mira por la ventana hacia la calle desierta, consulta por enésima vez su reloj, en pocas horas deberían estar listas las ediciones especiales—. No queremos sobresaltos, doctorcito. Lima no tarda en despertar.

En el viejo edificio donde está ubicada *La Crónica*, muy cerca de la Plaza Grau, el Colorado Fonseca ha cantado el himno nacional a instancias de los propios periodistas, ha conversado con Ismael Quijano, el director saliente, y todo ha ocurrido dentro de lo que podría denominarse un clima de total cordialidad, de manera que ahora, en mangas de camisa y un cigarrillo en los labios, diagrama y compone rápidamente el titular, se pone frente a una máquina y mientras escribe empieza a dar órdenes, quiere dos fotógrafos ahora mismo en la calle, uno que vaya a *El Comercio*, ¿Al *Comercio*?, pregunta Celaya desde el otro lada de la mesa grande, donde se han ubicado cuatro periodistas junto a Fonseca, sí, quiero fotos, impresiones de los nuevos directores... Siente que su sangre bulle otra vez alborotada, acaba de llamar al doctor Tamariz, todo en orden, doctor, ha trinado Fonseca, feliz como hacía mucho que no se encontraba. *Expreso* y *Extra* ya han sido puestos en manos de Meléndez y de Guevara, según le ha informado el doctorcito, y además sin mayores problemas, sólo en *El Peruano*, donde fue destinado el huevas de Rázuri, nadie sabía dar razón de dónde se encontraban las llaves para entrar al despacho del director, tuvieron que palanquear la puerta, demoraron un montón, pero nada más. Ahora sí, ha dicho el primer ministro Carranza mirando a Velasco y a Tamariz, la Revolución se encarrilaba como debía ser.

EL SEMÁFORO ESTÁ en rojo, pero el Buick negro apenas ha reducido un poco la velocidad para cruzar con precaución y seguir por la larga avenida Arequipa, prácticamente desierta a esas horas de la madrugada: el auto no se ha detenido en ninguna esquina, y aunque Abraham Ackermann lleva más de treinta años en el Perú, nunca ha terminado de acostumbrarse a esa increíble práctica, a esa suerte de protocolar y absurda precaución a la que se entregan los limeños con entusiasmo y que consiste en que, a ciertas horas de la noche, cuando el tráfico ralea incluso en las grandes avenidas, apenas si reducen la velocidad y cruzan las intersecciones con los semáforos en rojo. Si hay algún patrullero cerca pueden incluso extremar su cautela y avanzar muy despacio, como para hacer constar frente a la autoridad que son precavidos. Primero Nancy, su mujer, y ahora Pochita, su hija, se burlan de la cautela con la que Ackermann se rinde a la infracción, demasiado rígido, de golpe sudando, enrojecido, incapaz, en fin, de hacerlo como un buen peruano, pues, papá, le dice Pochita revolviéndole los escasos cabellos que aún le quedan a su viejo, hay que pasar nomás, sin ninguna clase de paltas. ¿Acaso no veía que apenas circulaban carros a esta hora?, y la chica vuelve a revolotear una mano sobre la calva de su padre, sabiendo cuánto le molesta, cuánto se lo perdona sólo a ella y únicamente en ciertas ocasiones, ni a su mujer se lo perdona, caracho, ya han tenido broncas cuando Nancy, para hacerlo rabiar, le pone una mano en la calva y Pochita ríe al hacerlo otra vez: aunque le duelen los pies de todo lo que ha bailado esta noche, todavía le quedan ganas de jaranearse, de reírse y disfrutar un rato más con la gente de su promoción. Flaca, eres un ensarte, le ha dicho Beto Colomer al oído cuando su padre se acercó hasta el vestíbulo del Hotel Bolívar, donde quedaron en encontrarse porque ya es tarde, hija, explicó su padre dándole un beso y al muchacho una palmada en el hombro, qué tal, Beto, ¿cómo estaban sus padres? ha preguntando con su acento invenciblemente defectuoso, espolvoreado de erres demasiado redondas y oes que suenan guturales, treinta años y jamás perderá su acento gringo, gringo de Portsmouth, New Hampshire, como él mismo suele afirmar, aunque para todo lo demás se considera bien peruano, caracho, y hasta come el ceviche picante y cuando bebe pisco sour entona alguna marinera cuya letra Nancy le ha enseñado con paciencia. Bien, señor Ackermann, dice el joven, sus padres estaban bien, ¡pero dónde está la agenda!, dice Nancy de Ackermann con una voz histérica, las manos torpes, los ojos muy abiertos, ¡hay que llamar a mi compadre!, y Beto parece vacilar, enrojece y traga saliva, al fin pregunta: ¿Pochita ya se tenía que ir? Él podía llevarla a casa sin ningún problema, señor, no había tomado muchos tragos, si acaso un par de cervezas, y mira a Pochita que asiente, mira con intensidad a los ojos de su padre que niega sonriendo, no puede ser, ¿No eran acaso amigos de toda la vida? Para algo era ministro, ¿no?, dice Nancy mientras pasa frenéticamente las hojas de la agenda

que le ha alcanzado la señora Cesárea. Ni hablar, Pochita,
ya eran casi las dos de la mañana y ella había quedado en
estudiar para su examen de ingreso a la universidad, ¿ya no
se acordaba de su promesa? Pochita taconea con fastidio
pero sabe que no puede decir nada, que en eso había quedado con su padre y una promesa es una promesa, hija, le
ha dicho siempre éste, tan escrupuloso con su palabra, de
manera que le da un beso a Beto, que la despidiera de los
demás, dice, y Beto okey, se veían la próxima semana, ¿no?
Y ella claro, que le pegara una llamadita, es sólo un amigo,
un gran amigo, ¿Aló?, ¿aló, compadre? ¡No sabes lo que ha
pasado!, dice Nancy con una voz urgente y de inmediato se
pone a llorar, no lo puede creer, si su marido no había hecho nada, es un buen hombre, un buen chico pero creo que
anda medio enamorado de mí, le confiesa Pochita a su padre cuando por fin alcanzan la Benavides y observan la avenida desierta, apenas transitada, dormida, y Nancy explica
atropelladamente que se lo habían llevado, compadre, dicen que a la prefectura, no sabía qué hacer, a dónde ir y ya
están a la altura del Rancho, muy cerca de casa, un buen
amigo, insiste ella reprimiendo un bostezo y soñando ya
con meterse a su cama, piensa en la tibieza de las sábanas,
en lo mullido del colchón, en el juguito de papaya que se
quiere tomar ahorita mismo, que seguro Cesárea le ha dejado en una jarrita como siempre, suspira cuando su padre
maniobra para meter el auto en el garaje y se baja para abrir
la reja que chirría un poco. Entonces todo ocurre muy rápido: de la nada, como si hubieran salido directamente de
las sombras, dos hombres de traje se acercan con paso decidido a su padre, que no los ha visto, y Pochita quiere gritar
pero por un segundo horrible piensa si acaso no está soñando, si no se ha acostado ya y el sueño profundo le ha busca-
do arteramente esta pesadilla, y por un momento lo desea
así, porque comprende de inmediato que todo es real, los

hombres se han encarado con su padre, que da un respingo, trastabillando al volver hacia el coche, pero uno de ellos lo ha tomado del brazo, como para que no caiga en su traspié o como para que no escape, Pochita no lo sabe, se encoge en el asiento y observa que el otro hombre ha sacado una cartera, muestra una placa, ¿son policías? Sí, dice uno de ellos, el más bajo, con acento cortante, y usted es el señor Abraham Ackermann, ¿verdad? Tiene que acompañarnos a la prefectura, escucha Pochita y sólo entonces se anima a salir del auto, ¿qué pasaba?, ¿qué querían?, pregunta con voz demasiado alta y desafinada y unos perros se ponen a ladrar a lo lejos, van a despertar al vecindario, el hombre más bajo, cholo blancón, con los pantalones chorreados, se vuelve a la chica, usted, señorita, entre a su casa nomás, ¿ya? que este asuntito era con su padre, ¿ya?, dice groseramente y ella se quedaba si le daba la gana, oiga, dice con un acento impertinente y despreciativo que le cuesta reconocer como suyo, está temblando y se acerca a su padre, que la tranquiliza con una sonrisa, anda nomás, Pochita, y dile a tu mamá que llame a su compadre, el general Martínez del Campo, y los hombres se mueven inquietos, vaya nomás, señorita, hágale caso a su papá, y usted acompáñenos, dice el más alto empujando suavemente a Ackermann que enrojece, que no empujara, hombre, y que al menos le dijeran por qué se lo llevaban, que al menos lo dejaran sacar algo de abrigo, y Pochita corre hacia la puerta, yo te bajo una chompa, papá, dice casi llorando y entra a las carreras mientras escucha cómo su padre discute con los tiras, ellos no estaban autorizados para decir nada, señor Ackermann, ya le explicarían en prefectura, tenían que acompañarlo nomás, ¿ya? y Ackermann piensa incongruentemente que mejor hubiera sido que Pochita se regresara con Beto a las tres o las cuatro de la mañana, cualquier cosa antes de que su hija viera este ultraje, carajo, dice ahora sí temblando, porque

los hombres lo han tomado de ambos brazos y lo llevan casi
en vilo hasta un auto que está estacionado muy cerca, ahora recuerda que ha dejado las llaves en el contacto, que al
menos lo dejaran sacar las llaves, forcejea, se iban a robar el
carro, pero los policías no lo escuchan y él dice o murmura
o ruge Pochita, el carro, pero ahora una mano brutal le
oprime la cabeza y Ackermann siente la humillación profunda de que un desconocido le tome la cabeza, su calva
moteada de pecas, y lo zambulla dentro de un carro que
huele espantosamente a axilas y a pies, a gasolina, cuidado
con la cabeza ha escuchado que le dicen con voz monótona
mientras lo meten de cualquier modo en la parte posterior
del Dodge Dart y quiere gritar esa palabrota feroz que nunca ha usado: concha de tu madre, piensa con asco y luego,
sin poder contenerse: la concha de tu madre, *fuck your mo-
ther*, cholo de mierda, masculla con lágrimas en los ojos,
país de mierda, cholos hijos de puta, aprieta los puños
cuando el auto arranca y pasa frente a su casa en retroceso,
allí está Pochita y también Nancy, en bata, los ojos desorbitados, que corre hacia el Dodge mientras Ackermann se
lleva una mano hacia la oreja y con la otra hace un gesto
como de discar un teléfono, llama a tu compadre, murmura: tienes que ayudarme, compadre, dice Nancy ahogándo-
se en llanto cuando por fin logra comunicarse con el general Martínez del Campo.

—¿Ya se enteraron de la última? —dice el mayor
Alfaro removiendo su whisky—. Parece que han encontrado al contacto de la CIA en Lima.

—Ya —ríe el director Guevara y mira hacia la
puerta del saloncito como tomando precauciones para
hablar—. El gringo ese, Ackermann. Qué va a ser espía,
hombre. Es sólo un infeliz con una empresa boyante.

III

EL GENERAL RAVINES se lanza al agua con un movimiento ágil, suave, un clavado perfecto que sumerge limpiamente su cuerpo aún musculoso por un instante y luego reaparece sonriente en el otro extremo de la piscina, caracho, había que ver en qué estupendo estado físico se encontraba el Gato, dice el general Del Valle pero el comandante Carlin no lo oye, tiene la cabeza inclinada, las manos descansando en el abdomen de pelos hirsutos, parece adormecido por el sol que ha abierto inesperadamente un cielo azul al sur de Lima. Un mozo va de mesa en mesa ofreciendo cocktails y whiskys, pisco sours a los militares y a sus mujeres, que ríen y charlan en torno a la piscina, disfrutan de choritos a la chalaca, platitos de ceviche, butifarritas con ají, piqueítos diversos dispuestos para sus invitados por el general Ravines, que ahora se frota enérgicamente con una toalla verde oliva. Es consciente de las miradas, camina hacia el grupo formado por Figueroa, Hernández Prada y Villacorta, nada como un buen chapuzón antes de almorzar, dice cogiendo un vaso de agua tónica de la bandeja que otro mozo atento ha puesto a su disposición, sólo falta Velasco, afirma levantando fugazmente su vaso hacia los de los demás, Velasco siempre se hace de rogar, carajo, y nosotros aquí muertos de hambre, dice Figueroa dándole un buen sorbo a su bebida. Ravines se pone los lentes de sol, termina de secarse y se enfunda en una camiseta blanca y ceñida que resalta su torso amplio y firme, el que puede, puede, dice con una voz neutra, por algo era el presidente, además no creía que tardara mucho, recién eran las doce del día y desde Chaclacayo hasta Punta Hermosa hay un buen tramo. Pero en el fondo, pensó, tampoco le gustaba nada que viniera Velasco a esta reunión: hubiera preferido hablar a solas con los generales de lo que piensa que está ocurriendo en torno a Palacio. Sin embargo, a última hora lo pensó mejor. Hubiera sido un grave error de cálculo no invitarlo y así correr el riesgo de que Velasco se enterara de la invitación y se resintiera. Por lo menos era una buena toma de contacto para sondear a algunos generales y ver en quiénes se podía confiar más adelante…

—A la velocidad que viaja no debería tardar más de quince minutos —exagera Figueroa.

Era cierto: Qué manera de correr, caracho, y todo ese despliegue de motos y Mercedes, un día de estos van a atropellar a alguien, se van a matar por ahí, ¿a qué tanta prisa? Ravines los mira sonriendo, bueno, ya sabían que teme que haya algún atentado, sobre todo desde que se descubrieron los teléfonos intervenidos en Palacio. La que se había armado, carajo. ¿Entonces era cierto eso?, Villacorta adelanta ceñudo su rostro cetrino, bebe un sorbo de vodka con naranja y acepta la invitación de Ravines, por favor, para que se sienten a una mesita con sombrilla a rayas verdes y blancas. El Gato se quita los lentes oscuros, claro que había sido cierto, ríe sin mirarlos, más atento a las risotadas de las mujeres, ellas siempre se lo pasan en grande, caramba, son apenas cinco y que miraran el alboroto que armaban, dice moviendo la cabeza paternal, generoso, con benevolencia de procónsul romano. Luego se vuelve hacia los generales, el rostro de pronto oscurecido, la voz ronca. Los teléfonos estaban intervenidos, eso era cierto, pero no habían querido que trascendiera, todavía están tratando de averiguar desde cuándo, no puede haber sido mucho tiempo, pero ya ha ocurrido lo que Carranza quiso evitar desde el principio, la fricción con los gringos. ¿Ha sido la CIA entonces? Figueroa agita una mano y se acerca un mozo con la bandeja llena de cocktails y tragos, vacila frente a la oferta, al final se decide por un pisco sour y sorbe su trago, habla con un bozal de espuma en los labios, pero ya sabían del hermetismo de Ze-

garra y Carranza incluso con algunos ministros, se queja
y Villacorta insiste en el tema: si ha sido la CIA tenían un
problema grave, carajo. Es cierto, las cosas no están para
vainas, explica Ravines, porque desde que Blacker ha caído en desgracia, todo el mundo sabe que él es el ministro
mimado de Velasco. Pero mejor ni comentar nada delante
de Saura o Carranza y por supuesto ni una palabra tampoco a Velasco, que le da un ataque aquí mismo. Es que
si no ha sido la CIA, ¿quién entonces? Esa es tecnología
muy sofisticada para nuestros cholos, dice Ravines, pero
eso significaría que hay infiltrados en Palacio, y lo peor es
que ahora Velasco mira con lupa a todos, se está volviendo paranoico, dice Ravines bajando la voz, la otra vez lo
descubrieron escondido detrás de una cortina escuchando lo que decía Arrisueño y dos coroneles, ¿se lo podían
creer? Carranza está preocupado porque aunque lo que
haya hecho Velasco sea una exageración más producto de
los nervios, el hecho es que hay un infiltrado en Palacio.
Uno o varios, vete a saber, dice Figueroa, de hecho, él
sabía que tenían bajo sospecha a Abraham Ackermann,
el gringo ese dueño de una empresa de seguridad, nada
menos, y todo un espía de los norteamericanos, valiente
hijo de puta, y luego le da un codazo al Negro Villacorta
y mira a Ravines porque al otro extremo de la piscina el
comandante Carlin ha abierto los ojos con un momentá-
neo estupor —ahora es el general Del Valle quien dormi-
ta— y se incorpora lentamente de su tumbona, les hace
un gesto con la mano, se acerca finalmente, qué sueñecito
más rico me he echado, señores, dice con la voz aún las-
trada por la turbiedad de la siesta, ¿todavía no ha venido
Juan?, pregunta arrastrando una silla y colocándola entre
la de Figueroa y la de Ravines, pero justo en ese momento
ladran los perros, hay un bullicio cercano, segurito era él,
dice el general incorporándose, mirando hacia la puerta

que se han apresurado a abrir dos soldaditos para que pasen los Mercedes negros, sí, era.

—Pero Ravines tiene un as bajo la manga y vamos a tener que averiguar cuál es —el doctor Tamariz se vuelve hacia Montesinos, tiene el semblante adusto.

—Ya me encargo de averiguar eso, doctor. Usted, mantenga alejado a Calderón…

EL DOCTOR TAMARIZ se había llevado la servilleta a los labios con un gesto blando y algo tibio que Pepe Quesada encontró ligeramente repulsivo, pero siguió sonriendo, dijo salud y levantó su copa hasta chocarla con la del doctor. De la cocina del Chalet Suisse, emana un tibio aroma a *raclette*, a carne a la parrilla. Allí, justo enfrente del Hotel Crillón, donde Tamariz alquila una suite, es donde se han citado, a instancias del doctor porque aquí se comen unas *fondues* deliciosas, insiste ya en la puerta, mientras se saludan y son recibidos por el propio Otto Krebs, que les indica una mesa discreta, al fondo del local, por favor. El restaurante no está lleno, tiene mesas pequeñas y mantelitos a cuadros, resulta bastante coqueto, aunque la cocina queda demasiado cercana al salón y con el calor del mediodía parece inflamar de aromas densos el ambiente cada vez que las hojas de la puerta son empujadas por los camareros. Desde allí les llega el rumor de una tele encendida, una tele pequeñita que parpadea en grises sobre una repisa de la cocina: aparece fugaz el rostro del periodista Alfonso Tealdo, se escucha su voz atiplada e impertinente que por momentos parece enturbiar incluso las charlas de los escasos comensales, pero Quesada entiende y agradece la precaución del doctor, al fin y al cabo, el restaurante es un lugar discreto donde resultaría difícil encontrarse con algún conocido a esas horas: aquí pasarán desapercibidos y podrán hablar con confianza, aunque no lo diga el doctor Tamariz mientras estudia con gesto afectado la carta y pide los platos, el vino Tacama, las aguas minerales. Pepe Quesada hubiera preferido una cerveza, pero le divierte observar el papel de cabal anfitrión que ejerce Tamariz, con su terno azul impecable y el alfiler brillando en el nudo de la corbata, con sus gemelos de oro blanco y su camisa de viyela, demasiado elegante, demasiado *gagá* incluso para este ambiente, con sus lentes de carey y su perfil de ave. La cuestión, dice de pronto el doctor Tamariz ensayando un tono didáctico, es saber exactamente cuánto estaría usted dispuesto a ofrecer. Usted o los intereses que representa. Quesada sonríe y se lleva un palillo a la boca, él era los intereses representados, dice y muestra sus dientes fugazmente, igual que Tamariz. Entonces mejor, murmura este mientras bebe un sorbito casi medicinal de vino, porque el trato así es directo y no se presta a retrasos ni a confusiones. Como él sabía, alecciona el doctor Tamariz, Seguridad Empresarial Peruana se encontraba en un momento delicado. Luego calla un momento mientras el mozo pone en medio la humeante *fondue*.

—Sí, el general Martínez del Campo me dijo que me pusiera en contacto con usted. Es el compadre de mi mujer, ¿sabe? —la voz de oes guturales y erres demasiado redondas suena desvalida, como si arrastrara un cansancio infinito.

—Ha hecho bien —dice el doctor Tamariz acomodándose los gemelos con delicadeza de orfebre—. Porque esto no es precisamente un caso para abogados laboralistas. Quiero tener todos los datos muy claros para actuar de inmediato. Señor Ackermann, ¿cuál es su relación con la gente de la embajada americana?

Quesada asiente despacio, trincha un trozo de carne, lo unta en crema y se lo lleva a la boca, él estaba al tanto, por supuesto, de la delicada situación de Sempesa, en realidad tendría que esperar al juicio de Abraham Ackermann para saber a qué atenerse, porque comprar así porque sí, aunque sea una oferta ventajosa... Tamariz se acomoda los lentes sobre el puente de la nariz, cruza los dedos de ambas manos y hace girar los pulgares un buen rato, el ceño fruncido, los ademanes reconcentrados, al fin habla: estaba de acuerdo con todas las precauciones que quisiera tomar el señor Quesada, pero le garantizaba que Sempesa no tenía ninguna otra solución que su adjudicación a capital cien por cien peruano, no podía permitirse la menor duda respecto a la integridad y al patriotismo de quien llevaba una empresa de seguridad, nada menos.

—¿Con la embajada de los Estados Unidos? —la voz de Ackermann parece por primera vez alerta en lo que va de la tarde—. Soy ciudadano norteamericano y empresario en el Perú, me invitan a cocktails y recepciones, pero qué quiere que le diga, nada más. Llevo treinta años en el Perú, estoy casado con una peruana y tengo una hija nacida aquí. Ni siquiera he llamado a la embajada de mi país, estoy en manos de la justicia peruana y confío en ella.

—Muy bien, ha hecho muy bien —Tamariz toma nota, saca de su maletín algunas fotocopias que revisa con meticulosidad—. Confíe en mí, señor Ackermann, que en este caso se ha cometido un atropello flagrante contra su persona. En realidad, no existe prueba alguna que lo inculpe realmente de nada, menos aún de complot contra el Gobierno Revolucionario del Perú.

—¿Complot contra...? —Ackermann no tiene fuerzas para terminar la frase, se pasa un pañuelo por la calva súbitamente brillante—. No sabía que se tratara de algo tan grave —balbucea ahora completamente lívido, los ojos muy redondos, casi fuera de las órbitas.

—Así es, señor mío —dice Tamariz y sus ojos destellan fuego detrás de los lentes de carey—. Es una acusación muy grave pero demostraremos que infundada. Usted deje todo en mis manos.

Quesada observa el perfil de ave, los gestos remilgados del doctor Tamariz, que se lleva un par de dedos al nudo de la corbata y en medio del calor que los ventiladores del local esparcen por el salón, increíblemente no suda, ni siquiera cuando se lleva un trocito insignificante de carne a la boca antes de pasarse la servilleta por los labios con primor y explicar que el señor Ackermann no tenía ya potestad alguna sobre su empresa, que pasaba a manos del Gobierno. Naturalmente sería una oferta pública, pero puesto que el señor Quesada tenía todos los avales que ofrecía su cuñado, el ministro Martínez del Campo, al Gobierno le parecería ocioso exponerse a una venta desprolija y sin mejores garantías, ¿verdad?, dice y se lleva una copa de agua mineral a los labios, parece de pronto aburrido de la comida, vuelve a hablar: ahora bien, el señor Quesada debía comprender que tenían muchas otras ofertas.

—Lo siento —el doctor Tamariz se vuelve hacia la mujer de ojos enrojecidos y luego hacia Ackermann que parece no escucharlo y tiene una expresión ausente, las manos sin vida y apoyadas en sus rodillas—. El Gobierno Revolucionario de las Fuerzas Armadas ha decidido deportarlo. Pero antes expropiará su empresa, señor Ackermann. Con respecto a lo primero, no he podido hacer absolutamente nada más que ganar tiempo hasta hoy. Con respecto a lo segundo, podemos seguir luchando.

—Tú compra, Pepe —el general Martínez del Campo se reclina en el butacón de su despacho haciéndolo crujir, enrolla un dedo en el cordón del teléfono y vuelve a hablar—: Ackermann está de mierda hasta el cuello y aunque aún no se haya probado su vinculación con la CIA, al Gobierno no le gustan estas vainas. ¿Gringos manejando empresas de seguridad? No pues, hermanón, ni hablar. Por muy compadre de su mujer que yo sea, no puedo permitir ciertas cosas.

FUE COMO UN golpe repentino de agua el que lo arrojó a las orillas de su despertar, dejándolo varado en la oscuridad de la noche, sus latidos aún desvocados, la camiseta ligeramente húmeda. A su vera, Amparo respiraba tranquila, ajena por completo a su pesadilla, cuyos límites parecían disolverse rápidamente. Nunca recordaba sus sueños y aquello le producía una ofuscación de ignominia, como si quedara siempre a las puertas de una catástrofe cuyas claves él jamás entendería del todo porque ni siquiera recordaba sus sueños. Pero esta vez no había sido una de esas simples pesadillas que desde niño lo asaltaban como las dentelladas de un lobo cada cierto tiempo. Esta vez no. Miró el reloj y comprendió que ya no podría volver a dormirse, por más que se arrebujó otra vez en el calor de las sábanas, en el olor familiar de su mujer. Sintió la urgencia inmediata, perentoria, de encender un cigarrillo, de manera que apartó de un manotazo las sábanas y mantas y se dirigió a la salita cuidando de no hacer ruido. Allí fumó con esmero, una pitada tras otra, concentrado en el cigarrillo que ardía con un crepitar ansioso en el centro de aquel frío silencio de la madrugada. Y esa maldita opresión en el pecho, miéchica… Pronto serían las cuatro de la mañana, se alarmó, iba a estar muerto de sueño todo el día. Pero en unas horas más, a las ocho en punto, se reuniría con Benito Carranza y con el doctor Tamariz, juntos ultimarían los detalles de la estrategia que pondría a salvo su vida y en la que venían trabajando desde hacía una semana. Gringos de mierda, se indignó, no se saldrían con la suya. ¿O sí, Velasco? ¿No les había sido tan fácil entrar a Palacio, intervenir los teléfonos, escuchar las conversaciones? ¿Cuánto tiempo, Velasco? ¿Dos, tres meses? Acaso desde el primer momento en que puso pie en Palacio, quizá alertados por el propio Belaunde, que ya sabría que su gobierno tenía los días contados y dispuso aquella perfidia: los civiles no conocen la palabra honor, tembló de asco, si pierdes, pierdes como un hombre.

Habían especulado largamente sobre el asunto cuando desde Inteligencia de la Marina saltó la liebre: los teléfonos de Palacio estaban intervenidos, señor presidente, dijo alarmado el almirante Aníbal Saura entrando como un ciclón en el despacho presidencial donde él revisaba unos informes sobre la nueva ley general de industrias con el general Carranza. Los yugoslavos habían demorado inexplicablemente sus informes y el ministro Martínez del Campo pedía cada vez más tiempo para perfilar la propuesta. El Flaco Calderón había insinuado que el ministro parecía remolonear más de lo necesario con aquel asunto, y cuando el almirante Saura entró al despacho de Velasco, este, al principio, apenas prestó atención al nerviosismo del marino.

Sin embargo, cuando el almirante terminó de hablar, Velasco sintió con toda claridad cómo el ritmo urgente de su sangre se ralentizaba, clavó sus ojos de fuego en los ojos de Saura, vio su rostro afilado por la preocupación, la mano rígida sosteniendo el quepí contra su cuerpo, la postura trabajosamente marcial. Siéntese, almirante, dijo al fin Velasco recuperando su sangre fría. Carranza parecía haberse quedado de piedra, como si le costara reaccionar y él mismo fue por una silla, siéntese, almirante, y cuéntenos qué chucha quiere decir con eso de que los teléfonos están intervenidos. ¿Se da cuenta de la gravedad del asunto?, graznó el presidente buscando desesperadamente sus cigarrillos hasta que el propio Carranza se los alcanzó y le ofreció fuego: ¿Se daba cuenta de lo grave que era lo que estaba diciendo?, insistió el presidente como si en realidad sólo ganara tiempo para asimilar la idea, porque de inmediato pensó en la CIA, y no quería mencionar siquiera esa posibilidad. Claro que se daba cuenta, afirmó el marino removiéndose inquieto en la silla, el quepí apoyado ahora en las piernas, por eso había venido personalmente a advertirle, Inteligencia de Marina había sorprendido una conversación entre el embajador Belcher y otra persona no identificada que repetía lo mismo que se había dicho en el último consejo de ministros, aquí mismo, palabra por palabra. De inmediato montaron un dispositivo, mi general, que ha quedado en estricta reserva. El almirante Saura sabe perfectamente que al presidente le empavorecían las filtraciones. El hecho no ha trascendido, mi general, insistió Saura. Sólo lo sabe el capitán de corbeta Miguel Ángel Antúnez, que ha llevado la investigación, y dos oficiales que han sido destacados de inmediato a otras áreas con la orden expresa de olvidar todo lo que saben so pena de juicio sumarísimo.

Desde entonces no habías podido dejar de pensar en el asunto, Velasco, porque si los gringos podían entrar a Palacio, igual ponían una bomba en cualquier momento, igual te echaban como a un perro, carajo, igualito que a Allende, malnacidos, pobre Chicho, pensó el general encendiendo otro cigarrillo. Sintió la garganta reseca y abrasada, la lengua como un estropajo, las ganas de meterse un trago entre pecho y espalda ahora mismo, la ansiedad de galgo que lo estremecía al pensar que un atentado podía ocurrir en cualquier momento. El almirante Saura se había portado con una discreción admirable, porque ahora el asunto era evitar que la noticia se filtrara, mugió el general Carranza, que llegara a la prensa y se resquebrajara la imagen de cohesión del Gobierno. ¿Entonces Carranza creía que era alguien del propio Régimen quien había actuado de enlace con la CIA? Mejor no nos precipitemos, dijo Aníbal Saura, aún no sabían a ciencia cierta quién o quiénes habían podido intervenir los teléfonos. Pero si él mismo acababa de mencionar al embajador Belcher, se ofuscó Velasco. Pero eso por sí sólo no significaba que era la CIA, Juan, que se tranquilizara, era una conversación, nada más. Y nada menos: Alguien podía estarles filtrando datos a los gringos y no necesariamente la CIA. Lo que dice el general Carranza es cierto, señor presidente, dijo Saura un poco más calmado, pero en su voz había una cautela excesiva, casi de esencia jurídica, porque los tres sabían que sólo los norteamericanos podían haber hecho tal cosa. Velasco admitió a regañadientes que no iban a precipitarse en señalar culpables. Inteligencia del Ejército e Inteligencia de Marina seguirían investigando quién era el interlocutor del embajador Belcher. Sería conveniente que se revisara milímetro a milímetro las tres líneas telefónicas de Palacio y que por si las dudas se cambiaran todos los aparatos, que se revisaran también ventiladores y cualquier otro artefacto susceptible de esconder micrófonos, explicó el marino, y por ahora mejor ni una sola palabra a nadie, insistió Velasco. El general Carranza adelantó la mandíbula hacia el almirante, se había portado con una lealtad impagable, amigo Saura, dijo con su voz áspera y solemne, pero ahora tenían que pedirle una vigilancia extrema: absolutamente nadie debía saber nada de lo ocurrido, y si era necesario chuponear los teléfonos de todos los que entraban a Palacio, incluyendo a los ministros y por supuesto a él mismo, que se hiciera. Teníamos que encontrar al traidor. Velasco lo miró de soslayo, pareció que iba a hablar, pero Benito Carranza había tomado la iniciativa, había que averiguar quién era ese interlocutor de Belcher, para lo cual, querido Saura, tenía carta libre. Así es, almirante, dijo Velasco incorporándose con gravedad, las manos tras la espalda, el ceño heroico fruncido, la Nación no permitirá ultrajes de este tamaño, pero debemos actuar con extrema precaución, el enemigo es poderoso aunque no tanto como el patriotismo con el que defenderemos nuestro gobierno, dijo y el marino se cuadró, la barbilla temblándole ligeramente, por supuesto, mi general.

Una vez que Saura hubo salido del despacho, Velasco miró desvalidamente al general Carranza, que paseaba de un extremo al otro de la habitación, el semblante adusto, las manos enlazadas tras la espalda. Sí que era grave, afirmó casi para sí mismo y se volvió a Velasco, tenían que encontrar quién podía estar sirviendo de enlace a los gringos, Juan, porque en estos momentos puede ser cualquiera, ya sabes que los últimos ascensos y pases a retiro han levantado ampollas. ¿Arrisueño?, aventuró el general presidente. ¿Creía que se trataba de Arrisueño? Carranza lo miró parpadeando como si le costara creer tanta simpleza, Arrisueño o cualquier otro, incluso el propio Saura, mugió despectivamente Carranza dirigiéndose al anaquel disimulado tras una cortina. Se sirvió un whisky y sirvió otro para el presidente, que encendía un Chalán y quedaba envuelto en una nube de humo desde donde aceptó la copa. ¿Cómo que el propio Saura, Benito?, dijo al fin a punto de echarse a reír, ¿cómo que el propio Saura?, y ahora el semblante presidencial se enturbió de golpe, si es un amigo, caracho, si el marino había venido a denunciar el asunto, no podía ser, hermano, ya qué sería esto, pero Carranza no había movido un músculo de su rostro y seguía atento a las muecas, las sonrisas, el semblante ceñudo, los vertiginosos cambios de expresión de Velasco. Quizá no él, de acuerdo, concedió, pero que no olvidara que a los marinos les encantaban estos juegos, Juan, y son muy hábiles para sembrar la discordia. Que recordara que ellos no había participado en el Proceso, no les había quedado más remedio que apuntarse al final, digamos que a regañadientes y después de lo que ocurrió con el almirante Garrido… Que pensara también que el almirante Saura estaba cada vez más incómodo con los propios marinos, que el contralmirante Ramírez, en su calidad de jefe de la Armada, quería que otro ocupara el lugar de Saura como ministro de Marina. No digo que sea él, sólo que incluso cabe esa posibilidad. También podía suceder que los marinos fueran el enlace con la CIA o que todo sea una maniobra para instalarnos ahora mismo, en nuestras propias narices y con nuestra propia ayuda, un sistema de espionaje. Carranza bebió otro sorbo de whisky y chasqueó la lengua, en fin, lo que realmente quería decir, Juan, era que mientras no tuvieran un sistema de inteligencia mejor dotado que el de los marinos, estarían en sus manos. Carranza adelantó un poco su silla y miró sin pestañear a los ojos cautos del presidente. Ya va siendo hora de organizar una verdadera purga, Juan, o de lo contrario el Régimen, tu gobierno, se tambalea. A esta Revolución no le pondrá zancadillas ni los marinos ni nadie. Y haremos que quienes deban tomen buena nota.

—¿Todo listo para la fiestecita del sábado, doctorcito? —el general Carranza resopla frente al ventanal de su despacho.

—Todo listo, Carranza, todo listo —dice el doctor Tamariz.

LETICIA ABRIÓ LA puerta y se hizo a un lado con una cordialidad entre burlona y untuosa, qué puntualidad, alabó sin dejar de persistir en su sonrisa, adelante, adelante, que pasara, era el primero en llegar, pero mientras esperaban a los impuntuales podían tomarse unos traguitos, ¿qué le parecía?, y el general Ravines entró a la casa limpiando concienzudamente los zapatos en el felpudo, desde el fondo le llegaba muy tenuemente un movimiento que quiso creer de Mozart, no estaba seguro, pero sonaba desenfadado y dichoso, como una alegría sosegada y limpia, sí, seguro era Mozart, aventuró mientras seguía las caderas contundentes bajo el ceñido traje de noche, caramba, Leticia, dijo aceptando el whisky que un mozo de guantes impecables ponía entre sus manos, estaba realmente guapa y la mujer soltó una risa sincera, llena de lozanía, caráspita, qué cosas dice, general, achinaba los ojos de fugaz felicidad, era un bandido, general, pero luego parecía más atenta, como calibrando la seriedad de las palabras de Ravines y aceptaba una copita de jerez, gracias, del mismo mozo de pelos parados que ahora desaparecía discretamente. Entonces Leticia sorbió su trago sin dejar de mirar directo a los ojos del militar, casi desde el horizonte de su copa donde brillaba el líquido amarillo, como oro viejo, salucito pues, dijo dando otro sorbo pequeño y el general Ravines también se llevó el vaso de whisky a los labios atento a los ojos verdosos, las diminutas arruguitas que no escondía el maquillaje, el escote ligeramente ajado, las pecas que rozaban las clavículas elegantes, tenía que haber sido una belleza esta Leticia, pensó e iba a decir algo pero en ese momento sonó el timbre y Leticia suspiró apenada, coqueta, con su permiso, mi general, se alisó un poco el vestido y dejó la copa antes de dirigirse a abrir. Ella misma quería recibir a sus invitados, sonrió.

El general Ravines removió voluptuosamente su whisky, aventuró unos pasos hacia el salón y luego hacia la mampara tras la cual se adivinaba el jardín húmedo por la garúa pertinaz, los toldos blancos, las mesas con viandas frías y botellas de vino, de whisky, de infinidad de bebidas, caramba con el doctorcito Tamariz, pensó divertido mientras seguía el *allegro molto vivace* con que se cerraba aquella delicadísima pieza que le había encendido el ánimo, para organizar fiestecitas es un verdadero campeón, le había confiado ya Carranza, sabedor de que el Gato Ravines rara vez se animaba a asistir a una fiesta, y casi siempre asistía solo, sin Laura. Sí, era una mujer bastante guapa y muy alegre, reconoció la primera vez que pisó esta casa, y Carranza gruñó aprobatorio levantando su copa. Pero en cambio Tamariz parecía siempre demasiado adusto, incapaz de moverse con alegría en una fiesta o en una reunión —¿qué tipo de relación unía al soso Tamariz con la jacarandosa Leticia?, se preguntó Ravines con una punzada de curiosidad.

Cuando Carranza lo invitó la semana pasada hizo hincapié en que se trataría de una reunión distendida, general, nada de trabajo, pero sería bueno que estuviéramos algunos de los más leales a Velasco, nunca está demás establecer posiciones, y el general Ravines pensó que tanta explicación en el viejo primer ministro era desusado, pero se encogió de hombros, por supuesto, Carranza, dijo, casi exultante, allí estaría a las ocho en punto: veríamos quién engañaba a quién, pensó el ministro. Aquella tarde, después de reunirse con Calderón, Ravines había leído detenidamente aquellos papeles que le diera el periodista. Allí había suficiente información sobre comisiones, pactos, adelantos, cuentas en el extranjero… Calderón había hecho un trabajo minucioso y entusiasta, seguramente para cubrirse las espaldas. Ese era su pasaporte a la tranquilidad, su carta mejor guardada, le dijo a José Antonio Soler. Ahora sabían a qué atenerse, mi querido Pepe.

En realidad, el general Ravines tenía interés por saber quiénes otros eran algunos de los más leales al presidente. Él era perro viejo pues, no le iban a meter el dedo como a un baboso, caracho, alcanzó a sonreír para sí mismo antes de estrechar la mano áspera de Blacker, caramba, gringo, si no nos vemos en consejo de ministros no nos vemos nunca, y de inmediato reparó en la chica que lo acompañaba, apenas una mirada fugitiva, suficiente para calibrar sus piernas largas, tensas, como de patinadora eslava, bajo el vestido de seda azul, sus ojos color cerveza, su cabello rubiecito recogido en un moño elegante, el gesto apenas arisco y fruncido mientras parecía guarecer su bolso, una verdadera belleza, pensó el Gato Ravines antes de taconear marcialmente y llevar una mano de la chica hacia sus labios, un placer, señorita, dijo sacando pecho y el general Blacker dijo Anita, este es el general Ravines, ministro de Pesquería, gran amigo de toda la vida: ya venía con sus tragos el gringo Blacker, pensó Ravines, porque vez que asistía con la chica, vez que la presentaba, y Anita cómo está, general, dijo sin dejar de mirar hacia el salón, incómoda seguramente entre viejos, aseguró riendo Ravines y ella sintió un fogonazo de calor en el rostro, no, por favor, quiso sonreír, en ese momento el timbre sonó largamente y Leticia pidió un momentito, corrió a la puerta como una chiquilla entusiasmada: Heriberto Guevara y su mujer, el ministro Martínez del Campo y su señora, el contralmirante Ramírez, el general Landaburu y casi al mismo tiempo el general Cáceres Somocurcio... los invitados empezaban a llegar y la casa se sembró lentamente de voces, de risas, de veloces mozos que circulaban con bandejas entre los corrillos de invitados llenando las copas antes de que se terminaran, y cada vez que llegaba algún general eran grandes abrazos y risas, apodos que hacían reír a los demás, sobre todo a las señoras, observó Ravines desde un rincón, casi equidistante a la hija de Blacker, que conversaba con otras mujeres y algo más fríamente con el mayor ayudante de su padre, siempre se olvidaba del nombre Ravines, pero se daba perfecta cuenta de que el mayorcito estaba apuntando alto, carajo, que mirara cómo cortejaba con toda concha a la hija de Blacker, le dijo el general Izaguirre, nada menos, pero la chica parecía desdeñarlo una y otra vez.

En un momento en que se vio arrastrado de súbito al grupito que formaban el ministro de Industria, Martínez del Campo; el primer ministro, Benito Carranza, y el director de *La Crónica,* Rolando Fonseca, Ravines sintió que se le paralizaba el corazón, creyó entender todo aquello, sonrió casi con dulzura, pidió que lo disculparan un momento y fue al baño. Orinó largamente, se lavó las manos con esmero, se peinó un poco y salió otra vez al salón ya casi colmado de hombres y mujeres, militares y civiles que reían y bebían. Contó mentalmente cuántos de los generales eran ministros y entendió que muchos de ellos no lo eran, que vegetaban en cargos oscuros del Estado, digamos que en los meandros del poder. ¿Qué hacía allí, por ejemplo, el general Izaguirre?, ¿qué el propio Obando?, ¿y el marino aquel, Ramírez? Se encontró de pronto con la mirada del doctor Tamariz, que parecía más que el anfitrión el supervisor de aquella fiesta. El doctor levantó su copa hacia Ravines y el general ministro de Pesquería hizo lo mismo. De modo que allí tenía al futuro gabinete, se dijo.

—Seguro se dio cuenta al toque. El Gato Ravines no es ningún caído del palto —dijo Sánchez Idíaquez colocando sus cartas sobre la mesa.

—Esa ha sido la manera de Carranzita de advertirles a algunos que tienen los días contados —afirmó el mayor Montesinos cambiando apenas una carta—. Y esos golpes tienen la firma de nuestro respetado y aquí presente, doctor Tamariz. ¿Una partidita más?

—Ravines todavía dará alguna lucha. No se va a quedar de brazos cruzados —vaticinó el doctor Tamariz—. Esa noche lo noté... no sé, muy confiado.

—Sin embargo, hay otro general que nos debería preocupar, doctor —dijo Montesinos.

SE TUMBÓ DE cara a la pared y dejó que Ofelia pusiera sus manos en la espalda, que frotara con suavidad primero, con cierta urgencia después. Grandes círculos, pequeños remolinos, ligeras excavaciones a la vera de su columna, y él iba sintiendo poco a poco que sus músculos se desarbolaban gracias a esas manos calientes y ásperas, siempre olorosas a jabón, Zegarra, manos de lavandera y no de mujer, manos de chola, y de pronto el general cerró los ojos con fuerza, tensó la espalda, hizo un esfuerzo para imaginar que aquellas manos toscas y de dedos gruesos no eran ciertas, que más bien las que recorrían su espalda aflojando contracturas y deshaciendo nudos eran las manos delicadas y tibias de Amanda, como cuando aquella periodista había agitado un lapicero frente a él, durante la rueda de prensa, y el general juntó instintivamente los talones, sacó pecho, se irguió para contestar la pregunta de la señorita, hizo un ademán demasiado cortés y enrojeció violentamente cuando entendió que los demás periodistas se habían dado cuenta, Zegarra, ahí mismo hubieras sacado la pistola y te hubieras palomeado a uno, ¡pin!, a ver si seguían sonriendo con sorna, carajo, pero el general hizo como que no se daba cuenta y contestó a la chica que, mañosa, coqueta, ahora daba mordisquitos a la punta del lápiz, Zegarra, y lo miraba con unos ojos llenos de no sabía qué, ¿de promesas, Zegarra? Y la vez siguiente, cuando pasaron a tomarse aquel piscolabis que ofreció Palacio a los periodistas por el cumpleaños del presidente, el jefe de Inteligencia buscó entre el tropel de muertos de hambre que se abalanzaban sobre los canapés y los pisco sours y la encontró: allí estaba, con sus jeans acampanados y el pulóver estrecho y azul, los cabellos muy largos y con raya al medio, la nariz delicadita, los ojazos intensos, asediada y feliz, conversando con dos o tres periodistillas que le hacían la corte. Ese día Zegarra no se atrevió más que a intercambiar generalidades con ella, pero dos ruedas de prensa más tarde, apenas la chica lo vio le sonrió con coquetería, se acercó sin disimulo y él general no pudo contener un repentino y pugnaz ataque de vanidad, compuso una sonrisa con sus labios finos e injuriosos, chasqueó un dedo para que le sirvieran una copa a la señorita, ladró a un mozo, y se dispuso a charlar con ella.

Sintió la lenta caricia de Ofelia en la espalda, su demorado ataque de pretendida sensualidad y apretó las mandíbulas, ¿por qué te casaste con esta mierda, Zegarra?, se preguntó arrasado por la desesperación el general, conocedor de la respuesta: porque su padre, el general Aspíllaga, murió de un infarto fulminante a los dos meses de la boda, y todos tus planes de ascenso y promoción se esfumaron, se hicieron humo de un día para otro, Zegarra. ¿Te lo vas a recordar siempre? Varias veces había estado a punto de dejarla, pero Velasco, por influencia de su mujer, no consentía divorciados en su gabinete ni en su entorno, y así vivías en un estado permanente de furia y desespero, carajo, porque simplemente ya no la aguantabas: ni su sonrisa estúpida, ni sus manos callosas, ni su torpe y sumisa manera de quererte...

Pero ¿todas no eran así, Zegarra?, ¿no te llevaba desairando esa ratita periodista tanto tiempo, nada más porque te habías dignado a fijarte en ella? Porque lo cierto es que el general Zegarra se ofreció a absolver cualquier duda que tuviera la señorita, dijo cuando la joven periodista —Amanda Bacigalupo, encantada, mi general— le confesó que era nueva, que en *La Prensa* la habían destacado a Palacio, pero ya sabía él cómo era todo en el Perú, los hombres eran unos machistas que apenas si le querían echar una mano, dijo sinceramente abatida mientras aceptaba otro pisco sour, y ella se encontraba un poco perdida en los temas de Gobierno, la verdad. El general no esperó más y se ofreció incluso a mostrarle Palacio, extendiendo el brazo del que ella se colgó encantada, mientras que con la otra mano fue mostrado este salón, el Hall Eléspuru, y si quería ver el Salón Dorado, con gusto la llevaba, dijo el general bebiendo de un trago su tercer o cuarto pisco sour, envalentonado con la bebida, guiando galantemente a la chica hacia los interiores de Palacio, sintiendo su piel joven, su forma de aferrarse al brazo, ¿arrecha ya, Zegarra?, mientras se internaban por un pasillo solitario y él escuchaba embelesado la vocecita inquisitiva y dulce, seguro quería ya, Zegarra, sus ojos deslumbrados contemplando las arañas, las esculturas, las alfombras, aquel saloncito recoleto donde la llevó el general, donde le rodeó los hombros porque Amanda Bacigalupo dijo que allí hacía frío y se encogió todita. Entonces él hizo el amago de darle un beso y ella se puso rígida, lo alejó con ambas manos, qué le pasaba, general, ¿los traguitos?, dijo burlona, zalamera, insinuándosele, con una voz de chiquilla engreída que lo inflamaba aún más, dejando finalmente sus labios apretados, apenas un piquito, un roce húmedo, cuando el general le tomó el rostro entre ambas manos y ella entendió que así era mejor, déjeme ir, general, gorjeó la periodista recomponiendo su pulóver azul, un guiño, la sonrisa burlona, la media vuelta que lo dejó humillado, temblando, furioso consigo mismo.

Toda esa semana fue incapaz de concentrarse en los asuntos urgentes que despachaba con el general Carranza, sobre todo con la vaina de la huelga de policías, malditos traidores, asaltado de pronto, inesperadamente, por unas terribles marejadas de furia que él debía contener, componiendo apresurado un embalse de sonrisas y gestos austeros cuando trataba con Velasco o con Carranza, emboscado arteramente por los recuerdos de esa tarde en Palacio: todos se habrían dado cuenta, Zegarra, les hubieras pegado un tiro ahí mismito, pin, pin, pin, mueran, mierdas. Pero a los dos días la llamó al periódico y ella se puso, ¿aló?, como si nada, como si estuviera feliz de escucharte, Zegarra, y en contra de lo que pensabas aceptó ir a comer contigo al Grill Central Park, y hasta fueron un rato a dar una vuelta por el malecón y sin embargo cuando quisiste besarla nuevamente las risas, los coqueteos, los rechazos que te daban ganas de abofetearla, Zegarra, pero era superior a ti, porque a la semana siguiente, qué a la semana, a los tres días, Zegarra, ya la estabas llamando otra vez y toda aquella situación te tenía en un estado febril de repentinos estallidos, de furias asesinas.

Por eso no pudo contenerse cuando la otra tarde acompañó a Velasco al Grupo 8 para recibir a la primera dama, que venía de Ayacucho, y aprovechando que él se ausentaba un momento, aquel periodista se acercó a conversar con el presidente, malditos chupatintas, pensó el general Zegarra al regresar donde Velasco, malditos, miserables periodistas, y de dos zancadas se encaró con el guardia civil que estaba frente a él, quién había dado, carajo, autorización para que ese periodista se acercara al presidente, preguntó con la mandíbula temblándole, quién mierda ha permitido que se acerque ese tipo al general Velasco, trabucó fuera de sí, ¿y si era un subversivo?, y el guardia, pálido, de golpe ojeroso, apenas si pudo susurrar que él no pensó y entonces Zegarra vio todo rojo, y encima estos hijos de puta estaban organizando calladitos una huelga desde hacía varios meses, pensó enfurecido, se le incendió el horizonte, no supo bien qué había pasado en ese momento, carajo, ya no aguantó más, déjame, suelta, me haces daño, qué pasaba, amor, ¿qué había hecho ahora?, por qué los golpes, y Ofelia alzó un brazo para defenderse, y luego el otro.

—El bofetón que le dio a aquel pobre guardia en el Grupo Ocho ha sido la gota que derramó el vaso —Montesinos vacila con sus cartas, parece decidido a cambiar dos, al final sólo deja una—. Los policías han puesto el grito en el cielo. Ahora mismo se amotinan...

—Dicen que la suena duro a su mujer también —Sánchez Idíaquez chasquea la lengua, dice paso y se enfurruña.

—Mientras la Bacigalupo siga así, lo tenemos distraído —dice el doctor Tamariz y luego frunce el ceño—: nada más no le vaya a meter bala.

SE ACOMODÓ LA servilleta en el regazo y pidió al mozo un vaso de agua mineral, por favor. Tras los cristales de Le Pavillon caía una finísima llovizna que iba empapando las calles y obligando a los transeúntes a guarecerse con periódicos o bolsas. Estudió la carta sin mucho interés y de una ojeada consultó su reloj justo en el momento en que apareció por la puerta el mayor Montesinos, atildado y moreno, la incipiente calvicie algo disimulada, el saco sport bien cortado, qué tal, doctorcito, saludó con amabilidad conteniendo el amago de levantarse que hizo Tamariz, ahí nomás, amigo, y se sentó frente a él, ¿ya había venido el mozo? Montesinos no entendía por qué el doctorcito siempre elegía el mismo restaurante, si eran unos tardones, caramba. Pero eso sí, en carnes y estofados, no les ganaba nadie, ¿verdad? El doctor Tamariz be-

bió un sorbito de agua mineral y se acomodó los gemelos
de la camisa añil, mi querido mayor, dijo con un tono
condescendiente después de sopesar mucho sus palabras,
espero que no se le vaya a ir el apetito por lo que tengo
que decirle, pero en fin, y mostró ambas manos en un
gesto lleno de benevolencia, ya sabía él como eran estas
cosas. En ese momento apareció un mozo, ¿los señores
ya han pensando lo que van a pedir? Por lo pronto un
whisky, ordenó el mayor Montesinos sin dejar de mirar
al doctor Tamariz, que no le diera malas noticias ahora,
doctorcito, que ya bastantes quebraderos de cabeza tenían. Blacker seguramente será pasado a retiro en breve y
el viejo no hace más que darle a esto, y el mayor señaló su
vaso. Y Martínez del Campo se está empezando a poner
pesado con el asunto de sus comisiones. Cree que es el
artífice de la nueva ley… ni más ni menos. Además, se ha
quedado con toda la concha del mundo con la empresa
de Ackermann y ni por esas está tranquilo. Bueno, se la
ha quedado su cuñado, en realidad. Habrá que darle su
estate quieto, ¿no? Precisamente, dijo el doctor Tamariz
llevándose la servilleta a los labios, donde la dejó reposar
un momentito, precisamente por eso prefería citarlo aquí
y contarle lo que estaba pasando, a ver qué se podía hacer… que se explicara, pidió Montesinos palpándose los
bolsillos hasta encontrar sus cigarrillos. Tamariz suspiró
y contuvo un gesto de disgusto una vez que Montesinos
lanzó la primera bocanada de humo, muy bien, la cuestión era la siguiente: el general Ravines estaba al tanto del
asunto con los yugoslavos… y al parecer de más cosas.
Hizo una pausa para estudiar el gesto alerta de Montesinos. Incluso podría ir directamente a hablar con Velasco,
continuó el doctor Tamariz mirando por los ventanales,
suspirando con pesar. Montesinos dio dos chupadas intensas a su cigarrillo y bebió un sorbo largo del whisky

que el mozo acababa de poner frente a él, ¿estaba seguro?, preguntó y de inmediato se arrepintió: si decía algo así era porque estaba completamente seguro, mi querido amigo, afirmó Tamariz con una sonrisa llena de cálculo y preocupación. El ministro Ravines, aún no sabemos cómo, está al tanto de las conversaciones con los yugoslavos, del porcentaje que se ha llevado Martínez del Campo, de la participación del ministro Carranza, en fin, de todo, para qué enumerar lo que usted ya sabe, dijo y bebió otro sorbo de agua, un sorbo terapéutico, medicinal, que lo dejó flotando en una ingravidez pesarosa. Debemos encargarnos de que a Ravines no se le ocurra ir con tonterías ante Velasco, imagínese, el presidente ya tiene bastantes problemas, y además con el temor de que la CIA atente contra él… Se quedaron momentáneamente en silencio, mirando la gente que entraba al restaurante sacudiéndose la lluvia con un gesto de alivio o de asco, súbitamente desentendidos de su charla. Una vaina esto de la CIA, dijo al fin el mayor Montesinos paladeando su whisky y volviendo sus ojos fríos hacia el doctor Tamariz: una vaina, repitió, porque pueden atentar contra quien les dé la gana. Eso es cierto, dijo el doctor Tamariz, podían atentar impunemente contra quien les diera la gana. Si habían entrado a Palacio para poner micrófonos, ya me dirá usted. En cualquier momento le pegaban un tiro a alguien y no pasaba nada. Era un quebradero de cabeza, sí, señor. ¿Ordenaban ya la comida?

No HACÍA MUCHO frío pese a la época del año y en el cielo nocturno se divisaban con nitidez algunas estrellas, cosa inusual en Lima, pensó imprecisamente conmovido el general Ravines dirigiéndose al carro donde esperaba Mañuco Fernández, sonriendo cortés a las bromas obtusas del general Obando, a su campechanía un tanto plebeya, feliz de estar nuevamente contigo, Gato, le había dicho con su voz de beodo contumaz cuando se presentó en su recién estrenada casa de Chacarilla hacía unas horas, antes de salir de su recién estrenada casa de Chacarilla rumbo al Lung Fung, a *chifear*, ya saben ustedes cómo le gusta al general el chifa, y además era sábado y ya estaba harto de la semanita que había tenido, le confesó por teléfono a su cuñado, el coronel Fernández, ¿Mañuco Fernández era el cuñado de Ravines?, preguntó Sánchez Idiáquez mirando atentamente sus cartas, sí, él iba a salir con Laura en una media horita, dijo el Gato Ravines, ¿se venía con Patty e iban los cuatro al chifa? Y Fernández, bajando un poco la voz, está aquí conmigo Pepe Obando y su mujer. Han venido a visitarnos. Mejor que mejor, trinó el general Ravines, hace tiempo que no hablo con el Cholo Obando, él invitaba, afirmó haciéndole un guiño a su mujer, que terminaba de arreglarse el pelo, se sintió de pronto magnánimo, con unas ganas tremendas de quitarse el mal sabor de boca que le había dejado primero el asunto de Martínez del Campo y los tejemanejes de Carranza, y después aquella fiestecita en casa de Tamariz. Aquella información valía su peso en oro, pero también se le había encharcado el corazón de intranquilidad: durante la cena, por mucho esfuerzo que puso, no entraba en la charla, apenas si disfrutó del wantán con tamarindo y del pescado en salsa mensi, el general sabe de chifa como nadie, eso sí que hay que reconocérselo, dijo el Colorado Fonseca barajando con velocidad los naipes, pero el hombre se ve que ya venía un poco incómodo porque el coronel Fernández se empeñó en que ellos tres fueran en su carro —«tu chofer parece una tortuga, que mejor vayan las mujeres con él y nosotros tres en el mío»— y corrió como un loco por la Primavera, escasa de tráfico a esa hora, imagínense, un jueves por la noche Lima está muerta, resopló Sánchez

Idíaquez con las cartas en la mano, y el coronel es corredorcito, dijo Montesinos, todo el mundo en el Ejército lo sabe: Que no corriera tanto, Mañuco, hombre, se vio obligado a recomendarle el Gato Ravines cuando pasaron como una exhalación ante el carro donde iban sus señoras, y el cuñado algo debió advertir en la voz cortante de Ravines para hacer bajar la aguja del cuentakilómetros un poco a regañadientes.

Ahora, ya de regreso del chifa, Ravines admitió que se encontraba algo más distendido, aunque seguía como ligeramente golpeado o nostálgico, qué vaina, incluso pensó si acaso se iba a resfriar, a veces le pasaba así. Pero no sólo era esa sensación de emboscada que le estaban tendiendo entre Carranza y el doctor Tamariz sino el fiasco del convenio pesquero con los yugoslavos: a última hora se habían echado para atrás estos pendejos, y él tuvo que justificar como sea en el gabinete aquella derrota. Pero a nadie se le escapaba que la partida precipitada de los técnicos yugoslavos que vinieron para instruir sobre la nueva ley de comunidades industriales tenía mucho que ver con la abrupta negativa de Belgrado de finiquitar el convenio pesquero: si no implantan y asesoran su modelo autogestionario, no hay convenio de pesca, así de claros han sido los eslavos, dijo didácticamente el Colorado Fonseca. Sin embargo, Velasco estaba caliente con él, carajo, se dijo Ravines, y por supuesto no sabía nada de las coimas de Martínez del Campo, a él no se lo llevaban por delante así como así, no, señor, el lunes mismo pondría las cartas sobre la mesa y desbarataría los chanchullos del primer ministro, de Tamariz y de Martínez del Campo.

Pero no había que darle tanta importancia, Gato, a Velasco se le pasará el calentón rápidamente, no había sido culpa suya, sugirió el general Obando una vez que salieron del chifa, remoloneando antes de entrar al carro cuya puerta mantenía cortésmente abierta el coronel Fernández. Que se apuraran, pidió este viendo cómo partía el auto con las mujeres de los tres y el chofer de Ravines, ellas les hacían adiosito con la mano, se veían en casa, que no tardaran, tortugas, soltaron la carcajada y entonces el general Ravines empujó suavemente a Obando, que tenía las mejillas encendidas, vamos, cholo, que luego se nos hace tarde, todavía nos tomamos una copita más en casa, ¿no?, y Obando por supuesto, aunque luego compungió el rostro, vamos a ver qué dice Adelaida, carajo, y los tres militares rieron de buena gana, qué se iban a imaginar lo que iba a ocurrir, puta madre, filosofó Fonseca con el mazo de cartas en la mano, tiene que ser bravo estar en una situación así: dieron marcha atrás y enrumbaron hacia la avenida transitada esporádicamente por autos veloces. Los detuvo un semáforo y el coronel se impacientó, ¿cómo son las cosas, no? Si no hubiera sido por ese semáforo… Cuando se pusieron nuevamente en marcha apenas alcanzaban a distinguir las luces del carro donde iban las mujeres. «Mañuco, mi chofer te hizo el avión», rió Ravines arrepintiéndose en el acto porque el coronel lo miró de soslayo por el espejo retrovisor, si ese carrito tuyo apenas corre, se picó, vas a ver cómo en un tris lo alcanzamos y pegó un acelerón despertando al general Obando, que cabeceaba en el asiento, caramba, Mañuquito, ¿qué pasa?, dijo y Ravines bostezó, nada, que ya le salió el Fangio que lleva adentro.

Giraron a la altura de la cuadra 47 de República de Panamá, no venía nadie por el carril contrario y se saltaron el semáforo en rojo frente al grifo, cuidado, Mañuco, gruñó Ravines ganado por un repentino prurito de civismo, pero ya su cuñado entraba raudamente a la desierta avenida Primavera, caracho, ni rastro del otro carro, ¿habrían agarrado por otra ruta?, dijo Obando y Ravines se encogió de hombros, ya no les vemos ni el

polvo, dijo, y el coronel Fernández aceleró, miró por el
retrovisor para decirle algo a su cuñado, pero su rostro
se distendió en una sonrisa de triunfo al ver los faros del
otro carro destellando en el espejo retrovisor, ¿cómo que
ni el polvo? Recién venían allí atrás, carajo, los hemos
pasado y ni cuenta, dijo dejando de apretar el acelerador
y viendo cómo se acercaba a toda velocidad el otro auto.
«Demasiado rápido para lo que acostumbra», pensó Ravines, «han tenido un problema, segurito», pero el coronel
Fernández más bien dedujo que el chofer de Ravines se
había picado, que quería pasarlo a como diera lugar, de
manera que aceleró sorpresivamente justo cuando el otro
carro alcanzaba su altura. Quizá eso fue lo que los salvó,
Colorado, porque el general Ravines sintió que su sangre
se alborotaba como si fuera espuma y casi no alcanzó a
ver nada más que el brazo que salía por la ventanilla del
otro carro cuando se puso a la altura de ellos. Luego, con
la lentitud pavorosa de una pesadilla, el fogonazo de luz
que lo encandiló, y después varias detonaciones brutales,
el chirriar de las llantas, un dolor que le agujereó el pecho
y subió como una llamarada al centro del cerebro, lo jo-
dieron, carajo, y hasta hoy ni rastro de los culpables. Pobre Ravines, caracho, tan bacancito y mírenlo ahora…

IV

DESDE CHACLACAYO HASTA el centro de Lima, concreta-
mente hasta Palacio de Gobierno, los más madrugadores
pueden observar, kilómetro a kilómetro, el paso raudo de
las motocicletas de policías que van abriendo camino y
haciendo ulular sus sirenas, los dos y hasta tres Mercedes negros que surcan las vías como una exhalación, con
las lunas polarizadas, y en cuyo interior es imposible vislumbrar nada pese a que los transeúntes que se detienen
a observar —sin saber que ellos mismos son observados
discretamente desde distintos ángulos— creen distinguir
en uno de los Mercedes al general Velasco y agitan frenéticamente las manos al primer carro, al segundo, al ter-
cero, y se vuelven a sus acompañantes y exclaman «¡me
ha saludado!», «¡me ha saludado!», y se quedan con esa
imagen fugaz que detiene momentáneamente el corroído
ritmo de la ciudad, el tráfico insoportable donde los pegasos y los microbuses expelen un humo turbio que escuece
la garganta y hace arder los ojos, piensa el guardia civil
Amílcar Suárez bajando del microbús que lo lleva a la 29ª
Comandancia, donde cumple servicio desde hace un par
de meses. El guardia observa a los autos particulares que
exhiben su calcomanía azul, blanca o roja con la leyenda
«ahorro es progreso» y que indican los días de la semana
que están permitidos de circular sin arriesgarse a recibir
una multa. Suárez se detiene frente a un frutero y elige
con ojo experto una manzana, dos plátanos, pregunta ¿a
cómo, cholo?, y el vendedor sonríe con su sonrisa cariada,
dice una cifra baja, especial para él, que se sienta en un ca-

jón vacío de frutas y despacha con voracidad los plátanos y luego empieza la manzana, está hambriento porque ayer le tocó hacer dos turnos y hoy lo han emplazado tempranito, carajo, y pagan una porquería, le dijo refunfuñando a Adelina, observando la barrigota de su mujer, siete meses ya, y él sin un cobre, carajo, tendría que pedirle plata prestada a su cuñado nuevamente, ahora que es director de un periódico, nada menos, piensa terminando la manzana y calculando lo mucho que chambean los guardias civiles y lo poco que cobran, más ahora que hay el asunto del posible atentado de la CIA contra el general Velasco: el avance diario de los Mercedes por la carretera Central y luego por circunvalación o por el mismo centro de Lima, desde la avenida Grau, es un espectáculo que espanta por un breve momento la pesada rutina de viandantes, de quiosqueros y vendedores de raspadilla, de ambulantes y oficinistas, pero que es un quebradero de cabeza para la Guardia Civil, que aposta hombres prácticamente en cada kilómetro de recorrido presidencial, policías tensos y armados que apenas respiran cuando escuchan por sus *walkie talkies* que ya está aquí, capitán, que en cinco minutos entra en su zona de visión, sargento, y ellos escuchan primero las sirenas, el tráfico que se aparta, y disponen las armas, alertas a disparar contra cualquier sospechoso, mirando hacia los cerros, los tejados, las ventanas, no descuiden las ventanas, y las esquinas escondidas tampoco, vigilando a las parejitas de enamorados, al oficinista con maletín, al raspadillero que deja de pedalear su carretilla para observar el paso raudo de la caravana presidencial, a esos dos curas con sotana, al grupo de turistas japoneses que sacan fotos, y hasta a ese chibolo limpiabotas, carajo, porque cualquiera puede ser un agente de la CIA, ha explicado el comandante Hinostroza, a cargo de la operación Ojo de Águila, nada más recibir la orden directa de las más altas esferas del poder, les dijo a sus subalternos con el semblante velado por la preocupación, las manos detrás de la espalda, y debemos demostrar que estamos a la altura de las circunstancias, carajo, que los gringos de la CIA podrán meterle el dedo a su mamá, pero a la Benemérita Guardia Civil del Perú, nones, faltaría más, aquí chocan con nosotros, se da dos golpes que hacen vibrar el esternón y los guardias se inflaman, hunden el abdomen, miran al frente, temblando como galgos antes de una carrera, dispuestos a demostrar que son la mejor policía del mundo, aunque paguen poco, aunque nos tengan como los sirvientes del Ejército, dice el guardia civil Suárez cuando entra a la oficinita vetusta que comparte, igual que la máquina de escribir, con Cavero, que ahora lo mira sin comprender, qué pasaba, ¿seguía con el asunto ese de la huelga? Te ibas a meter en un buen lío Suárez, te chapan y te dan vuelta, carajo, y vas a meter a los demás en el ajo por las puras arvejas, huevón, le dice Cavero mientras trata de encajar una hoja y dos papeles de calco en el rodillo de la Underwood jurásica, vamos a salir por las patas de los caballos. El guardia civil Suárez se encoge de hombros, siente que le cruje el estómago y piensa si acaso su mujer no le ha contagiado los antojos, chicha, porque todo el puto día está con hambre, caray, se vuelve hacia Cavero y le bate los cabellos, Caverito, Caverito, ¿por qué serás tan cabrito?, le dice riendo, él no estaba metiendo en el ajo a nadie, simplemente se había unido a lo que creía una petición justa, ¿o él estaba contento con su sueldo de mierda, con tener que pagar hasta las balas que usaban? Y además: ¿Iban a dejar que un general abofeteara en público a un guardia civil? No pues, hermano, dónde se había visto eso… Mejor se metían de ambulantes, pues hermano, le dice, y Cavero resopla, por fin pone la hoja y sus copias en el rodillo y ahora empieza a teclear con dos y hasta tres dedos, lentamente, lo que él creía era que se estaban jugando el puesto, Suárez, y una huelga de policías es un asunto bien bravo, nos dan vuelta a todos, nos echan a patadas. Suárez ríe y muestra su dentadura blanca y bien cuidada, se palmea una pierna y dice casi con júbilo, ay, Caverito, ¿qué iba a pasar? Que manyara, más bien que no quedara como un amarillo nomás, porque prácticamente todos iban a ir a la huelga, más ahora, con estos dispositivos de película por la vaina de la CIA, ¿cuántas horas más chambeaban? Y ni un cobre extra, no era justo, pues, compadre. Mucho complot de la CIA, mucha huevada y al final los que pagaban el pato eran ellos, ¿o no? A ver, que dijera, pues. Además, los milicos tenían otros problemas, más gordos que nunca, y ya no pueden ni contener la inflación, Velasco anda caliente con sus ministros, y aterrado con el balazo que le pegaron el otro día al ministro Ravines. Una cosa quedaba clara: algo gordo estaba pasando en el Gobierno, ese sí que era un problema y en cualquier momento al que le daban vuelta era a Velasco. Pero aun así: nosotros vamos a la huelga.

VAMOS, FLACO, GRUÑE Velasco echándose a andar por el pasillo casi en penumbras, y Calderón, manso como un perro, lo sigue sin decir palabra. Acaba de terminar la rueda de prensa y el general parece exhausto, como si hubiera batallado sin fin con los periodistas, que siguen indagando por el atentado contra el general Ravines. Aunque en realidad, piensa Calderón, las últimas ruedas de prensa eran poco más que un simulacro, apenas si se necesitaba un guión. El general Velasco tiene los ojos sin brillo y la piel amarillenta, mortecina, piensa el jefe de prensa observando ahora las espaldas encorvadas, sacudidas de pronto por otra convulsión cuando Velasco se detiene para encender un nuevo cigarrillo. Se enturbia de humo la silueta del general frente a una ventana, parece apenas una evocación o un recuerdo en aquel pasillo mustio y solitario. Calderón está a punto de decirle que no fumara tanto, mi general, que iba a reventar esos pulmones, pero ya el presidente ha abierto la puerta de su saloncito privado y se dirige directamente a lo que él llama «su botiquín». Saca la botella de whisky y dos vasos, sirve en silencio —la mano tiembla un poco y derrama algo de líquido— y levanta la copa con una sonrisa forzada, ¡por la Revolución!, dice y bebe el contenido de su vaso de un sorbo.

La rueda de prensa ha sido un éxito, general, cascabelea el Flaco Calderón dejando su vaso sobre la mesa, precipitándose a retirar la silla presidencial para que Velasco tome asiento, ya ha visto qué buena disposición hay por parte de los nuevos directores. Han comprendido que entre todos podemos hacer el esfuerzo para que el Proceso continúe adelante, y con su vigor y valentía... pero se calla de pronto porque Velasco se ha quedado mirando hacia la ventana, más bien atisbando detrás de la cortina, o quizá aún más lejos, a los arenales donde mataperreaba de chico, a la barraca donde ingresó temblando junto con otros soldaditos cortados al rape hace ya tantos años atrás... Por un instante, el jefe de prensa no sabe a ciencia cierta qué debe hacer, si pedir permiso para retirarse o quedarse allí, esperando una oportunidad para hablar. Sabe que el primer ministro Carranza y el doctor Tamariz —ahora abiertamente— quieren su cabeza. Sabe que no les gusta que haya estrechado tanto su amistad con Velasco, sabe, en fin, lo que todo el mundo ya empieza a sospechar: que ellos dos están conspirando cada vez más abiertamente para sacar a Velasco de Palacio, y el general parece ser el único en no darse cuenta. Ahora él, Calderón, debe moverse con cuidado, porque a la primera de cambio lo enfrentan con Juan Velasco, y eso no lo va a permitir, este Proceso Revolucionario también es suyo, y él lo va a defender con uñas y dientes. ¿Era necesario, piensa bebiendo un sorbo de whisky, contando los segundos antes de hablar, que le diga a Velasco lo que pasaba?, ¿que lo estaban dejando solo y arrinconado, que en cualquier momento lo deponen, lo echan como a una rata? ¿Debía confiarle quién había atentado contra Ravines? Pero Calderón no sabía a ciencia cierta qué paso dar. Después de todo, el Proceso Revolucionario debía seguir su curso, Velasco había sido tan sólo el instrumento impulsor. ¿Cómo decía, Flaco?, el presidente se volvió hacia su jefe de prensa con un gesto apesadumbrado de abuelo: tenía grandes bolsas bajo sus ojos, la papada le colgaba flácida al hablar y las manos temblequeaban sin que él pudiera evitarlo. Nada, mi general, sólo estaba pensando en voz alta, dice Calderón y da dos pasos hasta enfrentar al presidente. En realidad, calculó a toda velocidad, retenido por un sentimiento similar al asco o la conmiseración, él había apostado a un caballo perdedor, había jugado mal las cartas y no supo retirarse a tiempo, dejar de lado la fidelidad que desde el principio tuvo por Velasco en aras de intereses más altos, porque como siempre había dicho el propio general, nadie era imprescindible en este Proceso Revolucionario, y él, Calderón, se debía ante todo a la patria. Aquella tarde, cuando llamó al general Ravines, dejó muy claro que esa era su verdadera preocupación. Toda la semana dudó si había sido una buena idea el haber alertado a Ravines sobre los chanchullos de Carranza, Tamariz y Martínez del Campo, pero el atentado contra el ministro le despejó cualquier duda. Habían dejado al general Ravines en el hospital, debatiéndose entre la vida y la muerte. Al principio, las informaciones habían sido contradictorias y tan pronto se decía que Ravines estaba muerto, como que había escapado ileso al atentado. Lima se convirtió en una burbujeante marmita de chismorreos, datos intempestivos, susurros alarmados y comentarios equívocos. Velasco lo llamó personalmente la misma noche del atentado para que acabaras con todo esto, Flaco, ladró al teléfono, y Calderón tuvo que ponerse a trabajar esa misma madrugada, llamando a todos los medios de comunicación para que no dijesen ni una palabra, al menos hasta tener más o menos claro qué era lo que había ocurrido con el general Ravines. Muñoz Gilardi, Chávez, Meléndez, en fin, todos estuvieron de acuerdo en que no publicarían nada de momento. Pero la bola fue imposible de detener y la noticia se esparció de forma artera y turbia por todo lo ancho y largo del país: los rumores de golpe y de debilitamiento del Régimen ya no se podían atajar, mi general, explicó el Flaco Calderón, era mejor que los medios dieran la noticia rápidamente, explicó Muñoz Gilardi, que se redactara un comunicado, propuso pedagógicamente Rázuri, que se diera una versión oficial de aquel horrible atentado, sugirió colérico Fonseca. Sí, aquella bala que hirió gravemente al general Ravines también pareció haber alcanzado de lleno al presidente, que envejeció en una noche, carajo, la misma noche en que fue corriendo al hospital militar para ver al Gato Ravines, ¡mierda!, dicen que exclamó a voz en cuello, juró, amenazó entre espumarajos de rabia a los médicos, porque ese hombre que tienen allí —y señaló la cama donde yacía inconsciente Ravines— es mi mejor ministro, de manera que ni se les ocurra la posibilidad de que se les muera, carajo, y que tomaran sus palabras como lo que eran: una orden directa del presidente. Durante una semana Velasco movilizó a todo el gabinete para que encontraran al o los culpables, para que removieran cielo y tierra, para que se adentraran en las entrañas mismas del infierno si era necesario, porque a esos malditos los fusilamos en el acto, y en sus ojos asomaba el verdadero temor: que aquello sólo fuera una advertencia, que la próxima bala era para él. ¿Quién estaba detrás de todo esto, Benito?, le preguntó a gritos a su primer ministro, lanzó al suelo los papeles que había en su escritorio, derribó el teléfono, que lo encontraran, aunque tuvieran que poner de vuelta y media a la patria. En cambio ahora ya ni siquiera tenía ánimo para recriminarle nada al ministro del Interior, «qué incompetencia, Pedro», fue lo único que murmuró cuando el general Blacker quiso explicarle cómo iban las investigaciones, «qué incompetencia», pero ni siquiera fue capaz de deponerlo o pasarlo a retiro...

Por eso mismo, el que Velasco tuviera los días contados no debía suponer tu propio fin en Palacio, se dijo, se afirmó Calderón, aún tenías muchas cosas que aportar al desarrollo del Perú. Se quedó mirando al presidente un segundo, mordiéndose el labio, pensativo, pero Velasco había encendido otro cigarrillo y le pedía un whisky, Flaco, estaba harto de apagar tantos fuegos, harto de que le brotaran conspiradores por todos lados, cada mes, cada semana, cada día, cada minuto. Pero luego volvió a abandonarse en una sonrisa más bien blanda y senil e hizo un guiño pícaro, que fueran a olvidarse por un momento de todo y partieran hacia Chaclacayo a comer en casa, lo invitaba, Flaco. Lo llamaría también a Benito Carranza, dice con un suspiro, qué mierda, ellos dos parecían los únicos leales en este país de traidores.

EL MINISTRO CARRANZA acepta su whisky, murmura palabras de agradecimiento y se queda nuevamente en silencio, un brazo extendido sobre el respaldo del sofá, el otro apoyado en la pierna, como si estuviera dormido, piensa Leticia mirándolo de soslayo y desapareciendo con la bandejita luego de que Tamariz le hiciera un gesto con los ojos. Frente a ellos dos está el Turco Zegarra y el general Cáceres Somocurcio, con esa gordura rozagante que Leticia sólo recuerda en los cardenales vaticanos, las mismas manos adiposas, la sonrisa meliflua, tan extraño verlo de uniforme, caráspita. En el otro sofá se encuentra, marcial, pequeño y fibroso, el contralmirante Ramírez y también el mayorcito ese, el tal Montesinos, que la otra noche se portaba como un gallito con la hija del general Blacker, aunque ella lo basureara una y otra vez, ah, caramba, mayor, lo saludó sorprendida Leticia cuando escuchó el timbre y ella misma fue a abrir. Tamariz le había dicho que esa noche irían algunos generales y otros amigos, que no faltara whisky ni nada de nada, y le dio una cantidad más que generosa de dinero, por eso se sorprendió de ver también al mayor Montesinos, casi le pregunta por su jefe, el general Blacker, pero se mordió la lengua a tiempo, que pasara, por favor, estaba en su casa, y luego llegó un joven atildado, alto y de barba, de porte como de dandy, y que ella no sabe de dónde conoce. Entonces pensó que debía hablar con Tamariz, para que le contara un poco qué estaba ocurriendo, quiénes venían a casa, ella no quería meter la pata, caráspita. Pero últimamente Tamariz se mostraba esquivo con Leticia, apenas si se acercaba algunas tardes y casi al minuto de llegar parecía impaciente por irse, conversaba con cierta esforzada cortesía y al final le dejaba un cheque, a veces dinero en efectivo, cantidades más que suficientes para que Leticia recuperara su buen humor, se animara a darle un beso como de hermana y despedirlo en la puerta con renovada preocupación, que se cuidara, que no trabajara tanto, absolutamente lejana de aquella época en que fueron amantes. Su relación había encontrado un sosiego y un acomodo tranquilo en el que funcionaban a las mil maravillas, más como amigos o socios que como otra cosa. Tamariz siempre fue de una frugalidad espartana en la alcoba, y si al principio aquello había desencantado vagamente a Leticia, a la postre le pareció una ventaja, una asepsia prístina que les permitía manejarse como una estupenda pareja, libre de las complicaciones de la carne: el doctor Tamariz seguía instalado en la suite del Hotel Crillón, tenía carro y chofer y ella disfrutaba tangencialmente de todo: restaurantes, cocktails, fiestas, a cambio simplemente de atender a los invitados de Tamariz y portarse como una impecable anfitriona. Sin embargo Tamariz apenas si parecía recrearse con todo aquello: el doctor siempre había sido más que coqueto, de una pulcritud extrema, pero fijándose con atención, razonaba Leticia, todo aquel esmero que ponía en su ropa y en su presencia resultaba más cercano al ascetismo que a la mundanidad. ¿Qué quería, qué deseaba realmente?, le había preguntado ella con una urgencia sorpresiva una noche en que, después de cenar en el Skyroom, fueron a pasear frente al mar, cuando aún no era del todo consciente de que con Tamariz sólo podía orbitar en torno a su núcleo impenetrable. Caminaban por Barranco, todavía el Gobierno de los militares no cumplía los tres años. Él mostró fugazmente su dentadura de roedor, tardó en contestar. «No me interesa poseer, Leticia, si te refieres a ello. A mí lo que me interesa es manejar». Y luego la miró y soltó una risa que desbarató toda la seriedad de aquel momento, le dio un pellizco en la mejilla, meneó la cabeza, inusualmente juvenil, qué cosas preguntaba, querida, le dijo con benevolencia paternal, qué cosas preguntaba.

Pero ahora, pensaba Leticia sirviéndose una copa de jerez, estaba segura de que Tamariz no le había soltado una broma, que aquello que había dicho en Barranco esa noche ya lejana era textualmente la verdad a la que el doctor se había abandonado, con la voluptuosidad de la confesión. Desde que se convirtió en el jefe en la sombra del Coap se había vuelto más huraño y reservado, y Leticia aceptó su papel sin equívocos ni ilusiones. Poco después de que ella se instalara aquí, en la casa de Magdalena, Tamariz la había urgido a que le consiguiera algunas chicas, que el general Carranza sería su invitado —el único, en realidad, matizó—, y ella sintió de pronto que una pequeña nube gris se instalaba en el cielo de su plácida rutina: después de todo lo vivido juntos, después de tanto tiempo de lucha, después de tanto esfuerzo por dejar atrás esos años que hasta ahora creía olvidados, volvía al punto de partida, le dijo sonriendo agriamente, volvía a ser lo que ella era cuando Tamariz la conoció: una *madame*. Pero que no se preocupara, agregó izando su diestra liviana antes de que él amagara una explicación, no le podía hacer ningún reproche, faltaría más, negocios son negocios, dijo con una voz que pretendía ser desenfadada y alegre, pero deseando con todo su corazón que él le dijera que no, que sólo era por esa vez, que jamás la trataría así, como la mujer que había conocido en otro tiempo, en otra vida.

Sin embargo Tamariz ni siquiera hizo el esfuerzo cortés de protestar, se limitó a terminar su whisky en silencio, los ojos repentinamente velados, antes de darle un beso, se iba, le dijo ya acomodándose el saco y dejando un grueso fajo de billetes en la mesita de cristal. Ella lo observó partir sintiéndose repentinamente reseca y mustia. Se quedó todavía un buen rato sentada allí, sin moverse, incapaz siquiera de atreverse a pensar. Negocios son negocios, suspiró al fin pasando delicadamente un dedo por sus ojos, le fastidiaba tremendamente que se le corriera el rímel. Negocios eran negocios, y los de Tamariz estaban con el poder.

Por eso no la sorprendió del todo aquella reunión intempestiva. Lo único que le llamó la atención a Leticia era que entre aquellos invitados apareciera el mayor Montesinos; era cierto que tanto él como Fonseca parecían gozar de cierta complicidad con Tamariz, como antes la tuviera con Eleazar Calderón, pero de allí a ver al mayor en una reunión como la que ahora tenían en la sala aquellos hombres mediaba un mundo. Leticia se encogió de hombros y fue por un botella de agua mineral para el general Carranza. De todas formas, por algunas frases sueltas aquí y allá, por los fragmentos de conversaciones que había captado en aquellas fiestas, y por el propio Tamariz, que a veces dejaba caer una u otra sugerencia, Leticia pudo colegir que aquella reunión era diferente a las otras, más amables y distendidas, que no era casual que no estuviera el general Ravines, por ejemplo, por quien Carranza sentía un encono indisimulable, pero además, desde el atentado que sufrió... pobre hombre. Que sí en cambio estuviera el general Cáceres Somocurcio, jefe de la I Región Militar, y ese tal contralmirante Ramírez, el jefe de la Marina, nada menos... Lo que no entendía, se dijo terminada de un sorbo su copa de jerez, era la presencia del mayor Montesinos. Definitivamente, pensó, aquel mayorcito no le caía nada bien. Y cómo cortejaba sin rubor a ciertas mujeres, a la propia hija del general Blacker. Lo cierto era que algo gordo estaba pasando dentro del Régimen, se dijo en la cocina, disponiendo vasos y botellas en una bandeja, sin olvidarse del agua mineral de Carranza.

Cuando salió nuevamente con la botella de agua San Luis y más vasos, aquellos militares callaron demasiado bruscamente y Leticia, con la bandeja entre las manos, perdió pie ante la grosería. Se acercó despacio y con lentitud ostensible puso la botella junto al general Carranza, colocó los vasos con displicencia, todavía se permitió alisar unas servilletas y dejó que el silencio que se había hecho empozara de veneno la habitación. Provecho, señores, no los molesto más, les dijo antes de salir, sabiendo que nadie se atrevía a levantar la vista y enfrentar sus ojos. Bueno, sí, sólo uno de aquellos militares, el único que no pareció incómodo con aquella situación, el mayor Montesinos.

EL PRESIDENTE BUSCA a tientas la silla que está a sus espaldas, no lo puede creer, por fin se desploma en el asiento, ¿estaba seguro, Benito?, dice con los ojos desmesuradamente abiertos, y el general Carranza resopla, mueve la cabeza, agita unos papeles como si allí tuviera la prueba contundente de que los marinos han sacado la flota a un par de millas mar afuera, es cierto, están apuntando en este momento a Palacio. Malditos marinos, mascula Velasco y da dos puñetazos que hacen crujir la madera de su escritorio, tiene los ojos inyectados en sangre y una repentina palidez que obliga al general Carranza a pedir calma, Juan, ni en sueños van a disparar, no tendrán ningún apoyo de los aviadores o del Ejército, es otra bravata del contralmirante Ramírez, en realidad podríamos tomar la cuestión como unas simples maniobras. ¿Cómo simples maniobras?, dice incrédulo Velasco y Carranza afirma, eso era, exacto, mientras no trascendiera a la prensa podían arreglar las cosas rápidamente.

—¿Y usted cree que Velasco aceptará la situación? —el contralmirante Ramírez se mordisqueó el bigotillo, tenía el semblante adusto cuando se llevó la copa a los labios, una vez que Leticia saliera enfadada del saloncito.

—Créame: yo me encargaré de que la acepte. No hay otro remedio por el momento, mi querido amigo.

Caballeros —dijo dirigiéndose a los demás—: no vamos a poner en peligro el Proceso Revolucionario por personalismos extemporáneos.

—La cuestión ahora es alejar al almirante Saura del entorno del presidente —dice el general Zegarra con ponzoña y enciende un cigarrillo.

El presidente Velasco se ha servido un whisky que bebe con una prisa algo dramática mirando por el ventanal, recién se da cuenta de que no le ha ofrecido nada al general Carranza, carajo, Benito, qué despiste, que disculpara, dice cogiendo nuevamente la botella y sirviendo unos dedos de whisky en el vaso que le ofrece Carranza, esto estaba jodido, murmura el presidente, ¿y si hablaban con el almirante Saura? Seguro que tendría gente leal consigo en la Armada... El general Carranza mueve la cabeza apesadumbrado, precisamente esa era la cuestión: la Marina no quería a Saura representándolos en el Gobierno, las cosas al parecer habían llegado a un límite y lo querían fuera, ahorita mismo. No era necesario recordarle, Juan, que los marinos habían manifestado esa posición hace mucho tiempo, dice Carranza terminando de dos sorbos el whisky, y de tanto en tanto patalean por eso: fue un error colocar a ese hombre en contra de la opinión de su propia arma, caracho, y Velasco se vuelve con el ceño fruncido, ¿entonces debían aceptar lo que se les antojara a estos hijos de puta?

—Le aseguro que esta va a ser la única forma de presionar al presidente —dijo apesadumbrado el general Carranza sirviéndose un poco de agua San Luis—. Hágame caso, contralmirante, esta vez saque los barcos, de verdad. Y déjeme que le diga otra cosa: entre todos vamos a llevar adelante esta Revolución, porque esta Revolución trasciende a las personas. Luego miró despacio a los presentes, a Zegarra, a Cáceres Somocurcio, a Montesinos, a Tamariz y a Pepe Soler.

El general Carranza se sienta frente a Velasco, que ha encendido un cigarrillo y tiene el semblante empañado por la preocupación, se queda por un momento en silencio, parece súbitamente abatido y triste como un abuelo solitario, carajo, ¿entonces qué debían hacer, Benito? Ya ni siquiera sabían si en ese momento estaban siendo escuchados, mierda, ya no sabía ni en quién confiar, dijo con amargura mirando el cigarrillo, si hacemos lo que piden los marinos nos habrán ganado el pulso, ¿y después qué querrán? ¿También lo iban a querer echar a él?, que disparen, entonces, so maricones y nosotros sacamos inmediatamente los tanques, los pulverizamos en menos de lo que canta un gallo, Benito, llama inmediatamente a Lolo Cáceres Somocurcio. El primer ministro parece impacientarse, Juan, esa no era una solución, lo que podían hacer era aprovechar la situación al máximo: sacábamos a Saura como querían los marinos, de acuerdo, pero también aprovechaban para hacer una purga de arriba a abajo en el seno de la Revolución, recomponían el gabinete y de esa manera la destitución de Saura quedaba camuflada con otros pases a retiros y cambios de cartera: ya sabía, Blacker, Martínez del Campo, Villacorta... Carranza lo miró satisfecho: todos salíamos ganando, Juan. Eso sí, habría que levantar una cortina de humo con algún pase a retiro que sonara mucho, algo para la prensa, ¿entendía? Velasco miró a su primer ministro con cautela, encendió otro Chalán, que se explicara, Benito, dijo, sabía que a él le gustaban las cosas claritas, y el general Carranza por supuesto, Juan, nada más fácil: poníamos al general Obando en la jefatura del Estado Mayor, por ejemplo, pasábamos a retiro a Ravines... ¿al Gato?, dijo Velasco tirándose teatralmente para atrás, abriendo mucho los ojos, pero si era un héroe desde que sufrió aquel maldito atentado... Sí, y le daremos todos los honores, pero la gente entenderá que

Ravines, en su estado de salud, ya no puede hacerse cargo de una cartera como la suya… no sé, no sé: no sabía el general Velasco, le parecía completamente descabellado, Benito.

—Sé que al principio objetará y hará una pataleta, contralmirante —dijo el general mientras aceptaba el whisky que Leticia ponía en sus manos y otra en la del marino, aquí tenía su copa, Ramírez…

—Si se niega estamos perdidos —dice el doctor Tamariz reacomodando el nudo de su corbata—. Porque al parecer Ravines está ya fuera de peligro y en pocos meses seguirá merodeando Palacio con mucha insistencia, general, nos va a causar problemas.

—Velasco aceptará al almirante que ustedes propongan —dijo el general Cáceres Somocurcio colocando un par de hielos en la cubitera que Leticia había puesto a su alcance y respirando trabajosamente—. Pero denos su decisión en un par de días como mucho.

—Así lo haré, general —el contralmirante Ramírez levantó su vaso, sonrió brevemente—: por la Revolución, caballeros.

Carranza bebió de un trago su whisky, hizo un gesto de impotencia, miró apenas su reloj, en un par de horas debían comunicarles la decisión a los marinos, Juan, y en estos casos hay que hacer algunos sacrificios, él lo sabía mejor que nadie, se trataba del Proceso, caramba, y ellos eran unos soldados. El Gato sabría entenderlo, qué diablos, se le daba la embajada de Londres o Washington, y a Saura… a Saura ya verían los marinos, ese no era el problema.

—El problema será desarticular la camarilla de Ravines: Carlin, Figueroa, Villacorta, el propio Blacker —dijo el doctor Tamariz una vez que se han marchado Ramírez y Cáceres Somocurcio.

—Eso lo dejo en sus manos, doctorcito. Yo ya he convencido al contralmirante Ramírez para lo más difícil —dijo Carranza. Tenía grandes ojeras y el rostro amarillento, no había dormido nada en días, afirmó, y mañana a primera hora iría al despacho de Velasco para darle la noticia. Tendría que aceptar las cosas, dijo con pesadumbre. Y más ahora, que se le viene encima la huelga de policías...

—Además hay que vigilar al Turco, que al parecer trama sus cosas también —Montesinos abre un nuevo mazo de naipes, los huele como presintiendo una noche espléndida, bebe un sorbo de gin con Bingo Club—. Nunca fue de fiar, carajo.

MIRÓ LOS OJOS de la chica buscando alguna reacción pero ella sonrió como hacía siempre, qué chévere el local, dijo con ese entusiasmo que el general Zegarra no sabía si era cierto o sólo simulado, una manera pretendidamente amable de darle a entender que agradecía las deferencias, las atenciones, los regalitos, las flores, las invitaciones a restaurantes lujosos a los que se había entregado él, no sabía si con furia o con encono o simplemente arrastrado por ese turbulento río de lava que era enamoramiento y lascivia. ¿Era, Zegarra? Me alegra que te guste, le dijo y la cogió del codo para llevarla hacia donde el *maître* los esperaba obsequioso, muy erguido, por aquí, mi general, pasen ustedes y se hizo a un lado para que ellos encontraran su reservado, la intimidad necesaria en aquel restaurant francés de La Colmena.

Amanda Bacigalupo todavía jugueteó un momento con la cadenita de oro —regalo del general— dejándola caer una y otra vez como al descuido en su escote y rescatándola de allí con unos dedos largos y ensimismados. Lo hacía observando la decoración de La Córcega, fijándose aquí y allá, evitando la intensa mirada de Zegarra, como si él no estuviera allí, carajo, como si fuera un juego, apretó los puños el general y cerró los ojos, sintió la boca reseca y tuvo que beber rápidamente un sorbo de agua. Mírala, Zegarra, ¿qué se habrá creído esta putita?, ¿que puede tratarte así, como si tú fueras uno de esos enamoraditos muertos de hambre que van detrás de sus faldas? En aquel momento ella dirigió sus ojos verdosos hacia el general, hizo ese gesto con la boca que tanto le gustaba a Zegarra y buscó su mano, en serio, oye, es un sitio muy bonito y me halaga que me traigas aquí. «Me halaga», había dicho —anotó el general fugazmente, conmovido, ruborizado,— como en las películas. «Qué huachafa es», pensó estupefacto. Pero todo su malhumor pareció disolverse como un azucarillo en un vaso de agua. Se apresuró a retener por más tiempo los dedos frágiles e inesperados, es para mí un placer, se oyó rezumar el general y ella cambió bruscamente de tercio, se acomodó mejor en el asiento dejando que una vaharada de su perfume llegara hasta él, ¿se había fijado en que no había policías en las calles?, y abría unos ojos redondos, coquetos, ¿era esa la huelga de la que hablaban en todos lados? Hizo el ademán de soltar su mano pero el general Zegarra la retuvo con fuerza, que mejor no hablaran de esas cosas, ahora, Amandita, que él tenía la cabeza como un bombo a causa de las huelgas, de las conspiraciones...

Pero era cierto: Lima había amanecido aquel 3 de febrero inusualmente calma, con sus perplejos conductores que eran saludados por los policías e invitados a seguir sin respetar los semáforos, pase, pase, siga, siga, y sonreían ante las miradas atónitas. Ni los bancos ni los supermercados o las oficinas de La Colmena, del centro o de San

Isidro tenían vigilancia alguna, y aquello bastó para que la ciudad se replegara sobre sí misma como un animal al acecho. Bajo el sol agobiante del verano, Lima respiraba con una tranquilidad engañosa: los autos circulaban por calles y avenidas sin mayores colapsos durante la mañana y el propio general Zegarra comprobó en el largo trayecto hasta Palacio que no se habían producido desórdenes, no se habían registrado disturbios ni trifulcas, no había ni siquiera señales de ese mínimo vandalismo al que podrían haberse entregado los colegiales al salir de clase y saberse en estado de impunidad.

Para el general Blacker, que ya estaba allí, despachando con Velasco cuando llegó Zegarra, todo era cuestión de negociar rápidamente una salida con los policías, otorgarles un aumento más o menos considerable y pactar algunas otros aspectos. «Detalles, sólo eso», murmuró intimidado por la presencia de Zegarra, que ni siquiera lo miró, cuadrándose envaradamente frente a Velasco, mi general, no creo que esos subversivos estén en capacidad de negociar nada, sería un pésimo ejemplo en estas horas difíciles para el Gobierno… Blacker se marchó de la reunión más humillado que perplejo, con la orden directa de Velasco para que dejara actuar a los policías, a ver hasta dónde llegaban. Y más o menos así había sido hasta este momento.

—Y si no se avienen a razones les metemos bala —se endurecieron las facciones del general Zegarra mientras bebía un sorbo largo de agua mineral.

—¿Eso no perjudicará la imagen del Gobierno? —preguntó Amanda—. ¿No traerá consecuencias?

Zegarra iba a hablar pero en ese momento les ponían los platos sobre la mesa, les descorchaban el vino, lo servían en las copas de cristal, esperaban su aprobación, aprobación que él concedió con un movimiento exasperado de manos, un gesto imperioso que borró de un plumazo la sonrisa del camarero. Los muy hijos de puta querían su cabeza, rechinó los dientes el general, los miserables querían que lo destituyeran, y todo porque le dio un sopapo a un guardia que descuidó gravemente la seguridad del presidente, resopló bebiendo de un golpe el vino y Amanda, ¿así había sido?, nuevamente sus ojos coquetos, su rostro acercándose interesada, ¿interesada de verdad, Zegarra?, ¿o sólo por los regalos, las invitaciones, los detalles?

Amanda cambió rápidamente sus gestos y compuso una sonrisa que le formaba aquellos hoyuelos, qué tonta había sido, dijo buscando nuevamente la mano del general, tenía razón, mejor no hablaban de aquello, mejor disfrutaban de la comida, que mirara qué buena pinta tenían los platos, y el general Zegarra retuvo un momento más la mano de la joven, sintió la trama fresca de su piel, él tenía que decirle algo, Amandita, carraspeó sintiéndose un imbécil pero incapaz de evitar ese burbujeo en el estómago al mirarla, y la chica ¿sí?, ¿qué tenía que decirle?, como si no supiera que te mueres por ella, Zegarra, como si no se diera cuenta, sólo está jugando contigo, Zegarra, y se hace la idiota. Por eso quizá se replegó el general, no, nada importante, y volvió a su envaramiento habitual, ¿se había enojado por algo?, dijo Amanda con aflicción y buscó su otra mano, acarició ligeramente su rostro, jugueteó con la cadenita en su escote, ¿verdad que no, amorcito?

—Mientras la Bacigalupo nos lo tenga entretenido, ganamos tiempo —el doctor Tamariz saluda al general Carranza con un gesto afectado, se sienta frente a él—. Le digo que tengamos cuidado con él, Benito...

A MI ESA orden no me la da un subalterno, dijo el almirante Saura mirando con un desprecio infinito y frío al comandante que enrojeció violentamente. Él nada más cumplía órdenes, señor, tartamudeó, que por favor lo entendiera, y miró hacia los soldaditos de ojos asustados que lo acompañaban, con los cascos casi bailándoles en las cabezas demasiado jóvenes. Muy bien, comandante, ahora voy a llamar a Palacio, informó suavemente dándole la espalda al militar. Fue entonces cuando lo presintió iniciar un movimiento que él, sin volverse, detuvo con una frase:

—Si se atreve a hacer algo, le descerrajo un tiro en la cabeza, comandante. Estoy armado.

Sintió al decirlo que el corazón le iba a estallar como una uva, que las piernas se le ponían rígidas, pero también una especie de euforia, carajo, «¿me ha escuchado?», añadió alzando la voz y aún sin volverse, «ahora voy a hacer mi llamada y usted me espera». Olga estaba apoyada en la puerta de la cocina como si necesitara desesperadamente aferrarse a ella, el rostro crispado, y él la miró a los ojos pero no pudo o no supo transmitirle nada, se acercó al teléfono y discó torpemente un número de tres cifras rogando que le contestaran. Cuando lo hicieron se volvió para mirar al comandante, que parecía congelado en la puerta. Detrás de él los soldaditos también parecían estatuas, y más al fondo la noche desierta y encendida de grillos, *la noche era un jardín de ojos*, recordó el almirante Saura sin saber por qué. ¿Aló, general Carranza? Sí, soy yo. Voy directamente al grano, general, así le ahorraré disgustos a usted y al Gobierno con escándalos inútiles. Si me quieren echar del país aprovechando el caos que tenemos por el asunto de la huelga de policías, escupió, al menos que lo haga alguien de mi categoría, de lo contrario de aquí me sacan muerto, tienen veinte minutos, agregó y no dejó que su interlocutor encajara una sola palabra. Se quedó un momento de pie, con la bocina del teléfono en la mano, sin saber exactamente qué hacer. Deme por favor veinte minutos, dijo ya más tranquilo, sé que no es culpa suya, insistió el almirante Saura caminando hacia el comandante y este miró su reloj, muy bien, tenía los veinte minutos, señor, por supuesto, pero ni uno más, y él cerró suavemente la puerta.

Todo este tiempo lo había presentido, como una sucia presencia que iba contaminando sus horas más densas, sus noches desveladas, un lento parásito que iba excavando en las vísceras mismas de su tranquilidad, de la engañosa rutina en la que se había sumergido desde que se vio obligado a renunciar al ministerio y a ser aislado dentro de su propia institución, como un apestado, carajo. Al principio supo que se enfrentaba al contralmirante Ramírez, y eso estaba claro, pero lo que lo sorprendió, lo que realmente sintió como un golpe y un ultraje fue el vacío de quienes consideraba, más que amigos, gentes de honor, no sólo de Velasco, que ni siquiera le había querido dar la cara, sino de marinos que él creía de firmes principios: que no ensuciaran el uniforme que vestían, le dijo al almirante Ocampo, la última tarde que lo encontró en el Grill Central Park, donde había acudido a cenar con Olga, y hacía rato este lo había visto entrar, se había acercado con una sonrisa inmensa, ¡hombre!, con los brazos abiertos, algo achispado por el vino seguramente, sorteando las mesas donde algunos comensales hablaban en voz baja. Entonces él se levantó llevándose una servilleta a la boca, pese a que aún no había probado el lomo saltado que humeaba tenuemente en su plato, Olga, recoge tu bolso, por favor, le dijo a su mujer sin dejar de mirar ni un segundo a los ojos de Ocampo, que había quedado a unos centímetros de él con una sonrisa esfumada y bobalicona en los labios, llevaba aún la servilleta al cuello, como un babero ridículo, los brazos ahora caídos, hombre, qué pasaba, murmuró este mirando con disimulo hacia los lados, y él se escuchó decir que eso era lo que había querido saber todo este tiempo, Ocampo, porque recordaba perfectamente todos y cada uno de los nombres de quienes habían suscrito aquella adhesión ultrajante contra él, que sólo había cumplido con su primer deber, con su deber para con la patria. Olga, insistió pese a que su mujer ya se había puesto de pie y era consciente del silencio invernal que se había hecho en el restaurante: ni el tenue entrechocar de los cubiertos, recuerda, ni un susurro, como si de pronto todos fueran parte de un fantástico jardín de efigies, recuerda ahora, mientras se dirige a su mujer, que va resbalando lentamente de la puerta de la cocina y queda sentada en el suelo frío de las dos de la mañana, tiene los ojos hinchados y enrojecidos pese a que no llora, no llores, chola, le dice tontamente él y siente entre sus brazos ese cuerpo tan conocido y querido, ahora repentinamente golpeado por el dolor, por el miedo que la obliga a susurrar qué vamos a hacer, qué vamos a hacer, Dios mío. Que se calmara, mujer, ayúdame a preparar una maleta, dice, tengo poco tiempo y quiero hacer unas llamadas antes de que vengan, ¿dónde está mi pasaporte? Y ella se pasa mecánicamente el dorso de la mano por los ojos secos, compone su gesto, está bien, dice con la voz aún resquebrajada, se levanta y corre a la habitación, que él se fuera cambiando, anuncia desde el fondo del pasillo, y él camina también hacia la habitación, Olga, quiero mi uniforme de gala, dice y se dirige al teléfono nuevamente. Mira su reloj: tiene aún quince minutos. En quince minutos saldrá hacia el aeropuerto y de allí quién sabe.

—Lo de Saura fue una pena —Fonseca se pasa la lengua por los labios resecos y toma un sorbo de whisky—. Es un marino de pies a cabeza.

—Pero parece que no hay nada que se pueda interponer en los planes de Carranzita, carajo —Guevara se abanica suavemente, mira cansando a Fonseca, bebe su cerveza y se distrae con el ruido que hace la gente en el Cordano—. Ese lo va a madrugar al propio Velasco.

EL PÁJARO RESULTABA tan grande como inexplicable, parado en la barandilla del puente sobre el lodoso Rímac, mirándolos con su ojo intenso y al mismo tiempo ciego o más bien inútil, pensó Fonseca dando unos pasos cautos hacia el pelícano. Un pelícano en pleno centro de Lima, a más de diez kilómetros de la costa, podría resultar inverosímil en otro tiempo, pero desde que desapareció la anchoveta del riquísimo mar peruano, aquellas aves desgarbadas y torpes, grandes y de picos amenazadores, se habían convertido en presencias habituales, merodeando junto a ratas, perros y personas en el desmonte que enfangaba el lecho del río Rímac, muy cerca de Palacio. Planeaban durante horas, abúlicas, ensimismadas, y de pronto eran capaces de una veloz zambullida en ese mar de basura humeante que crecía a orillas del río.

Seguro Guevara había estado pensando lo mismo, o quizá le llamara la atención el hecho de que el pelícano estuviera todavía allí, con la ciudad ya anochecida —los pelícanos desaparecían al caer la tarde—, como si hubiera decidido no volver al mar con sus compañeros: «Un pelícano rebelde, un pelícano de ciudad», dijo Guevara y ambos se detuvieron un momento a contemplar al animal, que de pronto se quedó muy quieto sobre la barandilla del puente, alerta y sin quitarles un ojo de encima. Era lo que faltaba, carajo, rió sin ganas Fonseca y su papada se estremeció, que ahora tuvieran que sufrir una invasión permanente de pelícanos, porque además su presencia demostraba la absoluta desaparición de la anchoveta, una de las escasas fuentes de riqueza que manejaba el Gobierno de Velasco. «La anchoveta se fue con Ravines», dijo Guevara en la esquina de Palacio, y metió ambas manos en los bolsillos del pantalón, «y mientras Ravines siga en el hospital, la anchoveta no vuelve». Luego miró con sorna a Fonseca, mostró fugazmente su sonrisa y movió la cabeza, vamos, cholo, le invitaba a tomar unas cervezas aquí nomás, en el Cordano, quería quitarse de encima este asco del día.

Era extraña esa noche despejada y tibia, apenas sacudida por una brisa ligera, pensó Fonseca caminando en silencio junto a Guevara, era extraña porque desde ayer no hubo en Lima ni un sólo guardia de servicio, y aunque al principio todo parecía tranquilo, como si los limeños hubieran sido víctimas de un delirante ataque de civismo y urbanidad, los atascos reventaron hoy muy temprano, colapsando la entrada al zanjón, la avenida Arequipa, los alrededores de Salaverry y el parque de Miraflores, la avenida Brasil y la Plaza Bolognesi, a tal punto que hubo de salir el Ejército a patrullar las calles. Sin embargo en la radio seguían sonando polquitas, guarachas, cumbias o música ambiental, anuncios festivos de detergentes y bebidas gaseosas, chismes y entrevistas a personajes del mundo de la farándula y el espectáculo. Lo mismo en la tele: ni una sola palabra, ni una mínima mención a la huelga, a la ciudad exasperada de bocinazos y atascos bajo el reverberante sol del mediodía. El Gobierno había decidido anular por decreto la huelga, no existe, no hay, señores, ninguna huelga, movió enérgicamente las manos como borrando cualquier posibilidad, se vio obligado a decir el general Blacker cuando reunió a los directores de periódicos, periodistas radiales y algunos corresponsales extranjeros para pedirles, por favor, con el ruego expreso del presidente Velasco, que se abstuvieran de escribir nada hasta nuevo aviso. Algunos de estos últimos rezongaron, recordó Fonseca entrando detrás de Guevara al Cordano, muy cerca de Palacio. Ellos se debían a sus clientes, protestó el corresponsal de UPI, cómo era posible que, después de haber estado pasando cablegramas acerca de la huelga, de pronto callaran súbitamente, en el mundo iban a pensar que estaba ocurriendo algó catastrófico, dijo el rubio corresponsal de Reuters con su acento marcadísimo, y después de todo, una huelga de policías no era nada del otro mundo... Aquí en el Perú no, señores, dijo el general Zegarra, que hasta ese momento había permanecido en silencio, sentado junto a Blacker. Y se trataba de un favor personal hacia el presidente Velasco. Un favor sin posibilidad de ser rechazado, dijo Chávez cuando salieron de la reunión, pero nadie tuvo ganas de añadir nada más, cada quien se marchó a terminar con sus ediciones, pensando que abrirían con la reunión de los Países No Alineados que empezaría mañana en el Centro Cívico, pero ya sabían: ni una palabra de la huelga hasta nuevo aviso. Lo mismo con la deportación de Saura, que había pasado desapercibida con la huelga...Por eso Fonseca había quedado con Guevara, para al menos comentar, especular un poco sobre lo que estaba ocurriendo ahora mismo en el cuartel de la 29ª Comandancia, a veinte minutos de allí. Porque ellos, a diferencia de los otros directores, como el mismo Chávez, Rázuri, Muñoz Gilardi o Meléndez, sí quisieron saber más sobre la huelga, y estuvieron enviando reporteros para que los tuvieran informados. Así se enteraron de que ya eran cerca de mil quinientos policías los que se habían apertrechado en el cuartel, y como muchos eran además vecinos del barrio, las mujeres les llevaban comida, refrescos, mantas, era una huelga con cierto ambiente festivo, gruñó Guevara, bastante inofensiva, pero no le hace nadita de gracia al Gobierno.

En el Cordano no se hablaba de otra cosa, constataron nada más sentarse en un rinconcito menos bullicioso, y pidieron unas butifarras y cerveza. La verdad, confesó Guevara, estaba hasta los huevos de tanto secretismo, de tanta vigilancia y censura. Ni siquiera habían podido contactar con Carranza, el ministro parecía desaparecido, igual que Velasco. Era cierto pensó Fonseca bebiendo un sorbo de su cerveza, dándole un mordisco rabioso a la butifarra, cuando las papas quemaban esos desaparecían, carajo. ¿Sería cierto entonces que Blacker había hablado con los huelguistas y que se fue con las manos vacías? Esa tarde, el ministro del Interior no quiso decir una palabra sobre su reunión con los policías y Zegarra dio bruscamente por terminado aquel simulacro de rueda de prensa. Nada, apenas lo que los reporteros que ellos enviaron pudieron rescatar de conversaciones aisladas, de breves alocuciones por parte de improvisados y confusos portavoces de la policía que miraban con resquemor y recelo a los periodistas. Lo último que supo Fonseca cuando Pancho Zavaleta regresó de la Comandancia era que había un ambiente como de verbena en la calle y de júbilo entre los policías, no estaba seguro Zavaleta, pero hasta creyó escuchar música en la Comandancia. Eso sí, no lo dejaron entrar, lo insultaron, le tiraron algunas piedras. Nos gritan vendidos, comechados, traidores, miserables, dijo Fonseca y miró a Heriberto Guevara con una sonrisa vencida. Abrió la boca como para agregar algo más pero no pudo: en ese momento sintieron que el piso y los cristales matusalénicos del Cordano vibraban con fuerza, como a punto de derrumbarse, y el foco que pendía de un cable mugriento se balanceó como un ahorcado y las botellas de los mostradores finiseculares repiquetearon a punto de caerse, y todos se pusieron de pie, alertas, asustados. Entonces vieron pasar el primer tanque.

Epílogo

Esa madrugada despertó sobresaltado, casi a punto de gritar o dar un mordisco, el corazón a mil por hora. Atisbó por la ventana de su dormitorio: el parque cercano y ausente, la noche engañosamente quieta. Amparo murmuró frases blandas, murmullos quedos y se dio la vuelta en la cama. Él hubiera querido dormir con esa tranquilidad, carajo, pero ahora sólo temblaba de frío o de malestar, angustiado por llevarse un cigarrillo a los labios. Todavía intentaba quitarse a manotazos el recuerdo atravesado de Saura, su deportación reciente e inobjetable, carajo, que no lo dejaba conciliar el sueño. Tener que deportar a su amigo de toda la vida, maldita sea, y todo por evitar un derramamiento de sangre, por contentar a los marineros capitaneados por Ramírez, ese miserable pituco que se creía iba a salirse con la suya. No, no había sido una tarea fácil sacrificar a Saura, pero ya en quién confiar, porque también podía ser cierto que él estuviera directamente implicado en el chuponeo de los teléfonos, últimamente lo encontraba extraño, distante... en quién confiar salvo en Benito Carranza, el único que seguía al pie del cañón, hombro con hombro. Velasco se incorporó de la cama sigilosamente y luego de ponerse la bata buscó los cigarrillos. Ya en la cocina, frente al ventanal que daba al patio, fumó con aprensión. ¿Hace cuánto que no duermes, Juan Velasco, ocupado en apagar todos los fuegos, en cortar todas las embestidas furibundas de la mala fe y la traición, de abortar todas las malas artes de los conspiradores que siempre acechan en la sombra, de rectificar todos los yerros y desaciertos de tus ministros más cercanos? Habías trabajado doce, catorce, dieciséis horas seguidas para el Perú, te habías entregado al cien por cien y sólo recibías traición y deslealtad: se le curvó la boca en un gesto de asco infinito, quiso escupir el general presidente y de pronto sintió la sal de las lágrimas pugnando en sus ojos cansados. Pero en esta ocasión no hizo nada por detenerlas, porque aquellas limpias, sencillas lágrimas, eran las de un prócer, las de un hombre justo, cojones, las de un hombre que lloraba por la patria malagradecida. Lo único que no toleraba, carajo, era tanta ignominia, tanta traición, y se llevó una mano a los ojos, dio una chupada última al cigarrillo antes de aplastarlo contra el cenicero, ni tampoco que se creyeran que podían hacer con él lo que quisieran. ¿Una huelga? ¿La Benemérita de huelga? ¡Ah, caracho! Por encima de su cadáver, carajo. Aquellos miserables traidores no tendrían perdón alguno, ya se lo había dicho a Pedro Blacker, nada de conversaciones, gringo, nada de diálogo más allá de lo que hasta el momento se había hecho y que era más que suficiente. Dónde se había visto, en qué cabeza cabía… Ellos no le iban pues a decir al presidente cómo componía su gabinete, y si un ministro le daba un bofetón a un guardia por incumplir seriamente su deber, se aguantaban, miéchica, que para eso eran hombres y no niñas de catequesis, se fue enfureciendo el presidente y tuvo que beber atropelladamente un vaso de agua, encender otro pitillo, cerrar un momento los ojos para sosegar aquella combustión que parecía amenazar con devorarlo. Felizmente Zegarra se ocuparía de todo porque Blacker… se le había torcido el gringo, se había vuelto muy jarro, todo el día dándole al trago, incapaz de llevar con eficacia Interior. Esta misma semana firmaba su pase a retiro, con el dolor de su corazón. El Turco Zegarra aplastaría esa revuelta de los miserables policías en un dos por tres. Y mañana encaminaban de una vez por todas el rumbo de la Revolución.

Se acabaron las contemplaciones con los traidores, con los ineficaces, con los que sólo querían medrar a su costa y lo que es peor, a costa de la patria. Si había tenido suficiente astucia y valor para llegar al poder, tenía de sobra para mantenerse en él, se dijo el presidente apagando su segundo cigarrillo de la madrugada. De situaciones más graves había salido. Era cuestión de apartar las manzanas podridas y continuar sin flaquezas ni titubeos, qué carajo. Y por primera vez, en lo que iba de mucho tiempo, volvió a sentir el viejo entusiasmo de saberse en el poder.

SE TRATA DE un rumor lejano y no obstante amenazador, que obliga a los escasos noctámbulos que aún transitan por aquella zona de La Victoria a aguzar el oído, a creer por un momento que se confunden, que no es un temblor sino algún viejo camión que se acerca, fatigado y roncando, pero de inmediato empiezan a ladrar los perros como si se hubieran puesto de acuerdo y el ambiente tibio de la madrugada se intoxica de olor a mala combustión, a petróleo quemado, y ahora sí, eso no era, carajo, un temblor, se abren de pronto las ventanas, chirrían los portalones derruidos, crujen las podridas escaleras que se llenan de vecinos adormilados, tensos, confusos, hasta que alguien grita ¡vienen los tanques!, y esa frase de alarma basta para originar un cortocircuito, encender el desconcierto que lleva a todos al borde del pánico, allí están, allí están, grita un chiquillo cuando aparece el primer tanque por la esquina más alejada de la calle, justo la que enfila a la 29ª Comandancia de la Guardia Civil, en la esquina de 28 de Julio y Bolívar: es un viejo edificio con troneras y torretas de vigilancia, de oscurecidas paredes de piedra que le confieren un aire vagamente gótico, como de pesadilla medieval, y en cuyo patio suelen dormir los coches patrulleros, las fatigadas y escasas tanquetas de la Benemérita Guardia Civil.

Allí es donde se han atrincherado los policías huelguistas y donde horas antes fue recibido con abucheos el ministro del Interior, pese a que vino acompañado por monseñor Setién, obispo de Lima, a ver si encontraban algún punto desde donde establecer un diálogo, dicen que sondeó Blacker, pero los policías se cerraron en banda, que mirara, señor ministro, mostró algo teatralmente el interior de la comandancia un guardia que parecía haber sido delegado por los demás para que los representara en las conversaciones, que tomara nota, ninguno de sus hombres iba armado. Habían depuesto el uso de las armas como prueba inequívoca de buena voluntad. Simplemente pedían un digno aumento de sueldo, y no los doscientos soles con los que se pretendían burlar de sus aspiraciones. Pero sobre todo pedían un castigo, una sanción ejemplar para ese general Zegarra, no había derecho, se iba poniendo colorado el guardia, no había derecho, pues, a que los trataran como sirvientes, como esclavos, que los humillaran así, caracho, que los abofetearan en público, eso no era justo ni revolucionario, dijo ya en voz alta, como constatando que sus palabras eran recogidas por los demás guardias amotinados, y desde el interior de la vieja comandancia se oyó un clamor, un rugido que hizo retroceder unos pasos a Blacker, menear desaprobatoriamente la cabeza a monseñor Setién, «esto se nos va de las manos», murmuró el ministro Blacker sintiéndose del todo perdido, buscando hacerse oír por encima del estruendo carcelario y amotinado de los guardias: gritos, consignas, golpes de cacerolas jaleados por una multitud levantisca y malencarada que deambulaba por los alrededores del cuartel. «Le digo yo que esto se nos va de las manos, monseñor», insistió Blacker antes de dirigirse al guardia civil.

—Se le va a ir de las manos —dijo el general Carranza abanicándose con unos papeles y mirando el reloj. Cada cinco minutos miraba el reloj. Tenía la guerrera entreabierta y dos oscuras manchas empezaban a formarse a la altura de las axilas.

—Si el general Zegarra sabe actuar con astucia, todo esto acabará muy pronto —el doctor Tamariz no se había quitado el saco y sin embargo, observó fascinado Carranza, parecía fresco, inmune al calor de la noche—. Yo que usted me iría a descansar un poco, Carranza.

—Sólo quiero que Blacker me confirme que ha hablado con los guardias. Recién entonces alertamos a Zegarra, doctorcito. Velasco aguarda en su casa de Chaclacayo, suficientemente lejos de Palacio como para que no se le ocurra hacer ninguna tontería.

Era inútil, pensó Blacker, y con una claridad cegadora entendió que estaba viviendo sus últimos momentos como ministro. Inexplicablemente aquello lo dotó de una extraña calma, casi una fresca liviandad cuando encaró al guardia civil, oiga, usted, ¿cómo se llama? El policía pareció vacilar, enrojeció bruscamente, Amílcar Suárez, dijo al fin, casi a regañadientes, me llamo Amílcar Suárez. Tiene usted nombre de general cartaginés, dijo sonriendo Blacker, pero el policía permaneció inmutable… Oiga, Suárez, recondujo sus frases el ministro con una voz aún pacífica, en extremo conciliadora o más bien cansada, él le prometía que esta misma noche hablaba con el presidente Velasco, recogería punto por punto sus reclamaciones… nadie tenía ganas de continuar con todo esto, caramba, él, personalmente, le daba su palabra de que buscaría solucionar las cosas de inmediato, y el ministro dio unos pasos, extendió una mano, observó el rostro imberbe de Suárez, su bigotillo severo, las orejotas coloradas, muy jovencito, aventuró y sintió de pronto unas ganas enormes de llorar, de darle un abrazo a ese muchacho, de correr donde Anita y pedirle que lo perdonara, de tomarse un whisky, necesitaba con suma urgencia un whisky el ministro. Pero simplemente se quedó en silencio, con la mano extendida, una larguísima fracción de segundo hasta que el otro también extendió la mano. Confiaba en el señor ministro, dijo Suárez con solemnidad.

Por eso el clima de júbilo, las risas, las charlas, la camaradería y casi, casi la fiesta que los propios vecinos habían soliviantado, dando ánimos, lanzando hurras y vivas, y algunos familiares de los guardias habían llegado hasta allí para acompañar, para festejar, para que nadie se desmoralice porque es un reclamo justo, carajo. Sin embargo Suárez, nada más terminar su charla con el ministro, se reunió con los otros en el despachito que habían acondicionado como cuartel general, cerró la puerta, se cruzó de brazos y finalmente habló: No sé, le daba mala espina, le dijo a Cavero, a Ponciano, a Rengifo, y frunció el ceño, ¿cuántos somos? Hicieron un rápido cálculo, cerca de mil quinientos ahora mismo, a las once y cinco de la noche. Suárez paseó de un lado a otro del austero despacho, encendió un cigarrillo, miró por la ventana. Discutieron largamente sobre el pliego de reclamos, sobre las posibles sanciones, buscaron infructuosamente alguna noticia acerca de la huelga en todas las emisoras, pero ni una palabra: sólo música y crónicas intrascendentes. La prensa estaba al servicio del Gobierno y este se negaba a admitir la huelga. Hasta ahora no tenían ninguna noticia del ministro. Fumaron en silencio, se acostaron en el suelo, sobre unas mantas que extendieron con una vaga sensación de acampada, dormitaron un poco.

A diez minutos para las dos, Suárez se levantó, desperezándose. Miró por la ventana y contempló la quietud fantasmal de la calle. Algo le seguía dando muy mala espina a Suárez. Hay que pedirles a los vecinos que se vayan a sus casas, dijo de pronto, acuclillándose junto a Cavero y sin poder evitar que su voz fuera casi un susurro: el cuartel estaba en silencio y sólo esporádicamente se oía el murmullo quedo de alguna charla, unas risas apagadas. Deberíamos sacar a los civiles del cuartel, que se vayan las mujeres, que se lleven a los chicos, que pongan dos coches patrulla en la puerta posterior y dos hombres en cada torreta, y si pueden, que saquen el rochabús y lo lleven a esa esquinita, ¿veían?, y señalaba una calle oscura y angosta. A la orden, mi general, se cuadró sonriente Cavero y por primera vez en la noche Suárez también sonrió, que no jodiera, Caverito, que no jodiera que esto iba en serio, dijo. En ese momento las luces vibraron con una intensidad temible y súbitamente todo quedó completamente a oscuras, el cuartel y hasta donde alcanzaba la vista. Casi inmediatamente sintieron cómo tintineaban los cristales, vibraba el piso de madera, se extendía un rumor espantoso que provenía de la calle. Se quedaron un segundo callados, varados en aquella niebla oscura y amenazante, sin decir palabra. Pero sólo fue un segundo porque de pronto fueron brutalmente deslumbrados por un reflector, y luego por otro, y por otro más. Ya estaban en pie todos, alborotados, gritando qué pasa, qué sucede, cegados por la luz. «No hay línea, Suárez», escuchó la voz descompuesta de Cavero, con el teléfono temblándole en la mano.

No había terminado de tomar el café cuando apareció en la puerta de la habitación Gaby, demacrada, los ojos saliéndosele de las órbitas, señora, señora, que pusiera la radio, había disturbios en el centro, estaban quemando llantas en las calles, y a Leticia aquello le atravesó el corazón como un puñal, ¿qué pasaba?, ¿qué decía?, y se abalanzó hacia la radio que tenía en el velador, se puso la bata a trompicones y se quedó viendo el aparato del que empezaban a crepitar voces, música. Pero apenas si escuchó una entrevista al cantante César Altamirano, un programa de música criolla, otro más pero no, no, el chofer decía que era grave, negaba moviendo su cabecita vehemente Gaby, acababa de llegar y el centro era purita balacera. Era cierto, señora, apareció el Zambo Canchaque en la puerta de la habitación, con su permiso, dijo y bajó la mirada porque Leticia apenas si se había puesto encima una bata, el centro era un infierno, al parecer había empezado en la madrugada, el Ejército metió los tanques en la 29ª Comandancia, donde se habían concentrado los policías huelguistas, los sacaron de allí a punta de bala, y ya desde tempranito el pueblo se calentó bien feo, empezaron los saqueos, los disturbios… y ella escuchaba atónita, como si estuviera a punto de congelarse, ¿pero qué decía, Canchaque?, no lo podía creer, era una equivocación. Sin embargo, el traqueteo repentino y ensordecedor de unos helicópteros la hicieron correr hacia la ventana y mirar al cielo: dos, tres y hasta cuatro aparatos avanzaban a poca altura, como unos insectos verdes y prehistóricos, ¿qué estaba pasando?, se preguntó llevándose una mano al pecho, y marcó el número del Hotel Crillón sin escuchar la voz del chofer, por favor, que la pusieran con la suite del doctor Tamariz, y espero un momento, señora, por favor, insistió Canchaque, pero ella sólo atinó a cerrarse un poco la bata, tuvo que taparse los oídos porque allí estaban los helicópteros otra vez con su fragor de apocalipsis. Ahí, ahí, señaló Gaby frenéticamente desde el balcón y ella ¿cómo que no estaba?, se tapaba un oído con la mano, ¿no había dejado ningún recado?, colgó violenta-

mente e intentó marcar el número del general Carranza
pero Canchaque la detuvo, señora, por favor, no se ponga nerviosa, y dio dos pasos hacia ella, el doctorcito me
ha dicho que venga para tranquilizarla, y recién entonces
Leticia lo miró a los ojos, pareció recién entender que el
chofer estaba a su lado y le hablaba. Hizo un esfuerzo por
pensar, por no perder la cabeza, ¿dónde estaba el doctor?,
dijo con la voz más serena y Gaby le puso la taza de café
en las manos, empezó a lloriquear pero Leticia la aniquiló
de una mirada, que ni se le ocurriera llorar, amiguita, y
la chica sí, señora, perdón señora. Llenó sus pulmones de
aire y se volvió a Canchaque, estaba bien, por favor que le
dijera qué estaba ocurriendo.

Eso pues que le estaba contando, señora, que por
la madrugada los tanques habían entrado en la 29ª Comandancia, la de radiopatrulla, la que queda allí en 28
de Julio, sí, sí, ya sé cuál es, y que al parecer había habido
muertos y heridos, que los mismos vecinos se enfrentaron
a los cachacos gritándoles asesinos, malnacidos, cabrones,
porque los policías estaban reclamando que cobraban una
miseria, que los trataban como perros. Ni tiempo les habían dado de rendirse, dijo Canchaque y encendió un
cigarrillo, se confundió, quiso apagarlo pero la señora le
dijo que fumara nomás, hombre, y que le diera uno a ella,
que le contara qué más había pasado. Eso pues, señora,
llegaron los tanques, cortaron la luz de todo el sector, les
cortaron el teléfono, rodearon el cuartel con soldados y
dijeron que tenían cinco minutos para salir con las manos
en alto. Pasado ese tiempo el coronel que dirigía la operación, ¿qué coronel?, Canchaque no sabía qué coronel y
Leticia le dijo que siguiera. Pues ese coronel dijo de pronto se acabó el tiempo, voy a darles diez minutos, pero no
dio tiempo ni a abrir la puerta, ni a que salieran los guardias, han pasado los diez minutos, dicen que dijo, aunque

otros no, no fue así, los policías dispararon primero, le destrozaron la mandíbula a un soldadito, sí tenían armas los muy mentirosos, y entonces el coronel, rabiando, dio la orden de que entrara el primer tanque, ¡pasu diablo! aplastó un carro como si fuera de papel, derribó los coches patrulla y desencajó con la trompa el portalón de entrada hasta convertirlo en astillas. A partir de ahí los cazaron como conejos, señora, los guardias saltaban desde los muros, muchos se quebraron las piernas, usted ha visto qué altos son esos muros, otros se escabullían a gatas, suplicaban, corrían sin sentido, aullando, los milicos entraron con todo y les metieron bala, bombas lacrimógenas, los acorralaron ahí mismo, los guardias se destrozaron las uñas intentando cavar en las paredes, los persiguieron por las calles, los sacaron de las casas de los vecinos, donde llegaban suplicando ayuda, aporreando puertas, suplicando por favor que me matan, rugió Cavero corriendo detrás de Rengifo en medio de la confusión, de los gritos y las balas, del olor picante y doloroso que esparcían las bombas lacrimógenas, trepando de cualquier manera el muro, saltando y sintiendo clarito cómo se le quebraba una pierna, con la imagen última de Suárez abatido por una ráfaga de metralleta, desmadejado el pobre Suárez en el despachito, ahí quedó el pobre, desventrado, tratando de que no se le salieran los intestinos por el hueco en el estómago, con los ojos abiertos de par en par, como si no se creyera que le habían disparado, malditos, hijos de puta, alcanzó a decir Cavero mientras sentía la patada en la cabeza, el pisotón en la mano, la facilidad con que se desmenuzaban sus dientes después del culatazo… no sabe lo que ha sido, dijo Canchaque temblando, él había estado muy cerca porque el doctor le pidió tempranito que lo recogiera del hotel, ¿y a dónde lo llevaste?, interrumpió Leticia dándole un par de chupadas al cigarrillo apestoso que le invitó Canchaque, primero a Palacio y después a su casa de San Isidro... ¿A su casa de San Isidro? Sí, señora, allí mismito. Pero las cosas no habían acabado ahí, dijo Canchaque ya embalado, porque por la mañanita, muy temprano, la gente había salido a manifestarse contra el Ejército, asesinos, les gritaban, cobardes, y se reunieron en la Plaza Manco Cápac, allí mismo en La Victoria, pero después hubo concentraciones en el centro, en el Rímac, en muchos otros sitios, y de pronto ya era una turba de gente que quemaba llantas, arrancaba teléfonos, volteaban carros, despanzurraban tiendas, saqueaban, alzaban con lo que podían, aprovechando pues que no había policías. Recién ahora empezaba a salir el Ejército, decían que esto iba a acabar mal. ¿A su casa de San Isidro? Sí, señora, allí lo lleve hace un rato...

Era cierto, dijo asustada Marita, tomando un vaso de agua que alguien le alcanzó, una turba de gente venía para acá, señor Fonseca, habían quemado llantas aquicito mismo, en la avenida Manco Cápac, estaban destrozando todo lo que encontraban a su paso en la avenida Abancay y se escuchaban tiroteos, ráfagas de metralleta, su papá la acababa de llamar, dijo colgándose la cartera al hombro, ella se iba porque la cosa estaba que ardía, señor Fonseca, y el Colorado que fuera nomás, le dijo, ¿en serio estaba así la vaina?, preguntó por preguntar, pero Marita ya se iba, señor.

El Colorado Fonseca marcó obstinadamente el número del general Carranza y escuchó timbrar el teléfono una y otra vez. Luego marcó el del doctor Tamariz, y también el de el mayor Montesinos, pero igual no contestan, cholo, le dijo a Muñoz Gilardi cuando por fin se animó a comunicarse con el director de *La Prensa*, y este le contestó casi a gritos, ya han llegado por aquí, hay una balacera del carajo, están saqueando las tiendas, Colorado, ¡están saqueando las tiendas!, y por un instante Fonseca tuvo la nítida sensación de que Muñoz Gilardi le estaba narrando en directo lo que ocurría frente a sus narices porque además le llegaba un fragor bucanero de gritos, blasfemias y estampidos secos, de confusión y atropellos, que se tranquilizara, hombre, dijo por decir algo, pero Muñoz Gilardi daba órdenes de que cerraran las puertas, que cerraran también las ventanas porque ya sentían el tufillo irritante y amoniacal de las bombas lacrimógenas, carajo, Colorado, no hay forma de hablar con Palacio, necesitamos que nos manden ayuda, por favor, ¡diles que envíen ayuda...! Él vería qué podía hacer, dijo Fonseca antes de colgar y regresar a su despacho, seguido de Celaya y Rossi, en mangas de camisa ambos, preocupados, mirando por la ventana hacia la Plaza Grau. Había un De Soto verde y un escarabajo blanco estacionados inofensivamente en la esquina del edificio, pero nada más. No circulaban carros hasta donde alcanzaban a ver. Aguzando el oído, Fonseca creyó escuchar un rumor confuso, jacobino... realmente estaban muy cerca de donde ocurrían los disturbios, sí, pero quizá sólo era su imaginación. ¿No había regresado Tito?, se preocupa Fonseca porque hace dos horas que el reportero salió para ver qué ocurría y nada, aún no ha vuelto, señor Fonseca, dijo Celaya: tenía el rostro chupado y grisáceo, y su abultado labio de zambo le temblaba mínimamente, ¿qué hacemos? ¿Qué carajo hacemos?, se dijo Fonseca ahora sí temblando. Tenía la guayabera blanca empapada, a mala hora se le ocurrió acudir al periódico, carajo, tenía que haberse quedado en su casa y dar órdenes de que nadie viniera, después de lo que ocurrió por la madrugada: Guevara y él habían salido a tropezones del Cordano, incapaces de creer que aquello era un tanque y sí, sí lo era, mierda, los van a aniquilar, los van a triturar, dijo Guevara y Fonseca dio unos pasos decididos detrás del segundo tanque. Vamos, dijo, pero Guevara hizo un movimiento de repliegue, metió las manos en los bolsillos de la casaca. Ni hablar, cholo, yo no voy. Ni siquiera trató de convencer a Fonseca de que no fuera porque seguramente vio la decisión en los ojos del Colorado, qué miéchica, dijo este y echó a andar.

Veinte minutos después, fatigado y echando los bofes, Fonseca se detuvo en la Plaza Manco Cápac para ver cómo una columna de tanques, jeeps y ambulancias se dirigían hacia la avenida 28 de Julio, donde estaba el cuartel de radiopatrulla. Desde lo alto de un tanque un soldado lo amenazó con el fusil y Fonseca se quedó mirándolo a los ojos, muy pálido. Un taxi inexplicable y milagroso paró en la esquina y el Colorado trepó a él, rapidito, maestro, dijo, vámonos de aquí que va a arder Troya.

Y sin embargo, nada más llegar a su casa, después de contarle a Martha lo que estaba pasando, decidió regresar al periódico. Llamó a seis reporteros, a dos fotógrafos más, los quería tempranito en *La Crónica* porque seguramente sacarían edición especial, les dijo. Su mujer le preparó un termo con café, le dio un poncho, un beso, que se cuidara, gordo, y lo acompañó hasta la esquinita para esperar un taxi. Pero lo que no calculó Fonseca era que ni Tamariz, ni Carranza, ni mucho menos Velasco iban a dar señales de vida. Lo que no calculó es que el asalto al cuartel de los guardias amotinados iba a prolongarse, a derivar en una revolución, como parecía estar sucediendo. Entró nuevamente a la sala de redacción y miró a los cinco o seis reporteros que habían venido, a los dos diagramadores y Lucy, la fotógrafa, que mejor ella

se fuera nomás, dijo, pero la china ni hablar, jefe, ella se
quedaba, y Fonseca sonrió, iba a estar bravo, Lucy, porque si venía la turba por aquí los hacían puré. Luego los
miró a los demás, se quitó los lentes y los limpió despacio
en el faldón de la guayabera. Entretenido en esa labor les
explicó que el que quería marcharse que se fuera nomás,
aquí nadie iba a ser un héroe, pero si tenían la mala suerte
de que llegaran por allí los saqueadores y los vándalos, les
hacían papilla el periódico y ellos se quedaban sin centro
de trabajo. ¡Allí está Tito!, lo sobresaltó la voz de Rossi,
que entró a las carreras a la redacción. Todos salieron justo
cuando entraba el reportero con la camisa ensangrentada
y un arañazo en la mejilla, estoy bien, estoy bien, dijo
casi sin resuello: tenía los cabellos en desorden y un bolsillo del pantalón desgarrado, le habían querido arranchar
la cámara, dijo entrecortadamente, aceptando el vaso de
agua que le alcanzó Lucy, estaban destrozando todo, se
habían llevado hasta los sanitarios de algunas tiendas, de
Marcazzolo no quedaba nada, y parecía que iba a echarse
a llorar, a una señora la atropelló un carro en la avenida
Abancay, pum, la hizo volar, y se dio a la fuga tan tranquilamente, hay incendios, dijo ya con la voz en un hilo, y
una muchedumbre se dirige al Centro Cívico. Han sacado los tanques y dicen que un general ha tomado Palacio,
que han depuesto a Velasco y van a sacar más tanques
para controlar la situación. ¿Un general?, dijo Fonseca y
buscó los ojos del reportero, lo zarandeó frenéticamente,
¿qué general? ¿Quién ha tomado Palacio?

¡HAN TOMADO PALACIO!, ¡han tomado Palacio!, señora,
lo han sacado a Velasco, dijo Gaby subiendo las escaleras
enloquecida, hay un general que ha sacado a Velasco, hay

varios muertos, señora y están deportando a mucha gente, y Leticia se quedó mirándola como alucinada, pero qué decía, hija, tembló su voz, y esperó a que apareciera nuevamente Canchaque en la puerta, así parecía ser, señora, dijo el chofer con el semblante ceniciento, las grandes manos retemblando, moviéndose frenéticas, él no había podido encontrar al doctor Tamariz porque en su casa de San Isidro ya no estaba. Estuvo tocando un buen rato el timbre y nada. A Palacio no dejaban pasar, los soldados obligaban a dar la vuelta antes de alcanzar la Plaza de Armas, lo encañonaron, casi le meten bala, y tampoco se podía llegar a la calle del general Carranza, había purita tanqueta, jeeps, soldados que vigilaban el acceso... no sabía cómo estaba todo de revuelto en la ciudad. Él había regresado porque las instrucciones del doctor Tamariz eran claras: si no lo encontraba en su casa, que se quedara con la señora, por si acaso. Pero Canchaque pensaba que mejor la señora se iba. ¿A dónde se iba a ir, hombre de Dios?, dijo Leticia mirando su armario, pensando con un vahído en la cajita donde guardaba algunos miles de soles, ¿al aeropuerto?, ¿a coger un vuelo? El aeropuerto estaba cerrado, señora, se rascó la cabeza Canchaque, o al menos eso es lo que él había escuchado, pero no en la radio, insistió el chofer mostrando el aparato que escupía música sobre el velador de la señora, sino en la calle. Nadie sabía nada a ciencia cierta. ¿Carranza había tomado el poder? Entonces Tamariz estaría con el general, pensó Leticia y soltó una maldición, por qué no la llamaba y levantó el teléfono con los ojos incendiados de furia. Miró por la ventana: ya no se veían ni se escuchan los helicópteros, sobre el océano empezaban a avanzar las sombras tenues de la noche y muy a lo lejos ululaban sirenas, cada vez más esporádicas.

Gaby iba y venía a donde los vecinos, se integraba en los corros espontáneos de gente que en la cercana avenida Brasil buscaba noticias, comentaba lo que ocurría en el centro, y aunque la información resultaba sospechosa y a menudo contradictoria, Leticia se fue armando una idea general y horrible de lo ocurrido: nadie aventuraba un número aproximado de policías muertos —las cifras oscilaban entre cuatro o cinco y cientos de ellos—, pero fueron muchos los camiones con detenidos que toda la madrugada iban y venían con destino incierto, unos decían que al cuartel de Potao, a encarcelarlos, otros que a las playas de sur, a fusilarlos. Por la mañana se empezaron a formar grupos espontáneos —otros decían que todo estaba preparado para derrocar a Velasco, que aquello había sido una maniobra del primer ministro Carranza— que protestaban contra la brutalidad de la represión y que aquello rápidamente degeneró en una revuelta, saqueos, muertos e innumerables destrozos. Debía ser cierto porque desde la azotea de la casa, a donde subió en algún momento de la tarde, instigada por los comentarios de Gaby, Leticia pudo observar una densa columna de humo, casi una pared turbia de alquitrán, elevándose en el horizonte de la ciudad. Se decía que a mediodía todo estaba controlado, pero que los tanques se dirigieron entonces a Palacio y que habían sacado al presidente, que ahora había tomado el poder una junta de militares, luego se comentó que no era una junta sino un sólo general, que era Carranza, o el Turco Zegarra, que habían acribillado a Velasco, que este había sido apresado en su casa de Chaclacayo, que viajaba rumbo a Panamá deportado, que había sofocado la revuelta y en este momento pasaba a retiro, deportaba y fusilaba a los traidores, que, en fin, nada de todo aquello había ocurrido sino que era una maniobra para despistar a la población, para que en cualquier momento apareciera el general redivivo, con su bigotillo cano y sus ojos como ascuas, dirigiéndose a la nación y afirmando así que el Proceso continuaba, que la Revolución seguía más viva que nunca... ella ya no sabía qué creer, de manera que se encerró en la habitación a fumar, mirando hipnotizada el teléfono, esperando la llamada de Tamariz, que le dijera que todo estaba en orden, tranquilizándose porque Tamariz siempre salía bien librado de situaciones así, tenía suficientes recursos.

Por eso sintió que perdía piso cuando entró Gaby y luego el chofer para decirle que ni rastro del doctorcito. Por eso se atrevió, con todo respeto, a decirle que mejor buscara algún lugar a dónde irse, y miró fugazmente su reloj, porque ya era tarde y él tenía familia, desde la mañana no los había visto, seguro estaban todos preocupados, y ahora además se tendría que ir quién sabe cómo, tirando dedo, a patita nomás...

Claro que sí, claro, que fuera nomás, dijo Leticia como despertando de un sueño, que fuera nomás, Canchaque, y buscó en la cajita del armario unos billetes, tome, para que pague un taxi a como dé lugar, o mejor: llévese el auto porque, total, yo no sé manejar y no tengo a dónde ir. Me quedo aquí. Canchaque pareció vacilar un momento, recogió los billetes murmurando algunas palabras de gratitud y dijo que bueno, si podía llevarse el auto se lo agradecía en el alma señora, si era así, él todavía podía quedarse una horita más, por si las moscas, por si llamaba el doctorcito y él la llevaba a toda prisa a donde hiciera falta, y Leticia le dirigió una sonrisa ausente, sí, claro, por si llama el doctorcito, dijo y por primera vez sintió que estaba perdida, que la habían abandonado.

LA PIEDRA DESTROZÓ la ventanilla posterior del auto y el chofer del general Martínez del Campo tuvo que hacer un viraje violento, trepándose bruscamente a la acera, carajo,

Zambo, ten cuidado, dijo el ministro encogido detrás del asiento, mirando el rostro congestionado del hombre con un pañuelo en la cabeza y el puño en alto, los tres o cuatro tipos malencarados que corrían hacia ellos, apura, Zambo, blandiendo palos y arrojando piedras, al igual que la turba que de pronto apareció detrás de ellos, por la avenida Wilson. El auto aceleró rugiendo, zigzagueó evitando las grandes piedras que obstaculizaban la calle y las llantas quemadas que despedían una densa humareda asfixiante, la turba de gente vociferante y descamisada que corría apedreando vitrinas, escapando con máquinas de escribir, lámparas, cajas registradoras, y tropezaban, peleaban enseñando los dientes, aullaban en un vértigo parecido a la lujuria, sumidos en un desenfreno monstruoso que los atónitos ojos del general Martínez del Campo no habían visto nunca. Tú atropella nomás, Zambo, dijo el ministro temblando, lamentando no haber traído un arma, carajo, cuando hace un par de horas, alertado por las noticias que le llegaban, decidió no dejar de asistir al Centro Cívico, donde seguramente ya lo esperaba el contralmirante Ramírez.

Mientras el auto alcanzaba por fin la tranquilidad inusual de la avenida Arequipa y se saltaba sin miramientos los semáforos, el ministro Martínez del Campo quiso poner un poco de orden a la vertiginosa sucesión de acontecimientos que había vivido en tan pocas horas. A eso de las diez de la mañana el carro oficial del ministro cruzaba esa misma avenida en sentido contrario, rumbo al parking del Hotel Sheraton —en pleno centro de Lima— para desde ahí encaminarse al contiguo Centro Cívico, un complejo administrativo de perfiles soviéticos, ocupado por oficinas gubernamentales y privadas que se alojaban en dos edificios pequeños, separados por una plazoleta y se encaramaban en una torre de treinta y cinco plantas, la mayoría ocupadas por dependencias del Gobierno. Allí, en el sótano de aquel edificio, se hallaba el modernísimo salón de actos, de impecables equipos de traducción simultánea y mullidas butacas color burdeos, donde el jefe de la Marina iba a inaugurar a mediodía, junto con el ministro de Industria, un congreso iberoamericano de relaciones exteriores. Algunos decían que aquella era la presentación en sociedad del nuevo presidente del Perú…

De manera que Martínez del Campo llegó al Centro Cívico, donde lo esperaba el contralmirante Ramírez y el mayor Alfaro, al parecer designado a última hora por el ministro Carranza para que lo mantuviera informado de lo que ocurriera. Al parecer, a último momento el general Peñaloza declinó de asistir. Al llegar al salón de actos, Martínez del Campo se encontró un revuelo de periodistas, de asesores y funcionarios extranjeros que salían apresuradamente del edificio: habían clausurado a toda prisa el congreso en previsión de lo que pudiera pasar, e invitaron a los participantes que llegaron temprano a marcharse, por favor, vayan a sus embajadas, y mostraban las salidas, las escaleras que conducían a la calurosa mañana hirviente ya de clamores y lejanos disparos. Sólo el delegado cubano, indignado y presa de una agitación que lo hacía rechinar los dientes, decidió quedarse por si había que ayudar a los compañeros peruanos a luchar contra la subversión pro yanqui, le informó Ramírez a Martínez del Campo mientras subían presurosos al despacho habilitado para la organización. El marino tenía el semblante de hielo y daba órdenes perentorias a un grupo de soldaditos, que revisaran el edificio y se cercioraran de que no quedara nadie en el salón de actos ni en ningún otro sitio. ¿Ya se había enterado de los disturbios, verdad?, le dijo a Martínez del Campo zafándose de la corbata de forma violenta. Desde los ventanales del tercer piso podían ver marchar a un grupo de exaltados que gritaban consignas y rompían cuanto hallaban a su paso. Cada vez eran más, e iban apareciendo de todas partes, sin camisa, sucios, al parecer hambrientos y con los ojos llenos de rencor. Coreaban gaseosas consignas, alzaban los puños vengativos y destrozaban todo cuanto hallaban a su paso. El contralmirante sirvió whiskys para el delegado cubano, para el ministro Martínez del Campo y para el mayor Alfaro. Luego miró a este de arriba a abajo, como a punto de escupirlo, ¿dónde estaba el primer ministro?, dijo con furia contenida. El mayor tartamudeó que no lo sabía, estaba tratando de comunicarse con él, pero no contestaba, el mayor Alfaro creía que en este momento Carranza se encontraba con el presidente. «Creía», bufó Ramírez meneando la cabeza. Terminó de un trago su whisky y se dirigió en silencio hacia un pequeño armario que estaba a sus espaldas. Sacó de allí una pistola y tres subfusiles AK47 que dejó sobre la mesa de juntas, señores, esto se está poniendo feo, dijo muy seriamente y el delegado cubano retrocedió unos pasos, carajo, compañeros, atinó a decir, muy pálido. El contralmirante Ramírez sonrió difuminadamente, señor Aguirre, mejor váyase a su embajada cuanto antes, déjenos esto a nosotros… y sin que el cubano pudiese replicar ladró una orden que hizo aparecer instantáneamente a un marinero, que escoltaran al señor hacia su auto.

Pero las cosas no se pusieron en verdad feas hasta que comprendieron que la turba enardecida rodeaba lentamente el edificio, recordó el ministro Martínez del Campo mientras el coche alcanzaba la avenida Angamos, silenciosa y inauditamente desierta a esa hora. Había sido un error quedarse, carajo, masculló el contralmirante Ramírez mirando nuevamente por la ventana. Durante casi una hora intentaron comunicarse con Palacio de Gobierno, con el Ministerio de Marina, con Pedro Blacker, pero en su despacho decían que no estaba, que estaba en conferencia con el presidente, que viajaba rumbo a Palacio para intentar controlar la situación... al final desistieron entre maldiciones, ¿dónde estaba Velasco, dónde Carranza, dónde Blacker?, ¿dónde carajo estaba el Gobierno?, maldijo Martínez del Campo antes de que recibieran una llamada del Ministerio de Marina, por fin, carajo y Martínez del Campo y el mayor Alfaro pudieron observar cómo cambiaba la expresión del contralmirante Ramírez, cómo fruncía el entrecejo, temblaba un poco la mano que se llevó el vaso de whisky a los labios, ¿estaba absolutamente seguro?, ¿cuándo había empezado? ¡Malditos traidores, carajo! Luego de unos monosílabos se volvió hacia ellos, señores, vienen dos tanquetas de la Marina hacia aquí para defender el edificio, pero nosotros mejor nos vamos ya. ¿Qué había pasado, qué estaba ocurriendo?, preguntó Martínez del Campo pero el contralmirante lo miró casi con rencor, «usted debería saberlo mejor que yo», dijo cuando no les quedó otra opción que bajar y recorrer los ciento cincuenta metros hasta el parking. «Ustedes metan bala sin asco», ordenó Ramírez bajando hasta la primera planta, donde los soldados mantenían a raya a la turbamulta, que lanzaba esporádicas piedras, trozos de carteles, llantas envueltas en llamas. ¿No viene ayuda, señor?, dijo un soldado con gesto asustado y un corte limpio —una pedrada quizá— en la frente. Ya no podían mantener la posición, señor, eran cada vez más los revoltosos, no tardarían en fabricar unas bombas molotov y allí se fregaban. En diez minutos estaban aquí unas tanquetas, resistan y metan bala. Entonces el contralmirante Ramírez se abrió paso disparando una furiosa ráfaga al aire que hizo retroceder y tropezar entre aullidos a la gente, y luego hizo lo mismo el general Martínez del Campo, carajo, empapado en sudor, y los soldados dispararon también apuntando al cielo, hasta que el grupo de atacantes rugió disolviéndose en la esquina de Wilson. Entonces ellos corrieron hacia el parking del Sheraton donde esperaban preocupados los choferes. Salieron en tres autos, a toda velocidad, buscando encontrar un camino que no estuviera cortado. El chofer de Martínez del Campo salió hacia Wilson y allí se encontraron con otro grupo de saqueadores, carajo, Zambo, maldijo el ministro cuando la ventanilla trasera del carro explotó a causa de una pedrada certera. ¿Qué estaría ocurriendo en Palacio? ¿Qué le habían dicho a Ramírez? Martínez del Campo decidió de súbito dirigirse hacia el Centro de Instrucción Militar de Chorrillos, Zambo, a toda prisa. Seguramente allí se estarían dirigiendo los ministros que no podían acudir a Palacio de Gobierno. Seguro allí estaría Carranza y le explicaría lo que estaba ocurriendo.

No PODÍA SER cierto, aulló Muñoz Gilardi al teléfono, pero ¿quién había depuesto a Velasco?, y en la mente se le formó clarísima la imagen de paquidermo lento, la voz aburrida, el semblante indigesto, quién más podría haber sido, estaba claro que era él, e hizo el amago de levantarse de su asiento pero el cable del teléfono se lo impidió, casi pierde la conexión, ¿aló?, ¿aló?, ¿estaba ahí?, dijo Ramsey al otro lado de la línea, que escuchara, compadre, la cosas se habían puesto realmente feas y ni Carranza ni Tamariz daban señales de vida, seguro que ellos estaban detrás del golpe, si es que era tal, claro, la información era confusa. Debían quedar en reunirse ahora mismito, compadre, él se iba a ver con el Colorado Fonseca, iban a planear a toda prisa un pronunciamiento conjunto de la prensa saludando al nuevo Régimen, no querían meter la pata, que se viniera a casa del Colorado... sí, ellos también las habían pasado putas, pero ya todo parecía en orden, el Ejército había tomado el control de la ciudad, en el Callao la Marina había dispuesto que sus hombres se hicieran cargo de la situación para evitar que ocurriera lo que en Lima… en cualquier momento emitían un mensaje… sí, lo esperaban, entonces.

Muñoz Gilardi colgó y se quedó todavía un momento sentado, fumando, pensando a mil por hora, furiosamente, sobre cuál debía ser su actitud. Fonseca y Ramsey querían tener todo listo para la edición de mañana, porque seguro habría pronunciamiento en unas horas. ¿Estaría con ellos Montesinos?, no, ni hablar, se lo habrían dicho. En la sala de redacción parpadeaba con un zumbido de insecto un fluorescente, como a punto de apagarse ya para siempre, pero así llevaba toda la tarde. Él había enviado a todo mundo a casa, pensó que en esas circunstancias no sería posible sacar la edición para mañana, y menos aún sin saber qué pasaba, qué había ocurrido en Palacio y con los policías. Se había cansado de llamar a Tamariz y al general Carranza, pero nadie le respondió. Durante toda la tarde, mientras el Ejército sofocaba los humeantes escombros de las manifestaciones y las patrullas de tanquetas iban y venían rabiosas por las calles del centro, había mantenido telegráficas charlas con Chávez, con Meléndez y Fonseca, y cruzaron toda la escasa información que habían podido reunir —sobre todo Meléndez, que al parecer tenía a un cuñado entre los policías huelguistas,— pero más que nada se entregaron sin freno a especular sobre el levantamiento, que era como tácitamente empezaban a llamarlo. Era cierto: con toda probabilidad parecía ser que Carranza hubiera depuesto a Velasco y que ahora estuviera esperando a ver cómo reaccionaban los jefes de las regiones militares en provincias, el respaldo de los otros generales. Quizá había deportado

ya a algunos ministros, a Blacker, por ejemplo, al Turco
Zegarra, a los pocos que podían ser fieles al presidente.
Decían que el Flaco Calderón había huido antes de que
lo deportaran o quién sabe. Se rumoreaba que lo habían
matado al igual que a Velasco, que ahora mismo viajaba
ya deportado junto con tantos otros: el aeropuerto per-
manecía cerrado, pero el Grupo Aéreo número 8 no, que
de ahí salían Hércules llenecitos de deportados... ¿y por
qué no a ellos?, pensó Muñoz Gilardi sintiendo un lati-
gazo de alarma que le endureció el espinazo. Quizá ellos
eran los últimos, quizá Carranza los quería allí, después
de todo el propio ministro los había citado aquella vez
para confiarles los puestos... si era así, pensó Muñoz Gilardi poniéndose el saco, lo mejor era hablar con Ramsey
y Fonseca para decidir qué línea tomar entre todos. Sólo
una cosa sí parecía cierta, se dijo apagando la luz antes de
salir de su despacho: Velasco había caído.

LA CAMA ESTABA frente al ventanal desde donde se podría
ver la techumbre sucia de la vecindad, el horizonte de edificios y la inminencia del mar, de no ser porque las persianas
celestes estaban bajadas, de manera que apenas entraba una
luz alicaída y el rumor del tráfico allí abajo. Un televisor
pequeño frente a la cama parpadeaba en la penumbra. En
la pantalla el presidente de la nueva junta hablaba con una
marcialidad algo teatral, resoplaba a causa de su gordura
cardenalicia, se llevaba una y otra vez la diestra al abdomen
para acomodar la banda bicolor.

El general Ravines tenía una sonda en el brazo y
otra en la nariz, su respiración parecía un fuelle a punto
de romperse, le costaba mantener los ojos abiertos y por
momentos parecía adormilado, como vegetando ajeno a

lo que decía Soler, de manera que este, al cabo de diez minutos sentado junto al militar, decidió quedarse en silencio, contemplando al ex ministro. Lo miró largo rato, desapasionadamente. Cómo había envejecido, carajo, sus brazos eran unos palillos, los pómulos cadavéricos, las grandes bolsas amarillentas bajo los ojos... decían los médicos que había sufrido dos recaídas, que la herida se infectó y tuvieron que operar a toda prisa y que, en fin, ahora era cuestión de esperar. Pero aun así, en su mirada brilló una chispa de inteligencia cuando apareció su antiguo asesor, hombre, Pepe, murmuró de manera apenas audible y los ojos se le llenaron de lágrimas. No se canse, Ravines, dijo Soler incómodo, poniendo una mano enérgica en el brazo huesudo del militar.

Al cabo de un momento, cuando Soler hizo el amago de incorporarse dispuesto a subirle el volumen al televisor, el general se volvió para preguntar con un débil graznido algo que Soler no entendió. Tuvo que acercar su rostro al de Ravines, casi pegar el oído a su boca reseca y agrietada, pedirle por favor que repitiera la pregunta. ¿Cómo?, ¡ah!, Martínez del Campo también había sido deportado, dijo al fin. Estuvo dos días desaparecido, lo encontraron finalmente en la hacienda de su cuñado en Huacho, amenazó, pataleó, se atrincheró allí durante horas y al final el presidente lo llamó por teléfono, lo convenció para que se entregara, era inútil tanta resistencia.

Ravines hizo un gesto mínimo, algo parecido a una sonrisa remodeló su rostro huesudo, en su boca crepitaron nuevamente unas palabras ininteligibles y rocosas, y Soler asintió con la cabeza, creyó entender. Así era, general, ahora todo el mundo le daba la espalda, dicen que fue su propio cuñado, Pepe Quesada, quien alertó al Gobierno de que Martínez del Campo se escondía en su hacienda. Había salido en los periódicos, aunque apenas unas líneas, las portadas más bien se ocupaban de Velasco. Al principio los medios quisieron mantener la idea de que los disturbios y la destitución de Velasco no tenían nada que ver, que se trataba de un relevo natural, que la Revolución exigía un cambio para continuar con su espíritu inicial... pero claro, nadie se tragaba ese sapo. Rodearon la casa de Carranza nada más empezaron los disturbios, dijo Soler entrecerrando los ojos, tratando de recomponer la historia con los fragmentos confusos que le habían llegado durante todo aquel largo día: Aparecieron con varias tanquetas, cerraron la avenida Primavera y por altavoces le pidieron al primer ministro que saliera con las manos en alto...

—Como a un delincuente, Pepe —dijo el coronel Montesinos bebiendo un sorbo de su café—. Eso es lo que jamás perdonará. Pero bueno, luego ha negociado una salida más o menos digna... Con Velasco la cosa había sido más peliaguda.

El general Ravines se agitó en la cama, por señas le indicó a Soler que le diera un poco de agua y este se la sirvió en un vaso de plástico, acercándolo con cuidado a los labios del general. «Velasco siempre fue un mal perdedor», dijo el general Ravines con una voz más nítida, pero aún afónica, seguro que había hecho un escándalo, habrá llorado, el muy maricón. Soler soltó una risa breve y seca, parece que sí, parece que cuando llegaron los tanques a su casa de Chaclacayo los insultó, pegó un par de tiros, quiso hacer algunas llamadas pero tenía la línea cortada. Al final supo que no le quedaba otro remedio que entregarse. Como eso ocurrió mientras el general presidente y la nueva junta juraban sus cargos en Palacio, apenas si trascendió. Bueno, carraspeó Soler, la prensa rápidamente cerró filas con el nuevo gobierno, saludándolo con toda clase de loas y parabienes, denostando la política perso-

nalista y errática de Velasco, pero no se dijo ni una palabra sobre su detención domiciliaria, seguro esperarían a
que todo se calmase para sacarlo del país o quién sabe,
¿no? Recién ayer se había levantado el toque de queda
en Lima, una vez que se deportaron a unos cuantos generales. La purga grande fue en el Ejército, decían que se
había removido de arriba a abajo la institución. Igual en
la Marina. Al contralmirante Ramírez lo ha depuesto Garrido. Quién lo hubiera dicho: ahora comparte exilio con
Saura... el Gato Ravines volvió a sonreír como con fatiga
y preguntó con un resuello apenas audible.

—¿Tamariz? —dijo Montesinos y enarcó las cejas—. Lo cazaron como a una rata en su casa de San Isidro, Pepe. No hubo contemplaciones con el doctorcito,
dicen que fue el propio Carranza quien advirtió sobre las
cuentas que escondía nuestro amigo en el extranjero. El
doctor ya tenía un billete en primera para irse a Londres,
pero al final se fue en un Hércules, junto con los demás
deportados. A Leticia le han quitado hasta la casa.

Soler se quedó un momento en silencio, escuchando la respiración fatigosa del general Ravines, viendo su
pecho escuálido cubierto por la áspera sábana celeste. Lo
terrible había sido lo de Blacker, dijo al fin con cautela,
como dudando de si seguir por allí. Porque usted ya lo
sabe, ¿verdad? El general Ravines movió una mano como
espantando algo, cerró lentamente los ojos y Soler se interrumpió pensando que ahora sí debía marcharse. Que
se mejore, general, le dijo poniéndole una mano en el
hombro. Ravines no contestó, como si hubiese preferido
navegar a la deriva de sus pensamientos. Pero de pronto
pareció despertar, no entender muy bien dónde estaba.
Fijó la mirada en su ex asesor, como reuniendo fuerzas
para hablar. Al fin le sonrió. «Y tú, Pepe, ¿con quién estás ahora?». En la frente de Soler se dibujaron dos arru-

gas muy finas, se quedó mirando largo rato al general sin contestar. «Cuídese, Ravines», dijo al fin, ya en la puerta.

Salió de la habitación aflojándose el nudo de la corbata, llegó al vetusto ascensor, recorrió aún el largo pasillo que daba hacia la calle y salió al sol cegador que inundaba de luz la avenida. Se llenó los pulmones de aire. El olor tenue a formaldehído y jarabe, el zumbido siniestro de los aparatos conectados a Ravines, la penumbra luctuosa de la habitación, ajena al sol de allí afuera… todo aquello lo hacía sentir pésimo. Si iba a visitar al general, era simplemente por una cuestión de lealtad, le confesó a Montesinos ayer por la tarde cuando este se lo preguntó mientras tomaban un café. Miró su reloj dirigiéndose hacia el auto. El general Zegarra y el presidente Cáceres Somocurcio ya lo estarían esperando en Palacio.

Decían que lo había encontrado su hija, que a ella le dio un ataque, ya te imaginas, porque por mucho que se llevara mal con el viejo, después de todo era su padre: Fonseca se levantó para saludar a Heriberto Guevara, que acaba de llegar a Palacio, de terno azul y corbata jaspeada, el director de *Extra* miró de reojo su reloj, saludó a Muñoz Gilardi y a Sánchez Idíaquez, que conversaban un poco más allá. Rázuri también llevaba corbata y hacía un corrillo junto con los demás periodistas. En fin, pobre chiquilla, suspiró Guevara sentándose al lado de Fonseca, y no pudo evitar que en su mente se dibujaran las piernas como de patinadora soviética, la efervescencia rebelde de aquellos ojos color cerveza.

—Zegarra no había querido que trascendiera, lo enterraron de prisa y corriendo, ni siquiera dejaron que asistiera su hija —chasqueó la lengua el coronel Montesinos mirando sus cartas—. Pero la seguridad nacional está por encima de esos tristes hechos… mala racha llevas, apristón.

Por los pasillos de Palacio iban y venían unos operarios, llevaban una mesa grande, otros probaban teléfonos, y una cuadrilla de obreros vestidos con mamelucos azules avanzaba hacia el Hall Eléspuru, donde el grupo de periodistas esperaba, cerca de media hora ya, carajo, los milicos son y serán unos impuntuales, se amargó el Colorado Fonseca buscando sus cigarrillos en todos los bolsillos del saco arrugado. Sí, pues, lo de Blacker fue terrible, caracho, dijo al fin aspirando y expulsando una bocanada de humo.

—¿Tan mal estaba el gringo Blacker? —Pepe Soler puso un billete grande sobre la mesa, pagaba por ver, muchachos.

Parece que sí, que ya estaba tocado desde aquella manifestación en Miraflores, cuando chaparon a su hijita entre los revoltosos. Velasco lo dejó en el cargo como por conmiseración, y eso casi fue peor, carajo, fue más bien un escarnio para el viejo. Pero le daba duro a esto, dijo Guevara empinando el brazo, y así encontró el cuerpo la hija, con una botella de whisky al costado. Tiene que haber sido una situación terrible, especuló Fonseca imaginando por un momento la escena. Tumbado en la cama, con la cabeza destrozada a causa del disparo, decían que había sangre hasta en el techo, puta madre, se metió la pistola en la boca y disparó. ¿Habría temido hacerlo?, ¿se habría acojonado en algún momento? Nadie lo sabría jamás, filosofó Guevara con una pesadumbre que Fonseca encontró algo melodramática. Decía Montesinos que al parecer nada más saberse lo del ataque al cuartel de la Benemérita, abandonó su despacho y se dirigió a casa. Aunque la orden hubiera sido dada por Zegarra, él era el responsable.

Eso fue lo único que calcularon mal el doctorcito y Carranza, susurró de pronto Guevara acercándose al oído del Colorado Fonseca, como si los demás pudieran oírlo: Que Zegarra se les iba a torcer a último momento, que ellos tenían las horas contadas porque Cáceres Somocurcio hacía tiempo que estaba maquinando su propio golpe. Los hizo cholitos, carajo, les ganó rápidamente a Zegarra y desequilibró la partida. Pero nadie supuso que Blacker se pegara un tiro, eso levantó un revuelo peligroso en el Ejército y por poco también naufraga el golpe de Cáceres Somocurcio. Pero el general nos resultó muy habilidoso y ha negociado francamente bien, se admiró Fonseca... La hija estaba en Punta Negra, dijo Guevara, incapaz de pensar en otra cosa, cholo, ha sido terrible. La chica estaba en la casa de playa de una amiga. Recién encontró el cuerpo de su padre al día siguiente, cuando extrañada de que no contestara sus llamadas y en vista de lo que estaba ocurriendo en Lima, decidió volver de la playa.

Pero ellos recibieron, luego de aquellas horas confusas en que Lima quedó a merced de los revoltosos, la orden fulminante de no publicar ni una sola palabra de lo ocurrido con Blacker. En realidad, recordó Fonseca, prácticamente se tuvieron que limitar a publicar los comunicados del nuevo gobierno, lo mismo que la televisión y la radio. Era absurdo, sí, pero aquella era la lógica militar: si no se publicaba, radiaba o televisaba, la realidad no existía. A toda prisa fueron llamados los directores de todos los medios para diseñar una posición que no comprometiera al nuevo Régimen, y por consiguiente, la buena marcha del país, les explicó con su voz bien timbrada Pepe Soler por teléfono. El presidente Cáceres Somocurcio quiere agradecerles personalmente su decidida postura en las horas difíciles. Ahora debemos centrarnos en lo positivo de esta nueva etapa, explicó el abogado. El primer ministro Zegarra estaba de acuerdo y les rogaba que acudieran puntuales a la cita de mañana en Palacio. Pero los periodistas ya llevaban casi una hora y hasta el momento nadie aparecía.

En el Hall Eléspuru se escucharon unas pisaditas ágiles, ligeras, y los periodistas se levantaron con prontitud, reconociendo la silueta pequeña, los cabellos largos: El general Villacorta era el nuevo jefe de prensa, al menos de momento, les informó Amanda Bacigalupo, retirando apenas el rostro cuando Muñoz Gilardi —Amandita, cómo estaba— se acercó efusivamente a saludarla con un beso. En cambio ofreció su mano pequeñita y vigorosa a todos los periodistas, compuso un gesto muy serio, se alisó un poco el traje sastre, ella ahora sería la ayudante del general Villacorta y quién sabe, ¿no, Colorado?, hasta puede que jefa de prensa, añadió la chica volviéndose a Fonseca y haciendo un mohín coqueto antes de pedir que por favor esperaran un momentito, señores, el general no tardaría en venir para saludarlos y reiterarles su agradecimiento por el respaldo dado al nuevo Régimen. Amanda Bacigalupo no los dejó intercalar ni una pregunta y, ofreciéndoles un gesto casi incorpóreo con su diestra muy fina, desapareció con sus pasitos presurosos por donde había venido.

A Fonseca no le sorprendió que Calderón fuera cesado fulminantemente. En realidad, todos esperaban que estuviera en la lista de los deportados, igual que Alfarito y tantos otros, pero al parecer el Flaco supo escapar y ahora nadie sabía de su paradero actual. Otros, más exagerados, decían que le habían dado vuelta, que lo habían enterrado en una fosa común, allá por Pachacámac, donde se rumoreaba que habían sepultado a cientos de guardias sublevados por orden directa de Montesinos, que era quien llevó a cabo toda la operación contra la Benemérita… otros insistían en que no, que simplemente lo habían deportado en el mismo avión que a Carranza y a Tamariz... en fin, todavía era muy pronto para saber qué es lo que había ocurrido realmente en los últimos días, meneó la cabeza Heriberto Guevara cuando por fin aparecieron el general Villacorta y el primer ministro Zegarra en el Hall Eléspuru. Pero ayer por la noche, mientras jugaban a las cartas en casa de Pepe Soler, Fonseca no quiso quedarse con las dudas y se lo preguntó a Montesinos. Este paladeó un delicioso trago de gin con Bingo Club y dejó que la pregunta de Fonseca flotara un momento en el ambiente caldeado de humo.

—Hay cosas que es mejor no saber, Colorado —sonrió al fin con el mazo de cartas en la mano. Luego se volvió a Guevara y a Pepe Soler, encogiéndose de hombros—. Ya para qué, ¿verdad, muchachos?

Santa Cruz de Tenerife, Lima, Madrid
Febrero de 2003- Junio de 2006

Este libro
se terminó de imprimir
en los talleres gráficos de
Metrocolor S. A.,
Los Gorriones 350, Lima 9, Perú,
en el mes de octubre de 2007.